玫瑰庄园

的七个夜晚

叶　梅◎著

中国文史出版社

CONTENTS

目录

最后的土司

一

谁都没有注意到，一个外乡人正孤零零地站在山顶上，用陌生的眼光搜寻着龙船河。

春分时节，夜里淅淅沥沥下过小雨，清晨却是风和日丽。眼见着太阳火爆升起，巨大的牛皮鼓下聚满了龙船河的男女老少。一道鼓响如雷声滚过，外乡人在山上打了个愣怔，山下密密麻麻的人群却如潮水涌动，叫喊出一片“噢嗬”。

耳听得二道鼓响，一头黄牛被牵引出场，那牛，毛皮放光，乌黑眼珠似镶嵌的宝石，牛头上结一个大红绣球，端的如结亲的新郎。那牛在鼓下稳稳站住，头朝东方，眼里一片安静。这时就有三道鼓响，此道鼓却不绝止，如沙场奔马，一阵紧似一阵。鼓声中见梯玛人物身着红蓝法袍，手摇八宝铜铃，手舞足蹈。一条壮汉走上前来，照准牛头就是一刀，血光冲天而起，直直遮掩了太阳。

外乡人被眼前的情景震惊得一时瞠目结舌，忘记了自己浑身的伤痛。

啊——舍巴日。

啊——舍巴日，舍巴日……

呐喊的人们赤裸胸脯，腰系草绳，胯间夹一根扫帚柄，围绕牛皮鼓欢快起舞，时而仰面朝天，时而跪伏大地，摆手摇胯，场面沸腾。酣畅之时，不知从哪里突然跳出一个黑衣的年轻女子，双目炯炯，额头一片灿烂血红，像是涂抹的牛血，黑衣裤上有宽大的红边，似飘动的团团火焰。女子围着仆地的黄牛飞腾跳跃，将火焰撒遍了全场，鼓声中明显混合着人的急促呼吸如烧燃的干柴，一片噼噼啪啪作响。火的精灵仍在弯曲、飞旋，扇动着将绿得发黑的山、绿得发白的水都燃烧起来，同太阳融为一体。

外乡人就在明亮滚烫的昏眩之中感到自己一点点地融化了。

醒来的时候四周已是一片黑暗。他感到自己踏实睡了一觉之后的神清气爽和同时袭来的饥饿，便趁着夜色一步步挪下山去。那龙船河畔三堆篝火旁，散坐着兴奋的土民，有不同于白日的悠缓歌舞在山间回响，外乡人听出那是祭告上天、祭告鬼神、祭告生养的颂扬之词。他对此不感兴趣，他的全部注意力全在牛皮鼓下那一堆丰盛的供品，让他欣喜的是他所处的位置恰好是在鼓的背面，那牛皮鼓长长的阴影简直就是一条可靠的通道。

他四下里张望了几回，土民们看去都沉浸在他们的歌舞里，他极力地弯下腰飞快地跑到鼓前，抓过一只鸡然后又迅速地跑回树丛之中。正当他寻思是先离开此地还是先享用之时，鼓声突然“咚咚”剧烈作响，他面前一时间亮如白昼，仿佛从地里钻出来似的，十多个高举火把的土民团团围住了他。

土司覃尧盘膝坐在祖宗牌位之下，牌位上写着三十三代覃家土司的尊姓大名。三十三代土司同上天众神一道享用人间供奉，龙船河子孙万世不忘。虽是清代皇帝改土归流，早已废了土司制度，但龙船河的人却从来没有改变过称呼，土司的后人与他们的祖先一样地位至高无上，这在二十世纪初的龙船河仍毋庸置疑。

外乡人被带到土司覃尧跟前时，只见这坐着的是一个敦实得像半截柱头的男人，头上跟所有的土民一样包着一盘厚厚的黑帕，粗手大脚从宽衣宽裤里伸露出来，黑红脸膛，颧骨突出，扫帚眉毛，缩得眼睛窄窄、无光无彩，样子并不怎样尊严。外乡人便猜想并不会有大的凶险，将适才一颗惊惧到喉咙的心安稳地放回了肚里。

那人平和地问道：“哪里来的？”

外乡人也就平和地答道：“川上万县。”

“怎么到了龙船河？”

外乡人说：“躲壮丁。长江边上被狗日川军甩了一镖子，坏了腿，不敢走大路，沿着龙船河就一路走来了。”

覃尧微微点头，并注意地看了他站立不稳的伤腿，那腿肚子上有两个对穿的洞眼。一路在汩汩地流血，外乡人满山上嚼了不少草药，好容易将血堵住，却是钻心地疼，想是已经溃烂肿胀，像有只利嘴的鸟在伤处不停地啄叮。覃尧说：“你不如坐下来说话。”

外乡人非常感激，送上殷勤一笑，也就席地而坐。土司覃尧继续问道：“还不知你叫什么名字？可是汉人？”

外乡人点头，说：“我叫李安，十八子的李，平安的安。”

覃尧说：“想你不知今天是我们土家的舍巴日，是一个十分要紧的日子。每年春分的舍巴日，我们都要祭祀上天祖先，祈求粮食还有你说到的平安。不知你听懂了没有？”

李安长长地“哦”了一声，并不停地点头，说：“土司你说得很清楚，我懂了。”

土司覃尧并不理会他的明白，说：“既是要紧，龙船河的人就丝毫不敢怠慢，取了最洁净的泉水，用了松杉柏木，给上天祖先预备三牲供品，由沐浴过的童男童女奉至牌位前，却是不敢有半点脏污。”稍停又问，“这些你明白吗？”

外乡人李安听到这里，隐隐地有些不安了。

覃尧说：“你明白了这些，就不难明白你今夜所做的事情却是将龙船河老少的祖先和众神都得罪了，如若不赶紧谢罪，龙船河的灾难会一年到头。”

李安嘶哑了喉咙问：“……你要我怎么谢罪呢？”

土司覃尧一动不动地说：“将你的那只手奉给上天吧。”

说话间，龙船河的老少密密麻麻无声无息围拢，像筑起一座圆形的城堡，篝火的闪动从一双双沉默的眼中掠过。两条壮汉将一个巨大的木墩抬到李安面前，木墩上血迹斑斑，缝隙里嵌着白森森的骨头渣子。壮汉提着那把解过黄牛的剁刀走近李安。

一阵冷汗洗过，又一阵热血升起，李安突然开口说：“你不要砍我的手，你砍我的腿吧。”

覃尧有些惊讶，他扬了扬眉毛，这使李安看清他实际上长着一双亮铮铮鹞眼，就藏在他浓浓的扫帚眉下。他问道：“为什么？”

李安说：“我是个手艺人，留着手日后好做活。”

覃尧竟点了点头。李安就咬着牙拖着伤腿站起来，一屁股坐到了木墩上。他动弹了一下，侧身将一块硌屁股的骨头渣子捡起扔掉，再稳稳坐好，将那条伤腿在木墩上平摊整齐，说：“砍吧。”

李安虽衣衫褴褛浑身泥污，但此时年轻的脸上却坦坦荡荡，眉尖聚一股凛然之气让土司覃尧心动，他霍地站起，噔噔噔走到李安身边，欣赏地看着李安：“你不怕么？”

李安苦笑了笑，却不回避土司的目光，说：“你看我这一头冷汗。怕过了也就不怕了。”

“那好。”覃尧说，“我会让龙船河最好的医师、最好的姑娘照护你。”

他手一摆，一道凉风闪过，砰的巨响，像冬天响过一声遥远的闷雷。李安看看四周，他想知道那声音从何而来，人们却将目光齐齐聚在他的身上。他低下头，见自己的腿仍好端端摊在那里，只是膝下齐崭崭有了一道裂缝，一汪血像从家什里漏出来似的不断从那里蔓延开来，眨眼就浸满了整个木墩。他突然明白过来，两眼一黑，晕倒在地。

二

李安睁开眼时，见眼前一张明眸皓齿娇艳如花的笑脸，似曾相识，一个女子伏在他的身前。那女子见他醒来，忙扬起手臂，朝旁边招呼着，那里站着一个瘦瘦的男人，李安认出是跳神的梯玛。

一阵剧痛袭来，李安顿时想起了发生过的事情，他朝下一摸，一边空空荡荡的。他吼叫着：“我的腿呢？”

梯玛说：“奉给神了。”

李安怒睁两眼，咬牙切齿地嘎嘎笑起来：“就那条烂腿？你们那神，胃口也太好了。”说完了又笑。梯玛覃老二似不经意地在他膝盖处摁了一下，一种酥麻酸痛立刻使他禁不住失声尖叫。梯玛说：“神知道你是一个聪明要强的汉子，可你也要知道，如果不是我的药和伍娘的照看，即使你截了腿也会死去。”

那叫作伍娘的女子捧过一个陶罐，将一根竹管伸到他的嘴里，他吸出一口甘甜，于是便贪婪地猛吸了一通，浑身的燥痛被一点点地扑灭。女子的嘴角浅浅一笑，又将他的伤口用一种黑色的膏药轻轻涂过，那里便只有凉凉的感觉了。

梯玛悄然而去。李安看自己是在一间板壁屋里，中间一口宽大的火塘，他便躺在离火塘不远的竹床上，身下垫着厚厚的竹叶。看那女子窈窕的身子在火塘前走动，一时拨火一时加水，弯腰举臂就如舞蹈一般，猛然想起她就是舍巴日如火焰跳跃的女子，李安便嘲笑道：“你们土司倒真是把最好的医生、最好的女子弄来招呼我了，我李安岂不成了你们龙船河的贵宾！”

女子轻盈地走过来，却不说话，一张红唇像盛开的花瓣，只是无声地启合，两只手像是飘动的水草，缠绕着又分开，上升下降，做出让人眼花缭乱的一串串动作。李安脱口喊道："你是个哑巴？"

女子的手戛然而止。

李安后来才知道，同龙船河许多破解不开的谜一样，女子伍娘的身世也是一个谜。十八年前的一个早晨，梲夫子在龙船河的漩涡里发现了一只转动的木盆，不管水流如何冲击，木盆只是在那里打转，两个时辰过去了还在原地。更让人惊异的是，一个小小的婴儿裹着一件红绸衣，安安静静地躺在木盆里随着那波浪摇晃，一个劲儿地对着天空奇异地微笑。土司看了说："河水都打不走，那就养在龙船河吧。"她随了土司姓覃。

覃伍娘从生下来就不会说话，她高兴或者生气都只会呵呵地叫。可她长成了龙船河最美妙的女子，她吃百家饭长大，自小便会学鸟飞兔跑，树摇草动，将山水天地间的灵气都采到了心里，她会用身体的动作表达一切，龙船河的人从来也不觉得伍娘不会说话。过了十八岁，伍娘赶了女儿会，寨里人为她搭起一座板壁屋，算是自己当家立户。

当土司覃尧说过让最好的姑娘来照护那个外乡人之后，久久逡巡的目光停在了伍娘身上，伍娘就在龙船河所有姑娘们失落的眼神之下骄傲地站了出来。她用最轻柔的动作擦去外乡人身上的血污，按梯玛的吩咐包扎起断腿，一切都做得妥帖完美。土司吩咐将昏迷的外乡人抬进与伍娘板壁屋相连的石洞里，并在石洞与屋子的连接处做了一扇腰门。土司再三叮嘱说："你只管照护好他的伤，要是他敢对你非礼，你就用这把斧头先砸碎他的另一条腿，再砸碎他的脑袋。"

容光焕发的伍娘轻轻点头，这桩意想不到的差事给她带来许多快乐，除了土司百里挑一从龙船河众多姑娘中独独点了她，让她格外地骄傲，她心里还暗暗怜惜和喜欢这个陌生的外乡人。他长着一副清秀的面孔但却并不怯懦，昏睡的时候，那一头浓密的黑发耷拉在额前，十分动人，不像龙船河的男子一年四季都包着头帕，看去差不多的模样。

伍娘见李安醒来，高兴得不知怎么才好，她一会儿给他喂水，一会儿又比画着问他吃不吃东西，李安一点头，她忙舀出鼎锅里的芋头粥来喂他。李安吃一口，伍娘便笑一下，那笑靥光彩夺目，映出满屋红艳艳亮灿灿的，外乡人李安也情不自禁笑了起来。

笑着笑着，李安竟流出满脸眼泪，伍娘忙收敛了笑容，用一块帕子替他擦拭。李安到此时才把连日的劳苦惊惧耻辱疼痛一起发泄出来，直号得三魂散去，七魄归来。伍娘拿着那块湿透的帕子，凄凄地伏在床前，心痛不已。

到了七七四十九天，膝盖伤处结痂掉壳，半截腿恰如生出来就是杵头，皮肉神奇地合拢在一处，长得光光滑滑。李安拄了木杖，由伍娘扶着来到茅屋外的阳光下，恍如隔世。只见门前小溪潺潺，清风徐徐，竹枝摇曳，鸟语花香，再无半点嘈杂纷尘。回首一看，身旁伍娘月白衣衫，人面桃花，有说不尽的温柔，于是所经事情是祸是福便再也分辨不清。

伍娘见李安眉舒目展，便小鹿一般跳进木屋，抱出一个牛皮口袋来，李安一眼认出是自己的木匠家什，不禁又惊又喜："你从哪里拎来？怎么知道是我的东西？"

伍娘手指口袋上那个红漆写成的"李"字，嫣然一笑。

李安喜从中来，赞道："你呀，真是个可人的女子。"

在一块平整的大石头上，李安将口袋里的家什一一摆弄出来，斧凿刨钻还有画线的墨斗，所幸样样都尚齐全，便示意叫五娘折下一根嫩竹枝儿，他接在手里长砍短削，眨眼工夫做出一支漂亮的口笛，长约二寸，中间独一个眼儿，放到嘴边一吹，即刻就有清脆的鸟儿鸣叫起来，却是又与鸟儿叫得不一般，长声短声，会极长地转了弯去，远远地穿过林子，飘到了云里头。

伍娘圆睁着两眼，开始不相信是这短笛吹的，直到李安停了又吹，吹了又停，她才突然欢喜地蹦起来，一把夺过去看了又看，眉飞色舞地吹了起来。

李安说："好吗？"

伍娘蝴蝶般绕着他旋转，笑靥如花。

李安说："我还要做一件更好的东西给你看。"

当晚，李安叫伍娘找出一节上好楠木，又叫伍娘在洞内四角点上火把，然后把腰门关了，独自在洞里乒乒乓乓做了一夜。次日黎明，伍娘听得腰门嘎吱一响，却见李安潇潇洒洒，两腿如常地走出门来，站在她跟前，身材挺拔如玉树临风。

那时惊呆了伍娘，她一下子扑过去抚摸着李安的双腿，原来一只却是木头做成，心下明白过来，又是欢喜又有说不出的怜惜，不禁珠泪长流。

李安见她泪眼楚楚，心下不由得十分地感动，这女子与他本是素不相识，却对他如此珍视。正如那梯玛所说，他一个外乡人遭遇大难，若不是这女子的善良温柔，百般照护，只怕早化作了山鬼，想到这里，李安一颗心化作似水柔情，他一把拉起伍娘，将她粉嫩的脸蛋、会说话的眼睛细细看了一遍，道："伍娘，同你在一起，真让我李安尝到从没有过的快乐，我要把我所有的手艺都献给你，我要为你修一幢屋，为你打一套最好的嫁妆，用花梨木做一个明光锃亮的首饰匣，让你不用镜子就能看清自己的美貌……”

伍娘含情脉脉地看着李安，连连点头。

李安心潮激荡，说：“伍娘，我要娶你，你听清了吗？你肯答应我吗？”

伍娘两颊绯红，含羞带笑地把头一点。李安一把将她搂在怀里。

两人无比甜蜜之中，伍娘忽然拉住他的手来到门外，指着寨子中心，那里有一幢高大的吊脚楼，居高临下地俯视着全寨。伍娘比画着要他一同往那里去。李安猜测着：“那里是什么地方？”伍娘又比画着，指天，又竖起大拇指。

李安沉下脸来：“……你是让我去见你们土司？”

伍娘点头。李安却摇头，说：“不，我不想见他，一辈子也不想见。”

伍娘脸上现出不解，她有些着急地比画着，你不是想娶我吗？我们得去见土司。李安明白过来，说：“不，我娶你，这是我们两个人的事，用不着给他们说。”

伍娘惊讶地摆手，又去拉他。李安推开她的手，说：“如果你实在要去，就算我刚才的话没有说。”对那敦敦实实的土司覃尧，李安惧恨鄙视兼而有之，不提则罢，一提倒将满腔柔情冲去大半，便什么也不想再说，叹着气回到洞里。

谁想伍娘冰雪聪明，自有一番主张。第二天雀子刚叫，一阵咚咚的脚步响，伍娘慌忙将李安从洞里拉了出来，李安抬头一看，浑身的血都涌到了脸上。洞口站着的正是土司覃尧。

“你的腿好了？”覃尧神态平和地说。

李安说：“算我命大。”

“你的手艺真是不错，一点也看不出是假腿。”覃尧围着他转了几圈，前后看着。

李安说：“如果土司日后用得着，我会替您效力的，一定不会做得比这只差。”

覃尧愣了一下，笑起来：“你们这些山外的客人就是心重，说起话来带着钩。不过我倒也喜欢同外面的人打交道。你知道吗？我们覃家祖上几代人都是从小就到荆州一带求学，读四书五经，纲常伦理，也都通晓吟诗作对哩。可惜轮到我们，时势大变，好多事想做可做不成了。山外兵荒马乱的，连性命都顾不过来，还求什么学念什么书，你说是不是？”

李安任由他说着，却是不语。

“龙船河是个好地方。”覃尧在洞前悠悠地踱着步，说，“在这里安身立户是个聪明的办法。”他停了停，说，“听说你想娶伍娘为妻，可是真的？”

李安看看面含期待的伍娘，昂起头说：“假的又怎么样？”

覃尧站住脚，沉着脸说：“要是假的，你一句话没说倒也罢了，如果你把汉人爱说的那些疯话带到我们龙船河来逗弄伍娘，却没有半点真心，我覃尧必饶不了你！”

李安愤怒地叫起来：“要是真的呢？”

覃尧：“看在你这外乡人还有一点骨头的分上，如果是真的，我覃尧就替你们真事真办，男婚女嫁本是大事，应该请梯玛禀祖先，求得祖先的应允，你李安就可娶了伍娘。”

那梯玛覃老二消瘦人儿影子一般从一旁闪出，他像是早已得知一切，应着土司覃尧的话，将手里的阴阳竹卦啪的朝大青石上一扔，两面均是朝阳，梯玛合掌道：“一切都是天意。”

伍娘脸上顿时显出惊喜，奔过去拉了李安，要给土司磕头，李安却直了身子，一动也不动。土司覃尧摆摆手，道：“算了算了，腿脚不好，礼就免了。唉，凡事都讲缘分，李安你何世修得同龙船河这一段缘分呢？”他掠过伍娘的眼里流出一缕缕怜爱：“你听着李安，老天爷把世上少有的美貌聪慧都给了伍娘，因此取走了她的声音，可她是龙船河最宠爱的女儿，你要好好地待她。”

李安说：“我知道自己该怎么做。”

三

婚期定在五月初八。

凡事都由土司覃尧做主。小小的木屋被扒倒了，覃尧说要替伍娘和李安再造新房。这本是李安曾有的心愿，但没有人征询他的意见，即使他是一个手艺不凡的木匠。李安恼怒地看着那一片本是鸟语花香此时却断壁残墙乱七八糟的地方，恨恨地吼道：“你们都给我停下来！”

汉子们忙忙碌碌地干活，无人回应。

平了土地，场坝一角堆起散发着清香的木料。李安渐渐从梯玛那里知道，龙船河祖上规矩，造屋却有十分的讲究。土官衙署可倚柱雕梁，砖瓦鳞次。百姓叉木架屋，编竹为墙。舍巴头目则可立竖梁柱，周以板壁，然不准盖瓦。违者即治僭越之罪。有俗话传扬：只许买马，不准盖瓦。如今给备下木料，明显有厚待之意，自己还张扬做甚呢？

李安收了烦恼，只好奇地等待那造屋的主角出场。他已从木料的多少看出做家是要立一排三间木屋，须得立柱为架，按三方排出五柱，柱用木枋串成排扇，接地做成地脚枋，搁楼枕做起楼枕坊。木屋好坏，全看木匠师傅本事。

晚上睡在石洞里思前想后彻夜难眠，听远远地方歌声缭绕，如泣如诉扰人心弦。自定亲之日伍娘便被寨上人接到覃家大屋居住，有九个姑娘陪坐，日夜围唱哭嫁歌。想那伍娘不会言语，必是在姑娘们的环绕中翩翩起舞，窈窕身材若隐如现。恍惚之间，李安便见伍娘婷婷走来，手提一只饭篮。李安怨道："一连几日也不见你踪影。"

伍娘婉转有声："我去做了些饭菜来。"

说罢揭开饭布，只见满满一篮米饭，另有两碗堆尖的菜蔬。李安便道："你也做得太多，一时半天吃不了，不是糟蹋？"

伍娘抿嘴一笑："还有木匠师傅呢。"

李安忙道："木匠已来了？在哪呢？"

张望之中便听得木匠的家业乒乓作响，却不见人。回身找伍娘，伍娘也不见了。心一急就醒了，原是南柯一梦。李安记起几次在梦中，伍娘说话的声音珠润玉圆，活脱脱真的一般，不禁叹息。静了片刻，洞前场坝上却果真有噗噗声响，便赶紧爬了起来。

晨曦之中，他见一个匠人正对着冉冉升起的太阳刨木，那人上身赤裸，腰扎板带，站立如弓，随着刨子的推动，俯身如长龙戏水，收势如金蛇入洞，一下一下张弛有致，卷起刨花层层叠叠。来去总有几十回，却不见匠人半点喘息，李安看得呆了。他深知木匠学艺，开门第一件事就是刨功，手艺高低如何，一看刨功便知，而眼前匠人本事决不在自己之下。

李安走上前去，将那人肩膀一拍："师傅好手艺！"

那人口里说道："怎么样，还能讨得饭吃么？"收住刨子转过身来，额上汗珠闪亮，眉宇间一派自得。李安一见不禁大惊："……是你？"

覃尧哈哈大笑："你没想到？日子长了你会晓得九佬十八匠的功夫我都会一些呢。你以为龙船河的土司如你川上大户子弟，肩不能挑手不能提，只会提着账本收课粮么？"

初见覃尧，李安总以为他在五十上下年纪，但此时看他摘去头帕洋洋一张笑脸，且胸前肌肉凸起，至多不过而立之年，不免又惊讶又有许多莫名的恼恨。

自那日起，李安再也不理会造房之事，另去竹林边寻了块地盘，将些边角余料打架子床和梳妆台。每日听覃尧雄壮声音吆喝不绝，手下斧子便发狠使劲。十天工夫下来，场上立起了木屋柱枋。那晚月色中，李安摸那排扇枋，确实平滑齐整，严丝合缝，容不得半点挑剔，心中不禁黯然。踌躇间，身后一股皂香，李安心动，一看正是伍娘提一只竹篮姗姗而来，恰如梦中情形。

伍娘粉脸含笑，口里啊啊有声，将竹篮揭开，一叠干净衣物，另有一个食盒盛了李安爱吃的麻婆豆腐，雪白米饭。李安接在手里，一股温馨油然而生。少年学艺四季漂泊，哪有家人关照？不想在这蛮荒之地因祸得福，得遇这个绝色温柔知冷知热的女子。李安唤道："伍娘，要不是你，我何以待得下去？"

伍娘温顺得像一片羽毛，紧贴在他怀中，任李安轻轻抚摸。李安吻她的头发，清香沁脾；吻她的脸蛋，滑腻如脂；再吻她的红唇，如飘忽之间，头晕目眩不止。李安使劲抱住那柔软身肢，恍惚听得伍娘连声叫唤，再也顾不得许多，要将那人儿吞了下去。正在情急忙乱之时，舌尖却猛然感到尖锐地刺疼。他惊叫一声松开了手，见伍娘已跳出三尺之外，脸上含羞带嗔，紧捂着被他撕开的衣衫。

李安恨道："……你何必这样？你我是即要成亲的夫妻，有什么事做不得？你差点儿没咬坏我的……"

伍娘双手指天，脸上一派虔诚。

李安不懂。李安说："若讲礼俗尚可。若是我俩成亲以后你还这样，小心我割下你的舌头来。"

伍娘扮了个鬼脸，一溜烟退去。

李安在洞中自是辗转难眠，又想这女子倒也闺阁严紧，懂得洁身自好，值得一爱。不免对洞房之夜想入非非，日子数得格外勤勉起来。

木屋立起之日，土司覃尧邀集龙船河老少，为木屋做了一场祭祀。梯玛覃老二绕着场坝唱道：

一步一行走忙忙，二步二行新华堂，
三步三行打一望，主东选得好屋场。
前有朱雀来定向，后有玄武绕山冈，
左有青龙来献宝，右有白虎呈瑞祥。

众人应道："好哇！"

梯玛又唱安煞词，拜东西南北中，五方土地，要五方鬼煞不得侵扰。

众人应道："百说百好！百说百灵！"

在众人眼睛注视之下，土司覃尧将一把黄澄澄的钥匙交给了李安。他指着崭新木屋说："从今往后，你就是它的主人了。"李安朝覃尧深深一揖。

日子就在火热的盼望之中迅速来临。新房里摆布好李安亲手做成的雕花架子床、梳妆台，单等梯玛将伍娘背了来。李安听说，土家结亲，女子从娘屋出来要脚不沾地，由兄长或梯玛背至夫家。

李安守在竹林边，看寨子动静。傍晚时分，覃家大屋的哭嫁歌一波接一波，转瞬之间越发震天动地，两个高亲客开道，梯玛背出了千娇百媚的伍娘。李安看得心跳，忙回到堂屋端坐等候。

坐等了一个时辰，不见动静，又耐心等过一个时辰，仍不见动静。李安心想，礼仪再多，也不至于一两里路走了这些时，便忍不住跑到垭口重新打探。此时，天已黑尽，那寨子如平常有三三两两灯火闪耀，却并无送亲队伍的迹象，李安大为疑惑。

再也忍耐不住，李安锁了门，三两步跨过小溪，便向寨子奔去。就在路口一头撞见独自行来的梯玛覃老二。

"伍娘呢？你背的伍娘呢？"李安朝他身后看了又看。

"已经背到家了。"梯玛说。

李安说："你说鬼话，我守在屋里连个人影也没见着。"

夜色中，那梯玛瘦瘦地站着："……你果真不明白么？"

李安说："明白什么？"他的心感到一种巨大的恐惧。

"凡嫁到龙船河的女子，初夜都是奉给神的。"

李安只觉"嗡"的一下："……谁是神？神是谁？"

梯玛覃老二一言不发离去。

良久的沉默。李安突然像头狮子一样猛扑过去，他将梯玛一头撞倒在地，咆哮道："……我要杀了这个狗日的神！"

四

伍娘伏在梯玛瘦骨嶙峋的背上，一步步进了土司覃尧的吊脚楼。吊脚楼走马转角，廊檐宽大，分上下两层，下是猪牛鸡圈，上为堂屋和东西厢房。所用柱头全是马桑树，一根根桌面粗细，可称巍峨。但后来马桑树逐年退化，长不过放牛娃高，用手一折就断。单从马桑柱头看去，也可知木楼已有百余年历史。

所幸历经沧桑，风雨剥蚀却依然坚固如初。楼面木板镶嵌尤其平实，任重物跌撞也只是闷闷的一声轻响。

这楼就显出一股王者气派。

伍娘被两个中年妇人接至西厢房。妇人将一铜盆清水奉上，伍娘象征地擦了手脸。梯玛又另蘸清水洒遍伍娘全身，然后携伍娘来到堂屋跪拜神龛。

我左手哎烧香，
我右手哎烧香，
我双手哎奉上。
青洞哎千年有神，
红洞哎万年有神。
堂上啊千年平安，
场上啊万年清洁……

梯玛和妇人悄然退去。伍娘独自静卧在厢房的西兰卡普上，候着神的到来，这一天伍娘盼望已久。河水做过摇篮、不会说话的伍娘对世间的万事万物有着自己特殊的领悟，几乎从来到这个世界开始，她就朦胧地感觉到有无数的精灵在天地间活跃，她惊奇太阳的落下月亮的升起，花儿的开放和庄稼按时的成熟。她在无师自通的舍巴舞中感到自己既要与那种无所不在却又无影无形的力量融合。老人们许多次隐喻的启示使她知道有一种方式可以抵达，那与她的舞蹈不约而同地有着相通之处。这世间，有什么语言还能比身体的语言更为淋漓尽致呢？

艾蒿的香气始终飘溢在房中，那鼎炉内的艾叶已徐徐燃去大半，但神迟迟未来。

徘徊在廊前的土司覃尧陷入一种深深的苦恼，五月初八这个日子不啻为自己定下了刑罚。他距西厢之门只有一步之遥，但举步不能，一分一秒都在痛苦地煎熬。

初夜的权力由不祧之祖世代相传。祖上巴务相在青洞红洞前施展神力赢了众首领，带领族人西迁，沿途遇盐神而不娶，逢山开路过水搭桥终于找到大片山清水秀充满灵性之地，死后化为白虎，他和他的后裔被土民尊为神位。土民献其所有供奉神灵，包括最洁净的女儿，代代相袭，已成自然。但到得清末改土归流废除土司制度，尤其民国建立以后，世风大有变化，就是重山阻隔的龙船河也不能不受到感染。覃尧少读私塾，成年之时由县府送到汉口武官学校参训，后因父亲早逝家道中落而辍学回乡。其时覃尧自然已非愚顽之人，见家中并无金银，仅有薄田数十亩，就遣散了仆役下人，亲自耕种料理生活，倒也其乐无穷。但山民对他自有一番尊重，族间习俗大都一一遵守，并且有梯玛领头监督，极少遗漏，覃尧也便顺其自然。

唯有初夜权，覃尧自感惭愧。他知道土民供奉的是神而自己只是一个凡人，不想去污染了族间的女儿，其后初夜之俗只是象征而已，覃尧和龙船河的老少彼此也都心照不宣。覃尧一直认为自己是一个不落时代的土司。

这一次，他原以为自己会像对待其他女子一样对待伍娘，让她在西厢房静静地待过一夜之后，完整无瑕地回到丈夫身边，但他没想到那是错误地估计了自己。自从伍娘定亲之日他就开始心神不定，对时间的流逝一时因盼望而感到太慢，一时又因恐惧而感到太快。他几次摘下火枪想躲进深山狩猎，过些时等伍娘完婚以后再归，但又几次不甘心地走了回来。那女子的身影令人烦恼地占据了他脑子的全部空间，逼得他喘息不停。

覃尧看着伍娘一点点长大，她简直就是神的女儿，伍娘自小就显得超凡脱俗，美丽的脸上总是一派纯净，她逐渐丰满的身体透着不可言说的灵秀，就是她的哑，也只是增添了她的妩媚和神秘。尤其是她舞蹈起来的时候，从内心迸发出来的热情和天真烂漫，让覃尧一次次心醉神迷。他把她视作一件宝物，像爱着他的龙船河一样爱着伍娘。但他从未想过要娶伍娘为妻。三年前覃尧娶妻田氏，田氏因生产死亡，族人四面八方为覃尧寻找合适的姑娘续弦，有贤惠美貌者则门不当户不对，有门户相当者又因占卜不利八字不合。提到的姑娘成百上千，但任何人包括覃尧自己都没有想到伍娘。

他本来只是珍爱她。

他真诚地为伍娘的归宿操心。在龙船河对伍娘的众多追求者中，他看来看去，觉得都是难以与伍娘相配的凡夫俗子。好在突然冒出一个外乡人，那年龄相貌，不同寻常的勇气和聪颖都让覃尧满意；还有一点隐秘处，那人四肢不全正好合了伍娘的五音残缺，日后伍娘不会遭到嫌弃，伍娘与他，也算天赐良缘。

可是，就在立屋那日，外乡人从他手里接过那把新屋的钥匙时，他突然感到一种巨大的失落。他眼睁睁看着那幢木屋，想象娇娆的伍娘与那男人在里面相亲相爱的情形，顿时丧魂落魄。此后伍娘总会在他每一个寂寞的空间翩然而至，她的脸，她的唇，她的身体煽动起他不可遏制的情欲，使他周身像犯着热病一样打着寒战。

现在，在这万籁俱寂的夜里，她就躺在他的木楼里，隔着板壁，他能听到她轻轻的呼吸，感受到她芬芳的气息。他只要跨过门槛就可以如愿以偿，但他又为另一种担忧所折磨。外乡人对神和权的蔑视显而易见，他无法断定外乡人能否接受今夜的事情，如果伍娘在未来的日子里因此而受到丈夫的轻视甚或欺凌，他又如何心安理得？

当初，为什么没有想到娶伍娘为妻呢？

这个念头就像闪电一样从覃尧心里划过，他突然醒悟，像在迷茫的沼泽中终于找到一条路径，他一下子振奋起来。是啊，为什么不娶了伍娘呢，一切都为时不晚，一切都还可以顺理成章。他怀着压抑不住的兴奋“哗”地推开了那扇房门。

屋内没有掌灯，只有四个角落的鼎炉里燃烧着的艾叶不时迸发出火星，闪出微弱的光亮。他一眼看见在朦胧的烟雾之中，伍娘端坐着，看去有些陌生，一身大红衣裙，端的是土家女儿出嫁的盛装打扮。听见门响，伍娘立刻睁大了眼睛，他欣喜地看到那里流露出的期待。

覃尧低声唤道：“伍娘。”

伍娘恭顺地看着他，徐徐摘去头上的银钗，头轻轻一摆，秀丽的长发流水似的泻了下来。他奔过去，将自己埋在那片乌云之中，叫道：“伍娘。”

伍娘伏下身子热烈地吻着他的手，他的腿，还有他的脚。覃尧热血沸腾，一把将她抱了起来，热热地说道：“伍娘……我差一点错过了你。”

那女子在他的怀抱里摸索着解开了自己的衣衫，她扬起头，明亮的眼睛里燃烧着强烈的渴望。她毫无羞涩地指着自己袒露的胸脯，然后朝他伸开双手，似将一颗心捧给了他，覃尧在她的伸展之中俯下身子，与她紧紧融为了一体。

于是他进入了一种无与伦比的奇特境界，在他曾有过的夫妻交合中从未感受到的强烈的美妙一阵阵激荡着。伍娘像一团火，不断地烧着他，伍娘又像舞蹈中的精灵，将他从一个巅峰带至另一个巅峰。有几次他感到似乎已虚脱升空，不知自己真的是人还是神。

在他们最后的飘游之中，他们同时感到了天地的辉煌，一团红光从天而降笼罩了吊脚楼，使他们极为清晰地看到了彼此。然而就在这时，伍娘突然一把推开了他，啊啊地叫着扑向了窗户。

在一片惊愕之中，覃尧透过窗户清楚地看见对面坡上冲天的火焰，就在那半边岩上，他为伍娘和外乡人建造的木屋在火焰中熊熊燃烧，像是一个巨人怒发冲冠。外乡人显然知道了初夜的事情，用这种方式表达着他的无比愤怒，但覃尧从最初的震惊中反而一下子又感到释然，事情索性明朗了倒好，他可以直截了当地对外乡人说明一切，他要从外乡人那里讨回伍娘。

覃尧一想，如释重负。他转过身来要去抚慰心爱的女人，却见伍娘不知什么时候已穿好了衣衫，箭似的向门外奔去。他叫道："伍娘，你要干什么？"但伍娘头也没回。他只好跟着追了出去。

一口气追上半边岩，那里已聚集了不少的人，一个个束手无策地望着那堆张牙舞爪的烈火。伍娘披头散发地奔过来就向烈火扑去，两边的人立刻拉住了她。伍娘惊恐不安地大声叫着，极力挣扎着。覃尧也来到跟前，想同伍娘说话，但伍娘像是谁也不认得似的，只是一个劲地朝着燃烧的木屋叫喊。

梯玛覃老二走过来，瘦瘦的手一把摁住伍娘的肩膀，冷冷的声音像六月天打下的冰雹："李安已经远远地走了。"伍娘顿时瘫软在地上，哗哗地流下泪来。

外乡人李安一把火烧了木屋，抑或还夹带了伍娘的贵重之物，跑出了龙船河，遭到土民们愤怒地诅咒，像这样背信弃义不知好歹的行为在龙船河真是前所未有。土民们言语之间甚至有些埋怨族长覃尧，不该轻易对外人产生好感，将伍娘的终身托付于他。

覃尧制止住土民们的七嘴八舌，说："大家回吧，我会安置好伍娘。"

没有人会怀疑这一点，人们渐渐散去。燃烧的火堆越来越小，但仍透着灼人的焦热，覃尧将无限爱怜的目光投向地上的伍娘，那女子在短短的一天一夜里，经历了人世间惊心动魄的大起大落，虽泪流满面但仍显得楚楚动人。覃尧跪下一条腿双手扶起她来，女子的眼睛直是低垂着，覃尧很想再亲亲她，但女子立刻恭敬地站起来，闪出了他的双臂。

覃尧说："伍娘，你抬起头来，看着我。"他再次走近她，试着拉起她的手，"伍娘你听我说，你别伤心，一切都会有的。"

伍娘神色凄惶地摇头，再摇头。

覃尧说："你还不明白吗？这是天意，命中注定你是我的，你不会和别人在一起，只有我和你，我要同你在一起。你明白吗？"

伍娘惶惑地瞪大了眼睛。

覃尧热烈地看着她："你还没明白？我是说我要和你永远在一起，我要娶你！我今天就去告诉梯玛，让他为我们操办婚事，我要把你体体面面热热闹闹地娶进我的吊脚楼，我要同你生儿育女，男耕女织。"他说着一把搂过了伍娘柔美的身子，“啊，伍娘，其实我们已经是夫妻了，昨天夜里，我是多么多么地快活啊……”

伍娘突然一声大叫，从他的怀里挣出来，脸上充满了惊惧，一步步地后退去。

“你怎么了，伍娘？”覃尧吃惊地说。

伍娘以一种极为陌生的目光看着他，像是看着一个不认识的人。覃尧低了声音，想走近她：“伍娘，你要我把说过的话再说一遍吗？我要娶你……”

“啊——啊！”伍娘又大叫起来，她拼命地摇头，摆手。

覃尧心里像凉水浇过一样，他说：“你不愿意？为什么？所有龙船河的女子都没有拒绝过我，可我只是喜欢你，我要娶你，这难道不够吗？”

伍娘远远地对着他站定身子，突然两腿齐齐跪倒，双手合十贴在额前，脸上凝固着伤痛的肃穆，然后她摊开双手，向上天扬起了头，那是舍巴舞中对神灵的参拜。

覃尧像被重器猛击了一下，他明白了，在伍娘心里，他是一个神，一个不应该具备凡人情感的神。伍娘夜里对他的爱，只是对神的奉献，而他，竟痴迷了。

他禁不住热泪双流。

五

伤心的伍娘焦灼地找遍了龙船河周围的四山五岭。她看见棕色的麂子在陡峭的悬岸上奔跑，看见粉白的鸽子花飘落一地，还看见砍柴的老者从林间穿过，惊起一阵阵飞鸟，可山上山下都钻遍了，就是找不到他。

会让竹子唱歌的外乡人本来要与她相守一辈子的，他那么用心地为她打出满堂嫁妆，一遍遍说着喜欢她爱她的话，怎么会在一夜之间变了心呢？伍娘怎么也想不明白。她找到梯玛，叽叽喳喳地诉说。覃梯玛不得不说：“他有了通天的仇怨，因为你把身子给了别人。”

伍娘急赤白脸地指着天。

梯玛叹道：“你说你给了神，可李安只是人，他不懂得神，也一点儿都不想懂得。”

伍娘绝望地呆住了。但她还是寻找着，每天都爬到龙船河那座最高的山头，朝通往山外的路上眺望，一遍又一遍。

五黄六月，花草茂密的天气已开始闷热。土司覃尧走过一片厚厚实实的青竹林，突然听见一声枪响，经过武官训练的覃尧感觉到子弹带着呼啸从耳边擦过，并立即判断出那是一支新式汉阳造步枪射出的子弹。

有人想射杀他，但他没有扑倒在地。他兀傲地站在那里，带着一丝兴奋急于想看到射出子弹的人，但竹深林密，看不见一点人的踪影。

“你的枪法不怎么好。”他大声叫道，“如果你愿意，我可以教教你。”

没有回声。覃尧仍然一动不动地站着，他相信，竹林里的眼睛一定会清楚地看见他，会忍不住再开枪，那样，他只要没有倒下来，他会知道枪是从哪里射出来的了。

可是传来一阵阵急遑的马蹄声响，十来个穿灰袍褂的川军催马上山，团团围住了竹林。带队的连长曾经从龙船河走过，他上前同土司覃尧敬过礼，说他们正在捉拿一个逃兵。不到一刻工夫，竹林中搜出了脸色苍白的外乡人李安。

李安被五花大绑着，双眼死死地盯着覃尧。

连长踢了李安一脚，说：“这家伙两次被征用两次逃跑，这次还带走了枪，司令说无论如何要抓住惩办。抓他好几天了，要不是刚才这声枪响，又让他逃了过去。”

覃尧对连长说：“我能同他说几句话吗？”他注视着李安，说，“你何必急于开这一枪呢？”

李安说：“我一个时辰也不想让你多活。”

覃尧说：“你没有理由这样恨我。”

李安瞪着覃尧，眼里要滴出血来：“你一直像猫玩老鼠一样耍弄我。你砍了我的腿又叫人替我养伤，你给我定了亲，可你却先睡了我的女人……”

覃尧深深地叹息道：“你那条腿已经烂得不行了，这我当时就知道，你也知道。至于伍娘……”

李安道：“闭嘴！我不想再听到这个名字，你什么都不要再说了。老天爷不想绝你该你命大，老天爷想要绝我，我就随他去，下一世见面再找你算账。”

说话间，龙船河的老少都闻声赶了来。那伙川军收拾着马匹，将一根粗大的绳子穿过银杏树杈，留了个活套，一把将李安推了过去。

覃尧问道：“你们这是……”

连长笑道：“弄利索了再驮回去，省得路上麻烦。”

李安脸上惨白，似笑非笑，任由几个兵推搡着站在了树下，那绳套垂下来挽住了他的脖子。覃尧猛地心惊。就在这时，随着一声凄绝的嘶叫，伍娘出现在眼前。

她显然刚从荆棘丛中穿过，手和脸上都有被划破的血迹，衣衫和头发也凌乱不堪，她扑过去一下子抱住了李安，急急地抚摸着，嗷嗷大哭。覃尧见那李安满脸痛楚地闭上了眼睛。几个兵呵斥着上前拉扯伍娘，伍娘拼命地抱住李安不肯松手，兵们抡起枪托就要向她砸去，覃尧一声断喝。

“你们闪开！”覃尧朝连长说道，“我不喜欢有人在龙船河的地面上做这种事。”

连长看看周围黑压压的人，沉了沉说：“好吧，既然土司不方便，我们就拖回去再说。”

绳子从树上解下来拴在了马鞍上，李安梗着脖子无济于事，趔趄几步便被拖倒在地。伍娘惊叫着扑过去，好不容易将李安扶了起来。连长打马要走，伍娘死死攥住了缰绳，两只纤嫩的手瞬间勒出血来，围观的人丛中就有妇人孩子失声叫唤。

覃尧皱紧了双眉，他突然上前，一手拦住了连长的马头。连长诧异地问：“土司你这是？”覃尧先是弯腰行了一礼，然后道：“如果我请你放了他，你能答应吗？”

连长变了脸色，说：“我知道土司同我们司令在汉口学堂有过交情，但兄弟我也是奉命行事，军令如山，你让我回去怎么交代？”

覃尧说：“日后我会专程前去拜访你们司令，说清缘由。”连长冷笑道：“只怕等土司去时，兄弟的脑袋先已搬了家。对不起，你还是让开道，兄弟得赶路了！”覃尧也不说话，只是紧拉了缰绳一把，那马昂起头来，连声嘶叫，连长险些颠下马来。他正待发作，却见路前已被龙船河人围得严严实实。

连长只好一声长叹：“罢了！如果土司执意要救人，你交给我一件信物也行，我带回去在司令面前也有个说法。”覃尧道：“龙船河方圆数十里，除了地上长的河里游的，就是穿在身上吃在肚里的，你要什么做信物呢？”

连长道：“我倒相中了一件，就看土司给不给。”覃尧：“我一个种田之人，你看中什么就直说吧。”连长说：“虎钮錞于。”

连长声音不大，但在场的龙船河人都听得清楚明白，禁不住大吃一惊。虎钮錞于原是古时族人军中作战的乐器，形如圆坛，拍打有声，顶上有虎为钮，是权威的象征。听说数百里外，也有两三个族间保存有此物，但都仅有单只白虎，唯独龙船河这物是双虎并列，少说也有两千年光景，代代土司、族长视为至高无上的传世之宝。

连长一言既出，见覃尧顿时满脸愠怒，便道："我知道土司你断然不会将这宗宝物给了别人，不过是说个笑话而已。我也就是告诉你，免操这份心吧。"说着连长一扬马鞭，就要飞驰而去，没想到覃尧唰地从腰间拔出一把亮晃晃的匕首，慌得连长一把勒住马缰，说："你要怎样？"

覃尧也不答话，示意两个土民走上前来，解开他头上所捆的白帕，那白布展开长有丈二，覃尧举起匕首，一刀刺向自己手臂，刹那间血流如注，他脸不改色，就着那血在白布上写下八个大字：覃尧在此，刀下留人。

那血浓烈，片刻间在太阳底下干如油漆，覃尧双手卷了那段白布，来到连长马前。连长直着眼睛环视四周，看竹林边山崖上密密匝匝站满了脸色沉郁的男人女人，他低下头来接了白布，一脚踢开李安，打马就走。马队扬起一片尘土。

伍娘哇哇叫着，一把拉过李安，要给覃尧叩头。李安护住断腿作了个揖，他喘息着对覃尧说："算我欠了你一笔人情，可你留下我，恐怕只会给你招来麻烦……"

覃尧淡然一笑："你不欠我什么。我只是看在伍娘对你一往情深的分上，不愿她做一个伤心的寡妇。"李安说，"那样你岂不是更好。"

覃尧半晌无语，随后叹道："我真后悔，不该将伍娘错嫁给你，你对伍娘懂得太少。"

在他们说话间，伍娘从小溪边回来，用一张碧绿的芭蕉叶捧了晶莹的溪水，送到李安嘴边。李安看一眼覃尧，咕嘟咕嘟喝了下去，继而大笑不止。

那一刻，覃尧真想杀了他。

六

重新搭起一排三间木屋，并非容易的事情。连日来，李安去深山采伐木头，背回半边岩前，累得筋疲力尽，木肢磨得断腿鲜血淋漓，到了晚上便如死去一般。尽管伍娘小心侍候，为他擦脸洗足，浑身按摩，也解不了浑身的疼痛和烦乱。

他们暂且栖身在从前住过的石洞里。第一个夜晚，李安对伍娘行夫妻之实，他像一个曾经输光的赌徒，发狠地要捞回本钱，伍娘则是深怀歉疚，竭力要做补偿。两人竟你死我活，鏖战了一宵，李安心满意足。

但到得次日天明，他突然转念想到伍娘与他同房之时情如炽火，心领神会百般应酬，分明是早就熟悉此道，不知与覃尧有过多少勾当。那为非作歹的土司多半是玩得厌了，又不想娶回一个哑女，才将伍娘顺水推舟送个人情。且那伍娘在他俩结亲之前，居然还假装冰清玉洁，拒人千里之外，真是可恶！

那时伍娘正披衣起床，用鼎罐烧得热水端过来让他洗脸，李安一手掀翻木盆，揪过伍娘就是一顿暴打。伍娘似乎早有所料，任他拳打脚踢却一声也不喊叫，直将两眼泪汪汪地望着他。李安怕看那双眼睛，歇手吼道："你别这样看着我好不好？你倒显得多么委屈！你去告诉土司，把我抓去砍头就是了。"

伍娘背过身子，一边擦去眼泪，一边收拾地上的木盆，另去打了水，又给李安端来。见李安不理，便拧一个热帕子递到他手里。李安见伍娘泪迹斑斑，却依然满脸温柔，心下又不由一阵悔意，一阵难过，便说："伍娘，你何必待我这么好，又何必拼死要救我，我一死不就一了百了？"

伍娘急忙捂住他的嘴，眼里的惶恐真真切切，李安忍不住又将她揽在怀里，摸着她身上被自己打出的青紫，不禁潸然泪下。心想伍娘未必有什么大错，可恨的是那覃尧，倚仗权势霸人妻子，偏是龙船河的人和伍娘都将他当作神一般对待，真是可笑至极。

李安七岁时父母双亡，便混迹江湖，也曾与年长的袍哥白刀子进红刀子出，经历过人间许多险恶，跟随师傅学艺之后，才收了性情，一心学艺谋生。师傅性情急躁，待人苛刻，稍不顺心便对徒弟拳脚相加，曾赶跑了好几个徒儿，唯李安聪明伶俐，能善解人意，对师傅曲意逢迎，无论师傅如何打骂，只是一脸恭顺，还每天早起抢着替师傅倒尿盆。师傅心动，不知不觉中将浑身本事悉数教给了李安。三年艺满之后，李安独立门户，告别师傅的那天早晨，他照例走进师傅房中，师傅正坐在床上，李安说我今儿是来跟师傅告别的。说着他就又端起了那个尿盆，师傅心下真正有些感动，但只听哐的一声响，李安端出去便再没进来。等到师傅走到院子里一看，那尿盆被李安砸碎在了当院，人却早已不见了，师傅当时便气倒在地。

李安本想凭借手艺积攒些钱财之后娶妻生子，安居乐业，传宗接代，过一个平常人的日子，不料这年川军抓兵拉夫被他撞个正着，他一点都不想当兵打仗，半夜从兵营里跑出来，被追兵打伤了一条腿，又不得不东躲西藏。结果跑进龙船河，竟遇到这一连串的事情。

他完全没有想到，在一开始抱以轻视的龙船河地方会遇到一生中最铭心刻骨的对手。蛮人覃尧时而显得愚钝，时而高深莫测，时而平凡得像龙船河一把随意抛撒的泥土，时而又强大得如高耸的山峰只能仰视而不能动摇，让他在愤怒惧恨的同时，又有三分不愿意承认的感佩和嫉妒。最为可恼的是，那人的所作所为已潜入了他的内心，时时刻刻就像是站在他的跟前，影响和干扰着他的一切，即使半夜里突然醒来也是如此。

他无数次地想到离开这鬼地方，重新回到山那边的平坝子去，过自己原来的日子。但是欲罢不能，仿佛有许多强有力的藤蔓包紧了他，他走动不得。于是他不得不咬牙切齿，痛心疾首地打定主意：好吧，土司！那就面对面地活吧，只要有我在，你覃尧至少活得也不那么安逸舒畅。

他要用自己的手艺修一幢新木屋，要重新打一张雕花大床，夜夜在伍娘身上播种，要生出一群强壮的儿女，把他们养得欢欢实实的，在龙船河的地面上叫喊着奔跑。李安几番思索之后，开始平心静气地度日，不再自寻烦恼打骂伍娘，反倒温存备至，每日夜里有说不尽的风流。伍娘经他几番爱抚，快乐天性自然萌现，终日里忙里忙外欢天喜地，又挖来冬虫夏草等许多山中之药，熬成大盆热汤，每日让李安浸泡一回，果然舒筋活血提神养气，浑身的伤痛渐渐消去。

过了月余，修屋的木料都已备好，只差一根横梁，李安看中山上一棵水杉，帮忙的土民哥子却说不可，并讲出龙船河的又一番讲究。原来土家做梁须是偷来的，不能取于自家山场，并要发蔸之树，是广纳财气、发达兴旺的意思，被偷的树主绝不追究。李安听了嗤之以鼻。但心里即刻钻出一个念头，便问道：“这梁果真要偷？”

哥子说：“家家户户都是如此。”

李安又说：“树主当真不捉拿追究？”

哥子说：“那还有假？”

李安便笑着说：“那好，今夜里你二人随我去偷来。”

哥子们点头，说黑下就来。龙船河另有一桩好处，逢人家红白喜事修房造屋，寨上的人便会主动上门帮忙，主人家一不付工钱，二不道多谢，只管饱两顿饭便可，寨子里一班帮忙的行家，做事每每比主人家自己做得还要可心。伍娘二次造屋，更是惊动了全寨上下，帮忙的络绎不绝。李安自然来之不拒。

那夜恰巧没有月亮，吃过夜饭李安便带着两个哥子走下半边岩。哥子问去哪座山，李安说不敢让你们辛苦，就近偷一棵便是。说着走到寨子东南，眼前黑黝黝冒出土司的吊脚楼来，楼前一根参天柏树，散发着清香。

李安立住脚说："就是它了。"

哥子们大吃一惊。

方圆数十里都知道这柏树长得古老，百年之前老土司造楼之时亲手栽下这棵柏树，如今已是树比楼高。那树四季常青，终年香气四溢，寨里若有大事，老者们便都聚集在此树下商议，土民们经过此地时都不由心生敬畏，就是十分调皮的娃儿也从不敢轻易摸爬这树。

哥子们说："李大哥还是另选一棵的好。"

李安说："我要的就是它。"

那日得知伍娘被背进了覃尧的家门，大怒之下他首先想到的就是杀了那人，不想断腿艰难，到这楼前时已是气喘吁吁，猛抬头便见这棵柏树，夜色中恰似站着一个巨人，伸着双臂紧护着那幢稳稳当当的吊脚楼。不由他遽然心惊，手脚再也提不起力来，只好含恨而去。这时李安道："我得感谢你们龙船河的好习俗，让我谋得这好的横梁。"

哥子说："这树并不合适，做梁忒粗了些。"

"我不会慢慢将它解开？"李安说，"只留心子便可做梁。"

哥子们默然。李安高声说道："你们这些人也真是，我一个外乡人被你们这般那般说得不敢不信，真做起来你们又作怪，岂不是把我当作三岁的娃儿？"

哥子说："先前的话一点儿不假，只是这棵树砍它不得。"

话未落音，"砰"的一声，李安一斧头砍在树上，说："只要你们先前的话当真，那就没什么砍它不得。各位都请回去，明日来帮我抬就是了。"说着便扬起斧头，狠狠地砍了起来。那斧头砸在树上，咚咚犹如鼓响，在寂静的夜里撼人心魄，两个哥子捂着耳朵逃也似的飞奔而去。

吊脚楼上突然射出一道光亮，土司覃尧举着火把走出房门，他站在廊前将情形看得一目了然。李安明知覃尧出来，也不理会，就着光亮将斧头一下下砍进茬口，用力处，不禁咳哟有声。楼上的覃尧默默地看着，一动不动。

当覃尧手里的枞木火把燃到一半的时候，李安感觉到大汗淋漓，虎口阵阵发麻，而那茬口不过才寸余，他不得不歇下斧子，靠在树上将眯了眼睛的汗水擦去。这当儿，他听见覃尧沉稳的声音传来："这么大的树，应该用锯子才是，不然砍到一半，树就会朝人倒下去，弄不好会砸了自己。"

李安说："锯子我倒是带来了，只是一个人不好使。"覃尧说："要不要我给你帮忙？”李安抬头看了看覃尧，说：“你不心疼？”覃尧温和地说：“你没见你砍的正是发蔸树？那周围已有好几棵小柏树正长着，被这树遮了日光，砍了它倒是能长出一圈好树来。”李安悻悻地说：“这么说，我倒是给你帮了一个忙。”

覃尧说：“其实树不树的，又有什么要紧？树长出来就是让人用的，世上只有人才是最要紧的。”李安觉得浑身的劲都松了，他将斧子从那茬口里拗了下来，懒懒地说：“既然你不在意，我又何必费这个劲。”

他又一次被覃尧打败了，他想。

不过日子还长。他仍去山上砍了自己相中的那根杉树来，做成一根标直的横梁，中间画好太极图，两头分别用红黑二色写上“乾坤”二字。上梁之日，便请了帮忙的哥子，邀约龙船寨的老少前来，又亲自上门去请了土司覃尧，言语之间，李安表现得十分谦卑有礼。

那天正午时分，覃尧登上了半边岩，李安一见，忙撇下手里的活计，携了伍娘上前迎接。多日不见，这覃尧见伍娘满脸喜气洋洋，且体态丰腴，全然没有自己猜想中的憔悴，心中便不由得像打破了五味瓶，辨不出是甜还是酸来。

那李安看在眼里，忙叫伍娘端过一张凳子，请覃尧坐下。覃尧说：“上梁之时，大家还是站着为好。”李安说：“我看土司脸色不对，怕是头有些发晕？”覃尧不语。李安脸上似笑非笑。

堂屋里已站满前来恭贺的土民。梯玛燃香焚纸，祭祀众神，屋架上放下绳索，将横梁徐徐拉起，顷刻合榫安梁。梯玛赞道：“来得早亦不早，主东上梁安好，来得迟亦不迟，主东上梁是时。主东坐得好屋场，正好坐到龙脉上，坐到龙头出天子，坐到龙尾出宰相，若还坐到龙腰上，儿孙代代状元郎。”

众人喝道：“赞得好——！”

那李安满面春光，向四周拱手作揖：“多谢各位，今天真可谓双喜临门。”多嘴的人便问何为双喜？李安道：“安梁算一喜，还有一喜……”他四下里看看，然后一字一字地说：“今早得知，我妻已身怀有孕！”

众人一片喝彩：“可喜可贺！”

“我一个外乡人在这里安家立户，能有今天，全仗得各位扶持相帮。”李安径直走到覃尧跟前，作了个大揖，道：“尤其要感谢土司你。”

覃尧神色恍惚，勉强一笑。

喝过米酒，李安恭敬地将覃尧送出门去。他喜悦地看着覃尧脚步不稳的背影，深知那人已被今日所见之事、所听之言而刺伤。回到堂屋，他喜滋滋地一口气喝下半坛酒，那伍娘做的米酒真是香甜，不觉手之舞之，足之蹈之，想这龙船河的人动辄载歌载舞，却原来真的是兴之所至。当下，便叫了伍娘到跟前，要她舞蹈一段。

伍娘有些惊异，啊啊地比画着不肯。李安心生不快，道："怎么？难道我叫你不动，非要有的人才叫你得动不成？可惜那人已走开了去，要不要我再叫他回来？"伍娘眼生惶惑，一个劲地指着自己的肚子。李安又道："你是说你怀了孕？我知道哇！可你刚刚有孕上身，未必就不能动弹？"

土民们自在一旁喝酒，并没理会得他们夫妻的纠葛，李安心上一股热流总也找不到奔突的缺口，正要进一步发作，似见眼前人影晃动，抬头看是梯玛覃老二，一双眼睛幽幽地盯着自己。梯玛缓缓地说："……其实何必呢？"

李安说："什么何必？"

"聪明反被聪明误。"梯玛自顾说道。

李安心里一惊。

七

为什么不杀了他呢？为什么要救了他呢？

覃尧一路踉跄地走下半边岩，浑身被怒火烧得灼热难熬。那时正是午后最燥热的时光，路边的青草蔫蔫的，一头牛在水窝里打滚，身上流淌着浓浓的泥汤，连哼也不愿意哼。他一脚踩死了跳上田埂的青蛙，清晰地看到那炸裂开的肚子，耷拉着一根粉红细细的小肠。他恶狠狠地感到一种快意。

要杀死那个外乡人完全可以不费吹灰之力。就在去年的冬天，有一伙土匪摸进了龙船寨，要覃尧和寨民交出三十斗谷子十头猪，不然就烧了他的吊脚楼，把龙船河的女人都赶到八面山的土匪窝子里去。他站在吊脚楼上对土匪说，要交出这些东西并不难，只怕你们拿不走，你们只看看各人的膀子就晓得。说着他就开了枪，不打脑袋不打心窝，专打人的肩胛骨，那些家伙当即就垮了肩膀，一个个喊爹叫娘。覃尧收了枪说，留下你们的命来，日后好交个朋友。说着又叫族人给他们一人拿出几个苞谷粑几尺布，填了肚子捆了伤，土匪见覃尧是一条好汉，二话没说偃旗息鼓地走了。

打土匪的火枪就挂在吊脚楼的墙上，覃尧每天夜晚要擦它一遍，山里湿气重，功夫不到就起了锈，枪被他擦得明光锃亮，十分好用。他一阵风闯进门，摘了那枪，架在窗户上，对准对面半边岩上的木屋。

那边的风景熟悉得闭目可见，他不得不承认，一天之中有许多时光流连在这窗前，早晨他知道伍娘会站在场坝里洒水扫地，那扬起的水花在阳光的照射下竟有一串串七彩的颜色。夜晚来临之前，可以清楚地看见伍娘赶着几只雪白的羊儿，她不用声音只用她柔美的双手频频舞动，那羊儿就咩咩地叫着进了圈门。他甚至还清楚那岩前新冒出来的竹笋，长势一天不同于一天，估摸伍娘会扳了它还是留着它……

现在覃尧看见那个外乡人走出了屋门，慵懒地靠在门上，伸起双臂打了一个呵欠。他顿时怒火中烧。

这个傲慢的不知好歹的外乡人，是自己将他从死到临头的危难中救了出来，又眼睁睁地看着他和自己心爱的女人过活在一起，这让人要经历多么痛苦的斗争和熬煎。多少个晚上，两个覃尧不停地在自己脑子里打架，两个覃尧都血气方刚，来自同一个祖先，一个要不顾一切地追寻幸福，要不管任何人的反对，包括伍娘，坦坦荡荡地走上半边岩，将那女子柔软的身子一把抱起，抱回自己的吊脚楼，想怎样过活就怎样过活。而另一个覃尧却清楚地提醒，自己是祖先的后人，是龙船河土民和伍娘尊崇的神灵，自己孟浪的举动不会得到任何赞美，只会留下永久的耻笑，自己无论怎样也不能玷污了祖先的名声。

一个个难眠的夜里，这种苦苦的争斗长久不息，他心力交瘁，实在是做了最大的克制和忍耐。而那个外乡人居然不仅得意扬扬地享受着本该是自己的幸福，还将嘲弄的污水泼到自己脸上来，自己怎能不杀了他呢？

现在他将枪口瞄准了外乡人的脑袋，那人正对着他的枪口，朝着远方发呆，他这时只要轻轻一扣扳机，外乡人的沉思就会粉碎，那一头黑发会四下飘落。但一旁走过的伍娘一定会被这情景吓坏，他不能吓了伍娘。于是他再瞄准外乡人的胸膛，那对襟褂子白得耀眼，一定是经伍娘洗过，眨眼间那一片洁白便会溅开鲜红，那景象倒是有几分好看，可伍娘看了也还不得痛死？他便又犹豫着打断外乡人的另一条腿，那人木匠手艺确实精巧，装上假肢的腿只是微微有点跛，不加留神根本看不出来，那是因为还有一条好腿撑着，如果两条腿都断了就再也不会那么潇洒……

覃尧专心致志地瞄着，没有觉察有人走到了他的身后。那人许是被看到的情形所惊骇，低低地闷叫了一声。覃尧转过身来，看见脸色煞白的覃老二，他精疲力竭地一笑。覃老二盯着他手里的枪，又从窗口看着对面山上的人，满眼惊忧。

覃尧抚摸着锃亮的枪身，说："枪里并没装火药。"覃老二一愣，欲言又止。覃尧浑身瘫软地坐了下来，说："你走吧，我现在不想同任何人说话。"他无力地合上了眼睛，感到有风从堂前穿过，古柏上的蝉鸣不像方才那样焦躁，兴许也是有些累了，高一声低一声地只作应答。

也不知睡过了好久，他感觉一束光凝聚在脸上，睁眼一看，覃老二依旧一动不动地束手站在堂前，双目切切地盯着他。他诧异道："你怎么还没走？"

"有一件事必得要告诉您。"覃老二说。

"什么事这么要紧？"覃尧疲倦地说着，他捧起桌上的陶罐，咕嘟喝了几口，说，"我知道你想劝我什么，可我这会儿什么也不想听，你还是回去吧，有什么话以后再说。"覃老二说："这件事您非听不可。"覃尧有些恼了："覃老二，你不要以为你是个梯玛，我就得什么都听你的。"覃老二说："我没那个意思。"覃尧一挥手说："那好吧，你现在从这里走出去，要再不走，我就唤狗来了。"

覃老二丝毫没有动弹，他说："伍娘怀了孩子。"

覃尧啪地摔碎了手中的罐子，吼叫道："难道你就想跟我说这个吗？你以为那个外乡人得意得还不够吗？"他冲到覃老二跟前，一掌就要把他推出门去，可覃老二说："那孩子，是您的。"

覃尧伸出去的手一下子僵住了，他愣怔在那里，半天没有醒悟过来，说："你说什么？"覃老二说："今早李安请我替伍娘拿脉，脉象显出伍娘怀孕已有三月之久，按时间推算，那只能是您的孩子。"

覃尧的脑袋里嗡嗡直响，像龙船河所有的激流全都汇集在一起，猛烈地冲击着，他一把捏住覃老二瘦削的肩膀："这是真的？"覃老二沉沉地点头。覃尧扑通一声跪倒在神龛前，将头伏在地上，半晌发出闷闷的哭声。

所有的烦乱在这一瞬间荡然无存，覃尧不能不喜极而泣。他无限快意地想到他的精血就在伍娘的体内，他和那个美丽的女子再不是毫不相干的两个人，今后的日月就有了新的盼头。这得感谢上苍，感谢祖宗。他连连朝神龛磕着头，然后站起来，爽叫一声："拿酒来！老二，今天咱们得喝酒！"

可覃老二却一直忧心忡忡地看着他，说："您会有麻烦的。"覃尧怔了一下，立刻想到了外乡人，那人如果知道伍娘怀的是他覃尧的孩子，断然不会甘休，倒不如现在就上门去说明真相，让伍娘回到自己身边，外乡人要什么他全答应。但覃老二却只是摇头，说："依我看，不如现在就打掉。"

覃尧一惊："打掉什么？"

覃老二默默无语，但覃尧从他脸上找到了答案。他像被蛇咬了似的浑身一颤，一脚朝覃老二踢去，说："你给我滚！"覃老二并不分辩，微微佝偻着腰退出了吊脚楼的大门。

夜晚难以入睡，覃尧时而无比兴奋，时而又心惊肉跳，他几次想冲到对面山上，找到外乡人说个明白，可又想等到第二天太阳升起，他趁这夜晚把心事再细细地清理。他打开后楼的密室，小心翼翼地取出珍藏的宝物虎钮錞于，供奉在自己的床榻上方。那千年的青铜古物，在深夜里散发着一圈神秘的光芒，那些细小的花纹述说着先人的战事，经过岁月的洗刷，沉默但却十分鲜活，很久以来，覃尧就感觉到有一种神秘的通道，将先人与自己联系在一起。现在，他又要向它诉说了。

八

清早，伍娘赶着雪白的羊儿上了山。

羊儿咩咩地叫着，在山坡上撒欢，而伍娘却无力地在一块青石上坐下，对着白云呆呆地出神。

丈夫昨晚又打了她，这次他没用脚踢，而是咬牙切齿地掐她身上最隐秘的地方，痛得她全身冷汗。天知道，她并没有做错什么事情，只是想将一件破旧的衣衫改给未来的小儿，可刚刚裁剪好，丈夫就凶神恶煞地扑了上来。

丈夫越来越像一个陌生人，他的脸就像山间的三月天说变就变，伍娘怎样也琢磨不透。面目清秀的丈夫，怎么会时时像恶鬼一样暴戾乖张，难道永远都会这样？这样的日子，伍娘实在难熬呵。她不由得常常怀念从前，在龙船河她从来就是一个无忧无虑的女子啊，她走在山间，满山的花儿会对她微笑；她走在河边，河里的水会对她歌唱；她走到寨子里，男女老少都会递上香喷喷的热茶，那些赞美的目光让她心里好甜啊。

可她喜欢过的丈夫，为什么会对自己这么狠？在石洞的日子里，那外乡人的眼里明明流出的是比蜂蜜还甜的爱意啊。伍娘现在也开始恨这个男人了，无论她多么温柔，多么忍耐，他仍然毫不手软地揉搓她，她害怕自己心里慢慢滋生的恨意，会在丈夫的培植下膨胀。她终究是从来没有恨过一个人啊……

无边的忧伤丝丝缕缕地缠绕着伍娘全身，她倚着青石无助地哭了起来。

草木葳蕤的小径上冒出一个人来，黑布帕子瘦削的肩，一双细小但有神的眼睛，伍娘看是梯玛覃老二，想必是自己的泪眼婆娑已被他尽收眼底，那覃老二一脸关切。

“呵，可怜的女子……”覃老二的声音细如游丝。

伍娘顿时越加泪如泉涌。

“你吃了这颗丸子，心里会好一些。”覃老二将手伸到伍娘跟前，手心滚动着一颗金黄色泽的药丸，发出郁郁香气，伍娘感到一种奇特的诱惑。

她向那颗药丸伸出手去。覃老二看着她，眼睛里含着鼓励。梯玛的高超医术和神奇法术在龙船河四周传扬，伍娘不必问是什么药，她只想吃下去真的能清除无尽的忧伤，让她重新感受到世间的快乐。

她拿起那颗药丸，张开红唇便要吞了下去，树丛中突然响起一声断喝：“住手！”

伍娘浑身一颤，只见李安脸色狰狞地从树丛中走了出来，便即刻想躲到覃老二身后去。李安上前一把夺下她手中的药丸，举起来对着太阳看了又看，然后对覃老二说：“梯玛为何要对我妻子用药？”

覃老二无语。

李安说：“梯玛若是想为她安神保胎，也应该让我知道才是。”他说着拿眼四望，伸手牵过一只怀着羊羔的母羊，将手中药丸掰碎硬塞到了羊嘴里。李安说，“梯玛，我倒想看看你的神药，究竟有多大效力？”

覃老二脸色肃然，但仍然无语。山道上响起急如疾风的脚步，李安冷笑道：“我就知道今天还会有人来。”

眨眼便见土司覃尧急急惶惶地爬上山来，他大汗淋漓，胸口像起伏的风箱，径直走到覃老二面前，低声说道：“我在对面屋里都看到了，你为什么要这样做？”覃老二缓缓地说：“济世救人。”说话间，那母羊已躁动不安，咩咩乱叫，踢打着后腿倒在地上，身下产出一团血污来。

一直愣怔着的伍娘见这情形，不禁惊惧万分，哇的一声大叫昏了过去。

覃老二上前拿住她的穴位，李安将他一把推开，却对覃尧冷笑道：“土司你不请自来，我正好请教一句，你这梯玛无端要害我的孩子于母腹之中，究竟是何道理？”

覃尧心中倒海翻江，却是欲说不得。此时他只想将自己才是胎儿之父的话说出来，但昨日梯玛已经提醒过自己，隔腹认亲并非易事，必须等胎儿出世，众目睽睽之下验血为证，方能名正言顺地以为土司的后人。可这一切将会给他和龙船河都带来无穷尽的麻烦，梯玛覃老二再三主张打掉这个孩子，他断然不肯同意。此时面对外乡人狡黠的脸，他嗫嚅道：“这孩子……”

李安斩钉截铁地说：“这孩子是我姓李的根，谁要是想在他身上打半点主意，我李安和伍娘就与他同归于尽。伍娘是你们龙船河人的掌上明珠，土司你不至于想眼睁睁地看着她死在你的面前吧？”

外乡人的眼神诡秘莫测，话中意味深长，难道他已经知道那孩子真正的根由，想加害于伍娘？覃尧不由心惊，但稳住神道：“就算是覃老二想打掉这孩子，可他并没有得逞。”

“如果得逞了呢？”李安说。

“不管是谁，我都会剁去他的双手，将他永远赶出龙船河。”覃尧直视着外乡人的眼睛。

那李安哈哈笑了起来，说：“那就好，有土司保护，这孩儿一定会平安落地，我还眼巴巴地指望着他做大事呢。”

覃老二忧虑地望着天空。

李安继续笑道：“我一个外乡人也不懂得龙船河的礼法，不知今日之事，土司如何处置你的梯玛？”

覃尧看看覃老二，长长一声叹息，说：“罚他为舍巴堂做一百天的苦工。”

舍巴堂在日夜流淌的龙船河边，是寨民们年节之时聚会的重大场所。在舍巴堂的建造上先人们采用了最简单朴实的办法，只是用河畔的石头垒起一圈圆形的墙壁，里面除了替祖先神灵的牌位筑起一道土台并搭起遮盖的屋顶之外，再无任何累赘，可容纳全寨男女老少和四乡的亲朋好友千余人。舍巴堂的墙垣隔年维修，所需石头由寨民们自动从河边背来，只是去年遭遇百年未遇洪水，大半墙壁坍塌，修筑工程之浩大前所未有。

梯玛覃老二果真为舍巴堂背了一百天石头。那正是烈日炎炎、河滩上冒烟的日子，一块块滚烫的石头像从炉中煅炼过，稍一碰撞便会生出蓝色的火花。覃老二瘦骨伶仃的赤足套着草鞋，一趟趟背着沉重的石头走过河滩，满嘴生出燎浆大泡。覃尧提一桶清凉的井水放在路边，覃老二渴的时候便去喝上几口。

起初洁白的河滩上，只有覃老二像一只黑蚂蚁独往独来，过了些时，早晚就有两三个土民相陪，再后来，尤其黄昏以后，寨中老少纷沓而至，闹嚷嚷如赶会一般热闹。百天工夫，竟堆成了几座石山。覃尧和寨里的石匠们垒起舍巴堂厚实的石墙，又用绰绰有余的石头重铺了堂内的地面。

舍巴堂焕然一新。

完工那天，半边岩上响起婴儿清脆的啼哭，全寨人都惊喜地猜想伍娘做了母亲。但外乡人李安却在木屋门前挂上了一根红布条，谢绝所有人的问候。那紧闭的木屋生出一种令人费解的神秘，让龙船河的人又是好奇又是不安。

九

覃尧心焦如焚地熬过三十个日子，满怀希望地等到那孩子满月这一天。

这时龙船河刚下过一场初雪，漫山遍野一片银白，但阳光探出了头，是山里冬天少有的好日子。覃尧一大早就站在自家的吊脚楼前，眼巴巴地盼望伍娘会抱着她的孩子出现在阳光之下，但直到中午也未见踪影。

正在焦急不安之时，寨子里几位老者上门。他们是来给土司说亲的，邻县有一个苗家的龙氏土司，他家的幺女长得漂亮大方，四乡里闻名，也曾到县城读过些书，老者们去到龙家探访过，认为配得上土司覃尧。覃尧脸色木讷地听着老人们的话，一声不吭。

老者们面面相觑，不得不再问道："土司，你心下到底认为如何？应当亲自前去看上一看才好。"覃尧的亲事几年来一直都是寨子里议论的大事，为此一班老人都跑断了腿，覃尧从神思恍惚中回过神来，道："各位为我的事操了心，我覃尧心中哪有不知？只是你们说的那户人家离龙船河路途稍远了些，来去总有三双草鞋的路程，如今冰雪封冻也不便行走，开春之后，等路上的冰雪化了再说吧。"

老者们也只好随他，正待要起身告辞，覃尧却说："眼下倒是有一件大事，要请老者们认可。"老者们便问是什么事。覃尧说："明天太阳升起之时，请各位再到柏树下来，我会一一告诉大家。"

冬天日子短，老者们离去之后天色便迅疾地黑了下来。覃尧就着烧好的麂子肉喝下两碗苞谷酒，扎紧腰间的板带，提了那杆火枪便朝半边岩走去。

雪在他的脚下咯吱作响，他走得不慌不忙，不像前几次心急火燎，这使他自己也暗暗惊奇。爬上半边岩，他发现场坝里的白雪一片晶莹，像是完整地铺着一块白毡，不见半个足迹，而那木屋大门紧闭，静悄悄地没有半点声响，像是一幢无人的空屋。覃尧的心不觉陡然恐慌起来，他从雪地里连滚带爬地扑了过去。

使出全身力气用力一推，门却是虚掩着的，差点让他扑倒在地。一个声音说道："把你的打狗棒扔到外边去。"

覃尧抬起头来，却见堂屋里点着一盏微弱的桐油灯，那李安稳稳坐在灯下，灯光在他那张秀才脸上闪烁不定。寨里的土民都曾说李安那外乡人的脸白白净净长得像个秀才，唯有眼下覃尧才感受真切。

"我说把你的打狗棒扔到外面去。"李安说。

覃尧就把火枪扔到了雪地上。这时，他心里反而平静了。他弯腰打了打裤脚上的雪，跺跺脚跨进了堂屋，稳稳当当地站在了屋中央。他和李安相互久久地对视着。外面的山野起风了，呜呜地刮过屋顶，灯苗上的火扭动着腰，几次要倒下去又立起来，令人窒息的不安就渐渐挤满每一点空间，他们似乎都听到了对方沉重而又急促的心跳。

"哇——！哇哇！"

就在这时，里屋突然响起了小儿响亮的哭声，覃尧的眼里即刻充满了柔情。他掉头定定地看着那道房门，李安对着他只是冷笑，走过去一脚将门踢开。覃尧浑身血液立刻像是凝固了。他朝思暮想的伍娘就在那床前，但她的脸被满头纷乱的青丝所遮挡，手脚都被捆在雕花床柱上，床上蠕动着一个襁褓，从那里传出不断的啼哭……喜悦、焦灼和愤怒强烈地混合在一起，冲得覃尧几乎站立不稳。

李安走到床边一把举起婴儿，覃尧止不住啊的一声大叫："那是我的儿子！"他喊道，"我的儿子！"

"是吗？"李安慢慢地把手放了下来，温柔地抱着孩子，"这孩子不是我的，是你的吗？我倒要问问伍娘。"他的话还未落音，那伍娘甩开青丝露出两只惊惧的眼睛，拼命地摇着头。

覃尧肝胆欲裂。

李安笑了起来，他用手逗弄着孩子的小嘴，孩子止住了啼哭，跟着手指的转动使劲地扭着脑袋和嘴想吮吸。李安说："你想知道伍娘为什么会摇头吗？因为我说过，只要她承认是你的孩子"，他用手捏住孩子细细的脖颈，"我就杀死他。"

覃尧踉跄上前，嘶哑着喉咙说："你把他还给我，我什么都答应你……"

李安抱着孩子往后一闪，说："你给我退到大门那里去，老老实实靠着门站着。要不，我现在就掐死他。"

伍娘啊啊地叫起来，痛苦地挣扎着手脚。覃尧一步步退到门口。

李安盯着他眼睛一眨不眨，突然仰天狂笑不止，他说：“原来你也是一个弱者！你一直多么傲慢多么豁达多么宽容多么不可一世，原来也会眼泪巴巴束手无策。只是你还不知道什么叫仇恨，今天就让我来教会你。你知道吗，当一个人新婚之夜看着自己的新娘被别人霸占，而自己不得不像野狗一样在荒山野岭里流窜，那种滋味就叫仇恨；当一个人忍辱负重把一生的希望都寄托给儿女，而他的妻子带给他的第一条生命却是别人的儿子，那种滋味是更深的仇恨！现在你懂了吧，难道你就不想尝一尝？”

覃尧看着外乡人那张因为仇恨而扭歪的脸，感到无计可施，他现在即使坦露心迹，把所有的事情重新理清原委，也难以与外乡人沟通。他们本是两座山上的鸟，两条河里的水。过了好一阵他才说：“你想怎样？”

李安说：“从一开始我就等着这一天，等足了怀胎十月，又等到了今天，你看我脸都蓄白了，你才来。我说过我要让你知道什么是仇恨，我要当着你的面，杀死你的儿子！”说着他拔出一把尖刀“呼”地插在桌上。

“不——！”覃尧的喊声和着伍娘的尖叫。他忍不住浑身颤抖，“你不要杀他，我求求你不要伤这孩子，我愿意把我的一切都交给你……”

风越发大了，呼啸着拍打门板和窗棂，木屋咯吱咯吱摇晃，灯凶猛地晃灭了，霎时陷入了黑暗，只有门外的白雪反射过一层朦胧的光亮。昏暗之中李安缓缓说道：“既然你愿拿一切交换你儿子，我便成全你，也算还了你对我的救命之恩，否则显得我太不仗义。我这人并不贪心，你说一切我倒不敢受，我只看中了你两件东西，并且只要其中一件，由你取舍。”

覃尧说：“你只管说。”

李安说：“你站着别动，不然我手下无情……我要的东西自然也有一番道理，明人不做暗事，就把这道理也说给你听。第一件是虎钮錞于。我自然知道它是你先祖的遗物十分宝贝，要不然川军袍哥土匪走黑道的都想争夺？我与你一场仇怨结下，要是你把这物件给我，我就携了伍娘远走他乡，卖了这物件谋个生路，从此与你井水不犯河水。依我看这是你该选的上策，但不知你肯与不肯？”

“……那第二件呢？”覃尧说。

李安说：“这第二件对你恐怕倒真是有些为难，但你若不肯给第一件，那这第二件我志在必得。我要是不能与伍娘远走他乡，只能在龙船河你的地面上过活，我最不愿意见到的就是你。但我倒不想让你死，我只想取走你的声音，你的傲慢、自以为是的声音……”

一片沉寂之中，响起伍娘凄惨的哭喊：“啊——呜……”

“我不想等得太久。”李安说，“你要知道，这孩子已经一天一夜没吃过东西，再等下去只怕会首先送了他的性命。”

这时风已停了，夜空中升起一片月牙，忧郁地穿行在云彩里，俯照着洁白的大地，就有一道雪光将覃尧敦实的身影投到堂屋的地上，像一尊巨大的石像。他说：“我给你，我的声音。”

李安嗖地站起来，道：“果然是条汉子！”

覃尧说：“我现在就给你，但你一定得将儿子给我。”

李安说：“我记得你说过，男人家一诺千金，这一点我李安若出尔反尔，当场让雷劈了我。”他拔起桌上的尖刀递给覃尧，“要不要这个？”

覃尧徐徐摇头。他沉思片刻，猛然昂起头来往下一摆，一声闷叫如林中虎鸣，震得李安连连后退。便见在雪光中掉下一团活物，有点点黑血滴在那白色的地上。李安肃然，双手将沉睡的婴儿捧到覃尧怀前，说：“你去吧！这回我俩谁也不欠谁的了。”

覃尧怀抱婴儿一头撞入月色之中，身后断断续续传来伍娘的叫喊。他满眼热泪，口中涌血，踉踉跄跄往白雪洒下斑斑血迹。就在他两眼发黑似要栽倒之时，站在吊脚楼前的覃老二伸开袍袖接住了他。

十

第二天，太阳升起的时候，寨里的老者依土司吩咐，陆续来到古柏之下。但见吊脚楼门洞开，土司覃尧双唇紧闭、脸色憔悴地怀抱着一个孩子，一步步走了出来。老者们自是惊疑不定。梯玛覃老二全身做法事的装扮，头戴法冠，身穿红袍，手执八宝铜铃，一脸肃穆，在那古树下安置了铜盆清水。

待土司覃尧站定，覃老二当着众人取出一根银针，扎向覃尧伸出的手指和那小儿的手指，分别取了两滴血放入清水之中，那血在水中渐渐像蝌蚪般游动，很快融汇一起，老者们大惊。覃老二又从覃尧和小儿头上分别剪下两束头发，做两堆在条案上点燃，便有两束焦烟上升，不到三尺两束烟互相靠拢缠绕着并为一股。

老者们奔向覃尧："土司，你有了儿子！"

覃尧眼眶湿润，却不言声。

老者们："土司你……"

怀中小儿哇哇啼哭起来。

覃老二摇动铜铃，欲做法事。伍娘突然从人群冲了出来，她两眼放光，不顾一切地扑过去夺过覃尧手中的孩子，紧紧地搂在了怀里，不停地亲着孩子的小脸。她似乎毫不感觉其他人的存在，撩起衣襟，将乳头塞到孩子嘴里，无限慈爱地拍打着，嘴里喃喃有声。

覃尧满脸怆然地走向伍娘，伍娘却抱着孩子警惕地睁大了眼睛，她退后几步，突然转身跳下古柏前的石阶，飞快地跑开了。

只有黝黑的石洞，才是伍娘感觉最安全的地方。她抱着孩子一口气跑进半边岩上的大石洞，躲进一个只有她才知道的小岔洞里，这才惊魂未定地歇了下来。孩子甜甜地睡着了，或许是母亲给了他在任何人怀里都得不到的安宁。伍娘心醉神迷，无比轻柔地抚摸着孩子脸上娇嫩的皮肤，像是怕它突然化去。

从孩子钻出她的身体，人世间突然就有了这么一个粉红的小人儿之后，伍娘的全部心思都被他所牵动。孩子的每一声啼哭不亚于电闪雷鸣，每一个饥饿的表情不亚于最严厉的催促。丈夫的阴郁显得无关紧要，土司上门引来的纷争也与她毫不相干。谁也别想让孩子同她分离！

不知道过了多少时间，伍娘就那样抱着孩子，忘记了自己的饥渴和世上的一切。

洞外似乎有丈夫呼喊自己的声音，并似乎走进了石洞，又远远地去了。丈夫不知道这洞有数不清的岔洞，不知道这洞一直通到了龙船河口。丈夫是找不到自己的，伍娘得意地笑了。

但在她已熟悉的黑暗之中，她看到岩壁上有一群蝙蝠飞了起来，缓缓地沿着洞顶盘旋，扇动着一股股夹杂着土腥味的凉风。此时洞口有一束光亮渐渐移近，越来越大地占据了伍娘眼前的空间。在那束光的照耀下，她看到土司覃尧喜出望外又布满了忧伤的眼睛。

伍娘既不惊异也不害怕。

她对这个代表神送给自己儿子的人心存感激，虽然他不再让人敬畏，看上去倒似乎像怀里的孩子一样需要怜爱。但他无权夺走自己的儿子，任何人都不能。她在覃尧的注视之下抱紧了孩子，短促地嚷叫着："啊！啊！"

土司覃尧张了张嘴，立即因为钻心的疼痛皱紧了眉头。但他仍然张开来，发出一种沙哑的声音：“……噢……噢……”

“啊……”伍娘眼神变得柔和了，因为她听出他的痛苦悲凉，很想安慰他。

伍娘流露出的柔情使覃尧心动。他缓缓走近她，像受伤的狮子先蹲下来，再无力地将头伏在伍娘的膝上，感到一只热热的手细致地抚摸着他昏昏沉沉的头，听到那女子喃喃的声音：“呵……呵……”

他愿意时间就在这一刻停止，让自己永久停留在这温暖无比的抚摸中，同时感受到儿子浓浓的奶香。这一刻使一切都得到了补偿。他轻轻地啜泣起来。

一直寻找着伍娘的李安见到洞里的灯光，就循着光亮走进洞来，看到了眼前的一切。

听到脚步声响的覃尧抬起头来，即刻想去抱伍娘怀中的孩子。“啊啊……”伍娘一掌将他推倒在地，紧张地站起来要往洞的深处跑去。李安大叫一声：“伍娘！”

“跟我回去吧，伍娘。”李安说，“把孩子还给他，我们俩重新开始，我们会有自己的孩子……”

伍娘坚决地摇头，继续朝黑黝黝的深处退去。覃尧一把抓去，伍娘灵活地闪到了一边。李安继续喊道：“伍娘你不要走，我一切都依着你。那洞里什么都没有，你和孩子会饿死的……”伍娘立住了脚，迟疑地看着李安，又看看覃尧。

李安对覃尧说：“这一切都怨不得我。本来咱俩是谁也不欠谁的了，孩子是你的，老婆是我的。可伍娘她不让你抢走她的孩子，你如果不想看到他们在这里饿死，最好还是自个儿走开吧。”

覃尧走了。

他知道自己根本不应该忽视伍娘，那女子比任何人都更有权力拥有这个孩子。他只能把巨大的痛楚压在心底。远远地，他听见李安朝洞里唤着：“伍娘，你出来吧，我们好好地过。”

脸上潮乎乎的，覃尧抹了一把，不知是泪还是血。

十一

又是一年春天，不管人间多少苦难纷争，桃花依然鲜艳，青幽幽的绿色依然染透了山林。于是，一年之中最要紧的祭祀舍巴日又来到了。

好在舍巴堂已维修一新。寨民们争先供奉，将祭品安置齐全，舍巴日便在梯玛覃老二的三声鼓响之后正式开始。那时鲜红的太阳刚跳出山巅，舍巴堂里已聚满了黑压压的人。

梯玛将点燃的香烛奉交土司覃尧。覃尧那日照例一早沐浴更衣，宽衣大裤崭新头帕，他双手接了香烛供于神龛上。那神坛已摆满了金香银香、金纸银纸、斋菜斋粑、开磨豆腐、千斤刀头、高台蜡烛、香炉茶盒、蜂糖甜酒。

鼓声如雷滚过舍巴堂，那祭祀的黄牛又牵上场来。三通鼓过，牛在寨民们震耳呐喊声中射出一道红光，场上跳起了舍巴舞。先有一群象征先人的“茅谷斯”扫堂，人们全身赤裸返璞归真，只用兜布围了羞处，夹一把竹扫把扫进扫出。扫天瘟地瘟、牛瘟马瘟，收风调雨顺、太太平平。

往日堂面扫除干净，便应有伍娘的出现，她会像一颗火星将全场点燃，众人跟着齐跳舍巴舞。但这时哪一个角落里都看不到伍娘的身影。伍娘呢？伍娘呢？自从那天她当众从土司手里抢回孩子以后，许多人都好些时候没有见过伍娘，有的人说她疯了，有的人说她并没有疯，只是躲着所有的人。可这舍巴日要是没有伍娘，就等于没有了魂。

堂上不安地躁动着，人们将目光投向土司覃尧。往日这时他雄性勃发，亲自掌鼓并大声呐喊，但此时他端坐在神龛之下，紧闭双唇，整个人如泥塑木雕。梯玛覃老二再次擂响大鼓，用鼓声召唤人们起舞。但人们却一个个迟疑不前。

就在这时，大门处的人群突然欢呼着，流水似的两边分开，黑衣红边的伍娘不负众望地出现在舍巴堂前，她显然消瘦了许多，但依然是那样美丽，一双眼睛像天边的星星，把人们的心全照亮了。覃尧一下子站了起来。

那女子果然像一颗火星，飞到了舍巴堂中央，全堂的人都热情地跳了起来。伍娘像往年的舍巴日一样，伴随着鼓声，用全部身体燃烧、升腾、飞越，但她显得从来没有过的步履艰难，每一次身体的扭动都会使她眉尖颤抖，甚至有几次险些摔倒，而咚咚的鼓声又使她振作着，展开再一次跳跃。

“啊！——啊！”

她一次次舒展双臂向天空呼唤，充满了迷惘的渴望。她泪流满面，同时又灿烂地笑着，她的舞蹈像龙船河水飘然而过，像天边的月亮冉冉升起，像树丛中飞过的精灵，她像似忍受着烈火的熬煎，又像似在烈火中找到了归宿。随之起舞的寨民们渐渐感到伍娘的不同寻常，他们心疼而又被震撼着，突然有人叫了起来，“血”！

那血顺着伍娘的裤脚，随着她的每一次跳跃而抛洒，洁净的地面上星星点点地洒满了，像是开着一朵朵小花。人们叫着：“伍娘！”

伍娘却像是什么也没感觉到，她的身体变得越加轻盈起来，而她的脸色却苍白如雪。她根本看不见人们的惊慌和叫喊，只是跳着，分不清是伍娘在舞蹈，还是舞蹈驱动着伍娘。覃尧扑过去，想让她停止，但伍娘像一团风呼地从他身边掠过，他的双臂显得那样地无能为力。鼓声咚咚，覃尧又扑到鼓前，让覃老二停鼓。

覃老二却摇头不止。

覃尧愤怒已极，一把将覃老二从鼓旁推开，抢下了他的鼓槌。

随着鼓声的终止，那女子的动作也戛然而止，她的身体在原地优美地转了一圈，缓缓地缓缓地，所有的人都看见了伍娘那双亮晶晶的眼里含着莫明其妙的疑问，然后她轻轻地倒了下去。

覃老二说：“我知道，鼓一停她就会倒下去的。”

寨民震惊过后，呼喊着拥到了伍娘身边。他们摇撼着她的身体，叫喊着她的名字，但那女子早已静静地合上了双眼。她以她的生命完成了对舍巴日的祭祀。龙船河的人愤怒了，他们拥上半边岩要找李安算账。但人去屋空，外乡人和那孩儿都已不见踪影。

那时李安正背着那孩子沿着最荒僻的小路向长江边上走去。

他曾想说服伍娘跟他一块儿走，到一个龙船河人不知道的平坝子地方，他们再重新好好地过活，但伍娘无论如何不肯应允。舍巴日的这天，她疯了一般地要去参加，即使他藏起了她的孩子，想让她焦急地寻找，但伍娘还是失魂落魄地去了。真是个让人费解的女人！

于是，李安在伍娘去到舍巴堂之后，抱出他藏匿在密林中的孩子，离开了早已打算离开的龙船河。爬过三道梁子，转过九道弯，眼前的龙船河就要汇入了长江，而他只要登上江边的小船，他就今生今世再也不会朝这个地方来了。

这时天已是傍晚。昏暗之中，李安奇怪地见那龙船河口上长出了一片树林子，与他从前的记忆大不相同。等他一步步走近，才渐渐明白过来，那片林子并不是树木，而是等候着他的一群龙船河人。打头的正是覃尧和覃老二。

李安无可选择地走了过去，他调侃道：“山里人，你们的腿脚到底还是比我快。”

覃尧忧伤地看着他，他身后的人都那样默默地看着他。李安的心里慌起来：“你们这是要干什么？这样看着我？”

“伍娘死了。”覃老二说。

李安神色顿时黯然。良久，他说：“你们不要这样看着我，我一点儿也不想让她死。这一切都不是我的错。”他解开背带，将背上沉睡的男孩儿放了下来，用那块布将他包严实，放到了身边的大石上。然后跛着腿从人群中钻了过去。

谁也没有阻拦他，人们像树枝一样被他分到两边。

李安走出人群，便看到了长江，那里正有一艘摆渡船要撑篙开船，他叫喊着向船跑去。砰的一声火枪响，他被震倒在地上，他想他是死了。

可星星依然在头上闪烁，还真切地听到船夫在叫喊：“天都黑了，还不快些！”子弹却是擦肩而过，没有伤着他。他知道覃尧的枪法，回首看看那片黑乎乎的人群，两行热泪一涌而下。

龙船河的舍巴日照例有三天三夜，在次日的舍巴日里，人们看到土司覃尧一夜之间白了头发，而他的膝上，坐着一个面如满月、乌黑眼珠的男孩儿。覃老二告诉全寨子民，土司有了儿子。

关 口

一

车经过野三关的时候，看到那一片片高耸入云的青山，我就马上想到了我的父亲。他披着一件黑色的大衣，大步走在山道上，两片衣襟一扇一扇的，腰间露出拴在枪把子上的红布条。父亲是山东人，他的家乡守着黄河和华北平原，他不太习惯窄窄的山路，走一段便要停下来歇一歇，捎带着打量一阵这让他感到陌生的长江以南的山峦。

父亲高高的个子，挺拔的腰，国字脸上有一圈青青的络腮胡，但他总是将它们剃得很干净，他双手叉腰站在半山的石坎上，满脸严肃地俯视着山下，黑大衣被他的胳膊肘撑了起来，就像一只展开翅膀的老鹰，那样子十分威武。

这时，山坳那边传来一个女孩子清脆悠长的山歌，唱的是：

黄色伞一把，
紫竹把一根。
郎说把伞打，
姐说把伞撑。
心肝二姐打伞来，
遮住你的身……

恩施一带古来号称“歌舞之乡”，但歌谣的衬词非常复杂，外乡人难以听清唱词的意思，父亲只觉得那声音像是放了蜜糖，十分甜润。扎着独辫子的谭青秀赶着一大一小两只羊儿，脸红喷喷地朝他跑过来，嘴里说着：“天黑了，区长！”父亲说：“可不，天黑了。”

青秀捻着衣角，眼里含着笑说："我在山那边就看见你了，区长。到家里吃夜饭去吧。"父亲说："不了。"青秀说："我爹念了好几次，说区长有些时候没到我们家来了。"父亲说："等以后吧。"父亲说着抬腿就朝山上爬去，十八岁的谭青秀敬慕地仰着头，一直看着他的背影消失在山顶。

父亲是野三关的区长，那是我还没来到这个世界上以前。

"野三关"这名字听去很有些险恶，事实上它的确是崇山峻岭中的一道关隘。恩施这一带位于巫山山脉和武陵山脉的交会之处，方圆数百里山峦叠嶂，云遮雾罩，春秋时属于巴子国，住着土家族的祖先巴人，清代雍正十三年改土归流后，皇帝才派了汉人到恩施来做知府。虽然是山高皇帝远，但山里山外的交流日渐增多，靠近宜昌的野三关成为通往恩施以至川蜀的必经之道。多年货物的集结使这里形成一个小镇，一条长长的青石板街两旁，南来北往的客商开满了店铺，历史上曾有几度十分地繁华。

谭青秀和她的爹谭驼子对于父亲他们的到来感恩戴德。父亲是在一九四九年底来到恩施野三关的，他从山东随着部队南下，在武汉参加了"接管城市培训班"的训练，然后一路向西，他当时一点也没有预想到会在山高林密的恩施地方度过以后的好几十年光景。父亲和他的战友们一路步行，脚上打满了血泡，崎岖陡峭的山路让这些平原的汉子望而生畏，可他们还没来得及稍做休整，便听到了熟悉的枪声。野三关在父亲他们到来之前，由解放军独立二师第十一团所攻克，但山林四处仍藏有被击溃的残匪，父亲他们与藏在暗处的敌人对峙了两个时辰。

等到葱郁的林子里硝烟散去，他们在一处天坑的边缘发现了身负枪伤生命垂危的谭驼子。

谭驼子打小在漫长的山道上背脚，一袋袋沉重的盐巴茶叶压弯了他的背和腰，一张脸早早地皱成了苦瓜皮，可上天却给了他一个如花的女儿。野三关距离古代昭君的家乡香溪并不遥远，应该说也是出美女的地方，野三关姑娘最大的特色是皮肤白里透红，当地话说是"水色好"，无论她们经历了怎样的风吹日晒，脸上总是白白净净的，那白却也不是纯白，有着浅浅的粉红，让人想象是否用了三月里的桃花水每日细细地洗过。青秀除了白里透红的皮肤，还有一双会说话的黑亮亮的眼睛，那眼睛看到谁，谁的心里就会感觉甜甜的。她的四肢结实而又柔韧，苗条的身材衬得那补疤衣裳格外好看。

当父亲他们救活了谭驼子送他回到山里的茅草屋时，谭青秀眼泪汪汪地将她爹从我父亲的背上接过来扶到了床前，然后“扑通”一声跪了下去，父亲慌得一手拉起，说：“你这是干啥呢？”

“多谢您家（您家，方言，即您的意思。下同）们嗒！”青秀说，“您家们是我和我爹的救命恩人！”

那肯定是我父亲第一次与一个恩施女子说话，他对她的话听得不太懂，父亲的家乡把南方人叫作蛮子，把南方话一概称作鸟语，这在八十年代初期我和大妹妹第一次回到父亲家乡时依然如此。老乡们在一旁听我和妹妹说话时总都忍俊不禁地笑起来，我问当过民办教师的六婶他们笑什么，六婶捂着嘴说大家伙都笑你们俩说的鸟语呢。

父亲听不懂青秀的话，但从她水汪汪的眼睛里看出她满心的感激，青秀一边不停地清脆婉转地说话，一边变戏法似的从茅草棚的角落里捧出一堆堆葵花子、干柿子还有纸核桃，拼命往父亲他们手里和荷包里塞。野三关的穷人对自己的队伍并不陌生，一九三二年前后这一带留下的一首歌谣流传至今：

睡到半夜深，
门口在过兵。
婆婆坐起来，
竖起耳朵听。
不要茶水喝，
又不喊百姓。
只听脚步响，
没有人作声。
你们不要怕，
这是贺龙军。
媳妇你起来，
门口点个灯。
照在大路上，
同志好行军。

谭青秀对工作同志的热情因此可以说与生俱来，而对身材魁梧有着英武之气的我父亲更是一见钟情。野三关成立了区政府，父亲最开始得到的任命是武装助理员，不久升为副区长。区长叫作张赐，一个山西人。他们在当年的十二月底接到恩施军分区发出的剿匪动员令，组织工作队发动仇大苦深的贫雇农开展清匪反霸、减租退押。谭驼子和他的女儿成了第一批依靠对象。

土匪在恩施一带被叫作棒老二，谭驼子与棒老二有夺妻之仇。

青秀的妈是低山人，家里本也是穷，但自古以来低山人瞧不起高山人，说高山天无三日晴，地无三里平，吃的是洋芋果，披的是蓑衣壳。女人是在娘家遭灾要被饿死的恐惧下嫁给的谭驼子。女人长得水灵，生下青秀的第五个月，打扮齐整去镇上赶集再也没回来。谭驼子疯了一样四处寻找，有人看他找得可怜，偷偷地告诉他说女人却是投奔了棒老二头子向金川。

谭驼子死也不肯相信，可知情人说全野三关只有你一个人蒙在鼓里，你女人早在没生青秀以前就和向金川好上了，他们常常在镇上川鄂客栈里约会。那向金川虽说杀人不眨眼，长得可是一表人才，他到镇上来的时候，戴一副墨镜穿一件长衫，文质彬彬风流倜傥，就像是汉口宜昌来的商人。他一来川鄂客栈就关门歇业，镇上的人早就看出了名堂，但谁也不敢说。

别人都怕碰上棒老二，可谭驼子从那以后满怀仇恨地在深山密林钻了好些年，一心要找回自己的女人。奇怪的是一次也没碰上向金川的队伍，好几次几乎是擦肩而过，或是人家前脚走他后脚就到，却只看到人家留下的热火灰和啃过的骨头。他逐渐心灰意冷以至归于平静，却没想到那天在背脚的途中走得好好的，两个拿枪的棒老二突然从草窝里蹦了出来。那时穷人解放的消息已经从长江以北传到了野三关，谭驼子本不想在这时候有什么不测，但身不由己地连同背上的盐巴被押进了土匪窝。

谭驼子就横下心来说他要见向金川，棒老二们哈哈大笑，有人狠抽了谭驼子一嘴巴，说向爷的名字是你叫的？你再叫敲掉你的一嘴牙。

谭驼子固执地说我就是要见向金川，他把我的老婆弄到哪里去了？棒老二果然先敲了他一颗牙，说你老婆是什么货色，我们向爷会瞧得上？谭驼子吐掉嘴里血，说出老婆的名字，说野三关镇上人人都说她是被向金川搞走的，我就是非要找向金川问个明白。弄到后来，谭驼子满嘴牙只剩下了四颗，过来一个戴墨镜的人，远远地站着说：“你这人怎么这么倔，非要打破沙罐问到底？好吧，我告诉你，我就是向金川，你的老婆早就被我卖到宜昌去了。”

谭驼子扑过去，朝他吐了一口血沫，骂道：“你这个狗日的！”

向金川擦了擦脸上的血说：“骂得好。不过你女人并不是我非要卖她，是她过不惯这满山钻的日子，非要吵着到长江边上去，我只好遂了她的意。”谭驼子说：“把你狗日的眼镜取下来，我要看清你的脸。”向金川心平气和地说：“你还是不看的好，除了我的弟兄，谁要是看了我的脸就要把眼珠子交出来，你愿意？”

谭驼子坚持非要看，向金川叹了口气说：“真没见过你这么不听劝的。那好吧，你看我一眼，我挖你一颗眼珠子，另外一颗给你留着，算我还了你老婆的人情，这样，我们俩就谁也不欠谁了。”说着向金川摘下了墨镜，露出一张寡白的脸来。谭驼子什么都还没来得及看清，右眼珠就被一只竹筒“咯嘣”一声磕了出来，疼得他当下就昏死了过去。

后来向金川他们仓皇地往穿心岩转移，一身血淋淋的谭驼子趁乱在路上逃跑，身后棒老二紧追了上来，如果没有我父亲他们及时赶到，他绝对没有了性命。

老实说，我父亲他们当时的处境充满了危险，那些神秘莫测的大山沟壑里不仅藏有土匪棒老二，还隐匿着国民党第二军一六四师的残部，他们不时从茂密的树林里或奇形怪状的青石旁朝工作队员放冷枪，还经常在夜里偷袭工作队的驻地，这种情形一直持续着。谭驼子父女也受到了直接威胁，向金川放出风来说，要取谭驼子的人头，还要把他的女儿抢了去犒劳众弟兄。

这话是山上一个放牛娃带来的，娃娃才八九岁，冬月里小路上都结了冰霜，娃娃还打着一双赤脚，脚趾头冻得发乌。向金川给了这娃娃一双青布鞋，又给了他一个梆硬的苞谷粑粑，说你把这话传给山坳那边的谭驼子，要是话没带到，我给你的这双鞋和你穿鞋子的脚就都没有了。娃娃听得怪害怕，就一溜烟跑下山来找谭驼子。

谭驼子正和父亲一行人谈笑风生，父亲他们饶有兴味地欣赏着谭驼子长年背脚的两样工具，一是半人高的青竹背篓，竹篾编的人字格，密不透水；二是油光锃亮的打杵，那丁字形的打杵看去像把镐，却是天生的大树杈子做成的，背脚走长路的时候，靠了它歇背上沉重的背篓。谭驼子得意地对我父亲说：“你莫看我的背驼，又瞎了一只眼，我照样可以背上两百斤一气走它八十里。”

父亲看着这个比自己矮了一头的南方人，心里暗暗吃惊。就在这时，娃娃气喘吁吁地跑到跟前，把向金川的话结结巴巴学说了一遍，谭驼子一丢打杵，脸唰地青了。

父亲骂了一句娘，开导了谭驼子一阵，让他别怕。

谭驼子却只是发怔，总也不开口，我父亲便有些急了，说：“嘿！你老谭这么贪生怕死？向金川放个屁就把你吓成这样了？”谭驼子唯一的那只好眼噙了泪水，说：“副区长，不是我怕死。我是怕他把青秀给害了。”

父亲说：“工作队就住在你家里，他向金川能咋样？”谭驼子忧心忡忡地摇头："向金川这个狗日的说得出做得出。他说要杀他的亲叔叔，硬是从野三关追到上海，在外国人的地面上把他的亲叔叔戳了六个血窟窿。"

十八岁的青秀冲到她爹面前说："爹呀，我不怕他向金川，有副区长他们在，他捉不到我。"

谭驼子破口骂道："你晓得个屁呀你！眼下野三关只有一个地方才躲得过他。"

父亲问是哪里？谭驼子说："沈先生家里。"

二

沈先生叫沈昌舜。

他早年参加过辛亥革命，曾经与孙武、黎元洪等人都有过交往，这是我在八十年代的一本文史资料上看到的。在军界干过多年的沈昌舜抗战前夕回到家乡野三关，开办了沈家学堂和一家诊所，学堂不收学费只收一点"敬师米"，家中贫寒无米可交的，学堂也不加任何追究。抗战期间，设在恩施的湖北省政府给沈家学堂颁发了一块"模范学堂"的大牌子。沈先生颇会医道，给当地不少人解除过病痛之苦。黑白两道三教九流对沈先生都无不敬让三分，连一贯骚扰大户人家的向金川对沈家也秋毫无犯。

沈先生是县里定的统战对象，我父亲和张区长同他一起进城开过会，见他相貌堂堂心高气傲，他一身便装但站如松坐如钟，漆黑的浓眉之下眼神犀利，举手投足挥洒自如。父亲与他还没来得及好好交谈，沈先生在县城里与各界名流应酬不暇，后来听说又乘船去了宜昌。

那天夜里回到区里，张区长听我父亲说到向金川威胁谭驼子父女的事，问："后来呢？"

张区长身个瘦长瘦长的，从不坐在板凳上，却是靠墙圪蹴着，头就埋在两条长长的瘦腿里，叭叭地抽着旱烟。

野三关这一带出产好烟叶，肥硕的叶子，劲大得很，过去还有人种过鸦片，抗战时被严厉禁止。野三关的人也都好抽烟，不分男女。走进哪家火塘，主人最大的热情是把自己正抽着的长烟袋从火灰里拔出来，将烟嘴在胳肢窝里擦一擦，然后双手奉给客人。

从山西来的张赐烟抽得比野三关的人还要凶，他一口大牙全都被烟熏得又黄又黑，他说本来没有醋喝这人就打不起精神，再要不抽烟就真他娘站不起来了。张区长过去在战场上十分英勇，是团里有名的神枪手和拼命三郎，脾气大得很，手下的战士都怕他。清匪反霸一个多月了，连土匪的毛都还没抓到一根，工作队却不断有人负伤，这让张区长很恼火，他说这驴日的土匪真让人腻歪，真他娘不是人揍的。

他连日来牙疼得厉害，嘴里咝咝地抽气，但仍然一根接一根地抽烟。

我父亲说，后来谭驼子把谭青秀送到了沈先生家里，沈先生有九个太太，最小的太太叫九姨，青秀去给九姨做了丫头。

张区长把头从瘦腿之间抬了起来："九个太太？……本事大呢。"后来又问，"怎么谭青秀只有在沈家就平安了呢？"

我父亲说："老谭说沈昌舜过去帮过向金川的大忙，向金川的爹死得早，他叔叔把他们母子的田产霸占了，还逼着他娘嫁人，他娘一气上吊死了，他叔叔不让往向家坟园里埋，一连摆了三天，是沈昌舜出来说话，向金川的娘才下了土。"

张赐说："就这？"

第二天天没亮，张赐叫醒了父亲，这时野三关在一片大雾之中，白茫茫重重叠叠，多少有些像父亲家乡的棉花地。张赐说："走，咱们见见那姓沈的去。"

说去沈家，父亲心里有些忐忑，他很怕在沈家见到青秀。

父亲那时年轻，何尝看不懂青秀水汪汪的大眼睛里饱含的深情？可在黄河边那个小村庄里，父亲有一位叫作玉兰的妻子和刚在地上行走的儿子，玉兰有一张健康的圆脸，一双纯朴而充满信任和依赖的眼睛，我这样描绘是因为我见到过玉兰从前的照片，那张脸上的神情让我一眼看去难忘。父亲随着部队上路的时候心里塞满了对妻儿的牵挂，可还没来得及梳理就遇到了青秀，这南方山里的姑娘跟讲究孔孟之道的父亲家乡的女子不一样，那如火的热情烧得父亲无处躲藏。

我父亲不知道野三关虽然地处偏僻，但这里的婚嫁习俗自古以来并不封闭，满山此起彼伏的情歌便是见证，三月三女儿会时，年轻未嫁的女子更是可以自由地与男子对歌约会，进而订下终身。

谭青秀去到沈家之前，曾拉住我父亲的衣袖反复问："副区长你说句话，你说我该去不该去？"父亲躲闪着她的眼睛，说："这事先听你爹的。"青秀爽快地说："那好。你说听他的我就听他的。"

青秀弯下腰用手去量我父亲的脚，说："副区长，我会抽空到区政府来看你的，你的鞋破得不像样了，我给你扎一双厚厚的鞋底，做一双最合脚的鞋……"我父亲吓得一跳，赶紧把脚移开，说："别别，我有鞋穿。"

恩施一带的习俗，女孩子只给订婚以后的婆家人做鞋，我父亲道听途说得知一二。谭青秀扬言要给他做鞋，迫使他下定决心从此离她远远的，但张区长说要去沈家，父亲也只好跟他一块儿上了马。

他们那时出门办事、进城开会都骑马或骡子。父亲在家乡是骑马的高手，他领着一支小队伍在黄河边上打日本人的军舰时，就靠着马纵横驰骋。恩施一带的马相对温顺，个头也不大，没有他在山东老家骑的高头大马过瘾，但走起山路来一步一个脚印，十分稳当。张区长和我父亲正骑着马在雾中不紧不慢地走着，身后却响起踢踢踏踏急促的马蹄声，转眼间一匹黑马闪电似的疾驰而过，父亲正要掏枪，那骑手趔过身子轻轻一勒缰绳，马便稳稳地站住了。

白雾中却见那高高的黑马四蹄踏雪，额上点星，好一匹良驹，稳坐马鞍的那人正是他们要见的沈昌舜，穿一件质地考究的黑色暗花中式棉袄，黑色马裤，蹬一双雪亮的高腰马靴。他端然问道："原来是两位区长？这么大的雾，却是要往哪里去？"

张赐将沈昌舜上下打量，说："真个是巧，我们正是要去沈先生府上拜访。"沈昌舜一听，显得高兴却又矜持，说："欢迎欢迎，沈某昨日才从宜昌回来，也正准备这两天到区政府拜见各位工作同志，倒让二位屈驾先行了，失礼失礼！"

张赐讪笑道："沈先生，我们都是当兵的出身，不讲那些客套话。"

沈昌舜说："那好，我也就不客气了，我在前面带路，二位请随我来。"他两腿一夹，那黑马扬起四蹄雪花，箭一般冲向前去。我父亲和张赐使出全身手段，座下的马儿只是小跑着，被越抛越远。

张赐怒道："他耍弄咱们呢。"

快到沈家坝时，雾却散了，朝阳下老远便看到沈家那一大片宅院，前面两进院子，后面倚山吊脚楼，走马转角回廊，大柱翘檐，院子两侧翠竹环绕。沈先生斜刺里夹了马散漫地踏了过来，微笑道："抱歉抱歉，我在前面快跑了几步。我这马儿每天得放开了遛遛，要不然它一时也不得安分。"

说话间，院子里传出女子清脆而极有节奏的歌唱，父亲一下子就听出其中青秀的声音。

偌大一个庭院，几株梅花绽开的老树前，两个穿红着绿的女子也就是九姨和青秀正在打莲湘。那莲湘本应叫连响，三尺长的竹竿，节头处镂空以后嵌上数枚铜钱，在身上敲起来啪啪脆响，是恩施一带的乡间逢年过节少不了的娱乐。九姨跟在青秀身后，学她扭动着腰肢手舞足蹈，唱道：

莲湘那个一打呀，

扭哇扭莲花呀，扭莲花呀，

四山里响啊，

梭儿郎当海棠花呀……

沈昌舜将九姨叫到跟前，给张区长和我父亲介绍说："这是我的太太。"

这话听去让人别扭，问题在于九姨站在沈昌舜跟前，就像撒娇的女儿与慈祥的父亲。九姨年纪与青秀相仿，乌黑的短发齐齐的刘海，像个女学生。她歪着头略带顽皮地笑着，脸上现出两个圆圆的酒窝，就像她同龄的女孩子一样喜欢热闹，对家里来客表现出莫大的兴奋。沈昌舜说："看你这一头汗，还不去换换衣服。"九姨乐滋滋连蹦带跳地说："那我去去就来。"

跟在九姨身后的青秀一直眼巴巴地寻找我父亲的目光，可我父亲却固执地把头扭向一边，看也不朝她看，青秀只好蛮不情愿地随着九姨走开。

宽敞明亮的客厅里挂着几幅名人字画，一幅竟是孙文所题。精雕细刻的楠木桌椅发出阵阵暗香，堂前烧着一盆白炭火，温暖如春。眨眼间，八仙桌上沏好了香茶，又摆上了精巧点心。沈昌舜换上一套白色裤褂青布鞋，手握一把紫砂壶从里间走了出来，浑身透着富贵的闲适和潇洒。相比之下，我父亲他们灰扑扑的穿戴实在过于寒酸。

沈昌舜彬彬有礼，客气而又周到，但他们之间显然格格不入。那天的谈话从一开始就似乎有些话不投机。

沈昌舜说："沈某自小也是穷人，十五岁从军，在军界混了多年也没成就什么大事，但平生最佩服的就是爱我中华救我中华之勇士，贵党贵军艰难跋涉奋斗数十年，终于成了大业，沈某五体投地。日后有用得着沈某的地方，只管吩咐。"

张赐说："沈先生愿意与政府合作，我们当然十分欢迎。目前就有一件事很需要沈先生帮忙。"

沈昌舜说："噢？"

张赐说："消灭土匪，活捉向金川，沈先生可愿意出力？"

沈昌舜沉吟道："不知张区长想让沈某做些什么？"

张赐哈哈笑道："沈先生军人出身，该做什么还用得着我说么？"

沈昌舜平静地说："沈某天生愚钝，一时还不太明白张区长的意思。"

张赐说："那你什么时候想明白了，就什么时候再跟我们谈吧。不过我可以告诉沈先生，即使沈先生不便帮忙，向金川他也是坛子里的乌龟跑不了的。"

张区长一双脚离开地面，圪蹴在楠木椅上，他把沈昌舜递过的纸烟丢在一旁，自顾自地卷了一根旱烟叭叭地抽着。沈昌舜极力想做出若无其事的样子，但内心的窘迫不安一不小心就流了出来，我父亲看了不禁心生不忍。

屋子里一片尴尬，花朵般的九姨跳了进来，叫道："老爷，那边饭都摆好了，请客人们用饭吧。"沈昌舜这才又面带微笑，整整衣襟道："二位第一次光临寒舍，请随便用点便饭。"

这时九姨换了件蓝底白花棉旗袍，裹出细细的腰和丰满的胸脯，头上系了蓝色的发带，看去更为秀美。九姨笑起来天真无邪，说："老爷，要不要把大太太、二太太都请出来？"沈昌舜说："不用了。"九姨说："青秀，去把老爷泡的苞谷药酒拿出来给客人喝。"青秀捧出一个透明的玻璃坛，里面泡了小蛇、虎骨、党参、杜仲、枸杞，红艳艳一片。菜是山珍野味，红烧野猪肉、烟熏麂子腿，野菌、木耳、野鸡汤，清炒薇菜，美味佳肴，酒香扑鼻。

张赐和我父亲却起身告辞。

沈昌舜没了笑容，说："两位同志如此不给面子？"张赐咧开嘴笑了笑，手撑着两条大腿在桌旁坐下，叫了一声："有醋吗？"沈昌舜忙说："有的有的。青秀，你快去厨房倒一碟镇江香醋。"

张赐却叫道："拿瓶子来。"

青秀就把大半瓶醋拿到了跟前，张赐拧开盖儿，仰着脖子一气喝了下去。九姨和青秀看得目瞪口呆，张赐喝完抹了下嘴，啧了一声说："真香。"

沈昌舜坐在桌前摆动筷子，说："请用菜！"张赐却动作很大地站起来，说："走！"我父亲一直站在一旁，说："是该走了。"

沈昌舜没有留他们，也没站起来，他沉默地背朝着大门，坐着一动也不动地听着张区长和我父亲的脚步声远去。

过去他轻易不会客，国民党一个姓王的师长想见他，下了三回帖子，牵着马在沈家坝从太阳出来等到天黑，才勉强被请到屋里喝了杯茶。他应该说是一个久经沧桑的人，眼前的事情使他对日后的处境有了不好的预感，他守着那桌渐渐凉下去的饭菜，神色苍凉而又颓唐，九姨叫他好几声他也没听见。

青秀追着我父亲他们跑出来，又急又亲热地叫副区长，我父亲大步流星往前走，连头也不回。张赐拉住我父亲说："你怎么了？这女子叫你呢！"

我父亲说："走咱们的。"

青秀在后面叫道："副区长、副区长，你要再不停下来，我就跟着你到区里去。"我父亲无可奈何地停住脚，说："谭青秀，你要做什么？"青秀说："我不做什么，就是跟你说说话。"

我父亲被她逼得满脸通红，张赐一旁看出些门道，说："这就是你说的老谭的闺女？"我父亲说是，张赐对青秀说："你这女子，都解放了，还来当什么丫头？回头我给你爹说，让你出来参加工作。"

青秀的双眼顿时放亮，说："您家说的话当真？"张赐说："过两天你到区政府来找我。"青秀高兴地叫起来："我现在就去收拾衣服跟你们走。"

我父亲大声喊道："张区长，我反对！"

张赐看了看我父亲的脸色，对青秀挥挥手说："好好好，咱先别急，等商量定了再说。"

青秀怨艾地看了我父亲一眼，两行泪哗地流了下来。

我父亲脚不点地走出了沈家的大门，张赐一路追着他，嬉笑道："嘿，真是闷头鸡吃白米，看你这人不言不语的还怪讨人家女子喜欢，你怕个什么劲儿？一个大老爷们儿，还被人家女子吃了不成？"

我父亲急道："张区长，你这玩笑可不能随便开，我是有家室的人，我儿子都快两岁了。"张赐说："谁没有家室？我的娃娃都快放羊了。兴他驴日的沈昌舜九个老婆，咱们跟女人多说两句话都不成？"

回到区里，张赐进门就喊通讯员到镇上去打酒，我父亲掏出钱来说："这回用我的。"那时实行供给制，吃穿用都是发的，但每个月也还有两块钱的零用钱，从这年的春天起，开始使用人民币。一会儿，通讯员把酒打回来，又到食堂找了两小盘炒蚕豆和干辣椒，两人就着漱口的洋瓷缸子喝起来，半缸子酒喝下去，浑身才来了热劲。

我父亲那时就很怕南方的阴雨和湿冷天气，以后也常常念叨咱黄河边上再怎么顶风冒雪，回到屋里往热炕头上一钻，身上的凉气就没了，而南方的冬天冷是透骨寒，带着黏糊糊的湿润，连被窝都是黏黏的，常常睡到半夜还暖和不过来。父亲和北方来的干部因此就都爱喝酒，他原想把零用钱存起来到年底寄给玉兰，但花着花着就没有了。

父亲喝着酒说："老张，抓住向金川，清匪反霸结束了，咱们就该挪地方了吧？"张赐却说："驴日的沈昌舜吃的是山珍海味，咱们吃他娘的干辣椒。哎呀，我这牙又疼起来了。"父亲说："那你就别吃辣椒了。"

张赐说："还有啥吃的？"

父亲也不言语，提着枪走出去，一袋烟的工夫回来，手里拎了只头朝下的野兔子，往通讯员脚下一摔，说："拿到厨房去整治整治。"张赐一看乐了，说："行啊，我说我枪法好，没想到还有个你。"

父亲得意地说："早二年打日本人，我岳父指哪我打哪儿，要脑袋还是要胳膊腿，由他点。"张赐说："你岳父？"我父亲说："他是咱那支队伍的队长，我是队副，后来他把队长让给我当了，还把闺女也嫁给了我。"

张赐说："我看他还是不把闺女嫁给你的好。"

我父亲问："你这是什么话？"张赐喝了口酒说："这还不明白？你我这一南下，把人家撇在了千里之外，一年四季守着个空炕，她们都还不如找个老实庄稼人，安安生生地过日子。"

我父亲愣愣地半天没说话。他们俩那天喝得都有了醉意。

三

往事就像电影一个个镜头滑过，就在野三关小学校的操场上，也就是过去的沈家学堂，一个穿灰色双排扣大翻领列宁服的女孩子，挥动着双手打着拍子，在给操场上的几百号人教唱："解放区的天是明朗的天，解放区的人民好喜欢……"四周站满了看热闹的人。

女孩子是才分配来的妇联主任小凌。

在那以前，区里的干部全都是男性，那时候女干部很金贵，一个区就配一个，长江以北好几个区都有了妇联主任，野三关的迟迟没来，区里的干部们都吵着要张区长向县里反映，为什么对偏远区乡不重视？迟来的小凌让人们喜出望外。

小凌江苏人，说一口软软的吴语，之前是个没毕业的大学生，见多识广能歌善舞，一来就把野三关的色彩变得生动活泼。小凌除了背包，还带一个网篮，套着搪瓷脸盆和搪瓷碗，每天早晨站在区政府的瓦檐下，刷出满嘴雪白的泡沫，然后用那印了小红花的搪瓷脸盆到厨房大铁锅里舀一瓢热水，再回到瓦檐下细细地搓洗。人们老远就能闻到小凌用的香皂味，这让所有的男人心怀羞怯，从小凌身边经过时都不约而同放轻了脚步，唯恐自己的粗鲁暴露在她的面前。

张区长也不再动不动就训人，除了提到向金川，他很少再骂娘。

但事实上，向金川来去无踪地就在野三关地盘上存在着，他在一个没有月亮只有星星的夜晚袭击了离镇上八里地的物资供应站，抢走了部分军用物资，然后放了一把大火，守卫在那里的区中队战士有一名牺牲，两名负伤。等我父亲他们赶到时，疯狂的火焰已无可救药，存放在那里的粮食棉布和一些药品除向金川抢走的以外，全部化为灰烬。

面对烧得漆黑的一堆堆废墟，在小凌呜呜的哭声中，大家一片沉默，仇恨满腔。牺牲的战士是一个十七岁的娃娃脸新兵，头一天还来跟小凌学过歌，他腼腆地张不开口，小凌叫他站起来唱，他低着头，脸红耳赤。

之后一个朦胧的傍晚，我父亲一副当地人的打扮，头裹黑帕，身穿对襟褂子，背一个打柴的背架子从区政府的后门上了山。山后刚砌了那位小战士的坟墓，小凌在暮色的山道旁采摘着一枝枝映山红，把它们放在泥土湿润的墓前，我父亲从她身边走过，她瞟了一眼，却没认出来。

我父亲小声说："天快黑了，快回去吧。"

她惊讶地听出声音，说："副区长，你真要去找向金川？你这样做太危险了，你不能这样去！"

我父亲左右看看，说："你不要跟着我，这周围林子里，说不定就躲着向金川的人。"小凌只好站住，但又忍不住追上来说了一句："副区长，你一定要小心噢！"

小凌的声音里带着哽咽，平心而论，父亲当时的行动确实冒着很大的风险，他一个北方人，无论开口说话还是行为举止，都会让当地人一眼识破，但他仍然不顾张区长的反对，决计亲自进山去摸索向金川的踪迹。那时邻近的湘西顽匪在八面山已被一举歼灭，周围零散小股土匪也闻风丧胆纷纷投降，而向金川却如此猖獗，作为副区长的父亲坐卧不安，除了行动他觉得别无选择。

父亲的时代是一个英雄的时代。

恩施一带的山峦可以说奇妙无穷，如果现在的人们对湘西张家界有所认识的话，那么不妨以张家界为参照做一些比较，处在鄂西的野三关更为浑厚苍茫，更为神秘粗野，山间的小径总是若有若无，不时被纠缠不清的藤蔓所阻碍，当你好不容易钻出一片密林，面前不是豁然开朗，相反倒是一面笔直陡峭的石壁或是一道汹涌的小溪。

我父亲用一把砍柴的镰刀披荆斩棘，他小心翼翼地避开山间来往的行者，又千方百计探寻他们的来龙去脉，进山的第二天，终于寻到了一些蛛丝马迹。就在谭驼子说过的路线上，他发现相隔十里八里的树上就会出现一个潦草的窝棚，树下有人的粪便和火堆的痕迹，棚里有睡过的稻草和几根杉树皮火把。窝棚显然是作为瞭望和报信所用。这个情况给了父亲很大的鼓舞，他择路往前，寻找树上的棚子，猜想那样就可能会一直通到向金川的巢穴穿心岩。

但走着走着，根据身边所带的地图，他发现一路跟随的窝棚并没有朝着穿心岩，却指向了另外的方向。

路变得十分艰险，那些悬崖峭壁对于父亲来说如登天梯，他发现越是白天，荒蛮的山野里越是万籁俱寂，所有生物的响动都似乎远远地隐去了，头顶上常常只有一线透气的蓝天。父亲这时明白了，为什么野三关一带的人都爱唱山歌，并且在第一句总要吼出一长串“噢嗬嗬——嗬——”他也很想像那样吼上一嗓子，把让人毛骨悚然的寂寞和惶惑排遣开去。

第三天下午，他终于在一处石崖的缝隙里，又发现了鸟巢似的小棚子。

父亲禁不住一阵狂喜，在他确信周围无人之后，他跳跃着朝窝棚奔去，然而却咚地掉进了一个布满竹桩的陷阱。

如果没有身后的背架子，父亲也许早已被那些竹桩穿透了胸膛，他苏醒过来时感到两眼一抹黑，浑身动弹不得。只听一个人的声音说：“打开。”窸窸窣窣的，父亲头上的布条被取掉，他一眼看见了穿长衫的向金川。

那人白白的脸，清瘦清瘦的，戴一副墨镜，跷着二郎腿居高临下地坐在一把竹椅上。尽管岩洞里的光线半明半暗，但我父亲确信无疑，他就是向金川。我父亲发现自己被五花大绑，腿上大大小小的窟窿正在汩汩冒血。

向金川对我父亲问道：“有没有话可说？”

我父亲点点头，又摇摇头，他按先前的准备做一个哑巴。但向金川笑了起来，说：“少玩这一套，我见得多了。你要是不想说话，就让他们送你上路。”

我父亲突然说：“投降吧，向金川。”

向金川怔了一下，说：“嗬，还是个北方侉子，你的胆还真不小。”我父亲说：“投降吧！恩施军分区独立大队和县大队已经驻扎在野三关，我沿途做好了记号，他们很快就会包围这里，你要再不向人民政府投降，这个岩洞就是你的葬身之地！”向金川一脚踢翻了竹椅：“老子先宰了你！”

一窝土匪如狼似虎地拉起我父亲就推着往洞外走，他们手中雪亮的马刀不时碰撞着父亲的身体。我不知道父亲在那一刻想了些什么，人往往在最危急的时候脑子里一片空白，但有一点我相信，他对他所做的事感到痛快淋漓，他被推到洞口时拼力扭过脖子，自豪地说："向金川，你杀了我也救不了你，我要做的事已经做了！"

向金川说："他妈拉个巴子，给我一刀一刀地剐！"

父亲被绑在洞外一棵木莲树上，他这才看见，洞口下面是一道云雾奔涌的悬崖，远处高低起伏的山峰若隐若现，甚至可以看到一条弯弯曲曲的白练，他想那恐怕就是长江了，他就是从那遥远的地方一步一步走过来的。第一刀割在了他的肩膀上，并不觉得有多么疼，只是鲜红的血随着肉皮的翻开呼地洇了出来。接着又是一刀……

而就在这时，他听见了马的嘶叫，那马在悬崖下高昂着头，四蹄扬雪，额上点星，他惊异地想，沈昌舜来了？

来人果然是沈昌舜，他把我父亲从向金川的刀下救了出来。沈昌舜与向金川坐在山洞里谈了整整一夜，至于他们之间究竟谈了些什么，难以知晓。但第二天向金川决定投降。

沈昌舜亲手解开了我父亲身上的绳索，然后将我父亲扶向他的那匹好马，说："副区长，你先回去吧。沈某可以作保，向队长立即清点武器人马，明天就向政府投诚。"可向金川在我父亲就要跨上马的那一瞬间，突然叫道："慢！"

"我得问问这位副区长，我要是投降缴械，你们给我什么好处？"他说。我父亲说："争取宽大处理。"向金川冷笑道："怎么叫宽大处理？"我父亲骑在马上，看着他说："根据你从前所犯的罪孽酌情考虑。"

向金川围着那匹马踱了两圈，突然恨道："哼！说来说去全都是骗人的鬼话！沈先生……"不料沈昌舜未听他说完，朝着马屁股猛地一掌，那马载着我父亲不容分说地飞奔而去，向金川想拦也没有拦住。

父亲遍体鳞伤地回到区里，把向金川藏匿的地点向剿匪指挥部做了汇报。队伍连夜行动，准备前后合围匪巢石牛垭，一举歼灭向金川。可行进至半道上，举着白旗的向金川和他的几十个喽啰竟迎面而来。

他们当即被解除武装，押往镇上的庙宇玉皇阁，由区中队暂行看管。这事对野三关的人来说是一声惊雷，不少老百姓呼天抢地要去找向金川拼命，玉皇阁前黑压压地挤满了人。张区长不得不让全体干部到庙前去做工作，又悄悄把向金川转移押到了区政府后面的小暗房里。

谭驼子与区上的干部都十分熟悉，他闯进玉皇阁找了个遍，然后气急败坏地找到我父亲说:“你们说抓到了向金川,他人在哪里？你们把他藏到哪去了？”

我父亲正躺在床上养伤，说：“老谭，你这是要干什么？”谭驼子指了指空洞的右眼，说：“我要他赔我的眼睛！”我父亲说：“他现在投降了，要由政府来处理。”谭驼子高声大嗓地说：“政府是人民政府，我不是人民？”

我父亲被他的话逗笑了。

他说：“你别跟我吵了，老谭。你看我身上的伤，还不都是向金川弄的，现在连地也下不了，我的仇不比你小。”谭驼子气鼓鼓地没话可说，我父亲就说：“老谭，我记得你说你家里有痨伤药，给我找点来吃吃。”谭驼子嘟哝着说：“我给你带来了。”说着从怀里掏出一个紫葫芦，“你小口小口喝，莫喝得太急。”

我父亲接过葫芦喝了一口，顿时就像有一条滚烫的小蛇嗖一下蹿到了心底，周身的血脉腾地跳动起来，他说：“啥玩意儿，这么大的劲儿？”

谭驼子眨了眨独眼，说：“家传秘方，包你喝下去不到三天身上的伤就不疼了。”我父亲说：“嘿嘿，浑身咋烧得厉害？”谭驼子说：“你躺着别动。”

谭驼子听了我父亲的话，没再吵着要见向金川。他那时对我父亲的态度既尊重又亲昵，自家人似的在我父亲床前忙前忙后端茶递水，一边说：“青秀正在屋里煨鸡汤，下半天给你送来。青秀给九姨说了，要来招呼你两天，九姨满口答应了。青秀问你铺上垫的稻谷草厚不厚，冷不冷，要我把阳沟后头的草给你抱些来……”我父亲就在他絮叨之中叫了一声老谭，说：“老谭，你把桌上笔记本里夹的那封信拿过来。”

谭驼子连忙在桌上翻找，问：“是不是这个？”

我父亲说：“对，就是它，孩子他娘来的信。”谭驼子的手停住了，转过头来看着我父亲，我父亲欠起身子说：“孩子他娘，我老婆。”

谭驼子终于笨手笨脚地找到了那封薄薄的信，那是一个粗糙黄色的信封，歪歪扭扭贴着一张皱巴巴的邮票。我父亲两手展开信纸，笑笑说：“孩子他娘一字不识，村里的老秀才帮忙写的，文绉绉的冒酸气，你听听：‘夫君如面，最近公务繁忙？眼看新年已过，地里开始种麦，大小子满地乱跑，人手确也欠缺，能否拨冗回乡，妻儿引颈相望……’”

谭驼子说：“副区长，你莫念了。”

两个男人相对无言。小学堂那边的歌声隐约传来：

我们妇女，
人类之半，
这就要革命、婚姻自由。
一切权力全靠自己争，
不要缠脚，不要穿耳，
要打破迷信，
男尊女卑奴隶看待，
阶级不平等……

那是一首红军时期留下的歌。谭驼子拘谨地笑了一下，站起来说："副区长，我该走了。"

四

我再次把目光投向车窗外。

山还是那样绿的黄的颜色，地里的苞谷都掰了，剩下一片光秃秃的秆子。公路边的民宅不断在变化，过去的吊脚楼已寥寥无几，眼下大都是两三层的水泥小楼，与其他地方的房子相比，看上去没有什么新鲜之处。道路两边的灯笼树开着火一般鲜红的花朵，大团大团的，丰厚且沿途都是。

似乎一切都很平常。

但实际上在我的脚下就埋藏了无数情怀壮烈的故事，它们已远离今天的时光，但仍然在不可知的地方耐心地陪伴着我们。我想，那些故事应该选择更为从容地诉说，现在要说的是，跟前有一个女人跳河死了。

那个野三关的女人一生最大的愿望，是让儿子好好读书有一番出息。儿子勤奋刻苦，真的考上了武汉一所大学，女人高兴地卖了房子给儿子付了学费，自己在一条小河上做了摆渡人，那条小船儿也就成了她的家。

儿子去武汉读书一年以后开始做家教，学生的妈妈是一个风流的女老板，她毫不客气地吃了这只"童子鸡"，童子鸡的说法沿用了人们的比喻，大家也都听得懂。儿子一开始是身不由己，到后来半推半就，都市的灯红酒绿和女人的诱惑并不容易抵挡。但事情不久被女老板的丈夫察觉，他带来学校保安捉了奸，儿子被开除学籍，由老师遣送回家。

那天，他的母亲正在河上摆渡，喜出望外地看见久别的儿子，儿子却扑通一声给她跪下来，说："妈，我犯了错。"这个女人弄清了一切经过，显得很平静，她说："你犯的错不小，怎么才能让你记得住呢？"女人在波光粼粼的小河边坐了整整一夜，天快亮时她义无反顾地跳进了河里。她或许想，这样她用一生心血养大的儿子，不该犯错的儿子也就铭心刻骨了。

那就是野三关的人，他们从古到今跟随的道理质朴明白。不管男人女人。

谭驼子那天从我父亲的房里出来就碰到了青秀，青秀背着一个篾织的花背篓，兴高采烈地走着碎步，她怕背篓里的鸡汤从罐子里泼出来。谭驼子说："你把背篓放下来给我。"

青秀奇怪地问："那为什么？"

谭驼子说："我跟你说件事，副区长家里来信了。"青秀说："噢。"谭驼子说："副区长的家里人不识字，是托一个老秀才写的。"青秀说："噢。"谭驼子说："说他们那里要种麦子了，人手不够，副区长的儿子又满地跑不好招呼。"

青秀停了一下，脸红红地笑了两声，说："噢——"

谭驼子说："那你把背篓给我。"

青秀一扭腰说："那为什么？不。"她大步走进了我父亲的房间，落落大方地叫了我父亲一声，然后把鸡汤从背篓里拿出来，细心地用小碗盛了递到我父亲手里，才脚步轻轻地走了。

谭青秀肯定没有现在所谓的知识女性那样多愁善感，她本来就是一个性格开朗不爱生气的姑娘，她知道我父亲家有妻儿以后心平气和，只是在走出区政府以后才突然感到心里空空荡荡的。她无所事事地背着空背篓来到唱歌的小学堂里，张大嘴也跟着人们唱了起来，一直唱到天黑。

人都走光了，她还站在那里发呆。

小凌收拾完了歌本，过来问她："你是哪个乡的，还不回家？"

谭青秀说了名字，小凌说："你就是那个老谭的姑娘吧？早就听说你了。"谭青秀先前往人堆里一站，漂亮得打眼，小凌朝她看了又看，现在又听她一开口说话，声音又脆又甜，小凌就打心里喜欢，说："谭青秀，你来给我做伴好不好？"

青秀不假思索地说："好。"

小凌早就想有一个女孩子做伴，她一个人孤单单地住在区政府的阁楼上，常常整夜睡不着觉，阁楼地板在夜深人静之时总会发出一些声响，咯吱咯吱窸窸窣窣的，有时可能是一只老鼠吱地跑过，有时是楼枕上厚厚的灰尘飘落，还有些声响来路不明，令人恐惧。她不好意思把害怕告诉别人，但夜里睡眠不好，白天有时唱歌都打不起精神。

这天夜间，小凌欢天喜地把谭青秀带到了她的阁楼上，地板上用稻草铺了一张床，放着一床两斤重的被子。小凌去打水洗脸的当儿，青秀钻进了被窝，小凌端着盆进来说："你不洗洗脚？"青秀笑了，说："背脚的人才天天洗脚，我又没背脚。"

弄明白"背脚"就是背东西，小凌说不背脚也得洗呀，青秀说天天洗，不把皮都洗脱了？小凌也只好依了她。她洗完以后脱了外衣也往被窝里钻，突然哇的一声惊叫。青秀被她骇得一弹，说："凌同志你叫什么？"

小凌说："你怎么脱得光光的？衣服也不穿？"

"我当是什么事。你也穿衣裳睡觉么？跟九姨一样。"青秀说，"我们穷人睡觉都不穿衣裳的，免得把衣裳磨坏了。"

小凌坚持说："你起来，穿上衣服睡。"

青秀欠起半个身子说："凌同志，那我回沈家坝去算了，我只有一件光棉袄。"说着她就要往起爬，小凌从包袱里扯出一件衣服丢给她，严肃地说："谭青秀，穷人解放了，从今往后你也要学文明。"

那一天可以说是谭青秀的命运转折。第二天清早她又学会了用牙刷漱口，用小红花搪瓷盆洗脸。很快，她跟小凌学会了唱《姑嫂劳军》《夫妻识字》，"黑咕隆咚的天上出呀出星星，黑板上写字放呀放光明……"两个漂亮的人儿头上包块帕子，系根围腰，来回地扭着十字步，把野三关十里八乡的人都看痴了。张区长笑着给谭青秀发了制服，说要把她们俩送到巴东县城里去演。

青秀一连好些天沉醉在新生活的兴奋里，把其他的事全忘了，直到从恩施背脚回来的谭驼子找来。

"谭青秀，你走也不跟九姨打个招呼，弄得沈先生一家人都替你担心。"她爹说。

谭青秀这才想起沈家的事，她想应该到沈家把自己那几件换洗的衣裳拿来，还应该叫上九姨，让她也到区里来唱歌。九姨在她面前从来没摆过半点太太的架子，她俩就跟野三关的玩伴差不多。

就在这天，我父亲与张区长发生了一场激烈的争论。

父亲本来在床上养伤，但听说张区长叫区中队的四个战士把沈昌舜从家里请到了区政府，盘问了整整一天，现在已关押起来。父亲非常吃惊，当下瘸着腿去找张区长，父亲问："沈昌舜明明站在政府一边，劝降有功，你咋能抓他？"

张区长说：“这还不明白？向金川诡计多端，虽然投了降，但谁知道是真是假？他的案子要进一步查，沈昌舜跟他的关系非同一般，先得控制起来。”

父亲说：“向金川投降是沈先生做的工作，我这条命也是他给救下来的。”张区长猛地一拍桌子，吼道：“同志！沈昌舜救你一条命，你屁股就坐到他那边去了，你还讲不讲原则？”我父亲也一拍桌子，说：“张赐，你别拿大帽子吓唬我，他是统战对象，为什么说抓就抓？”

张区长虽然脾气大，但在争吵过后的第二天，还是让区中队放了沈昌舜。他说：“跑得了和尚跑不了庙。”

走出区政府的沈昌舜神色黯然，四个兵一路押送着他，经过镇上的长街，他深感颜面扫地。过去只要走到街上，男女老少都会抢着朝他鞠躬致礼，亲热地叫沈先生或沈老爷，现在碰到的人却是躲闪着，唯恐避之不及。

这让他痛彻肺腑。

回到家，他立刻开始做一些安排，他的九个太太有五房分别在上海、宜昌和汉口，他将身边的二太太三太太送回县城的娘家，顺便将一些古玩字画也让她们带了去，然后动员九姨回重庆，家里只打算留下大太太和一个跟随多年的老仆人。

谭青秀那天回到沈家拿衣服时，正赶上沈老爷苦口婆心地劝说九姨，九姨说：“我一个人回重庆有啥子好玩？要去你跟我一起去。”沈昌舜说：“傻丫头，现在哪是讲玩的时候。我派人送你回去，你还是回女中去读书。你还小，今后日子还长。”

九姨瞪着两只圆溜溜的眼睛说：“听你这个口气，不要我了？”沈昌舜鼻子一酸，说：“小九，你不是小孩子了，莫尽讲傻话。我这都是为了你好，总有一天你会明白的。”九姨说：“你现在就给我讲明白。”正说着，谭青秀在门外叫了一声九姨。

九姨一听喜得丢下沈昌舜给她的两根金条就往外跑，说：“青秀、青秀，你跑哪去了？我好几次都想去镇上找你，老爷却吩咐要无事家中坐，害得我出不了门。”再一看青秀，这时穿了一件灰颜色双排扣的列宁装，长长的辫子也剪成了齐耳短发，腰间还束了根半新的皮带，英姿飒爽地站在那里，九姨羡慕地往后退了两步，从头打量了一回，又上前一把抱住青秀，说：“天啦！你成了工作同志了？”

青秀点点头，说：“九姨，我是回来叫你的，你会唱歌又会跳舞，跟我到区上去，我让凌同志也给你发制服穿。”

九姨抱住青秀的肩膀直摇，说：“青秀，真的吗？我都这么大了，他们还会要我吗？”谭青秀说：“你多大？你才十八岁，比我只大两个月。走吧九姨，把你的衣裳多带两件，让凌同志看看，我们这里也有讲文明的。”

她俩收拾好东西，拎着包袱就要走，九姨叫了一声老爷，说：“我不回重庆了，我跟青秀到区里工作去。”

沈昌舜一直沉默地站在堂前，这时叹口气说：“小九听话，你不要去。”他声音低沉得让九姨有了些惶惑，她说：“老爷，你怎么了嘛？”

谭青秀拉过她的膀子，说：“沈老爷，妇女解放个人自由，九姨她自己要去参加工作，你不能拦她。”沈昌舜苦笑道：“青秀，才几天你也会说道理了？”青秀说：“走，九姨。”九姨回头看了一眼沈昌舜，说：“老爷，我走了。”沈昌舜还想叫她，大太太走出来说：“你就让小九去看看，事情该怎么样还怎么样。”

谭青秀兴致勃勃地领着九姨到了镇上。小凌一把将她拉到一旁埋怨道：“谭青秀哇谭青秀，你瞎胡闹，你假也不请就跑了，还怎么随随便便把沈家太太领到这里来了？”青秀说：“她念过书，会写毛笔字，唱歌跳舞样样都会，我看她蛮合适工作的。凌同志你就收下她吧。”

她再三地说，小凌被她弄得没办法，只好说：“谭青秀，这件事真的很复杂，我做不了主，你找张区长说去。”

镇上的气氛很紧张，向金川虽说已被关在区政府的小暗房里，但县里调查的情况表明，向金川不是一般的土匪，他在头一年接受了国民党“反共游击大队大队长”的委任状，而且他投降时所带的武器仅仅只是一小部分，还有大量武器连同他的骨干手下都早已隐匿起来，家在深山的两户土改根子就在昨日被暗杀。谭青秀和九姨去到镇上那天，区里决定枪毙一批恶霸地主和罪大恶极的土匪头目，压压邪气。镇上的小街几乎没有人行走，只有三三两两的干部和民兵肩上挎着枪，严肃的脸上目光警惕，不时盘查过往的闲人。空气中弥漫着一股肃杀之气。

九姨先就有了些畏怯，又见小凌对她半个笑脸也没开，便打起了退堂鼓，说：“青秀，我还是回去吧。”谭青秀说：“不要紧，我们找张区长说去，他蛮好说话的。”她拉着九姨找到玉皇阁，在门口就碰到了张区长。张区长正黑着脸站在大门前，几个男人被五花大绑地押了出来，头上插了标子，九姨是认得字的，只见上面用黑笔写着“恶霸地主某某”的字样，又用红笔打了叉。那些人都被捆得脸皮发乌，嘴角溢着泡沫，下身用草绳扎了裤脚，已是半死的光景。谭青秀往前挤着说：“要枪毙人呢！”

九姨扯她的衣角，谭青秀回头一看，人堆里的九姨脸色惨白，嘴唇哆嗦着说：“青秀，我真的要回去了。”青秀还没来得及说话，九姨就像受惊的小鸟飞也似的走了。谭青秀想去追她，又舍不得眼前的热闹。

五

那时到了夜里，野三关四周全是漆黑一片，不像如今街面上日夜都有做生意的，夜里明亮的灯光下，仍是行人如梭，音响震耳欲聋的商铺、歌舞厅，闪着暗红暗绿的广告灯箱。那时准备夜行的人必须打着灯笼或者火把，九姨手里只有一个包袱，她从镇上一气跑出三四里地，天就全黑了。

黑暗之中，远远地响起一两声长长的狗叫，却不见养狗的人家，小路上的石头磕了九姨的脚，她一跛一跛地再也跑不起来。就在这时，她听见身后传来了嚓嚓的脚步声，她想一定是谭青秀追了上来，不禁两眼一热。刚才在玉皇阁的门口她实在是被吓坏了，嫁给沈昌舜来野三关之前，她只是一个娇滴滴的中学生，从来没见过这种杀气腾腾的场面，尤其是不知怎的一看见那些被捆绑的人，她竟不由自主地想到了自己的丈夫，一颗心就像坠下了无底的深渊。

“青秀！”她朝黑影叫了一声。

那人却没有答应，只是快速地向她走近，九姨惊恐地发现，那是一个比青秀粗壮得多的男人，夜色中看不清面孔，随着一股刺鼻的酒气，那人不声不响地直通通地逼向她：“你是谁？是谁？”九姨在自己的尖叫声中被那人一把紧紧抱住，被拖到路旁的树林子里。

那人不费劲地撕开了九姨的衣服，在这个春寒料峭的荒野之中不由分说地压在了她的身上。

人的命运变幻莫测。十天前九姨刚过了她的十八岁生日，平时不知怎么呵护她才好的沈昌舜特地从宜昌买回一架照相机送给她作礼物，又给她添置了一条钻石项链，当着众人无限爱怜地抚摸着她的黑发，说：“你这个小九哇！”沈家上下的人没有不羡慕她的，都说她年纪轻轻的这么享福，真是前世修来的好命。当时谁也不会料到，不久之后有人会像碾碎一朵花瓣似的碾碎了九姨。

九姨那一刻坠入了地狱，身下冰凉尖硬的石头磨破了她裸露的皮肉，在她身上剧烈运动着的男人呼呼喘着粗气，仿佛拿出了毕生的力气来揉搓她。九姨艰难地伸出手，用长长的指甲抓伤了他的脸，那人也不在乎，只顾一鼓作气做他的事，后来拎着裤子站起来，晃晃悠悠地隐入了夜色。

九姨昏沉沉地爬向一棵歪脖子树，她用被撕扯下来的腰带把自己挂在了那棵树上。

九姨的这件悲惨往事进入我的叙述，是因为它成了当时复杂局势的一部分，也使得人们在判断敌我友时举棋不定，增加了难度。碰巧的是，那天夜里谭驼子在镇上参加镇压恶霸的大会以后回家，那条小路他走了千百次，即使是在晚上也能分辨清一草一木，虽然没有月亮，但他感觉出歪脖子树多出来一个东西，于是他上前摸了一摸。

九姨就被救了。谭驼子掐醒了九姨，但他什么也没问，当即就把九姨往背上一背。九姨认出他来，挣扎着说："谭驼子，你把我往哪里背？"谭驼子说："我把九太太你送回家。"九姨滑溜溜的身子使劲往下缩，谭驼子背不稳，九姨歪倒在地上大放悲声，哭得谭驼子魂飞魄散，说："九太太，求你莫哭了，你回到沈老爷跟前，就什么都好了。"九姨牙齿只打战，身子也抖得老高，说："……我不回去……我死在这里。"

谭驼子急得要跟她磕头，说："九太太，你不能再坐在风地里了！"

他对沈先生的尊重和忠实甚至超过了对我父亲，那是几十年里形成的。沈先生长年办学治病，荒月开仓放粮，扶贫济弱，仁义宽厚，谭驼子和野三关的人都有共识。他想不到在这样一个夜晚，自己居然也能回报沈先生，九姨死活不肯回沈家，谭驼子只好把她背回了自己的茅屋。

九姨当夜发起了高烧，她在昏迷之中咬牙切齿又哭又骂，甚至叫喊出一句让谭驼子也脸红心跳并且不得其解的话："……沈家的太太，日了也白日！"九姨在谭驼子破烂的茅屋里九死一生。

就在这天夜里，镇上发生了一件大事。

被关押在区政府后院暗房里的向金川夜半时凿墙逃走了。我父亲的伤还未全好，立即和区中队的战士一道去几个路口搜查，但野三关山高林密，一时间就如大海捞针，根本就找不到半点踪迹。

大家对向金川的出逃提出很多疑问，他哪来的凿墙工具，为什么恰好选择县里来人再次对他审讯的前夕？在门外看守向金川的战士叫田幺哥，被人用棒子打昏在地，这说明有人与向金川里外接应。这一切扑朔迷离，张区长和我父亲，还有其他的区干部，见了谁都忍不住投去怀疑的目光。

只有谭青秀依然天真烂漫，她非常不合时宜地对张区长说九姨要参加工作的事，说：“她一个好人才，区长你答不答应？”

张区长看了看谭青秀憨憨的俊脸，苦笑道：“你说呢？”

谭青秀说：“我看好得很。”

张区长说：“她人呢？”谭青秀说：“她怕你不答应，先回去了。”张区长感慨地说：“你这个小谭啦，要抓紧提高觉悟才行啊。”谭青秀说：“我是在跟凌同志学文化，她帮我订了计划，一天学十个字，我都会写名字了。”

张区长心里有事，有些不耐烦地说：“小谭，我给你出一道题，如果要你在革命工作和你娘之间只能选择一个，你选择啥？”

谭青秀说：“我妈早就不见了，我从小到大就没见过我妈的样。”

张区长哭笑不得：“我这只是一个比方，那好吧，把你娘换成你爹，你选择工作还是你爹？”

谭青秀答不出来，她弄不懂张区长为什么出这么一道莫明其妙的题目。

青秀不知道九姨这时正躺在她爹的茅屋里，谭驼子为了九姨的昏迷一连几天没有合眼，他本想等她醒来后好好地劝说她，赶紧送她回沈家，但九姨就是一直不醒。谭驼子没法再等待下去，第三天的夜里，也就是向金川逃出区政府的第二天，他只身来到了沈家坝。

还没走到跟前就觉得有些蹊跷，沈先生的两个马弁牵着狗在门前徘徊不定，见来人就立刻呼啦一下围了上来，凶巴巴的，这是从未有过的事。谭驼子忙说：“是我老谭，我找沈先生。”马弁说：“沈先生不在家。”谭驼子不信，他明明看见后院吊脚楼里有一扇窗户亮着灯，那是沈先生最爱待的书房，谭驼子帮他背书的时候进去过。可马弁却一口咬定不在，谭驼子赌咒发誓地说：“哪个龟儿子扯谎，我真的是有急事要见沈先生。”

马弁推了他两把，说：“说不在就不在。现在又不是五黄六月，你跑来讨个什么东西？”

这话把谭驼子说火了，他掉转身子择了小路向后山走去，他非要把沈先生从书房里叫出来当面说个清楚。前面说过，恩施一带的吊脚楼一般都是倚山而立，站在山坡上甚至可以一脚跨进窗户，但那山一定是格外陡峭，根本无人行走。谭驼子这晚下了大决心，壁虎一样贴着岩壁爬到了沈先生的书房后面，他惊奇地发现书房里并不只是沈先生，另外还有一个人，说话的声音耳熟得让他心惊肉跳。就在他掰断树杈的一刹那，他猜出了那人正是他不共戴天的仇敌向金川。

吊脚楼里的灯光噗的一下灭了，四周寂静无声。

谭驼子带着这个让他伤心的秘密飞快地跑到镇上，捶开了我父亲的房门，他急慌慌地问："向金川呢？他不是押在这里的吗？"我父亲惊讶地看着他满身的青苔和草叶，问："老谭，你这是从哪来的？"谭驼子跺着脚，急不可待地说："我问你向金川呢？"

我父亲说："你别这样，老谭，向金川跑了我比你还生气。"谭驼子一屁股坐在门槛上，无力地说："看来是真的了。"

我父亲给他倒了一杯热茶，谭驼子一口也没喝，站起来就要走。我父亲说："老谭你慌什么？向金川跑了两天还没找到一点线索，你情况熟，帮咱们分析分析，狗日的会往哪儿跑？"

谭驼子喃喃地说："我该回去了，真的该回去了。"我父亲看出谭驼子的异常，但想不出是什么原因。

第二天上午，谭驼子又去了沈家，他这回不顾马弁的阻拦，拼着老命推开他们，径直扑进了沈家院里，他本想高叫一声沈先生，但还没张嘴，就一眼看见沈先生正在那几棵梅树下舞剑。

沈昌舜穿的还是一套白色裤褂，那剑在他手上如行云流水，舒缓自如，时而问天，时而探地，约有半个时辰才收回势来，一手提剑，一手放在腭下，低头吐出一股长长的气息。谭驼子猛地发现，沈先生的头发却是花白得多了。

沈先生放下剑，说："一大早，有事？"

谭驼子说："是的，您家。"虽然他一路来的样子都像是去找谁拼命，但这会他早压低了嗓子，小声小气地说："我给您家说，我把九太太背到我屋里去了。"沈昌舜大吃一惊："你说什么？"

谭驼子把事情的经过说了一遍，沈昌舜遭了雷打一般痴在那里。谭驼子说："九太太昨天才退了烧，沈先生您家看是不是接她回来？"沈昌舜挥起剑来，一剑劈开了树下放置的小桌，桌面的茶碗碎了一地。

沈先生在野三关是一个神圣的大人物，平凡人看大人物的感觉除了敬畏还有神秘，但沈先生在谭驼子的茅屋里抱住九姨涕泪交流、痛不欲生的样子跟老百姓悲伤的时候差不多。九姨那时已苏醒过来，但却目光呆滞认不出人，对沈先生的伤心无动于衷。沈先生把九姨抱进轿子，临走时说："老谭，你救了九姨，让我用什么谢你？”

谭驼子诚惶诚恐地说：“我是您家多年的佃户，饭都是您家给了吃的，前年遭灾，您家连租子都没收我的，还倒给了我一斗苞谷。我家青秀小时候身上长狼疮，是您家给她开的药，没收半文钱，青秀她喝了药就好了，要不然长不到这么大……”

沈先生说：“你老谭还记得这些事？”

谭驼子说：“老辈人说的，得人一尺，报人一丈，我都记在心里的。”沈先生说：“难为你心好，那我就谢谢你了。”

就在沈昌舜吩咐人抬起轿子要起步的那一刻，谭驼子犹豫不决地说：“沈先生，我想问您家一句话。”沈先生说：“你说。”谭驼子看了看他红肿的双眼，老大不忍地说：“昨天夜里，您家来的什么客？”沈昌舜把跨上马镫的一只脚收了回来，脸对着谭驼子发怔，好半天才说：“那后山上的树杈是你掰断的？”谭驼子默默无言，后来他说：“姓向的狗日的害了好多人，这您家都晓得。”

沈昌舜说：“我晓得，要不你不会把谭青秀托到我家来。”

谭驼子说：“眼下区里正在到处捉狗日的，狗日的事情我不能不报告，您家莫怪我。”沈昌舜长叹一声说：“我不怪你。”

六

江苏来的小凌不是不能吃苦，但她在野三关还是有很多不习惯，比如洗澡。这一带把洗澡叫作擦身子，木脚盆里浅薄的一层水，手巾打湿在身上擦，衣服也不脱完，擦完上身再擦下身，用谭青秀的话说是半截半截地擦。小凌就很不理解，说这里又不是缺水，为什么那么节俭？谭青秀听了好笑，说：“那凌同志你说怎么洗？”小凌找了个有阳光的日子，轰轰烈烈在厨房里烧了一大锅水，用一担木桶挑到耳房里，倒进一个大木盆，然后自个儿脱了衣服跳进木盆，洗出一片稀里哗啦。

谭青秀在外面替她把门。

我父亲到厨房来打开水，远远的谭青秀就叫：“副区长，你莫过来。”

我父亲莫名其妙，说：“谭青秀，你又在搞什么鬼？”

谭青秀生性活跃，她来区政府没几天，就同大家混得溜熟，对我父亲的态度也十分坦然，有时还恶作剧，捉个壳壳虫什么的丢在别人的衣领里，弄得大家闹成一片。谭青秀这时就弯着腰笑，说："凌同志在里面洗澡。"

我父亲一听转身就走，他真是弄不懂这些女人，当男人们都在为一些正经事坐卧不宁的时候，她们却还有心情嘻嘻哈哈。

那耳房也是一间板壁房，过去野三关的房子都是这种木质结构，年代稍长一些，板壁上就会出现一些虫蚀的圆洞。小凌正洗得酣畅，突然看见板壁上嵌着一只眼睛，滴溜溜盯着她打转，她顿时吓出一身鸡皮疙瘩，抄起一瓢滚烫的水朝板壁泼去，就听那边"扑通"一声，什么东西倒了下去。

小凌捂着身子大叫："谭青秀，捉强盗哇！"

谭青秀正在厨房加火，跑到耳房后面一看，一个人正瘸着腿往墙角钻，她一火钳甩过去，打中的是区中队的田幺哥。

田幺哥入伍不久，原是镇上川汉客栈的伙计，从小没有爹妈，也没个来历，混在客栈的食客嫖客堆里长大的，人练得机灵，野三关一解放他就报名参了军。张区长一听田幺哥偷看妇女洗澡，气得拔出枪来就要毙了他，吓得田幺哥磕头捣蒜，直求饶命。

我父亲说："我看先押起他来，这小子身上没准还有些名堂，上次向金川逃走，也是他站的岗。"张区长说："也行，先押起来！"

谭青秀正站在院子里跟心有余悸的小凌说话，谭驼子走进区政府来，叫了一声青秀，谭青秀跑过去说："爹呀，我叫你不要来看我，你就不听。"

谭驼子说："我不是来看你的，我找区长。"

青秀说："区长他们都好忙，你莫给他们添烦。"谭驼子说："我有公家上的事。"青秀说："我也是公家上的人了，有什么事你跟我说，跟凌同志说也行。"谭驼子说："那不行。"

他刚走开，沈昌舜就到了区政府的门前，他把手上的辔绳递给跟随的马弁，说："你把马牵回去吧。"马弁迟疑地说："那您家回去不骑马？"沈昌舜拍拍马头说："不用了。你好生喂着它，夜里别忘了加料。"

谭青秀一见沈先生就迎上去说："沈先生，沈先生，九姨的事要她别着急，张区长说以后再考虑。"沈昌舜垂着眼皮说："青秀你不晓得，九姨她病了。"谭青秀吃惊地说："病了？什么病？我爹才来了，也没跟我说。"沈昌舜目光空空地说："哦，你爹他来了？"

就在这时，张区长和我父亲领着几个区中队的战士全副武装地走了过来，那正是夕阳晚照的时刻，从木楼的屋顶看过去，远处山峦如黛，一缕白色的炊烟升起，遮了那山，该是做晚饭的时候了。沈昌舜撇下谭青秀，在她和小凌惊异的目光里，迎着我父亲他们走过去。

我父亲他们站住了脚，定定地看着他。

张区长说："算你有种！"

尽管沈昌舜主动承认了向金川在逃跑的当晚到过他家，但坚决否认与向金川有任何勾结。他说向金川劝他一起上山，但被他拒绝了，并劝向金川赶紧向政府自首。向金川没有答应，连夜逃进了深山。张区长不相信他的话，到最后忍无可忍地拍了桌子，说："你这个军阀，你要再不老实，老子把你拉出去枪毙！"

向金川在他脱逃的当晚潜入沈家，并与沈昌舜在书房密谈，这无论如何已是铁定的事实。

沈昌舜被关进了向金川曾待过的暗房，我父亲看着身材高大的沈昌舜低头踏进那小门，心情极为复杂。父亲走到野三关的小街上，天下细雨纷飞，这种南方的小雨悄没声息地浸透了他的衣衫，他也浑然不觉。

北宋年间，巴东县令寇准曾亲自到这一带来劝农，后人为了纪念寇准，将此地叫作劝农亭，一直到乾隆年间。这典故正是父亲最初与沈昌舜见面时听他说的，沈昌舜那时谈锋敏捷。

父亲不知不觉走出小镇，爬上了高高的山梁子，一条弯曲的小路将他引到了那座茅屋前，门前站着泪眼婆娑的谭驼子，谭驼子说："我晓得您家会来的。"他把火坑里的柴蔸子拨燃，用吹火筒呼呼地吹，我父亲在烟雾之中咳个不停。好在一会儿燃起了明火，在一片毕毕剥剥的爆响中，蓝色火苗不断升腾，父亲的脸和胸膛片刻被烤得滚烫。谭驼子的脸却即使在火光下也显得又瘦又黄，像是大病了一场，他说："沈先生跟向金川不是一伙的。"

我父亲沉默地听着。

谭驼子擤了把清鼻涕，手在草鞋帮子上擦了擦，说："向金川那狗日的是想拉沈先生下水。"他苦巴巴地皱着脸，浑浊的泪水顺着脸上的沟壑往下淌，"副区长，您家们把情况问清楚了，就把沈先生放了好不好？"

"他屋里有病人，九姨病得很厉害，我晓得的。"他说。

我父亲不知该说什么。这山里发生过好些神秘和令人费解的事情，就在附近的金果坪，曾经就有一位优秀的红军指挥员段德昌被自己的人处死。临刑时他说，你们别用枪，就用马刀或者棒子，那样节省一颗子弹好打白匪。这个故事野三关的乡亲们都晓得。

父亲想到自己在黄河边上的村庄，那一望无际广阔的平原、漫长的黄河大堤、院子里的老枣树……他在那里骑马打枪种地娶媳妇，没遮没拦，不似这野三关黑黝黝的山峰就像永远也猜不透的谜语。父亲的心思没法跟谭驼子说。他第一次抽了谭驼子递给他的铜烟锅，旱烟厚醇的劲头一下子冲到了脑门，火坑里的火苗变得柔和而又伤感，他品味出这烟跟酒的不同，酒让人全身的血脉跳动，而这山里的旱烟却让将许多思绪沉淀进了脑子里。

抽到第三锅，他听谭驼子说："副区长，我要去给沈先生送点饭，送他爱吃的合渣。"

恩施过去穷人的日子常用一句话来形容，"辣椒当盐，合渣过年"，合渣被当作美食，其实就是将黄豆用石磨磨过以后，连浆带渣煮在一起，加上切碎的青菜末，最好是萝卜缨子，有一种毛糙的口感，吃起来很特别。

按往年的日子，这个季节穷人早已没有苞谷面，这年经过工作队减租退押，谭驼子种的两亩课田东家退了一石苞谷，正好存在家里度荒。谭驼子用木碗装了煮得喷香的苞谷饭和合渣，用背篓背到了区政府。

我父亲犯了一回纪律，他趁张区长跟小凌谈话的机会，把谭驼子放进了沈昌舜的囚室。谭驼子一进门见了沈先生还没开口就哭了起来，倒让沈先生来安慰他，沈昌舜说："我说过的，我不怪你。"

谭驼子说："都是那狗日的向金川害的。沈先生您家要是晓得他的去处，就把实话都跟区长他们说了吧。"

沈昌舜说："唉！我要晓得就好了。"

谭驼子把饭菜从背篓里拿出来，来的路上他怕凉了，取了头上的白帕子捂着木碗，野三关的男人只有睡觉时才把头帕子取下来，这时谭驼子就丑陋地光着头。沈昌舜说："老谭，我要托你一件事。"

谭驼子说："只要不跟向金川打裹，别的啥子都行。"

沈昌舜说："你背脚进川的路走得多，你帮我把九姨送到重庆去。"他忧心忡忡地说，"她病得不轻，只怕一时半会儿也好不了，还是回她娘屋养着吧。"

正说着，门外响起谭青秀的声音："爹，爹，你出来！"一声比一声喊得急。谭驼子走到门口，压低喉咙吼道："你喊丧啊，你？"

谭青秀一脸气愤地说："爹，哪个叫你来给他送饭的？你给我快出来！"谭驼子说："你还吼起老子来了？反了天！"谭青秀说："我现在是工作同志在跟你说话，你莫张口闭口老子老子的，你也提高点儿觉悟！"

沈昌舜说："老谭你走吧，青秀说得对，以后你不要再来看我。"又说，"我清好有一个包袱放在大太太手里，你送九姨的时候就找她拿。那是给九姨带的药，药得慢慢熬，柴火不行得用炭，九姨她怕喝中药，你劝着她喝。"

谭驼子说："沈先生您放心。"

沈昌舜说："还放了些钱，也不多，但足够两个人的盘缠了。"

谭驼子说："您家来的时候都想到了？"沈昌舜说："这跟下棋一样，走到一定的分上，这棋子不走也得走。"

七

那天早起，小凌跟往常一样走下阁楼，准备到厨房去打热水，在楼梯口一脚踩到个圆咕隆咚的东西，人就摔倒了。

那时天还没大亮，那东西黑乎乎的，小凌凑近一看就"哇"地晕倒了。

好几个区干部闻声跑过来，都叫了一声天爷，那却是谭驼子的人头，齐崭崭地被人从脖子那里切了下来，狰狞地瞪着一只独眼，牙巴骨咬得紧紧地，人人见了都心惊肉跳。

向金川早就发愿要取谭驼子的人头，这天晚上果然做了，谭驼子的身子倒在沈家门前，头却被扔在了区政府谭青秀睡的阁楼下。

前一晚是谭驼子去沈家看九姨。去的时候天还早，沈家的大太太还没开始念佛，九姨坐在地上数蚂蚁，说："莫吵，莫吵，看蚂蚁搬家。"人倒还是标致，就是不记得过去的事了，看到谭驼子就惊慌失措地问："你是哪个？"

谭驼子说："我是老谭啦，您家不认得我了？"

大太太说："老谭你莫问她，越问越糊涂，莫把她的病搞发。"

长得福态的大太太一年四季吃斋念佛，经得起大惊小险。抗战期间，野三关驻着国军一五七师，抗战结束后要开拔南阳，一五七师的师长把几年间在野三关收的税收二十多万光洋交给了沈昌舜，全权由他处理，沈先生用那笔钱修缮了沈家学堂和附近的道路。事后有人一纸状子告到了巴东县，说沈昌舜贪污税款，县里拘捕了沈昌舜准备送往重庆严办。大太太节骨眼上拿主意，给重庆的一个要人写了封信说明详情，沈昌舜被解到重庆后就被放了。

大太太这时便对谭驼子说："九姨这个样子哪会跟你上路？就是把她送回重庆，她娘家人看了也伤心，我看不如让她就在这养病。"

谭驼子说："您家当然说的是，只是沈先生再三托付……"大太太念了声佛，说："缘来缘分到，缘去缘分散，一切随缘。"

九姨眉开眼笑地蹦到谭驼子面前，说："沈家的太太，日了也白日。"谭驼子忙扭转了头，不敢再看她。大太太合手闭眼说："阿弥陀佛，造孽造孽！"九姨指着紧闭的大门说："你打开门，带我出去。"大太太说："老谭，你回去吧，天不早了，路上不太平。"

谭驼子说："我一个穷光蛋，要抢没得抢的，棒老二找不到我头上来。"

他一时忘了向金川放过的风，他以为那是过去了的事。没想到还是被人伺候着，走出沈家门外黑黢黢的，一转弯就被人捂了嘴，一道凉风唰地飘过，头就被人砍了。

与谭驼子同时被害的，还有一个镇上的铁匠，布庄的一个小徒弟，他们都是跟政府走得很近的依靠对象。在他们的尸体上，向金川大摇大摆地放着一张盖有他印章的"斩杀令"。张赐拿着那张纸，牙都咬碎了。

我父亲将谭驼子的头和身子连在一起放进棺材，那时才敢让谭青秀看。野三关的乡人来给谭驼子跳了三天三夜的丧，这地方兴这个。打着鼓唱着歌，一群人围着棺材跳丧，先唱打子号儿：

撒忧儿嗬，撒忧儿嗬，
你就打上一，
打上一，还上一，
初一、十一、二十一。

接着穿插改换号儿：

正月香袋绣起头，
要绣那个狮子滚绣球。
绣球一个滚在郎怀里，
郎又欢喜姐又愁。

从正月唱到十月，还有十爱、十送、十陪酒，好多好多，送别亡人时不以悲哭而以歌舞，这也是恩施一带对待死亡的特别方式。

我父亲却一直想，谭驼子那样一个驼背瞎眼的老实巴交的人，吃了一辈子苦，好不容易得了解放，却被土匪给祸害了，前两天他俩还在一起抽烟烤火。父亲在背人处淌下了热泪，他笨拙地抬手去擦，结果糊了一脸。

谭青秀不言不语的样子让人感到震撼。她头上抹一条白布，挺直腰跪坐在灵堂前悲泪长流，却不哭出声来，一拨拨人过来劝她，她就是一动也不动。

随着谭驼子的入土，谭青秀一把火烧掉了她爹的茅屋，连同她爹最喜爱的背篓和打杵。那火烧了大半夜，野三关全镇的人都远远地看见黑色的夜幕中那火鸟一般飘舞升腾的烈焰，清晰地照出周围大树一片片透亮的叶子，受惊的野物在林子中奔命。谭青秀抓过我父亲的枪，朝大山深处啪啪射出一串子弹。

在炽热的仇恨之中，得到情报说向金川准备七月半鬼节暴动。

这情报是田幺哥供出来的，他说向金川与川汉客栈老板早有勾结，老板逼他给关押的向金川送进了铁钎，他本来死活不愿干，老板说那么就杀了他姐姐全家，姐姐从小照顾着田幺哥，他是走投无路。

鬼节在农历七月初十到十五，“年小月半大，神鬼三天假”，长江边上的人到了这个日子要接出嫁的女儿回妈屋，放花花绿绿的河灯，祭祀祖先鬼神，夜里将纸钱封了写上受领者的名字，到野地里烧化，叫作烧包袱。核实情报后，没有惊动客栈老板，县大队秘密赶到野三关，将通往镇上的几道路口暗地控制住，里外三层布好了兵力。

七月十三那天，一早就阳光热热的，乡道上人来人往，一个妇人带着儿子回妈屋，走到石桥子，儿子要喝水，下到河坎边，看到两个男人侧着身子在撒尿，娃娃好奇地多看了两眼，撒腿就往坎上跑，叫着：“妈呀妈呀，我看见棒老二了……”

娃娃不是别人，却是给谭驼子带过口信的娃娃，脚上还穿着向金川给的那双青布鞋。他妈一把捂紧了娃娃的嘴，自己却吓傻了。河坎边的向金川抬手一枪把妇人头上捆的帕子穿了个洞。

我父亲他们七八个人就埋伏在桥头的岩壳里，立刻扑过去，向金川他俩顺着河道就跑，父亲一枪击中了向金川的大腿，他歪倒在河里，哗哗流过一片红水来。父亲他们劈头盖脸地跳下去，摁住了他俩。

那一张清瘦寡白的脸，这时去了墨镜，将一双细眼眯缝着，满眼刀尖似的冰冷，在这七月天气里放出阵阵寒意，确定无疑就是匪首向金川。他本来已布置分散在不同地点的同伙，趁这天夜里人们放花灯的时候抢粮库、烧商铺，袭击区中队，没承想在石桥子被这娃娃发现了，也是天理昭昭。

当下拉到石桥上用绳捆了，准备押往区政府，岂料刚走过桥头，一转弯，双手被反绑的向金川身子一蹴跳下了路边的两道岩坎，眼看连奔带蹿的就要钻进密林，父亲一枪撂倒了他。

向金川被击毙，他四下的同伙也在当天被各个击破，分别被抓捕。

正是鬼节，野三关的老百姓放心大胆地放了鞭炮，镇上迎来多年未有的祥和。谭青秀到她爹的坟头烧了纸钱，说："爹，政府替你报仇了。"

向金川的暴动案牵扯了一大帮人，除了川汉客栈的老板，田幺哥进一步指认了沈昌舜。

八

我父亲走进那间小暗房时，沈昌舜正站在窄小的地面上打太极拳，不觉间胡子已长出半寸，但他气色泰然。他们双目对视，像两个正在讨论课题的学者。

沈昌舜说："你救不了我。"

他从我父亲的脸色已经看出来了。

我父亲与张区长几番争论，他坚持不相信沈昌舜参与了向金川的暴动，提出要把沈昌舜送到县里去。可张区长说证据确凿，容不得婆婆妈妈，更何况去往县城那二百里曲折凶险的山路上，谁敢保证不发生情况？眼下虽然歼灭了向金川一伙，但还有一些残匪四处隐藏，必须鼓足士气，彻底完成清匪反霸的任务。

"节骨眼儿上，出不得乱子。"张赐的牙帮肿得老高，他嘶哑着嗓子说。

在那间小暗房里，我父亲沉默了许久，后来问："沈先生，你家里有什么事要办的吗？"

沈昌舜摇摇头。他说："唉！野三关贫寒之地，又兼多年战乱匪患，百姓苦不堪言，沈某本想为政府效犬马之劳，早得一方太平，没料想向金川那人翻手为云，覆手为雨，沈某反倒给政府帮了倒忙。"

一番叹息之后，他又对我父亲说："这些日子我想起好多往事，当年武昌起义本来是定在中秋节，但到了十月八号，汉口宝善里制造炸弹出了事，所藏的旗帜袖章名册全都被俄国巡捕搜洗一空，我就知道还要出大事，要再不起义，人家会按名册一一捉拿。大家就都说提前动手，只等第二天南湖的炮响，但那晚全城戒严，联系上炮兵已是半夜十二点，只好再等一天。可就在等待的那一天，彭、刘、杨三位壮士被清廷捕杀了。"

父亲知道，武昌后来有条彭刘杨路，就是为纪念辛亥革命那三位烈士。沈昌舜参加过那次起义。

他感叹道："每到一些关口都会险象丛生，人往往身不由己。你看那河流险滩峡口，只能从大势而去。"

父亲当夜打马赶往县里，他想求得县长的支持，救回沈昌舜一条命来。他星夜奔驰赶到巴东城，一番痛陈之后，拿回了赦免令。又一路催马加鞭赶回野三关，但还没等他越过山口，沈昌舜已被处决。

这是一段不可挽回的历史。

人们后来查得明白，沈昌舜确实与向金川的暴动无关，但平反已是在二十世纪八十年代。大太太将沈昌舜埋在了野三关高高的山冈上，每日在家为他烧香念佛。有人说在宜昌见到过九姨，说她嫁了一个码头搬运工，生了一大串儿女。但也有人说九姨根本没离开野三关，她有一天独自从沈家走出来，唱着歌儿往山里去了，再也没见回来。

我父亲曾经怀疑强奸九姨的人就是田幺哥，因为他曾有一次听到田幺哥同镇上的人说笑，说沈家的太太日了也白日，这话听上去耳熟。但九姨难以认人，这件事也就无法确定。田幺哥因检举有功，只被判了三年徒刑。

有一天，谭青秀平静地走到我父亲面前，父亲正在擦他的二八盒子，弄了一手乌黑的油，谭青秀说："我问您家一句话。"她一直习惯地称我父亲"您家"。我父亲询问地看着她，青秀说："您家到底想不想娶我？"

我父亲从地上跳起来，仔细地看谭青秀，她脸上完全是一本正经。野三关的人那时都不再叫她青秀，而叫她谭妇联。谭妇联身上的列宁装穿得整整齐齐，腰间扎了皮带，灰帽子下的满头乌发抿得一丝不苟，是严肃谈话的样子。我父亲尴尬无比，说："青秀，我……"

谭青秀有些失望地说："我明白了，看来您家是真的不会娶我了。"

"你爹在的时候没告诉你？我家里有老婆。"我父亲说。

没想到谭青秀说："张区长家里也有老婆，但他前些日子离了婚，他说他想娶我。"我父亲吃惊在心里，言不由衷地说了声："那挺好。"

他不是不知道张区长要离婚，只是没想到他会这么快。谭青秀慨然道："您家到了野三关，还不就成了野三关的人？老家是回不去的了，隔着这么远，还不如让老家那边的女人早些有个新的依靠，您家也不如在这边安个家，相互有个照应。"谭青秀这时俨然就是妇联主任，她打着哈哈说："到时候我和老张来喝您家的喜酒。"

我父亲听她这一说，心里也就松快了。他知道谭青秀真的成熟了。

张区长第二年调离野三关，去到另外一个县当了副县长，谭青秀也就随着丈夫张赐从此离开了野三关。镇上有些姿色的姑娘都好生羡慕，一些老人也说谭驼子虽然死得惨，给后人还是修得有福分。这话题讲了好多年，但我后来认得的野三关人却不知道，他们说："哦，还有这么个人？"然后就说别的去了。

我父亲接替张赐当了区长，他先做了一件事，在金果坪为那位被错杀的红军指挥员段德昌垒起坟墓，立了碑。父亲熬更守夜地忙碌，一直盼着野三关的形势早些安定，他得回山东一趟。他的玉兰很久没来信了，也许老秀才写来写去总是那几句话，再也找不到别的什么好说。儿子早该是能吃干粮的了，家里粮食不知够不够？年老的父母也让他牵挂，父亲是家里的长子，两个兄弟年少时就闯了关东，还有一个兄弟当了兵，只有二兄弟留在家里，来信总抱怨他不回家看看。

但父亲一直没能回去。

接下来是一个又一个关口。

直到二十世纪八十年代，他才终于回到阔别的黄河老家。我妈替奶奶做了一件皮袄，她总听我父亲说北方冬天的寒风了不得，奶奶有腰腿病。我父亲和我妈提着那件皮袄回了山东，玉兰早已改嫁到黄河对岸，她的儿子从院子里迎出来，冲着我妈叫了一声："娘！"

我妈的眼泪唰一下流了下来。

回去的时节是在夏天，黄河的水金光闪闪，父亲在家吃了煎饼小米粥，躺在大堤上由那小风吹得脸痒痒的，不觉一会儿就睡着了。猛然间是住在了谭驼子的茅草屋里，父亲彻夜睁大了眼睛，听那南方深山里的寒风呜呜地吹过，像千百只怪兽在咆哮，而身边的谭驼子在睡梦中时刻握着拳头霍霍地磨牙，像是随时会嗖地扑向门外。睡在茅屋最里面的青秀欠起身子，隔着谭驼子悄悄叫道："副区长，副区长……"我父亲听得心里怦怦直跳，刚想说话却醒来了，一看黄河落日，晚霞满天，一个老人站在自家门口叫他的孙子："回啊——回啊！"

我父亲叹了口气，对我妈说："咱回啊。"

他和我妈坐了火车坐轮船，沿着长江，进了峡便是水急浪高，满眼苍翠，一座陡峭的黄岩过去，我父亲就知道又回到了那方水土，那些难以忘怀的人和事都在那一方水土里。

夏天的野三关青山绿水，真也妩媚动人，满山的参天绿树和鲜艳的山花野草一层层染了颜色，溪沟的水清澈见底，绝对没有黄河的盐碱和泥沙，父亲翻山越岭走来，用他那粗大的双手捧了一把水喝在嘴里，又甜又咸，甜的是水，咸的是他落下的不轻弹的男儿泪啊。

从我父亲一九四九年到野三关，至今已经七十年了。他当年迈过的雄关险隘，丈量过的艰险山路早已化作坦途，沪蓉高速、宜万铁路打通了一个个隧道，坐在飞奔的列车或大巴车上，如行走于云端，群山尽在眼底。野三关的人们也都早已从贫寒进入小康，过着安宁的日子。

十几年前我曾将这个故事写成小说《回到恩施》，在新中国成立七十周年之际，故事中的情景又再次浮现在眼前，挑灯把酒，谨以通篇修改之后的此文献给曾为新中国成立而奋斗的父辈们！

姨妈的故事

姨妈是一个有主见、快言快语的人，她对人的看法好起来可以把这人夸上天，坏起来可以说得比垃圾还不如。熟悉她的人对她敬而远之，她把身边的人一个个都得罪光了，我算是个例外。她始终对我有好感，主要原因是认为我会写一点文章，她说她年轻的时候做过很多梦，要不是书读得太少，她也想当个作家。姨妈听说我在写关于女人的书，便找上门来，说伊姊，我给你贡献点材料怎么样？

我说那当然好。姨妈说那我就给你讲讲我的故事，不许你给别人讲。

我说姨妈您要知道，您既然讲给我听，我是准备写进书里的，书可不能不给人看呀。姨妈大惊失色地说那这么一来，人家不是都知道我徐丽清了？姨妈说话的表情特别丰富，眉毛会扬得高高的，像两片往上飞的小树叶儿，你即使听不清她说什么，也会从她嘴唇一撇或一翘之间知道她是在表达讨厌还是喜欢。姨妈的言辞也常常比较夸张，一句平常的话经她一说就显得非常有色彩。比如她在某个场合见人来得多了，闹哄哄的，一般人会说嘈杂什么的，她却会来一句"哎呀呀，蜂子朝舞一样"。你想想，一窝蜜蜂甚至马蜂，就在巢穴左右挤着团飞舞，会是什么情景？

但对姨妈比较夸张的担心，我说那倒不会，我不会在书里提您的名字，如果您不愿意的话。再说中国这么大，一般人知道谁是谁呀？您说呢？

姨妈郑重其事地说那我得想想。

我以为她再不会说起这事，可第二天姨妈打车又上我家来了，我正坐在电脑前发闷，这个夏天又热又长，哪怕开着空调，周身的汗水还是往外直冒，脑子里成了一盆糨糊。姨妈提着一个大西瓜嚷嚷着走进门来，她清脆的声音使我一震，脑子也随之清醒了。姨妈说伊姊，我昨天想了一夜，你看我眼圈都青了，睡不着。不管你写不写进书里，我都想找你说说。

我说好哇。

姨妈用一种破釜沉舟的语气，说我给你说说我的个人问题，让你们知道我们这代人的婚姻是怎么回事。

一听“个人问题”，就是二十世纪五十年代到八十年代的事，指的是个人恋爱婚姻。结婚与否，常常用“个人问题解决了没有”代指。

我说那行，这两天太热，找个凉快点儿的天气，我给您沏壶好茶，请您慢慢说。姨妈说不，就现在，你现在就给我把茶泡好，要洞庭湖的，解凉。我这人肚子里存不住事，既然决定要跟你谈，就赶快谈才好，憋几天我会得病的。姨妈说着，从身边的大布袋里拿出一本发黄的影集，说伊姊，你先看看这个。

那影集用一根粉红的绸带捆着，因为年代的久远，绸带摸上去已经发硬，打开第一页，一个明眸皓齿的少女头像立刻映入眼帘，她戴着一顶军帽，帽子下露出两根扎着蝴蝶结的小辫，俏皮地往上翘着，光洁的脸上现出阳光般灿烂的笑容。我不禁赞叹道，真漂亮！姨妈骄傲地说那就是我，那天刚满十八岁。

我笑着问了一句，当时有男朋友了吗？姨妈说，那会儿我刚刚参加工作，满脑子想的是革命，哪有什么男朋友？我们当时也不叫男朋友，叫对象。

我又问：那有人追你吗？

姨妈说：不是吹啊，就在我们工作队，还有别的地方，暗中追我的人一大排。

这话我相信，姨妈现在虽然老了，但眉眼之间仍然一股俊气，更何况当年？连我妈都说，姨妈当时在家乡湘西一座小县城里是出了名的一朵花。

姨妈说，伊姊，我给你从头说起啊。那年刚解放，也就是新中国成立那年，我和你妈正在湘西县城中学念书，解放军一来，我们扔下书本，就跑去报名参加了工作。那会儿读书的人少，我们被当成了宝贝，一开始，我和你妈双双被安排在文艺宣传队。我的嗓子好，歌唱得几里路都听得见，哪像现在的演员又是音响又是麦克风，还十有九个都是假唱。我们往土台子上一站，演夫妻识字、王大妈学文化、王秀英爱和平……现在那些词我都还记得，你听我唱，“黑咕隆咚天上出呀么出星星，黑板上写字放呀么放光明。”哎，下面的一句我想想，噢，“写了字，放光明……”

我静静地听着姨妈的歌声，她在回想歌词的同时，显然已经沉浸到过去许多事情的回忆之中，那张布满皱纹的脸上充满了虔诚和激情，一双眼睛闪闪发亮，我的心里涌起一阵感动，为姨妈逝去的青春。

姨妈说，一起参加工作的还有我们学校一批同学，其中有个男同学叫文世白，他一直偷偷喜欢我，就是不敢开口。这文世白个子长得高高的，是个读书人的模样，他原本打算念完高中到北京去考清华，可见大家都走出校门干革命，也就下了决心随我们参加了工作。他被分到乡下参加清匪反霸、土地改革，过了不久，他托人给我捎来一封信，上面写的全是火热的革命斗争，但那就是当时的情书了。我看了信激动得不得了。

也没办法给他回信，那会儿湘西的土匪猖狂得很，搞了几次暴动，文世白他们随时都有生命危险，住也没个固定的地方。我就给他绣了一对枕头面子，你听起来会觉得可笑吧？可那会儿给一个男人送亲手绣的被面呀、袜底呀，特别是枕头面子，就意味着定亲，两人的关系基本上就算确定了。

我从县城最好的布庄里扯了五尺白细布，又买了七色丝线，然后每天晚上等别人都睡了，悄悄绣那一对红鸳鸯。一边绣一边想他拿到这对鸳鸯枕头面的样子，一定是满脸傻笑。

可还没等我绣好，我就被那个老东西看上了。姨妈说。

二

姨妈说的“老东西”就是我后来的姨爹郝成，小时候，姨妈常来和我妈说悄悄话，谈话中频频出现姨爹的名字。她们俩神情严肃地谈起来没完，一直要到我的父亲出现，才会打住话题。我父亲最不喜欢的就是我妈她们在背后议论姨爹，说郝成这人是个老实人，生生被你们女人给折磨坏了。我妈说你只知其一，不知其二，丽清她心中的苦你知不知道？

弄得姨妈见了我父亲就扭脸走开，她说，话不投机半句多。有时候，我父亲想缓和一下，摆出个姐夫的架势亲切地叫一声丽清，姨妈没等他开口便会站起身来，说我走啊，还有事呢。时间一长，父亲也懒得再找她说了，无论在哪里见面都淡淡的，甚至就像没看见似的，随女人们去。

姨妈说伊姊，我这辈子命不好，都是这婚姻给害的。我跟你妈说过，老东西他们老家说，一辈子只洗三个澡，出生、结婚，再就是死，那身上的泥搓下来……啧啧！莫说了，说不得说不得。咳，真的做梦也没想到我会嫁一个这样的人。

那会儿多单纯啦，那天政委把我从宣传队叫出来，说徐丽清，你不是一直都想到第一线去吗？组织上满足你的要求，把你安排到郝成同志的工作队去，明天你就跟着他下乡，县城往西八十里，老鹰嘴，有没有意见？我一听乐坏了，蹦着高说没意见，坚决服从组织安排。站在一旁的郝成就伸过手来跟我握了握，我一看这位领导三十来岁的样子，黑黑的皮肤，话不多但挺和气，就亲亲热热叫了声郝队长。郝成点点头，说叫我郝成吧。我嘻嘻地笑，说你们都是领导，我哪敢啊？脑子里做梦也没想到，这人早就打上了我的主意，跟政委说好了，点名要的我。

那会儿下乡没有车，区长一级的干部才配马，郝成把他的一匹黑马让给我骑，他自己走路。我仗着年纪小，也不客气，骑上马一路唱着歌，走了一天一夜，才到了老鹰嘴。那是一个区所在地，板壁房里已经住着几十个工作队员，正赶上吃早饭，只见大家一个个蹲在地上啃苞谷，就着一碗青菜汤。我突然一眼看见文世白正弓着腰也蹲在那里，这家伙自从进了工作队离开县城，来过那封信之后再无消息，这下子真让人喜出望外！

我大叫一声“文世白”，就冲了上去。文世白惊得差点把碗都掉地上了，他说你怎么来啦？我说我怎么就不能来啊？我也是工作队员啊！是郝区长带我来的。文世白说你小声点好不好？大家都在朝我们看呢。我一回头，果然所有吃饭的工作队员都端着碗咧着大嘴，满脸好奇。再一看郝成，那脸变了颜色，黑虎着，一点不像来的路上和颜悦色。

后来郝成就在会上不点名地批评，说有些年轻同志心思没有完全用在革命上，拉拉扯扯的，这不好，一定要注意改正。我初来乍到，也弄不清他说的是啥，想去找文世白说话，可他躲着我，没几天他就被派到更远的地方去了。

后来我才明白跟我有关系，心里就想不通，我跟文世白又没什么不正当的，就是多说了几句话，犯了哪条纪律？我就去找郝队长，他轻言细语地说这事不怪你，你这个同志太年轻太单纯。我说，可怪别人也怪不了啊，我们又没做什么。他说有的同志可能就不像你这么想了，个别人是有企图的，想把你拉下水去。我越听越糊涂，文世白又不是阶级敌人，怎么叫把我拉下水？郝队长说这事你就不要多想了，反正没你的事就完了。你要好好听组织的话，努力争取进步。

过了没几天，县大队的政委来到老鹰嘴，有人叫我说政委找你谈话，一张缺了腿的板凳摆在那里，还没等我坐稳，政委就开门见山，说小徐啊，给你介绍个对象怎么样？我一愣，嚷嚷说我还小呢，我不要对象。政委说十八岁了，还小吗？刘胡兰十五岁就参加革命牺牲了性命，你怎么能算小呢？你看郝队长这人怎么样？我傻乎乎地，说郝队长人挺好的呀，就是话太少，大家有些怕他。政委一拍大腿，只要你说他好就行，这事就这么定了！

我说什么事定了？政委说，你跟郝队长的事啊！我这才明白过来，哇一下张开嘴哭了起来，说政委，你别跟我开这种玩笑好不好？

我们那位政委是个说话挺风趣的人，特别爱跟年轻人说笑，我还真以为他是在跟我开玩笑呢。可政委板了脸，说都是革命同志了，怎么动不动哭鼻子？我跟你说的是正经事，你好好考虑考虑。我当下就说，我没什么可考虑的，我决不会同意这件事。政委气得走了，我想站起身来追他，缺腿板凳一翘，一下把我摔在地上，屁股生疼生疼，我一个人坐在那儿哭了老半天。

后来，政委又找来几个年纪比我大的女同志来劝我，说各种各样的道理。我说我不干，他多大了？都快当我的爹了。人家就劝我说，他们这批同志都是为革命奉献了青春，现在解放了，嫁给老同志的年轻女同志又不是你一个，你看谁谁谁，谁谁谁，不都跟老同志结婚了吗？过得多好啊，不仅是个人光荣，家庭也跟着光荣。

她们数了认识不认识的一大帮女青年，可我实在难以接受，我说不是婚姻自主恋爱自由吗？郝成在我心目中只是一个严肃的领导，不可能对他有这方面的感情，干吗非要我嫁给他。人家又劝，说感情这东西是可以培养的，恋爱当然自由，可我们都是革命战士，个人的事也要从大局出发，千万不要让小资产阶级情调占了上风。

嘿，那些天轮番的劝说，说得我晕头转向，不点头也得点头。最后我没办法，只好说我得回去给我妈说，我妈年轻就守寡，好不容易才把我们带大，婚姻大事不能背着她。这才缓和了一段时间。

其实我心里有别的打算，我想找机会跟文世白问个清楚，问他究竟爱不爱我？要是他真的死心塌地喜欢我，那我说什么也不嫁给郝成。可这种机会左等右等等不来，盼星星盼月亮也盼不见文世白的踪影。他在乡下土改根子户家里住着，根本回不了区里，那时军令如山，工作队的纪律非常严，擅自行动绝对是要受处分的。

我想去找他，可也不敢动，而且也不知道他究竟在什么地方。转眼快到中秋，听说全区要开大会，工作队员要聚集总结，连续打了几个剿匪的大胜仗，说要好好庆贺一下。我心想，这下可以看到文世白了。

可等到中秋前夜，跟他一个小组的人都回来了，就他没有。我找到人问，人家说本来是一起回区里来的，可文世白却坚决要留下来值班，并且说已经请示过领导，大家也没什么话好说。我一听心里就凉了半截，隐隐感到他是在故意躲我，这一想心里真是难受，我在这里痴心痴意死等着他，可他却不明不白的，生怕我连累了他似的。

中秋节那天打牙祭，大锅煮了白片猪肉，还有山寨烧的白酒，大家大碗喝酒，大块吃肉，挺痛快。我心里有事，一口气喝下去一缸子白酒，就是那种大茶缸，我们平时拿它漱口喝水，时刻都拴在挎包带子上。那一缸少说也是半斤吧，喝完了还跟别人打赌要再喝，不一会儿酒劲就上来了，天旋地转的，只见政委和郝成走过来，很关切地叫我不要再喝了。我醉醺醺地说，你们管不着，我就不让你们管！

政委让人把我扶进郝成住的那间小屋，他那间屋平时也是工作队的办公室，恍恍惚惚的，就见政委和郝成也跟着走了进来，政委问我，小徐，你喝醉了吧？我说没醉，我明白得很。政委说那我问你，前天我给你谈的事，你考虑得怎么样了？我的头越来越晕，光知道傻笑，不一会儿就什么也不知道了。

等我醒来却是躺在床上，四周静悄悄的，远远传来工作队出操的声音，一二一、一二一地喊着。我心里奇怪，跟我住在一块儿的女同志怎么也不叫叫我，可突然感到不对劲，头下的枕头一股子烟味，再一看根本不是我们女宿舍，却是郝成的屋子。我腾地坐起来，下身猛的一阵撕裂似的疼，我知道大事不好，浑身的骨头都吓酥了。我一动都不敢动，就那么僵着身子坐在床上发呆。不知过了多久，门吱的一声响，郝成端着一碗稀饭进来，说小徐，你醒了！

我死死地看着他，他被我盯得想笑但笑不出来，脸上不知所措，把稀饭捧到我面前，说你喝点稀饭吧，你都睡了一天一夜了！我说，我到底怎么了？你说，我到底怎么了？他说小徐，我跟你成夫妻了，政委同意的，你不是也点了头吗？我浑身一炸，抓起那碗稀饭就朝他砸了过去，说你这个坏蛋！你凭什么要害我？你凭什么要害我？他什么也没说就退出门去。

我放声大哭，我明白我已经不是一个少女了。中秋节的酒让我变成了一个女人！

实话跟你说伊姊，我那年才十八岁，真的对男女之事什么都不懂，但本能告诉我下身那样疼痛，还往外流了血，肯定不会是什么好事，肯定是被男人碰过了。我和你妈刚参加工作的那些日子，你姥姥曾经对我们千叮咛万嘱咐，不要跟男人单独在一起，不要让男人接触身子，说姑娘家不能随便让男人占了便宜。

我哭着哭着，政委进来了，非常亲切地说，小徐，新婚大喜的日子，怎么还跟郝成闹别扭呢？我简直气晕了头，说什么新婚的日子？我什么时候答应跟郝成结婚了？政委说你这个小徐呀，到底还是年轻，这种事说话能当儿戏吗？你看前些天我就跟你谈过了，你说要考虑考虑，前天中秋节我们又一起问你，你笑着直点头，大家看中秋节日子喜庆，就让郝成同志和你结了婚。你难道自己一点也不明白？

我傻了，真是跳到黄河里也说不清。我确实一点也不知道喝了酒以后，自己说了些什么，是否真的答应了政委什么，我真的答应了吗？我怎么会答应呢？可就是我答应了，他们也太仓促了呀？政委说，你看现在是特殊时期，没有工夫缠缠绵绵的，再说郝成同志年纪也不小了，还有什么可等待的？革命婚姻嘛，又不像过去封建社会，还要三聘四礼的。大家互相一点头，跟组织上打个招呼就可以了。你不知道我们过去打仗那会儿更简单，那种残酷年代，有的夫妻头天还在一起，第二天就各自东西，连牺牲在哪儿，尸骨在哪儿都不知道，哪还顾得上这个那个的？革命夫妻嘛，没有那么多穷讲究。

我哑口无言，说来说去反倒是我不讲道理了？

可我就是想哭，哭个不停，我觉得没脸见人，连走出那间屋子都怕被人笑话，黄瓜才起蒂，我的人生才刚刚开始呢，怎么就一下子都全让人毁了？我的红鸳鸯呢？我的爱情梦呢？

一连躺了好几天，郝成端来的饭我也不吃，水也不喝，想骂他的力气也没有了。郝成他出来进去，始终不言不语的，饭摆在那儿凉了他就拿去热，热过不吃他也不劝。他这性格就是这样，真让人烦，如果他像政委一样跟我说说话，哪怕是跟我吵跟我骂，我可能会还好受一些，可他就是不吱声。到了晚上，他也不敢上床，就裹着一件军大衣，睡在门后一堆稻草上。一个星期以后，你妈被他们找来了。

人说一娘生九子，九子九个样，你妈跟我是亲姐妹，但性格完全不同，我这人一根直肠子，心里装不下事，脾气不好还爱发火；你妈却是湘西的温柔女子，遇事沉得住气，心里有主意。你姥姥就喜欢她，遇事总爱跟她商量。你妈她那会儿在县妇联当干事，专门做妇女工作，当时刚解放不久，解除包办婚姻的，争取男女平等的，每天她们那妇联人来人往，穿梭一样，你妈她从早到晚跟人谈话，一张嘴早练出来了。

可她见了我，却什么也没说。她也是骑着马从县城出来，走来一天一夜，头上挂满了霜花，一大早出现在我身边，我正捂着被子，蓬头垢面的，跟死人差不多。她在床前默默地站了好一阵，便窸窸窣窣的在屋子里烧起了一盆炭火，然后又烧了一盆洗澡水，热气飘了满屋，我僵硬的身子才慢慢伸展开来。你妈她扶我坐起来，然后帮我一件件脱去衣裳，说，洗洗吧。

你妈她知道我从小爱干净，守着沅水河长大，我一年四季都在河里洗衣裳，我隔天要洗一个澡，连你妈都骂说我是水鬼变的。这个澡我洗了足足三个时辰，我搓啊搓啊，虽然好几天没吃饭，浑身上下一点力气都没有，但我咬着牙浑身上下地搓，连皮都快搓掉了。你妈她一旁看着，眼泪哗哗往下掉，她说丽清你别搓了，再搓还能怎么样？

我说姐，我变不回去了吗？我真的就成了他的女人了吗？

你妈她帮我穿好衣裳，郝成又端着饭进来，叫了你妈一声姐，说你们快吃吧。你妈她盯着郝成，说郝队长。

郝成说，姐，你叫我郝成吧，我跟小徐已经是一家人了。

你妈说，那我就叫你郝成吧。现在就是我们死去的爹从坟里爬出来，我妹妹丽清她也变不回闺姑娘了，从今往后，我们徐家就把她交给你了。丽清她心高性格好强，你要让着她；她从小就没有了爹，你要护着她；她比你小了十几岁，你要疼着她……

她说一句，郝成点一下头，说一句，点一下头。

就这么着，生米煮成了熟饭，木头刻成了舟，我稀里糊涂地嫁给了那个老东西。他给你妈叫姐，其实他比你妈还大了十几岁呢！

二

我也想，非要说我跟他结了婚，那我跟他离了行不行？可我们要离婚多难啊。刚解放那阵子，如果是包办婚姻，一句话就解除婚约了，可像我这种跟革命干部结的婚，那就像铁板上钉钉，绝对不可能提什么离婚。

我一个十八岁的女孩子能怎么样？并且没过多久我就发现怀孕了，只好跟郝成就这么过下去。他可是个粗人，一点都不知道体贴，人家说徐丽清怀了孕就不要往乡下跑了，就在区里坐坐机关吧？可他这个当区长的就是不点头，说干部家属不能搞特殊化，这个区里干部的爱人有好几个，小徐身体不错，下乡没问题。

我那会儿年轻，下乡就下乡，也不当回事，走在路上呕吐个不停，见了酸的就想吃，酸杏、酸橘子、酸萝卜、酸菜，吃完了就吐，吐了还吃。那时候也没什么好吃的，到老百姓家里烧个苞谷或是红苕就算是非常不错了。大山里边走着，时常前不沾村后不靠店的，找不着人家，就在小路边上找一眼泉水，用手捧着喝几口，山上摘几颗野果也算一顿。你大表哥在我肚子里就是这么长大的，后来一直体弱多病，所以我觉得对不起他，也更恨那个老东西。

过了几年，我们调进县城工作，日子才好过了一些。郝成他当了副县长，我在办公室当机要员，你大表哥从生下来到走路说话，他可是从来没管过，连抱都不会抱，除了半夜三更回家睡觉，家里见不到他的人。伊姊你是结过婚的人，我跟你说话也用不着藏藏掖掖，你姨爹这人身体很壮，虽然忙得不着家，但只要往床上一躺，他就要做那事。我开始挺讨厌，拿脚踹他，但抵不过他死缠烂打，不得不依着他，省点力气，要不然常常弄得一夜一夜睡不好觉，白天走路都轻飘飘的呢，像掉了魂。

唉，女人啊，就是这个命，没办法。后来也就渐渐习惯了，有时候他下乡一连好多天不回来，心里还有些牵挂。那算是我跟你姨爹过得最平静的一段日子。

对了，文世白过不久冒了出来，他因为会写材料，把他从乡下调到了县政府办公室工作，在一栋办公楼里上班，早晚总能碰面。听别人说他还没结婚，介绍的对象不少，但他总是不中意。我不想听到他的事，也不想见他，可不是冤家不聚头，越不想碰见偏偏总是碰见，有一次迎面撞上了，我正要闪开，文世白叫了一声丽清。

我浑身一震，说什么事？他像特务一样左右前后看看，见四周没人，就悄悄问道，丽清，你过得还好吗？

我狠狠瞪了他一眼，我就看不得这副鬼鬼祟祟的样子，男子汉大丈夫，有什么不敢光明正大的？像个缩头乌龟似的。我说，你问这个干什么？

他看我脸色不好，嘴上也结巴起来，说我、我只想关心关心你。我说你这会儿想起关心我了？当初你死到哪儿去了？我告诉你，我过得挺好，幸亏没有嫁给你！说完我扭头就走了，把他一个人傻呆呆地晾在了那儿。

这种男人用不着给他什么好脸色，不敢爱也不敢恨，还不如我们女人有担当。有时候，我见文世白围着人家领导屁股后面转个不停，对郝成半点不敢怠慢，一口一个县长叫得不知有多巴结，真让我瞧不起。我见了他就爱答不理的，他在背后说我摆官太太的架子，我觉得好可笑，他真是门缝里看人，把人看扁了。我越发不待见他，他后来找了个机会去省里一所学校进修，就想办法留在了那里。唉，眼不见心为净。

噢，那是后话，还是说我跟你姨爹吧。回想起来，如果我和你姨爹不回那趟河南老家，或许也就慢慢过下去了。可一九五七年回了趟老家，一下子让我下定决心，非跟他离婚不可。

我问姨妈，那是为什么呢？

姨妈说，他骗了我。

姨妈声音一下子高昂起来。她说，就算是组织上要我跟他结的婚，我从不愿意到最后勉强过日子，都十年了，可他从来没给我说清楚他家里的情况。

他只说河南老家还有父母兄弟，都在农村，日子过得苦。他一九四七年南下到长沙一直没回过家，但每个月我们都要往他家里寄些钱。我这人对钱看得很淡，只要留下的钱够用就行，他说寄多少我就给他往家寄多少，有一年河南遭灾，一次就寄了二百块钱，那会儿的二百块钱可不是小数字，我们得省吃俭用攒一年才攒得下。那年快到春节了，他突然说他想回一趟老家。我说咱俩带着孩子一块儿去吧。他说你和孩子就不要去了，我回去看看就回。我一听就有些生气，说我稀里糊涂跟你结婚都十年了，连你的父母都还没见过，还不知他们认不认我这个人呢？他说你咋这么说，我是怕你在那里生活不习惯，你不是爱干净见天要洗澡吗？咱老家那地方可不方便。我说我也认了，就是十天半月的，我怎么也把它挺过来，不把孩子带去就行了。

他没办法，非常勉强地点头。我就准备行李，问他家里都还有些什么人？好给他们准备些礼物。他说快算了，回去就是看看，别弄那么复杂。我说那怎么行？第一次进门，总要给你家里人留下个好印象吧？他含含糊糊的，说就是爹娘、兄弟，还有俩叔叔，其他人就算了。你看话都说到这个分儿上了，他都没给我说实话，可等我们下了火车转汽车，风尘仆仆地走进他家那个小院，一个比我还要高的半大小子突然冲出来，朝他叫了声爹，又转过头朝我叫了声娘！我一下子就蒙了。

我怎么也没想到你姨爹老家还有妻子和儿子，他是南下之后到了湘西才一纸文书离的婚，也可以说是在县城里看了我在台上演出之后动的心思。我是压根也没想到，更不知道他这前妻还离婚不离家，一直就跟他父母，也就是我没见过面的公婆生活在一起。

那天，那个老实巴交、满脸憔悴的女人也跟着一大群人从屋里走到院里，可怜巴巴地站在人后头，我一眼就看出是他前妻，那个半大小子站在她身边，扯着她的衣角。你让我怎么看得下去？我这人说翻脸就翻脸，甚至都没跟走到面前来迎接我的公婆打声招呼，就扭头跑出了那个小院。郝成跟在我身后猛追，说丽清你给我留点面子行不行？就算我得罪你了对不起你，可咱爹娘没什么对不起你啊，看在他二老的分上，你快回去吧。

我气得大喊大叫，说郝成，你是个大骗子！我要跟你离婚！

郝成上前来拉我，我拼了命地跟他厮打，路旁的田间正有人在锄草，一个个直起腰来朝路上看，指指点点的。郝成怕人笑话，就不敢再来拉。我顺着土路一口气走到了县城汽车站，正要买票，一个小伙子从身后叫了我一声嫂子！我回头一看，这人眉眼有些像郝成，但比他开朗，讨人喜欢地笑着，说嫂子，我是咱哥的二兄弟，你叫我小二好了。刚才你连我人都还没看清吧？可我认准你了，这么漂亮的嫂子，可不能就这么走了，还让我们兄弟多看几眼呀！一席话说得我忍不住想笑，原来这是郝成的弟弟，追到县城来劝我来了。我说小二，你哥骗了我，我是不会跟你回去的，我要跟他离婚！

小二也不着急，他笑嘻嘻地说，那是你俩的事，俺管不着。可你进了俺家门口，俺爹俺娘说什么也得让你在家住两天，你给咱郝家儿子都生下了，还能不认公婆？你要回去怎么给孩子交代啊？孩子问俺爷爷奶奶长什么样，嫂子你能说出来了吗？

我一想也是啊，就是跟郝成离婚，可你大表哥还是他们郝家的人，再说那二老看上去都慈眉善目的，儿子离家十年了，好不容易盼回来，一到家就是场风波，岂不是伤老人家的心吗？我心里的犹豫被小二看了出来，他说这样吧，嫂子，你要是真对俺哥生气，你用不着搭理他，让俺妹妹领着你在村子里四处玩儿，行不？

我伸出手去买票，小二他一把拦住了，抢过我的小包，不由分说地拉着我就走。那小伙子的热情还有调皮劲儿让人骂不得恼不得，好多年以后，小二，就是你大表哥的二叔总是说，当年就是俺，把嫂子给拉回村里的。这一拉，让我不得不与他们全家住在了一个屋檐下，让我对这家人有了感情，后来无论我跟你姨爹闹得多么凶，但我跟他老家人的情分一直都保持着。

那次小二把我从县城拉回来，等我再走进那个小院时，发现你姨爹的前妻不见了，只有那半大小子还守在院子，一声不吭地看着我。我上前去想跟他说说话，他扭头就跑，我拽住他一条细瘦的胳膊，他挣扎着，脸都紫红了。小二在一旁吼他，说你咋不叫人呢？快再叫个娘。半大小子恨着说她不是俺娘，俺娘走了，她把俺娘给逼走了。说着他就哇哇地哭起来。

小二扬起胳膊要揍他，我一把将那半大小子护在胸前，说他有什么错？错的是他爹！我就在那儿叫嚷着，院子里安静得只有我的声音，我叫着叫着就累了，一会儿，快七十岁的婆婆从里屋走出来，平平静静地迈着小脚，她的脚缠过的，走起路来腿左右摇晃，但老人家上身一动不动，端正得很。她走出来什么也不问，像是先前什么也没发生过，像是跟我认识了好些年，像是我一直就在那小院里过着日子，像是我出门去又回来，她只说了一句：回来了，快进屋吧，饭还热着呢。

我一腔怒火难以燃烧。他们一家人待我都挺好，那是典型的北方家庭，一大家人住在一起，和和睦睦的，他妹妹和小二领着我在黄河边上溜达，在一望无际的田野里转，说起他们的大哥，也就是郝成小时候的一些故事，我也能听，就像他们说着一个不相干的人。郝成早年在家乡也是远近闻名的人，他们在黄河里打日本人的小军舰，提着土枪土炮一追就是几十里。我心想，要是我以另一种方式认识了郝成，郝成他也不瞒着我，老老实实把家里的事都告诉我，也许我反倒能接受，可是从一开始就全错了。

在他的老家，我坚决不跟他住在一起，夜里就睡在他妹妹床上。先前我说过，郝成这人那方面挺强的，没过两天他就受不了，私下里求我说，丽清我跟你认错行不行？你别再生气了！我说不行，你把你前妻藏到哪儿去了？

他说她已经回娘家了。我说我要跟她谈谈，你到底怎么跟她离的婚？

他说你这不是胡搅蛮缠吗？离婚也是经过组织同意的。咱这家乡都兴离婚不离家，她不愿意回家，咱爹娘就把她留在家里了。我说那你为什么现在让她走了？

他说，你既然不高兴就让她回娘家就是。

我气愤地说，看你说得真轻巧，你把我们女人当什么东西？想要就要，不想要就扔到一边？今后还不知道你怎么对我呢。

郝成说丽清你心里明白，我是真心喜欢你的。为了你，我没脸没皮地当着我爹娘的面跟你低三下四，这在咱家乡的大老爷们儿眼里都是笑话。

我冷笑，说你把大老爷们儿的架子摆出来就是，可我不吃你那一套，我回去就跟你离婚！

郝成他以为我是赌气，说说就完了，从乡村回到家的那天，放下行李他就上来亲我，我推开他，拿出在他老家就写好的离婚报告往桌上一放说，你签字吧！他一下傻了眼，说你还来真的呀？我说不是蒸（真）的还是煮的？他把那张报告扔到一边，板着脸睡觉去了，气得我骂了半夜。

三

姨妈正跟我说着，我妈跟我爸回来了，头上戴着遮阳帽。一人手里拿根门球棍子，他们每天上午都到体育场去打门球，有时候为一个球的输赢争得面红耳赤。我妈说，你们娘俩在说什么呢，这么起劲？

姨妈朝我眨了眨眼睛，说拉家常呗，能说什么？我妈说拉什么家常，也说给我听听。姨妈说你早听厌了。我妈说，又在说郝成的事？哎呀，依我看，郝成也是个老实人，要是现在还活着就好了，你们俩还可以复婚。

姨妈说，你说什么呀？我这辈子做得最大的一件事就是跟他离婚，他把我好多时间、机会都耽误了，闹了几十年才离掉。现在他真要还活着，别说你来劝我，就是老祖宗托梦来要跟他好，我也不干！

我妈叹了口气，说丽清，你这脾气看来一辈子也改不了，就是听不得别人跟你半点不同的话。姨妈有些火了，说我跟伊娇说话，你来打什么岔？你脾性好，讨人喜欢，好你的就是了，我又不妒忌，你管我干什么？我妈说你看你看，火又上来了！自己家里人在一起说说你也生气！算了，我不跟你扯了，我找人打牌去。

姨妈不屑地看着我妈的背影，说伊娇你看你妈，挺聪明的一个人，也没搞出个名堂。我嘛，是被这该死的婚姻耽误了，可她夫妻美满工作顺心，就知道过小日子，一点上进心都没有。退休了更是天天泡在麻将桌上，活得什么劲儿，我宁愿去帮小区物业打扫卫生，也比打牌有意思。

姨妈这人说话不喜欢别人插嘴，更不喜欢别人发表不同的意见，这一点我早就知道，因此在她的叙述中我只是微笑倾听，轻易不插言。这会儿她说到了我妈，我不得不随着她的话点头，说也是，退了休打打牌也可以，但不要坐得太久，老人坐的时间太长，对腰和腿都不好，还有颈椎。

姨妈抢着说是啊，你看你妈这病那病的，三天两头上医院，我天天锻炼身体，什么大毛病也没有。我说我得向姨妈学习，坚持早锻炼。姨妈得意地说不是吹牛，我们认识的人中间，没有人能比得过我的毅力，十几年了，不管下雨刮风，还是三九严寒，我天不亮就起床跑步，我年年参加老年马拉松长跑，在这个区里都是第一。我诚心诚意地说，姨妈你做事真是够认真的。

她叹息道，是啊，我就是太较真。刚才说到哪儿了？对，说到跟你姨爹正式提出离婚，那份报告送到县委书记那里，也就是撮合我俩结婚的政委，他一拍桌子说，这个小徐，又搞什么名堂？跟郝成在一起娃娃都生了，还闹什么闹？我在离婚报告里提到当年结婚不是完全自主的情况，他非常恼火。

我这人生来不信邪，我不怕当官的。要换了别人，书记一发火马上就蔫了，我偏上门去找他，他不耐烦听我说，我就跟在他身后，他走到哪儿我跟到哪儿。我当时就是下决心，无论如何要把这婚离了。离了婚我就申请到长沙去上学。书记被我缠得没办法，他也不好真骂我，就把你妈还有你姥姥都搬了出来。

为了跟郝成分居，我搬回了娘家住，弄得你姥姥挺为难。你姥姥可是个远近有名的善良人，一辈子没跟人红过脸，她年轻守寡以后到处受气，树叶掉下来都怕打破了头。她抱着你大表哥来跟我哭，劝我不要闹，说郝成在县里也是个官，给咱家撑了门面，自从有了他这个女婿，街坊邻居见了面都客客气气的，再也不像从前拿眼角看人了。你妈也在一旁附和，说丽清我看别闹了，都在一个机关里工作，影响多不好！咱们都还年轻，都还要进步，你这一闹，把个人形象都搞坏了。

她们越说，我越反感，她们这些话都是小市民意识，伊姊你说是不是？我说你们怎么都要替他说话，不就是他当了官吗？为什么就不替我想想，我不爱他，从来就没爱过他，稀里糊涂结婚，稀里糊涂生孩子，到现在还是个陌生人。你姥姥说，我跟你爹结婚时还不是什么都不知道，连人都没见过呢。我说你那是旧社会，新社会不就是要民主自由吗？为什么我连婚姻的自由都没有？

我那会儿满脑子罗曼蒂克，真的对婚姻不甘心，总觉得人生道路的前面似乎还有一个什么人在等着我。我看不清他的面目，可我想象他一定是英俊刚强、幽默风趣的，还有，他会特别体贴爱护我，我们有共同的理想，共同的爱好，在一起有说不完的话。就是这股子力量，让我对你姨爹越看越不顺眼。你说他明明知道我在跟他闹离婚，一肚子怨气，可他回到家里什么也不说，有饭就吃，没饭就又走了，到晚上回来上床就要那个，你不愿意，他板着脸但也不发火，背过身子就睡了，真把人气死！在我心情好的时候，我还注意装饰我们那个家，可你随便添置什么东西用什么心思，他都像没看见似的，坐下来就是一张报纸，脸都盖住了，再就是一个劲地抽烟，熏得人眼睛都睁不开，说了无数遍也不改。

这些我都对你妈说过，她心里同情我，可也不怎么支持我。我就单枪匹马地斗争，就是要离婚。先找领导不同意，又去法院，法院打回来要找单位调解，斗来斗去毫无结果。后来书记反过来给我做了不少工作，说你不是想上学吗？如果你跟郝成同志好好过日子，你的要求组织上可以考虑，前提是今后不要再提离婚。

上学对我具有很大的诱惑力，再说也闹累了，最后就勉强同意了书记的话。郝成把我从娘家接了回来，一路上默默无言，那样子也挺可怜的。我其实也明白，他不是个坏人，可我就是不爱他，谁让他偏偏看中了我呢？那天晚上我依了他，虽然心里一点都不情愿。告诉你伊姊，多年以后我才明白女人还有性高潮这一说，我可是从来没有体验过，心里一直奇怪，男人为什么干这种事这么大的劲？花这么大的功夫？原来他们都是有快感的，为了这个，在女人面前什么事都做得出来。我陪他一块做这事，完全是尽义务，没有兴趣，有时候真烦。可那会儿人都封建，根本不可能像现在的年轻人那么开放地讨论性，连我跟你妈之间都不好意思谈这些。我以为天下的女人都跟我一样，对这事。

不久我真的到长沙上了学，那时经常选派工农干部上大学，我只有初中文化，底子不算好，插班以后学得蛮吃力，可我开心极了。人生好像对我启开了一扇新的大门，浑身上下有使不完的劲儿，从早到晚泡在书堆里。晚上宿舍熄了灯，我站在厕所的灯光下继续读，被值班的老师发现了，赶我回去睡觉，我又躲在被窝里打着手电读。半年下来就赶上那些比我年轻得多的大学生了。可就在这时候，你姨爹借着出差的机会到长沙找我来了，他来的那天我们学校正在举办周末舞会，大家正跳得高兴，一个同学说徐丽清，有人找你！我转脸一看，郝成他正把脸凑到窗户玻璃上朝里打量。

我一惊，出去问你怎么来了？他拎着个破旅行包，裤腿上尽是灰尘，上衣也皱巴巴的，他说他转了好几道车，问了好多路才找到学校来。我说你出差就该到招待所去，跑到学校来干什么？他说我不是来看你的吗？他让我跟他一起到招待所去，我知道他心里打的什么算盘，就没好气地说学习忙得不得了，没工夫陪他。他一听当然不高兴，说未必你上了学就连丈夫都不要了？我去给你老师请假！我们站在那儿说话，就有班里的同学跑出来看，说徐丽清的丈夫来了！有人还小声说这么大年纪，像她爹。那些话都被我听见了，心里直想哭，但又不想当着同学的面跟他吵，就一个劲地催他快走。他说你走我就走。

没办法，我只好跟着他去了招待所。他说都快半年了，憋得天天晚上睡不着觉，都影响工作了，书记照顾我，让我专门来看看你。会议只开两天，可书记批了我三天假，让我多陪陪你。我一听烦死了，说谁要你来陪，我可是掐着一分钟一分钟的时间学习，生怕被人落下了，你的口气倒不小，开口就是三天。我可告诉你，你开你的会，不要再来找我，我们俩今天见过面就行了。他再也不吭声，使劲在我身上折腾。第二天一早我就赶紧走了，后来他又到学校来找我，我死活再不跟他走。

好不容易等他回去，我总算透了一口气，以为接下来可以安心学习了，可倒霉的事情却跟着就来，就是那一夜折腾，我又怀了孕。自己不觉得，每天还是跑步做操，运动量挺大的，那天上体育课跳远，我一屁股坐在沙坑里，突然感觉下身潮潮的，一股热流往外涌，我挣扎着站起来，周围一片惊叫，一个女同学变脸失色地说徐丽清，你怎么了？我奇怪地反问她们，怎么了？她指了指我的裤子，说你看看。我低头一看，沙坑里红了一片，鲜红的血正顺着裤腿一股股往下流着，我一下子就晕了过去。

就那样，我的学再没上成。流产造成的大出血大伤元气，休息了好几个月才恢复过来。我明白这回就是使再大的劲儿，也赶不上那帮本来就比我年轻的同学了，你姨爹巴不得我回到县里去，一个劲儿让我休学，我不得已听了他的话，可心里把他恨死了！

我又开始跟他闹死闹活要离婚，可他就是不同意，组织上也不同意，反正一闹就有人无休止地做工作。你姨爹的最大本事就是不吭气，在大家眼里，郝成是个老实人，而我是个恶人，我在社会上落下了一个脾气坏、不讲道理的名声。我想不通，越发要跟他闹，要他赔我的青春，赔我的学习，赔我的名声……就这么争争吵吵的，一天也没舒心过。离也离不了，好也好不起来，还又生下了你的表妹，一边闹着离婚，一边又在生儿育女，我们这代人的生活就这么过来的，你说是不是让你们看不起？

四

我说姨妈，您说的都是真实的，合情合理的，我怎么会看不起呢？

姨妈出了口长气，说伊姊，现在愿听我们这些老人说话的年轻人越来越少，我们都早已经被这个社会抛弃了，可我们当年也同样真诚过，辉煌过，也做过各种各样的梦，你看看这些照片，这就是那年在长沙读书时照的，多神气呀！当年跟我同班的那些同学，有的当了工程师，有的当了教授，唯独我，什么也不是，就得了个恶女人的名声。

我说姨妈，你就从来没有断过离婚的念头吗？跟姨爹在一起那么多年，就一点感情都没有？

姨妈说，有时候回过头一想，我这几十年就像着了魔一样，就是一心要离婚，就跟上了轨道的火车，一股挡不住的惯性，到后来，我也说不清郝成这个人多少好与歹了，一句话，就是要离婚。

闹腾着，“文化大革命”开始了，你姨爹当时已经到省里当了厅长，在单位他第一个被揪了出来，墙上贴满了写他的大字报，不瞒你说，开始我看了还挺解气的，可后来一看，越写越不像话，说他走资本主义道路，还说他一心只为自己，要把他打翻在地还要踏上一只脚！你要说他霸道耍耍威风什么的，我承认，还有他文化不高，工作也没什么方法，这也是事实，可你要说他一心为自己，我真不同意。他这人一辈子考虑的就是所谓革命工作，连家庭儿女都没怎么管过。除了工资，没朝家里拿过半点公家的东西，对人也不会算计，你想，他连个老婆都不会哄，还会哄别人？因此有些说法我就不同意。

他很快就被弄到牛棚去了，当时掌权的造反派找到我，说要不要现在跟他离婚？我说离！他们说那好，你既然要跟他离婚，肯定掌握了他不少材料，希望在这时候站到革命路线一边，勇敢地检举揭发郝成这个走资本主义道路的当权派。我说离婚归离婚，跟政治没关系，我也没什么要揭发他的，我们之间只是家务事，两人性格合不来没感情，扯不上路线问题。他们说，你这个同志觉悟不高哇！到后来我也被隔离审查，成天让我写检查说清问题，别的就什么也顾不上了。

好不容易“文革”结束，压在头上的几大堆问题总算解脱，郝成也官复原职，按说这时候大家可以安心过日子了，可我想到的第一件事就是要解决婚姻问题。我去找郝成，那时我们已经习惯了分居，各住各的，一见面我发现他老了，头发一层层花白的，我说你看，为了这个不合适的婚姻我们俩闹了这么多年，还是尽早结束了吧，你也可以再去找个老伴，好好度过晚年。他那会儿刚恢复工作，事挺多的，也还是老脾气，不想跟我多谈，扔下几句话，说这个问题我早就表了态，咱们之间不是敌我矛盾，用不着离婚。

说完就去开他的会，再也不搭理我。一连去找他好几次都这样，后来他甚至不再见我，让手下的办公室主任来打发我，说郝厅长挺忙的，有什么事跟他们说。我一听真火了，最后一次我包里放了把剪刀去找他，办公室主任又拦住我说郝厅长在开会，我也不跟他多说，噔噔噔就进了会场，他正当着好多人做报告呢，我说郝成，我有事找你！

他的脸腾一下黑了，我上去就拉他。周围上来好几个人拦住我，嘴里阿姨阿姨地叫着，我的蛮劲上来了，从包里唰地掏出那把剪刀，说郝成，你到底离不离？不离我就死在这里！那一下把他们厅里的人都给吓坏了，会场上乱成一片，几个人死死地拉住我。郝成走到跟前，说放开她！他那办公室主任说，郝厅长，她弄不好会伤你的……郝成吼起来，我说让你们放开她！那些人放开了我，他说丽清，你别闹了，咱们俩找个地方谈谈。

那一次可以说是我们做了那么多年夫妻最长的谈话，他把我领到他的办公室，关上门给我倒了一杯水，沉默了好半天才说丽清，你为什么非要跟我离婚呢？说实话，我本来不想在大众场合跟他那么闹，那情绪是一步步逼上去的。在他办公室坐了好一阵，我都没缓过劲儿来，连话也不想说。郝成就又说，我们的两个孩子都大了，我们还来谈离婚，丢不丢人？我这才说离婚有婚姻法，有什么丢人的？又不是做什么见不得人的事！反正多少年前我就铁了心，这辈子非把这婚离了不可，一天不离，我就一天找你闹，以前总说孩子小、工作忙影响不好等等，现在这些事我都想开了，孩子大了，也经过了“文革”，批斗检查都经历了，还怕什么影响？

他说丽清，二十多年了有一句话我一直想问你，但每次都是话到嘴边又吞了回去，现在我得问问你，你心里是不是一直有别人？这话说得我一下子蹦起来，我说你什么意思？他吞吞吐吐地说，当年那个小白脸暗中追求你，政委和我都知道。我一听知道他说的是文世白，真是又气又好笑，我说郝成呀郝成，你城府真够深的，我跟你闹了这么多年你都没说出来，心里还藏着这么个问号？我说郝成，别的我不敢夸口，可我徐丽清行得正、站得稳，清清白白的，到哪儿我也敢说这个话！我要跟你离婚可以说跟其他任何人都没关系，我就是不爱你，这行了吧？

郝成说我是个粗人，不懂什么爱不爱的，可我从一开始就真心喜欢你，虽然这些年吵吵闹闹的，可我知道你没什么坏心眼，刀子嘴豆腐心，再说我们还有两个孩子，夫妻之间在一起过日子就行了，挑那么多刺干啥？你看你这些年弄的，身体也不好，一个女同志到这个年纪已经不算年轻了，干吗非要再折腾呢？我这人毛病是不少，还有不少封建思想，咱们家乡也是那个观点，女人是锅台边上的人，用不着好脸色，像你说的不懂感情不懂情趣，不会哄你，可这么多年过来了，你也应该知道我就是这么个性格，爹妈给的，要改还真不好改，我过去是想工作想得多，认为想家里的事想多了就是资产阶级，你再怎么闹也没当回事，现在想起来是对你体贴不够……

他从来没对我说过这么多动感情的话，说得我蛮伤心，我这人服软不服硬，他要是早对我说这些话，说不定我会好好跟他过的。临到真要离婚了，他才打开这个闷葫芦。我说郝成，你现在说什么都晚了，我当着那么多人，把最绝情的话都说了，不可能又出尔反尔。他沉默着，一根接一根地抽烟。最后说，好吧，听你的。他叫来办公室主任，开了辆车，把我们拉到街道办事处，没费什么劲儿就拿了离婚证，从进门到出门还没用到半个小时。我真是百感交集，闹了半辈子其实就为了这么一张纸，费了我多少时间精力，伤了我多少次心啊！

走出街道办事处，他们叫我上车，我说不了，我自己走。心想我跟你没什么关系了，还坐你们单位的车干什么，我才不沾你那个光呢。没想到郝成让司机把车开走了，他对我说，我陪你走走。我没吭声。我们俩从来没有肩并肩地逛过街，走在他的身边，我才突然感觉到他个子高高的，一个骑自行车的小鬼飞快地打我身边经过，他把我轻轻推到人行道里面，用他的身体挡住了那小鬼的车把，我心里一热。我这人啦，就是受不了感动。又走了一段，经过一个菜市场，他停下脚步来说要进去买点东西，我说那我先走了。他说你等我两分钟，我也说不清什么原因真的就等着他。过了一会儿，他从里面提了一个袋子出来，往我手里一递，说这是几斤绿豆，天这么热你又生了气，熬点绿豆汤喝消消火。以后你得好好照顾好自己，有什么事让孩子们告诉我！

伊姊，我说了不怕你笑话，他的话没说完，我当街蹲在地上号啕大哭起来。周围上来好些人看，我也不管不顾，多少年来我自认为是个刚强的女人，就是“文革”造反派来抄家，我也没低过头，平时跟郝成吵成一团糟我也没掉过半滴眼泪，我曾说过，我的眼泪在那次喝醉酒醒来，发现自己躺在郝成的床上那会儿就流干了。可那天我哭得天昏地暗，郝成他拉起我来，扶着我走了很远很远，我靠在他宽宽的肩膀上，奇怪的是一点都没想推开他。我心里终于明白身边这个人，无论我对他是爱还是恨，无论是相聚还是分手，他都是我一生中最亲近的人。

姨妈说到这里，眼睛里泪花闪闪，她说不下去了。

我默默地抱住她的肩膀，那是一副瘦削的柔弱的肩膀，在姨妈刚强的外表下面，其实也是柔肠寸断啊。我说姨妈，我们都知道姨爹一直挺挂牵您的，逢年过节，我们到他家去，他都会提到您，问您上我们家来过没有？问您身体好不好？一次听说您住了院，他一连几天闷闷不乐。

姨妈点头，说我听你大表哥说过。原来我挺恨他的，可真的把那张纸一拿，好像那些恨都随风飘走了，反而心里存下另外一种难受。他后来又找了一个老伴，从下面县里找的，一个退休女工，也没什么文化，我一听说挺生气，可转念又想你跟人家不相干了，他愿找谁你管得着吗？你妈也说，郝成一个人过了那么多年不容易，都这把年纪了，光靠儿女毕竟不方便，再说他们也都忙，哪能一天到晚地陪着他，他也没什么爱好，离休以后就天天坐在家里，顶多养几盆花，不找个人能行吗？我说，行不行跟我什么关系？我凭什么想不通啊，不是我自己死活要跟他离的婚吗？你妈说你这么想就对了。

说是说，可我心里不知怎么就是放不下，很想去看个明白，那个女的到底是怎么回事？有一次，我就跟你妈商量，说要找郝成把过去咱们俩在一起的几样东西拿回来。其实那完全是个借口，我们生活在一起的那个年代根本不兴置办什么家产，除了两口装衣服的柜子，再就是床和被子，值钱的东西就是一块手表一个红灯牌的收音机。你妈说你们离婚那会儿也没谈到财产儿女什么的？她这一说，我才想起闹了这么多年离婚，什么刻薄的话都说到了，就是从来没有想过什么财产不财产的，儿女嘛都大了，跟谁不跟谁都不重要。

你妈给郝成打电话，说丽清要来找你拿两样东西。她打电话时我就站在她身旁，电话里的声音我听得清清楚楚的，郝成在那边说行啊，欢迎欢迎！也不问我要拿什么。

一天下午，我和你妈就去了他那儿，他住在一个小四合院里，面积挺大但门前的地板都烂了，他站在门口迎接我们，微笑着，一看发自于内心，他那个老伴也随后走了出来，叫了声大姐好！长得胖乎乎挺富态的，皮肤白净，眉眼也还和善，一看就比你妈和我都要小，我说郝成，你过得不错！郝成他反过来问我，丽清你的身体怎么样？听说你锻炼坚持得挺好？我说是啊，退了休也没什么事，把身体搞好一点，给国家儿女都减轻负担。

我和他就像两个偶尔见面的老朋友，和和气气、平平常常地拉家常，那种感觉蛮轻松。他那老伴也不插嘴，在一旁沏茶削水果。我说你过来坐呀！她笑笑说，你们聊吧，我给你们做饭去。郝成也接着话说，对，今天你们老姐妹都在这儿吃饭，我们好好聊聊。

你妈暗地里扯了扯我的衣角，我知道她是不想在这里吃饭，可我却答应了，我说不会给你们添麻烦吧？郝成说，你们尝尝她包的饺子，新割的韭菜，我们自己种的。我说你们还种了菜？郝成说来，我领你们看看，我和你妈就跟着他到后院，看他们种的小葱豆角韭菜，长得青枝绿叶的，还有一个葡萄架，已经结满了亮晶晶的紫葡萄，一嘟噜一嘟噜地吊着。郝成兴致勃勃地说，丽清，你们什么时候想吃新鲜菜，就上我这儿来。我说从前没看出来，你还会这些？郝成说在咱老家，我本来就是个农民，参军南下才把这些活儿都丢到一边儿了。我说我倒希望你是个农民。他笑了笑，说哪能由得了自己？

那天我们真的在郝成家里吃了饭，挺可口的家常菜，我一连吃了两碗饺子，超出了我平常的饭量。他老伴还要给我添，我说留着下次吧。郝成说对，下次再来下次再来，你们俩多来。他老伴也说多来啊，两位大姐！吃完饭郝成问我要什么东西？他这一说我才想起来的理由，我都差点忘了，我说你把从前的影集拿出来，我要两张照片。

他说原来你是要这，我还当是什么呢。我从他拿出的影集里挑了两张原先我们全家的合影，我们很少在一块儿照相，一张是去你妈那里过春节，你妈给照的，还有一张是你的大表哥过生日，我们带他上街吃了顿饭，然后给他照相，顺便全家也照了一张。我把那两张照片从影集里抽出来，说我要带走。郝成沉默了片刻，说，能加洗吗？

我心里突然一热，不听话的眼泪唰地就下来了。你妈赶紧拉起我，说郝成我们先走了，照片改日再来拿吧。郝成和他的老伴送到门口，你妈说回去吧，别再送了。郝成嘴里答应着，说好，你们慢走啊。可脚下却还是跟着我们，一送就送到了街口。你妈说郝成你回去吧，你再送我们就不走了。郝成这才站住了脚，他一动不动地站在路灯下，影子长长的，我回过头去看了一眼又一眼。

你妈生气地说，丽清你这是干什么？早知今日何必当初？当年我就给你说，郝成这人不坏，你就是不听，现在婚也离了，人家老伴也找了，你倒又动了感情。我说这能怪我吗？伊姊你说这能怪我吗？一开始就根本没有给我了解他的机会，就硬成了夫妻、有了孩子，他成天地忙，我也成天地忙，心里存的那股子怨气一直没法消，旧账还没清，新账又来了，一笔笔积在一起，你说让人怎么办？我想到的办法只有一个，那就是离婚，一了百了。他也没有给我别的出路啊！如果让我们重新来一次，要是顺序不变的话，恐怕也还是这样。

后来别人也给我介绍老伴，好几个，我不是要为谁守牌坊，可就是不中意，我情愿独自一人。前年你姨爹郝成他突然心肌梗死去世了，我正在北京旅游，你大表哥瞒着我，怕我难受，也怕我回来参加葬礼不方便。人家那里还有一个老伴，你大表哥他们都叫她阿姨，我去了往哪儿站？后来你大表哥做主，把你姨爹的骨灰送回他的老家河南，家里二叔，就是当年的小二提出给他大哥立碑，按照他们家乡的风俗要把未亡的妻子名字也写上去。他们合计来合计去要写我的名字，让你大表哥给我说，你大表哥不肯，说我妈跟我爸闹了一辈子离婚，她怎么会同意再把名字写上去。

他二叔说你好歹问你娘一声，就说是咱老家人的意思，你大表哥还是不肯说，后来他二叔直接给我打来电话，我当时一听也挺惊讶的，真没想到他们会跟我提这个，但我没有多想居然就在电话里答应了他。事后，我也觉得有些不可思议。伊姊你要有机会去他们那里看看，听你大表哥说，你姨爹碑上并排刻着我徐丽清的名字呢！

你看看，闹了一辈子，到最后还是又归到了一起。伊姊，你说这是怎么回事？这就是我们那代人的命运吗？

我看着姨妈那张已经苍老的脸，心里充满了怜惜。又想，如果我跟她们是同时代的人，会怎样呢？我会活得比姨妈聪明一些吗？就是我的爸妈，他们很少争吵也没提到过离婚，但他们真的就幸福了吗？或者他们连姨妈都不如？

又或者，虽然姨妈跟姨爹争吵、离婚，但其实他们是真正动了感情，是把感情当成了生命，而如今的人们，结婚离婚都很平常了，那些揪心的感觉也都淡去，是好还是不好呢？

五月飞蛾

一

刚从石板坡上探头的太阳开始就像一个蛋黄，二妹试着可以一口把它咬下去，但是它肉黄肉黄的不能说不诱人，这时候最好变成一个可以飞翔的东西，几翅飞到那充满光亮的跟前。

飞远一点。

这想法不止一次地让十八岁的二妹激动不已。

五月的太阳已经热辣辣的了，二妹知道快到中午的时候就再也穿不住长袖的衬衫，尤其是在田里割麦，阳光会像一把把小针戳出满身的小眼，让汗水密密地渗出来，脸上就像无数的蚂蚁爬。但这天不用去割麦，爹起来就穿上了那套唯一的西装，这一来全家人都知道爹有重要的公事要办。

二妹发现爹衣摆下吊着一根白白的长线，就走过去帮爹剪了它，爹正在吃力地打着领带，骂了一句："妈的水货，还要了我五十块钱。"二妹说："五十块钱还能买到好货？上次在三姨妈家里看到邢斯文那些西装，一套就值一两千块。"爹显然不喜欢二妹这种说话的口气，说："你见过几回世面，动不动就把城里人搬出来？"又说，"我们是老实种田人，跟他们没有什么比的。"

爹在石板坡当了快二十年的村委会主任，就是说二妹还没生下来爹就是这一方的人物，就是说爹历来只要咳嗽一声，石板坡的人就没有二话可说。但唯有二妹敢跟爹顶嘴，二妹说："城里人也是人，怎么就不能比？他们能挣一千我们也能挣一万。侯喜会的爹自从开了煤窑，不是就像是开银行的？"

爹一下黑了脸，说："你再在我面前提起侯家人，我就把你从岩上甩下去！

不信你就试。”

二妹不在爹要忙公事的时候较真，家里人都知道村委会要改选，今天乡里要来人，对爹来说是至关重要的一件事。二妹说：“爹你莫吼，侯家人听见了不好笑？你这衣摆都松了边，我拿根针替你缝一缝。”爹在松松垮垮的衣摆上抓拿了两把，说：“算了算了，我得早些到村委会去。你跟你妈把饭菜准备好，到了中午客不走，就在我们家里吃饭。”

平素村里来了客，都由爹谈完了公事，然后领到家里来吃饭，家里的女人虽然很累，但都尝到过程中的十分光彩。乡间的人会在客人坐在堂屋里吃饭的时候，三三两两拥到场坝来，老人和不知事的孩子进一步挤到窗门前窥视，二妹的全家人那时旁若无人地忙来忙去，就像一块块磁铁，把一道道羡慕的目光从门里门外吸在了身上。

妈一早就把围腰系上了，脸带兴奋地说：“那我就把那块最大的腊蹄膀煮了它。”爹很大气地点了点头。爹出门时又嘱咐二妹，要她把门前的晾衣杆子收起来，别挡了停车的地方，来的领导还有县上的，少不了带着司机。妈听着替二妹连连点头，妈平时身子不太好，说不出名目的全身疼，但每逢这种日子，妈就像过节一样，或者又像一场大戏里的主角，脸上光彩照人。妈催着二妹和弟弟刘光明赶紧吃饭，说吃完了好各做各的事，她自己在几间屋里转来转去，一时里里外外都弥漫着一股忙乱。

二妹觉得没有那个必要。她伸出手在刘光明的头上摸了两摸。

刘光明恼火地说：“你干什么？”二妹说：“你这头不好剪，让我几多费神。”二妹的手艺刚学没多久，给刘光明剪的三分头，两边短了些，头皮青幽幽地露在外面，一看就是个乡里仔。二妹把目光稍微停留长一点就忍不住要笑，刘光明更加恼火，一下就把菜碗里那块最鲜亮的肉夹了去，使劲嚼着说：“我再也不当你的试验品，再也不要你剪头了。”

二妹看刘光明吃饭的样子也不顺眼，小小的年纪就学着爹大模大样地坐在上座，腿岔得开开的，小胳膊小腿占去一方，旁若无人地叉着筷子在菜碗里搅来搅去。二妹说：“刘光明，你斯文点，妈都还没上桌子。”说着一把夺过了刘光明的筷子，刘光明诧异地瞪大了眼睛，二妹说：“你莫把眼睛鼓起，再鼓我敲你两下。”

刘光明正色道：“你又不是爹！我告诉过你，男子的头女子的腰，只准看不准捞。”二妹说：“你了不起，可惜离成人还早得很。”刘光明说：“那是，你成人了，你每天坐在河边想什么，当我不知道？你是一片火，我要扑向你的怀里，这话是哪个的？”

二妹一言不发地在刘光明头上敲了一个栗暴，刘光明龇牙咧嘴地叫起来，妈在围腰上擦着两手走到堂屋门口，满地下找着说：“怎么了？哪个把碗打了？”

二妹恨恨地说：“刘光明，你敢偷看我的日记？我把你的眼珠子抠出来。”刘光明说：“这怪不得我，你自己把本子放在桌上，又没合起来，我进去找笔，一眼就看见了，你让我怎么办？”妈说：“刘光明，你看见什么了？”二妹叫道：“妈，这没你的事。刘光明你要敢再说一个字，你看我怎么收拾你。”刘光明放下饭碗，背起书包一溜烟跑了。

二妹就到井里去挑水。妈说今天要洗腊肉，用的水多。下井台的路上迎面碰见了桃子，桃子穿了一件翠绿的短衫，胸前打了三道皱褶，显得胸脯比平时大了一圈，二妹明白桃子是越来越城里人了，城里人喜欢女人那里的肉多，一本杂志上写着“波霸”。二妹不愿意自己挑着水桶同桃子说话，但桃子的话不得不让她站住了脚步。

桃子诡秘地说：“二妹，你那个侯喜会同橘子好上了。”

二妹差点把肩上的扁担甩下来，但她只是抖了一下，就势换了个肩，说：“桃子你怎么说话？怎么叫‘你那个侯喜会’？你再这样说我懒得理你了。侯喜会他愿跟哪个好就跟那个好，与我屁相干。”

桃子说：“好好，二妹你既然不当回事，我也就不说了。”

二妹说：“就是，什么话不好说，说他。”

桃子说：“那好吧，我再告诉你一件事，我明天进城去了，你到底去还是不去？要去我们就一路，要不去我就自个儿走了。”

二妹沉默了好一阵，说：“你这回还是到那个美容院去？”桃子矜持地说：“是啊，我在那里都做惯了，老板也舍不得我，本来我是想出来跟田快活一起做生意的。”田快活是桃子的男朋友。桃子说：“你要是去我就跟老板说，不过你得先从小工做起。”

二妹这回想也不想就说：“你走吧。我这回不去，我要去也自己去。”

桃子笑了笑，说：“二妹，莫怪我说直话，你的心太强，要吃亏的。”二妹心里就有些来火，说：“桃子，你走你的阳关道，我过我的独木桥，用不着你这样提醒我。好歹我也是跨过高中门的人。”桃子看二妹的脸色，改口道：“我知道，你爹是村委会主任，怎么也能给你找个事做，说不定还能把你介绍到乡政府去。”

二妹嘴上说：“桃子我警告你，别说这些没影的话。”桃子说：“怎么是没影，我要有你这么好的爹，我哪儿也不去。”二妹说：“我爹又不比哪个多一个头。”这样说着，二妹心里多少平衡了些。

妈在岩坎上喊：“二妹，你把水挑到大河里去了？这半天还没见人！”二妹把水桶担起来，比往日像是重了些，她想把桶里的水倒一些出去，最后还是没倒。这样边走边骂起侯喜会来就多了几分沉甸甸的感觉，她说：“侯喜会你这个猴子变的，三天半没见你就变了卦，还说爱我一百年，呸！幸亏我长了后眼睛，没上你猴子的当！……一个男人家说话半点也不算数，虽然我从来没有答应过你，但手还是让你牵过的。你不把别人当人，难道也不把自己当人？”

妈在门前接过她的水桶，说：“你在同哪个说话？一路没停？”二妹嚷嚷着说：“你管我呢！书也不让念，城也不让进，就让我在家里做这做那，连话也不让说了？”妈奇怪地说：“这个女子，一早起来就没个好脸色，你发什么癫？还不快把我烧好的腊肉洗出来，我得下锅煮了。”

乡间都在每年的腊月头里杀了猪，然后用上好的柏树枝细细地熏过，挂在板壁上或是灶头，来客就割上一刀。这肉皮要用炭火烧一烧，再把烧过的黑壳刮去，洗出来金黄金黄的，片刻便会煮出一片异香。妈身手敏捷地运筹帷幄，片刻工夫将那块煮熟的硕大的蹄膀化整为零，蓝花瓷盘在灶上摆出了八个方阵，配上黄的土豆、绿的豆角、红的辣椒、白的蕨粉。妈一边做一边说：“二妹，你到跟前来看一看，姑娘家该把灶头的手艺学到家。”

妈又说：“二妹，一个女人好不好，一看灶头二看线头三看床头。”

二妹埋着头在灶前烧火，妈说：“我说的话你总是不爱听。”

二妹说：“我又不想学你。”妈被锅里升起的热气挡住了脸，锅里噼噼啪啪地响着，妈说：“你说什么？”二妹说：“我什么也没说。”

菜摆上了桌，四盘八碗一个火锅，但过了中午，爹和客人还没来。妈又把蹄膀拿去回笼。后来听见脚步响，妈连忙跑出来看，一看只是个刘光明。妈说：“你放学了，看见你爹他们没有？”

刘光明老气横秋地说：“他们不会来了，客都到侯家去了。”妈手里的蒸蹄膀一歪，叫道：“二妹，你快来给我接一下碗，我的手烫了！刘光明，你再胡说八道，我真的要让你爹收拾你了。”刘光明叫起来：“你还不信？我们一路放学的学生都过去了，叫我也过去看，我说那里又没有我们的饭吃，去看个什么看？”

妈用头年的蛤壳油擦了烫红的右手背，不时呵呵地吹气。二妹就走上了机耕路，一眼看去就明白了。侯家新修不久的三层小楼像一艘白船，偎在深绿的山洼里，门前停着一辆吉普一辆黑壳子小车，场坝里已经人来人往。四周的小道上还有许多个黑点子正在往侯家门前移动，那都是去看热闹的人。显而易见，爹的位置半天工夫发生了变化，二妹以后也就跟那些老的少的一样，只能站在侯家的门窗外看来的贵客了。

二妹肯定不想站在人家的门窗外边，特别是该死的侯喜会家门窗外边，但她坚定不移地走了过去。有一次她和桃子在城里看一场电影，那是美国的一部恐怖片，一开头就是半夜里杀了人，却又不知道凶手是谁，接二连三地死人，还是不知道凶手是谁，桃子看得坐不住了，说二妹，太吓人了，我们走吧。二妹不走，这样的故事她得看下去，直到把事情弄清楚，心里的害怕才会散去，要不然就会天长日久地做噩梦。

冤家路窄，最先就碰到了侯喜会。在侯家场坝前，他扬脚从拖拉机上跨下来，手里抱着一堆红的绿的酒瓶子，也穿了一套西装，还是新的，裤脚盖过了脚面，二妹想，他的个子要是还高一点就好了。侯喜会说："二妹？"

二妹说："我又不是鬼，你瞪起眼睛像灯笼干什么？"

侯喜会左右张望着说："我买酒去了。"

二妹说："我知道你是去买酒，你家里来了客人，有乡里的县里的，你妈和橘子都在屋里的灶头前后忙。"

侯喜会说："也请了你爹的，但他不肯来，他独自回去了。"

二妹说："那我倒不知道。要是我，请我我就来，你侯家的饭菜又没有毒药。"侯喜会呵呵地干笑了几声。二妹说："你和橘子办喜事的时候，莫忘了给我寄张请柬，我一高兴就给你们送个大礼。"

侯喜会的嘴不听使唤地抽了两下，说："其实我跟橘子的事也还没有定。"侯喜会又说："二妹，其实你知道，我喜欢的是你，可是……"二妹干干脆脆地说："可是我不喜欢你。我要进城去了，明天就走。"

二妹扭头就走了。她听见橘子的声音在叫侯喜会，说你怎么还不把酒拿进来，客人们都上席了。

爹到下午还没回到家，桌上的饭菜自然都凉了，蒸好的蹄膀淹没在一碗白花花的猪油里面，满满的一桌菜堆得屋里好沉闷，连刘光明都没了胃口。妈说："到底出了什么事，为什么客人都不往我们家里来了？"二妹说："路上人都在说，爹的村委会主任当不成了，人家选的对象是侯喜会的爹。”

妈要二妹去把爹找回来，二妹没去，她想不出什么话来劝爹，爹只会催着石板坡的人种田，家里粮食都吃不完，可没有钱花，买一包火柴的钱都很金贵，家家都把灶头的火星埋着第二天再用，农户一包火柴可以从年头用到年尾。侯喜会家里不这样，侯喜会的爹有九个脑袋，一个种田，八个赚钱干别的。爹到夜深才回来，不知在哪里喝了酒，把早上穿出去的西装脱了，进门就扔在地上，说：“这下好，再也不用穿这个屁名堂。”二妹和妈都不敢看爹的脸，怕把自己的心情写在脸上，让爹看了难受，爹等不到她们一句话，就倒头睡了。

等爹第二天一早起来，二妹已经收拾好了一个小包，里面装了两件换洗衣服，一柄绿色胶皮包着的长柄镜子，一盒擦脸的香香，还有一个日记本。爹起来就喊头疼，说：“二妹，你给我沏杯热茶来，在灶头多煨一下，熬浓一些。”二妹按爹说的话办了，把又香又酽的罐罐茶捧到爹的跟前，然后轻言细语地说：“爹呀，我走了。”

爹没抬头，两手摁着太阳穴，说：“嗯。”

爹在二妹走到堂屋门口时才看到她提着的小包，说：“哎，你要到哪里去？”二妹站住脚说：“我进城去。”爹霍地站起来，说：“进城去？这么大的事，哪个同意的？”

二妹很平和很当然地说：“我自己呀，爹。”

二

“你的故事实际上是从那里开始的，有一个女孩子在街头徘徊，手里提着一个粉红的小包，有半截绿色的镜柄从包里伸出来，她脚上穿着一双尖尖的皮鞋，一看那鞋就不是她的，她说，我的脚都走疼了。为了让我相信，她在我面前又走了两步，身子一歪一歪的，她讨好地笑着说，真的走疼了。

我对她的话敷衍地含糊了一句，说你是谁？她急急地表白着，说我就是二妹呀，你从那边过来，我一眼就认出你了……。她后面的话我没有听清，只觉得女孩子的脸亮亮的，晃来晃去……”

以上的话是邢斯文想写的一篇小说开头，但写来写去再没有往下进行。邢斯文是一个散漫的电视台记者，他对这种很被人羡慕的职业并不感兴趣，他觉得自己更适合做一个自由撰稿人，无拘无束地想写什么就写点什么，不必受部门主任和栏目组长的吆三喝四。生活是这样地沉闷啊，他在酒吧里常常发出感慨，头发遮盖了他的额头和半只眼睛，那副皱着眉头把玩酒杯的样子很让一拨又一拨的女孩子动心。

二妹拎着小包在城市里兜了两圈也没找到三姨妈的家，不是二妹不记路，是那一带的小巷子没有了，明明记得是处卖菜的地方却变作了一个草坪。太阳很大，小树还形不成荫凉，二妹走在城市的马路上，感到了跟石板坡太阳同样的灼热，将她的自信一点点地融化。她问过无数的人，卖报纸拉三轮还有模样厚道的老人，一概都摇头，用最简单的话回答她，不知道。

二妹坐在草坪外面的石阶上，各式各样的车像流水一样从她面前经过，没有一辆车按喇叭，但它们经过的声音汇成了一道厚厚实实的网，二妹不一会儿就觉得自己出不过气来，她拼命地想一个奇怪的问题，好让自己清醒。为什么在石板坡，方圆几十里大山只有几十户人家，但随时能感觉到人的存在，某人唱支山歌某家争个嘴大家都知道，某人去砍柴某人去走人家大家也都看得明白，而在城市里却感觉不到人呢？密密麻麻走来走去的人是不是都汇到那层网里去了呢？

夜幕降临的时候，二妹真正认识到自己进城的唐突，她在不知不觉中哭了。

要不是邢斯文偶然想起要跟小意到广场上走一走，二妹初进城的那天夜里就要露宿街头了。邢斯文把二妹从广场上捡回来，三姨妈正在看一部电视连续剧，其中的情节正演到女主人公在出差途中意外返回，不料家里的大门却打不开了，丈夫正与一个女人在她的床上偷情。三姨妈很不情愿这个时候被任何人打扰，她说："二妹，你们一家人怎么总是招呼都不打一个就来了？来之前应该给我们这里打个电话。"

一见到三姨妈那张酷似妈的脸，二妹的胆子就又壮了起来，虽然肚子饿了一天，但她还是提高了声音说："石板坡没有电话，你是知道的。"三姨妈朝她身后看了看，说："你爹呢，妈呢？"二妹说："三姨妈，我是出来找事做的。三姨妈，你帮我找个事做。"

三姨妈一转身笑起来，说："找事做？邢斯文，你们听到没有？我还不到五十就下了岗，自己都打起灯笼找事做呢。你这二妹，真是的。"

邢斯文对二妹和善地笑了笑，说："二妹，你先坐下，有话慢慢说。"他接过二妹手里的小包，邢斯文的手白白的，骨节很大，显得既男人又温柔。邢斯文说："二妹，你先到厨房里吃点东西。"

三姨妈说："哪还有现成的？"邢斯文将二妹领到厨房里，高高兴兴地打开橱柜，说："哇，还有鱼，豆干，行了，我帮你在微波炉里热一热。你看，这个钮是这样打开的，转一转就可以了，不过你得记住，金属的碗筷不能放到微波炉里去。"

邢斯文那双白而大骨节的手就在二妹眼前忙活了一阵，二妹真的是被感动了。她想哪一个女人若是嫁给表哥邢斯文，那将是天下最幸福的女人。邢斯文看二妹吃着他热好的菜和面条，说："多吃一点，要吃饱啊。"他们回到客厅里时，三姨妈和邢斯文的女友小意都在一言不发地看电视，但显然她们的注意力都没在屏幕上。小意开始还有些微笑，等到邢斯文说"今天就让二妹睡在我的房里，我在客厅沙发上睡"这话以后，小意就无论如何不想再做大家闺秀，她绷着脸说："我该走了。"

才来的二妹感觉不到邢斯文女友的不快，她只顾目不转睛地观察这个城里的女孩，头发长长的，却又一丝不乱，那黑发的光亮和柔顺使那小小的肩头有说不出的温柔，还有那圆圆的屁股结结实实地被一条修长的牛仔裤包裹着，真的跟外国电影里的漂亮女郎差不多。她很想跟小意说上两句话，但那女孩子看也没朝她看，只跟三姨妈打了个招呼就噔噔地走了。

三姨妈说："邢斯文，小意生气了。"

邢斯文坐着没动，用手掠了掠散乱在额前的长发，说："是吗？"

三姨妈说："邢斯文，你到底想找什么样的人？"

邢斯文像是没听见他妈的话，他说："二妹，你去睡吧，你帮我把房间里的那个小 CD 拿出来。"二妹不知道他说的是什么东西，还是邢斯文自己去拿来了，把耳塞套在耳朵上，然后唱："茫茫的草原我的家乡……"关于二妹的问题，这家人经过了好比中国加入 WTO 的多轮谈判，最终还是决定将二妹留了下来。三姨妈就跟二妹正式进行了谈话，她关了电视，用一种很庄重的姿势在沙发坐下来，然后严肃地说："二妹，你过来。"

过去到三姨妈家里来都是由爹妈领着，爹将几包茶叶香菇和妈晒干的土豆片豇豆从蛇皮口袋里掏出来，三姨妈爱吃这些老家的东西。三姨妈将二妹一家当客人待，但现在二妹站在三姨妈跟前，不由自主地垂了手。三姨妈说："我们得先把条件谈好，你在我们家里做，管吃管喝，再给你一百元的工资。加起来也是四五百块了，这比一个下岗工人的工资都要高。按说我们家两个老人都退了休，只有一个人在外面上班，根本没有多少家务，请一个阿姨是挺不合算的，所以你得把事情做好。比方说，这卫生得每天全面做一次，不要光做表面的，尤其要注意那些阴暗角落，还有饭菜，光做熟不行，要提高质量。”

等说完以后，三姨妈把二妹的小包从邢斯文的房里拎出来，放在了阳台的鞋柜上面，说：“你把储藏室那张钢丝床打开，这里还正好搁得下一张床。不过浇花就不怎么方便了，那些月季马上就要开，你看都打了苞，浇水不能太多，每天早上轻轻地洒一遍，像下小雨似的最好。”

二妹说：“三姨妈，那现在到底是让我开床还是浇花？”

三姨妈说：“大人说话你不能打岔，你懂不懂？你应该学你妈的性子，从小到老都温温和和的，没跟任何人红过脸，一辈子只会做事。”

二妹说：“我学不来我妈，我说过的，我不想学她。”

三姨妈大惊小怪地说：“我倒没看出来，你人小鬼大，你不学你妈学谁？”

二妹说：“我要学我妈我就不进城了。”

三姨妈说：“噢，你是想学城里人？城里人是学得来的？你要这样，我就让邢斯文把你送回去。”

话说到这里，二妹就不作声了。

三姨爹早晚在一个楹联学会里以书会友，三姨妈吃过早饭以后就出去打牌，她走的时候补充交代，不许白天打开电视。二妹拖地板擦桌椅柜子，还把纱窗也擦了，就去摘菜洗菜。完了以后，屋里静静的，二妹就趴到阳台的栏杆上写开了日记。

其实二妹高中的时候就写过诗，“你是一片火，我要扑向你的怀里……”刘光明看到的这段话并不是对一个男人而是对一种生活，她写道，“我期待前面的生活像一团火，我抱着勇气和幻想投入进去，哪怕把自己烧为灰烬。”写着写着三姨妈进来了，说：“二妹，你在哪里？”她手里提了两把青菜，一把是半斤豆芽，一把是半斤菠菜，路过厨房的时候三姨妈没放下来，她觉得应该由二妹来接。

但二妹没有听见，她正在写几句要命的话，那是：“无论侯喜会再有钱跟橘子再好，我都不会羡慕，我要用清醒的头脑提醒自己，我要走自己的路……”这时三姨妈就寻到了阳台上，声音里明显地含了怒气，说：“二妹，二，妹！”

二妹吓了一跳。

三姨妈眉头皱得像丝瓜，说：“你看看你，大白天的在这里鬼画桃符，我交代给你的活干完了吗？”

二妹认为已经干完了，没有什么可挑剔的，但是三姨妈在卫生间里走了一圈，开始发起火来，说：“你这丫头真懒，连马桶都不洗，难道你的鼻子长到天上去了，闻不到臭味？”

二妹觉得三姨妈实在有些苛刻了，卫生间的白瓷马桶干净得像洗过的瓷碗，这样想一点都不恶心，她说：“我没闻到什么臭味。”三姨妈一听更来气：“如果你没来，这马桶就是我们家里人用倒也罢了，可是你这丫头一来，这股子臊味就大得不得了，你身子里火气太大，撒出的尿几间房里都能闻到味。”

二妹红了脸，说：“三姨妈，你是我的亲姨妈，我要是身上火气大也是你们老一辈传下来的。”

这一说三姨妈倒笑了，说：“那好，你这样说倒显出我的责任了，我得把你身上的火气褪一褪。”三姨妈就让二妹吃饭的时候少吃肉和蛋，专门给她炒一盘青菜，少放些盐，特别是晚餐，喝一碗稀粥就可以了。三姨妈说这样过个三年五年，二妹身上那股子腥臊气就会褪去，她说我当年从石板坡嫁给你三姨爹以后，进了城就是这样过了好些年才把火气褪下去的。

邢斯文穿一件有七八个荷包的背心回到家来，他一连好些天都在外面忙，他随随便便地拍了拍二妹的肩头，说：“嘿，几天不见，你怎么好像瘦了？”二妹就觉得一股暖流从头灌到了心窝里，如果邢斯文再接着问一句，她的眼泪就一定会情不自禁地掉下来，可是邢斯文说完话就转过身子四仰八叉地靠在沙发上，说：“太累了。妈的，受制于人，真是没意思。”二妹不懂他说的是什么，邢斯文说：“二妹，我看还是你们这种人活得单纯，我真羡慕你。”

二妹说：“斯文表哥，你何必笑话我们乡下人。”

邢斯文说：“乡下人怎么了？我现在巴不得做个乡下人。哎，二妹，石板坡的地价是多少，你知道不知道？”

二妹说没听说过什么地价。邢斯文说：“要是你爹还当村委会主任就好了，让他给我用最低价买一块地，我在那里修一幢小别墅，闲云野鹤，采菊东篱下，悠然见南山。”

二妹说：“就是没有自来水。”

邢斯文愣了一下，笑了起来：“这个二妹，真是单纯得可爱。”

二妹辩解道：“我说的实在话，你想没有自来水，你们用惯了马桶，哪来的水冲？再还有，洗澡怎么办？”

邢斯文眼睛里放着光，说：“真有意思。”他突然又说，“二妹，哪天我们台里拍电视剧，我把你介绍去演一个角色，你愿意不愿意？”

二妹心里怦地一跳。但接下来好多天，邢斯文再也没提这个话，他回家的次数按三姨妈的说法倒是比往日多了几倍，在饭桌上表现得很活跃，他说：“二妹，树上有七只麻雀，我一枪打下来一只，树上还有几只？”二妹说：“这你难不倒我，一只也不只，全都给吓跑了。”邢斯文又说：“那计划用水是什么水？”二妹想了又想，说：“自来水。”邢斯文笑了笑，说不是。二妹看看放在墙角的纯净水桶，就一指：“纯净水。”邢斯文又摇头，说：“你再猜。”三姨妈说：“斯文，你还有完没完？一顿饭吃到什么时候去？”邢斯文不理他妈，说：“二妹，这回你怎么猜也猜不到，因为你没有这个常识，这怨不得你。”

二妹说：“那到底是什么水？”邢斯文说：“薪水。就是工资。”二妹说：“难怪我猜不到了，我又没拿过薪水。”三姨妈说：“你怎么没拿过薪水？我给你的一百元钱不是薪水是什么？”

大家就都不吱声了。

二妹默默地站起来收拾碗筷，先拿走了每个人面前的空碗，然后再去端那些菜碗，三姨妈和三姨爹坐在那里剔牙，邢斯文把电视遥控器拿在手里，从1频道搜索到34，他说明明可以到43，怎么就搜不出来了呢？二妹在厨房里把碗洗了三遍，差不多一集电视剧都要看完了，邢斯文走进来说：“要不要我给你帮忙？你还在洗什么？”二妹低着头不吭声。邢斯文就走近了些，高高的个子几乎贴紧了二妹的背，从她的头上探过来看着，一股男人的热气缭绕在二妹身上。

二妹心里有点慌。她说：“你出去，这里没你的事。”

邢斯文笑笑说：“我带你出去看场演出，你去不去？”

二妹不相信，说：“我这人不喜欢跟人开玩笑。”

邢斯文说：“这种玩笑有什么好笑？去不去随你。”他漫不经心地往外走，就像是二妹不去他也完全不在意。二妹连忙放下手里的碗说：“我去。”

他们俩的话被客厅里的人听进了，三姨妈气咻咻地说：“斯文，你的小意呢？就是看演出你也应该带小意去，二妹跟着去掺和什么？”邢斯文嬉皮笑脸地说：“我叫你去你就去，你别听我妈的，她给你一百元薪水，我给你二百元就是了。”三姨妈不看邢斯文，只把眼睛盯住二妹，二妹架不住那两道锥子一般的目光，蔫下来朝阳台上走去，说：“我哪儿也不去，我睡觉了。”

第二天上午三姨妈没去打牌，她的眼圈有些发青，在放药的抽屉里翻了半天，自言自语地说："我的药呢？"后来像吃爆米花一样一口气吃了两三把药，这才在沙发上安稳下来。三姨妈说："二妹，你过来，我得跟你谈谈。"二妹说："我正在洗马桶。"三姨妈说："你就是洗金子也过来听我把话说了再去。"

三姨妈说："邢斯文是你的表哥你知道吗？"

二妹说："当然。"

三姨妈又说："他谈了几个女朋友你知道吗？"二妹摇头，说："我知道那个干什么？"

三姨妈说："有些话我本来不想说，但如果现在不说，到时候出了什么事，我这个当大人的后悔就来不及了。邢斯文他谈过的女朋友有一个排，都是最漂亮的女孩子，你二妹是长得水灵一点，可跟她们比你是乌鸦比凤凰，差远了去。所以说人要有自知之明。你别插嘴，你听我把话说完，你这丫头身上火气大，你得离你表哥远点，别把你的火烧到了他身上，你们这个年龄可是什么事情都敢做。"

二妹想把洗马桶的刷子摔到地上去，或是像在家里一样吼叫起来，说三姨妈，你这些话我不爱听！可她只是嘴唇动了动，什么也没说出来，她在心里为自己着急。三姨妈后来摸了摸二妹的头发，说："我是过来人，什么都瞒不过我的眼睛。邢斯文这小子最会哄女孩子，十句话只有一句是真的，他再回来找你说话，你就少理他，你只当他是个仇人。"

夜里，二妹蒙着被子哭了一回，被角差不多可以拧出水来，她真的很想第二天就去长途车站回石板坡，可是，她在城市里要寻找的东西连羽毛都没抓着，见了侯喜会怎么说？她就这么送上去让他和橘子笑掉大牙？

二妹在日记本的最后一页找到了一个电话号码，那是桃子走的时候留给她的，她原先根本就没打算过用它，但这天上午她趁三姨妈打牌在外拨出了那串号码。桃子的口音变成了普通话，但二妹还是一下子就听了出来，桃子说："您好，这是蒙娜妮美容院，请问您需要什么服务？"二妹说："我是二妹，桃子。"

桃子一下把话变了回来，乡里乡亲地提高了八度，说："二妹呀！你在哪里？你到底还是进城来了，找到工作了吗？"二妹准备了一肚子话，却说："我来我三姨家玩玩。"桃子长长地噢了一声，说："可侯喜会来找过你，说你离开石板坡的时候告诉他，你要到城里来做事，还要做大事。"

二妹心里像倒了五味瓶，说："侯喜会？"

三

就在那天上午，侯喜会打来了电话，家里正没有别人，二妹开始还以为人家打错了，侯喜会说了三遍找刘二妹，二妹才相信了自己的耳朵，她把心里的滚烫封了起来，拿腔拿调地说："你是谁？"

侯喜会说："你就是二妹？声音怎么变粗了些。我是侯喜会呀，难道你没听出来？"

二妹早就听出来了，但她说："噢，你是侯喜会呀？你有什么事？"

侯喜会说："事倒也没什么事，就是给你打个电话。我也到城里来了，正在找事做。我到桃子那里找过你，今天才得到你的电话。"

二妹说："你屋里又不是没有钱，你爹又当了村委会主任，你不在石板坡好好陪着橘子，跑到城里来做什么？"

侯喜会沉默了好一阵，说："橘子她也想来，但我没答应。"

二妹心里剜了一下又热了一下，冷冷地说："你答应不答应，关我何事？你还有没有别的事，没有我就把电话放了，再见！"

过了还没有三分钟，侯喜会就又把电话打过来了，说："二妹，你学会说再见了！拿城里人的腔调跟我说话，就像变了个人似的。"

这一说二妹觉得有些骄傲，她说："对不起，我真的很忙，有事以后再联系，好吗？再见！"

那一天侯喜会打来了五个电话，恰恰三姨妈都不在，二妹在劳动的间隙跑来跑去地接着那些电话，一次比一次兴奋，那铃声越来越像动听的音乐。弄得三姨妈一进家门，就发现二妹脸红彤彤的像抹了胭脂，她心疑地跑到自己的化妆品盒子跟前察看了半天。而且三姨妈也不得不承认，二妹那天干活的劲头特别大，不光做了日常的事，还把卫生间的四面墙壁都统统刷了一遍，摸上去涩涩的一股子清香。

三姨妈还试着提了提邢斯文，二妹也没有变脸，自从那天三姨妈说了那些话以后，只要邢斯文在家里或是提到与邢斯文有关的事，二妹就沉下脸来走开。连三姨爹也看出端倪，私下里埋怨三姨妈，说她真是腐朽透顶。

从那以后，侯喜会每天都有电话来，从几分钟说到十几分钟，后来以小时计。侯喜会说，他在城里已经找到了一份送煤气的工作。二妹一听就笑了，说你们家里开煤窑，你放着老板不当，跑到城里来卖苦力。侯喜会说这是一份很自由的工作，可以到处跑，挣多挣少对他来说都不是最要紧的事，借着这个机会倒是把城市都熟悉了。二妹说你这个口气，好像你要当市长一样，这城市要你来熟悉干什么？

二妹的话总是跟侯喜会过不去，但她再也不问侯喜会打电话来是否因为有什么事？他们之间就像某些当领导的人之间一样，确定或不确定地总应该讨论一些什么话题，天经地义的。侯喜会问了好几次，有没有可能跟二妹见个面？二妹断然回绝了他，她说："对不起，我没有时间。"

侯喜会说："你在哪里上班？你告诉我，我去看你。"

二妹说："不必了吧。大家都很忙。"

侯喜会声音沉沉地说："二妹，有些话我们在电话里说不清楚，我就是想当面跟你讲，未必你把过去的事全忘了？你那天在我家门前说的那些话让我几夜都没睡着觉，我想来想去就把我爹安排给我的事都甩下了，我爹拿起挖锄要挖我的脚，但我还是到城里来了，其实我就是来找你的。我知道你的心高，你能做的事我可以陪着你去做，好不好？"

二妹的脑袋嗡嗡地响，她一时心软，想说侯喜会，我其实还不是想你，如果不想你，我就不会骂你，不会在日记里写你；可一时又心硬，侯喜会怎么了，不过就是跟他高中同了回桌，有一天下大雨他把伞给了她，自己淋成了落汤鸡。还有一回给学校挑石头，侯喜会让她在阴凉树下喝茶，黑汗长流地把她的半立方米任务全挑了。石板坡的男女青年都知道侯喜会追着二妹，可二妹瞧不起他，瘦巴巴的个子只比她高一铅笔，也没什么大志向，考的分还没有她多……再说还没有三天半，就朝三暮四又去追橘子，这样的人你说怎么交？

于是二妹冷静地说："侯喜会，我们只是同学乡亲，你不要想偏了。以后如果有正经事你就来电话，没有事你就不要随便打电话，记住了没有？"

那天正说到这里，客厅外面钥匙哗啦啦地响，二妹顾不得说再见，连忙就把电话放了。三姨妈砰地闯进来，二妹的手刚刚离开电话机听筒，三姨妈的眼睛就落在她了的手上，生气地说："刚才是不是你在打电话？"

二妹说："我接了一个电话。"

三姨妈说："你打也好，接也好，足足有一个钟头，是哪个打来的，你们说那么久？我在外面一口气拨了十几遍，次次都是忙音。"

二妹说："三姨妈，你打电话要我做什么事？"

三姨妈说：“外面起风了，我让你把早晨晒的被子收起来。这个先不说，你先告诉我，是谁给你打来的电话？”

这时二妹就真的有点烦三姨妈了，她勉强地说：“一个老乡。”

三姨妈说：“老乡？男的还是女的？说那么久？”

二妹不假思索地说：“女的，叫桃子，她在美容院打工，跟我说了些家里的事。”

这样说了之后，二妹的话就流畅了许多，她接着说桃子是她的同学，也是同村的人，桃子家里有一个弟弟在上学，头上长了两个旋，人就聪明会读书，可交不起学费，桃子就出来打工……

三姨妈打断她的话，说：“你别说那么多，我告诉你二妹，这不是我当姨妈的说你，在人家家里做事要懂得规矩，哪能把主人家的电话占住一打半天？你要是在别人家里这样做，一回就把你赶跑了。你懂不懂？”说着三姨妈走过去把电话筒拿起翻来覆去看，好像那里面藏了什么秘密。

二妹不知道是该恨自己还是恨三姨妈，想来想去还是只有恨侯喜会。恨的人不在跟前，二妹的话就更少了。邢斯文回来依然随随便便地拍二妹的肩膀，问她饭熟了没有？又问她炒的什么菜？二妹不吱声，把盛好的饭菜摆上桌子，就又钻到厨房里去了。邢斯文在餐桌上说：“这个二妹怎么回事，也不理人也不说话，叫都叫不应了。”三姨爹说：“就是。”三姨妈说：“你们俩都看着我干什么？女孩子家家本分一点才好，这二妹身上的火气得慢慢给她褪了。”

二妹站在厨房里吃了一碗青菜，客厅里的对话她都听见了，潜意识里她很希望邢斯文能接着叫她一声，说二妹，你怎么不过来吃饭？但邢斯文显然顾不上，吃饭那一会儿他就接了三次手机，他说：“马上来？头，今天不能让我放松一下？那个节目我已经做好了，明天早晨我就送给你看……”二妹的青菜吃完了，邢斯文的手机还没接完。她只有磨蹭出去收拾桌子，三姨爹笑嘻嘻地说：“今天鱼烧辣了点，鱼本来就上火，再多放了辣椒就更不得了。医生说清淡为好。”三姨妈说：“吃点辣的不要紧，倒是油不能放得太重，血脂一定要控制。”

邢斯文把腿挪开，让二妹扫掉在地上的饭粒，嘴里说：“我得走了，我们头非要我去。”三姨妈夸张地张大嘴巴：“这个时候？”邢斯文拍拍身上那些口袋，说：“有一天我非得辞了职不可。”

他们一来一往地说着话，似乎谁也没朝二妹看一眼，至少二妹是这样觉得。她在这个屋子里完全是个局外人。她暗地里瞟了瞟邢斯文，嘴里说辞职，可脸上喜气洋洋的，一点儿也不像真要辞职的样子，也就是嘴上一套心里一套，说话当不得真。他曾经说她可以去演一个电视，还说要带她出去玩，她都记在日记里了，深深地烙在了心里，可他显然都忘得一干二净，这要石板坡的人来看，不是伤人家的心是什么？这些话她本来从不愿意同任何人讲，但如果侯喜会再打电话来，她或许就说了，要不然闷在心里会憋死的。

可是一连等了三天，侯喜会都没来电话。

二妹开始想你猴子有什么了不起，你不打就不打，我还真稀罕你了不成？你不打来，我绝对不会找你。可第二天就有些撑不住，她忍不住有事无事就朝那台白色的电话机看，可那家伙沉得住气，从早到晚只响了一次，是小区物业的催着交电费。二妹不禁在心里恨道，侯喜会你这只坏猴子，是你死乞白赖地打电话来，害得我像做贼一样，这会儿指望跟你说话，你又不打了。你就是个害人精！第三天实在是魂不守舍，趁三姨妈去交电费的工夫，二妹给桃子打了个电话。

可桃子不在。

接电话的小姐说桃子的小田来了，他们在外面找房子去了。二妹问桃子什么时候回来？那位小姐说，桃子说把房子租到就回来上班，老板只准了她两天假，也就是明后天的事。说两天，其实很漫长的，只要三姨妈不在，二妹就赶快抄起了话筒，也记不清打了多少次电话，桃子所在的那个美容院所有的小姐都熟悉了二妹的声音。

因此桃子一回来就给二妹打了电话，不幸的是电话是三姨妈接的，三姨妈正在看电视剧，很不耐烦，无头无脑地说："电话。"二妹心虚得不敢看她的脸。桃子说："二妹你出了什么事？我们这里的小姐都说你找我找疯了。"二妹话到嘴边不知如何开口，她说："也没别的，我就是想问问你还好吗？"

桃子松了口气，说："就为这？我还以为什么大不了的事呢。有时间你过我们这边来玩吧。"二妹就无头无脑地问："在哪里？"桃子很细心地告诉她乘一路电车到大桥边，然后再下大桥走三百米，然后往左边看，有一家肯德基，再往前走就可以看见她们店里的招牌了。在三姨妈咳嗽声中桃子不无得意地说："我这些天跟田快活把全市的大街小巷都走遍了，你说到哪儿我都知道。田快活还说要去看你，我说你连侯喜会都不见，哪会见你田快活？"

尽管三姨妈咳得震耳欲聋，二妹还是咬紧牙关问了一句："侯喜会没跟田快活在一起？"桃子说："侯喜会没告诉你？他想到深圳去打工，他的爹找到城里来了，死活要拉着他回石板坡。”

三姨妈终于忍无可忍地叫了：“二妹！你太不像话了！”

二妹只得放下电话，离“再见”还有很远，她说：“我怎么了？人家打来的电话，人家还没说完，我怎么了？就是时间长了点儿，又不是这边交电话费！”三姨妈气得朝她扬起了巴掌，说：“你学得敢顶嘴！你给我滚！”要不是二妹闪得快，那巴掌没准落在了她的身上，二妹说：“你要我滚我就滚！”

真的就到阳台上清衣服，左手捏着一把没摘完的小白菜。厨房里铺排了做饭的家伙，正要人来做，但二妹只是走过去把小白菜放下了就转身又去清她的小包。邢斯文和三姨爹回来了，说：“怎么回事，这时候饭还没做好？”三姨妈气得动不了，一直就坐在沙发上，说：“这位二小姐脾气大着呢！她在这里接电话，手里一把白菜都握熟了话还讲不完，我说了她两句，她就赌气要走！”

三姨爹小声地说：“肯定是你又骂她了？”邢斯文笑嘻嘻地说：“二妹，你别走，我代我妈向你说声对不起！再谁来电话你只管接，年轻人谁没有个三朋四友？”三姨妈一下子蹦起来，说：“都是你这个老家伙，还有你这个小家伙惯的！我别说骂她，就是打她也是她该受的。她要走就走，以后不要再进我这个门，我早就说过，少跟石板坡的人来往，惹不起那个麻烦！”

但二妹拎着包走出来被邢斯文拦住了，他不慌不忙地夺过二妹的小包，二妹去抢，邢斯文一把捏住了她的手腕，邢斯文的手热热的，白白的，干净细腻，二妹长这么大只被侯喜会握过一次手，侯喜会的手粗粗拉拉的，手指短短的，二妹说真的不怎么喜欢，邢斯文的手一碰她，二妹心里就明白，她期待中的男人就是这样的，而她这样一想，浑身的汗就出来了。

二妹说：“你放开我。”

邢斯文微笑着说：“那你乖乖地向后转。”

二妹就真的乖乖地转身回了阳台。

四

邢斯文捏过的手留下一股隐隐的香味，夹杂了香烟和啤酒的味道，那是一个城市男人的香味。

为了这股味道，二妹对自己害怕起来。

那天夜里，邢斯文到阳台上拿他的鞋子，二妹已经睡了，鞋柜就在她的头上，邢斯文伏下身子，几乎就贴住了她的脸。她后来睁开眼睛，邢斯文正要走开，说："噢，你没睡着？"二妹不由自主地看着他，脑子里像烧着一锅开水，昏昏然。邢斯文在她脸上摸了一把，感叹道："这个二妹呀！"

邢斯文走了之后，二妹脑子里的开水到半夜才冷却下来，她在被窝里痛骂自己，居然会接受邢斯文的那一下抚摸，一句生气的话也没说，甚至还设想那双手摸到身上会是什么滋味。如果邢斯文真那样做了，岂不是就让他做了？那自己还是个什么东西？

她得离开这个家。虽然内心有许多的不情愿，但有一件事已经迫在眉睫，三姨妈说自从二妹来了以后，电费水费都比往日翻了番，还有电话费，她要到电信局去查，让营业员把电话单子打出来，看看到底都打了些什么电话。二妹一听就心里发慌，那些日子给桃子打的电话不下十几个，三姨妈拿了电话单子的后果不可想象。

夜里二妹就悄悄地收拾了小包，这一次她没动声色，晚上她甚至还坐在沙发边上看了一会儿电视，给三姨爹的茶杯续了一次水，然后才轻手轻脚地去睡了。她没拿三姨妈给她的那些旧衣服，三姨妈给的时候说多么值钱，有一件厚重的深蓝色呢子上衣，三姨妈几次拿起来又放下，依依不舍地说这是当年她蜜月旅行时的礼服，穿出来所有的女人都羡慕，但二妹一点都不喜欢，光凭那两块厚厚的垫肩，都会把人穿成一个傻瓜，还有一块缀着小珠子的围巾，三姨妈让二妹披在脖子上，那股子樟脑味差点没让她吐出来。

二妹赶到蒙娜妮美容院门口时，天色才大亮，城市的好处在于半夜三更也有汽车和人在行走，她发现其实找一个地方并不像她开始来的时候那样难。桃子还在睡觉，惊讶地瞪着有些浮肿的双眼，含混地说："二妹？这么早……来了？"

桃子的被窝里蜷曲着另一个女孩，她们睡的是两张拼在一起的按摩床，枕头边的丝袜长长地吊在了地上，桃子找了半天衬衫，从睡的女孩的脚下扯了出来。

二妹四处打量着说："你们这屋里真闷。"

桃子说："还好哇。"

二妹自己找了张小凳坐了下来，她肚里很饿，从半夜起来到现在快四个小时了，她说："桃子，你这里有开水吗？"

桃子穿着衣服，说："哎呀，那得先烧一会儿。我们最早也是七点半钟起来做卫生，九点钟才开门的。"桃子下了床，才注意到二妹放在脚跟前的小包，她诧异地问："怎么，二妹你这是？"

二妹看了看那个睡得香甜的女孩，小声说：“桃子，你不是说介绍我到这里来做事的吗？”桃子没有二妹期待的那样做出迅速的反应，但这时二妹不想计较桃子，她加重了语气说：“本来我三姨妈给我另外找了事做，可我想还是跟熟人在一起好些。当然如果你们这里不要人就算了。”

桃子说：“二妹，你三姨妈给你找的什么事？要是收入高呢？”

二妹说：“我已经都回绝人家了，还问那些干什么？”

那个睡觉的女孩伸了个懒腰，撑起半截身子来好奇地看着二妹，说：“来了客人？”

桃子说：“不是，这是我的老乡。”

桃子也没给二妹介绍，桃子就自顾自地同那个女孩讲起了昨天的生意，问最后走的那个客人签了字没有？还说那个客人比较难侍候，做的时间拖得那么长了，还说程序不到。桃子跟那女孩聊的时候一眼也没看二妹，但那女孩却朝二妹笑起来，说：“你就是那个二妹吧，我接过你好多次电话。我叫安安。”

安安一蹦地从床上跳下来。二妹说：“安安，你能不能把窗帘拉开一些。”

安安哗的一声就把两幅咖啡底印着黑花的窗帘拉开了，明晃晃的光一下子射了进来，二妹走到窗前，看街上匆忙行走的路人，在心里数着数，她想如果数到一百，桃子还不主动找她说话，她就转身走出这美容店。

她在不知不觉中放慢了速度，数到八十多的时候，二妹的肩膀被碰了一下，她回过头，桃子端着一杯冒着热气的开水朝她递过来，说：“嗯。”二妹急忙伸手去接，纸杯很薄，她的力气大了些，将那个杯子一下捏得像个漏斗，水漫出来洒在了她的脚上，滚烫的热。桃子说：“看你看你！”二妹便一个劲地笑。

老板是一个盛装的女郎，就是那种一眼看去就让二妹自惭形秽的城里女郎，才二十多岁，但说话的口气让二妹觉得自己再活一百年也比不上人家。老板抿着鲜红的嘴唇将二妹从头看到脚，又将她的手拉过来捏了捏之后说：“做两天试试吧。”

二妹做了一个星期的杂工，桃子给客人做面膜时她就站在旁边看，按照桃子的吩咐打水或是铺床什么的，看了一些时候，有天客人来得多，桃子和安安做不过来，二妹就说：“能不能让我去做？”桃子勉强地点了头，二妹就第一次成了美容师。

女老板再看到二妹时脸上多了些笑意，那个最难侍候的瘦女人点着只要二妹做，说你们那个新来的舍得用力，该做的地方都做到了。老板当着桃子她们的面说："二妹，你学得比她们来的时候快。"老板那样说过之后，就把桃子和安安两人的工资减了一百下来，说美容师增加了，可客人还是那么多，大家各自的钱就得少些。

一晚上桃子都没跟二妹说话，电话响了桃子也不去接。

自从二妹来到蒙娜妮以后，三姨妈家里一共打过三个电话，一次是三姨妈打来的，两次是邢斯文打来的，二妹对这一点早有防备，她让桃子说二妹没有来过这里。走的时候她其实已经给三姨妈全家留了一封信，详细地说明了自己要走的原因，主要理由是要去学一项谋生的手艺，并且让他们不要四处找自己。至于石板坡家里，她自己会跟他们联系，也请他们放心。并祝他们身体健康！可是三姨妈在电话里气急败坏地向接电话的桃子骂了一通，说二妹这丫头一点都不讲良心，招呼都不打一个就在半夜出逃，简直就跟当年的叛国分子林彪差不多，弄得她的高血压都犯了，在床上躺了一个星期都下不来。邢斯文的电话很简单，叫桃子有了二妹的消息一定要往他们家里打个电话，拜托拜托！二妹从来不敢接电话，就怕是三姨妈又来兴师问罪，可桃子像没听见似的，任铃声尖厉得像救火车，就是一动不动地在那里翻杂志。

安安从卫生间里提着裤子跑出来，说："电话这么响，你们怎么不接？"她伸过手去，但铃声又停了。

二妹说："桃子，你今晚洗不洗澡，我去把热水烧好行不行？"桃子说："我不洗，要洗我自己去烧。"二妹把自己从老板那里得的三百元大钞拿出来，细心地叠好一张揣进兜里，然后往安安的手里塞了一张，又往桃子手里塞了一张。

安安说："你这是干吗？"二妹说："我来抢了你们的饭碗，只当我还你们的账。"桃子脸色好了些，说："谁要你还什么账？老板知道了还不骂死我们？"安安乐不可支，说："二妹你想得真多，在外面做事由不得你，也由不得我，全凭个人本事，你能讨老板的喜欢算你的运气，用不着像欠了谁的。"桃子不完全同意安安的话，说："那也要看这运气是怎么来的。"

旁边一家服装店专卖羊毛衫，二妹毫不犹豫地买了三件，一件桃红一件墨绿一件纯白，摆出来先让桃子挑，然后又让安安挑，三个女孩子试来试去，欢乐到半夜。后来二妹就跟桃子钻在一个被窝里，说了很多知心话。桃子心情好的时候，就比较愿意拉家常，说本来跟田快活打算在外面租房子，但他又突然被侯喜会说动了，一定要跟着到深圳去打工。去了都快两个月了，也没找到合适的工作，把带去的一点钱都要整完了，看来他们的深圳之行是竹篮打水一场空。每次来电话桃子就催着他们回来，深圳的妓女多得像蚂蚁，缠住了就不放，田快活可别在那里染上一身性病。二妹切切地说：“对对，你得把他们都加紧催回来才好。”

桃子突然问：“侯喜会那样追你，你为什么不愿意理他，把他的电话都摔了？”二妹没有解释，她觉得此刻让桃子这样认为反倒感觉好些。就说：“我跟他没什么好谈的。”桃子说：“我觉得你这个人把自己看得太高了，侯喜会家里有钱，他爹又当了村委会主任，怎么就配不上你？”

桃子说话的口气显然跟在石板坡时不一样，二妹的爹当村主任的那些年月，桃子的父母见了爹老远就站下来，只差没跟爹鞠躬，桃子在学校跟二妹同班，根本没有桃子说话的分。但现在桃子比二妹优越，桃子说：“你要知道，在乡下是男的追女的，进了城就是女的追男的，哪怕就是乡下来的男人，一喝了城里的水就变了，连城里女人都跟在他们屁股后面追，你要不把握住机会，那些男人就一个个从身边溜走了。”桃子又说：“你看我们老板，又漂亮又有钱，可现在人都快过三十了还没嫁出去。”

二妹心悦诚服地说：“桃子，你的话我会记在心里。”

桃子的心情就更好了，作为回礼，第二天主动给二妹买了一双长丝袜，叫二妹穿裙子的时候穿。

老板不在时桃子就主事，二妹对桃子的吩咐言听计从，默默地抢着活干，一有空闲就看那些美容杂志。女老板偶尔来，看见二妹不是在做事就在看书，有天正听见客人在问二妹，说我这脸上老是长斑，是怎么回事？这样的问话常遇到，但二妹除了像桃子那样说有内分泌的问题以外，还建议客人到中医院去看看医生，开一点保肾补气、活血化瘀的药，比如说杞菊六味丸什么的，一回吃一小瓶盖，大概有十六粒，黑黑的但一点也不苦，吃下去反而有一股清爽，坚持几个月就会有明显效果。二妹一边说，躺在按摩床上的客人一边嗯嗯地应答，之间弥漫着很认同的气氛。美容做完以后那位长斑的客人又续办了一张半年卡。

女老板就笑着问二妹是不是上过进修班，二妹老老实实地说没有，说其实报纸上有专门美容的栏目，留神看就是了，还有这方面的书，她也在地摊上买过两本。女老板是个刚读完硕士的音乐老师，闲暇时间才开了这家店，说起读书来更有兴趣，马上现场发挥对桃子和安安说：“你们听听，你们平时都留神了吗？尤其是桃子，你到这个店里都来了快两年，还是只会些手上的技术，就不懂得去学学有关知识，现在来美容的不是有钱的富婆，就是有修养的女人，你们要是不能跟别人对话，怎么留得住回头客呢？”

当天晚上，桃子又不跟二妹说话了。二妹身上只剩下一百元钱，不可能再给桃子买一件羊毛衫，心肠就不得不狠了起来。后来的电话桃子都不去接，也不许安安接，二妹牙一咬就硬着头皮上，还好全都是些客户打来的。

二妹不知道在她不接电话的那些日子里，她的出走弄出了多大的风波。爹在石板坡得到消息，就赶到城里来找三姨妈，手里也没带蛇皮口袋，茶叶香菇一样都没拿，进门就问：“我们二妹呢？”三姨妈把二妹留下的信摔到爹面前，说你养的好女儿，走的时候像做贼一样，还把我的新伞拿走了一把，遮阳的，比一般的伞要贵两倍都不止。爹任三姨妈说完，把信看了，突然就拍了桌子，说：“你不要以为你现在是城里人就可以欺负人！你们要不把我的女儿还给我，我舍出这条命跟你们拼到底！”

三姨妈全家都没想到爹会跑到城里来发作，包括邢斯文，说：“石板坡的人怎么会这样？”爹说：“你们要不是欺负了二妹，她怎么会一声不响地就走了？”三姨妈在爹的气势下有些心虚，就把那张电话单子拿出来，说：“你自己看，二妹她往外打了多少电话，这丫头早就是人大心大，没准在外面谈上了男朋友。脚又长在她身上，她要走我们有什么办法？”爹说：“你说这些电话是二妹打的，你录过音了？她有没有男朋友，只有把她的人找到才说得清楚，我们现在别的都不用谈，我只要你把人给我交出来。”三姨妈说：“过去我妹妹嫁给你，我就说你这人像恶霸，石板坡的人见你就怕。现在你的村官当不成了，气焰还这么嚣张。这人又不是我请来的，你跟我要什么人？”爹把二妹写回家里的信拿出来，说：“这是二妹从你们这里寄回去的信，你请她做了保姆，每个月多少钱，做什么事都清清楚楚，你是她的雇主，我不跟你要人跟谁要？”

三姨妈说：“好，算你狠！”全家人都四下里找二妹，三姨妈打电话单子上二妹打的那个电话，没有结果。邢斯文吵吵着要在电视台做一个寻人启事，三姨爹又说还是报警，爹在三姨妈家里住了快一个星期，天天愁眉苦脸地抽烟，把三姨妈一家人都快抽晕了。后来还是石板坡那边读过书的刘光明接到了二妹寄回去的信，说她离开了三姨妈的家，现在外面打工，叫家里人不要为她担心，她会不时给家里写信的。刘光明就在镇上的邮局给三姨妈家打了个电话，叫爹快回来，田里要插秧了，妈有风湿病下不了田。可是爹还是不肯走，说二妹虽然写了信，但连地址都不肯留，显然是受了惊吓，爹要三姨妈给二妹和他们全家精神赔偿。

邢斯文待在台里再也不露面了，三姨爹和三姨妈夜里紧张商量，就在一天下午趁二妹爹出去买烟的工夫层层锁好了门，拎着旅行包上了火车，去到上海一个朋友家暂避一时。二妹爹下了半天决心，还是不敢砸了姨姐的门，这才回了石板坡。尽管消息封锁得再严，但石板坡的人还是将二妹的事情传说开了，一传十，十传百地说二妹失踪了，有的甚至说她被卖到了新加坡或是马来西亚，当了妓女。

这些二妹都不知道，毕竟石板坡的电话还不方便，所以当橘子来到蒙娜妮找桃子，却一下同时见到了二妹时，惊讶的叫声把所有来享受美容的客人都吓坏了。

橘子嘴上说是到城里来找事做，但二妹一眼就看出来，她实际上是来找侯喜会的。二妹内心很不愿意橘子留在这里，但桃子根本不跟二妹商量，就把橘子介绍给了女老板，那一阵子店里的生意越来越红火，客人往往还要排队，女老板看橘子长得也清秀，就说："你们家乡那块地方可能水土不错，出来的姑娘个个都长得漂亮，桃子就不说了，就说二妹，皮肤白里透红，好衣服一穿，比城里的女孩子经看多了。"又说，"你们就在一块儿干吧，二妹领个班。"

二妹连忙说："还是桃子吧，她来得比我早。"

女老板说："我已经说出了口，定了就定了，不用多说了。不过你们放心，加人不会减工资，上个月给你们减的那一百块钱到年终我会给你们补起来。"

大家笑容可掬地送走了最后一位客人，老板也走了，桃子转身就发了脾气，她指着二妹的鼻子说道："你什么意思？故意在老板面前出我的丑？我好心好意把你介绍到店里来，你就一而再、再而三地挤对我，非要把我踩在脚下你才舒服！"

二妹说："桃子，你怎么这样说？我哪点没顺你的意？我是诚心诚意让你当领班的呀！"安安也说："我看也是这样，桃子你可能有些误会了。"橘子把桃子拉到一边，说："哎呀，都是乡里乡亲的，出来做事都不容易，何必呢？"

桃子被拉到隔壁，但说话的声音墙这边也听得清，桃子说："橘子你不用劝我，别人不知道，你还不知道二妹的心思有多深？过去在家里她仗着她爹是村委会主任，处处说话要压人一头，现在到了城里还想这样，没门！"橘子说："算了算了，又不是什么大不了的事！"桃子说："我这人眼里就容不下沙子！我真后悔不该一时冲动，引狼入室，你不知道她是怎么偷偷摸摸从人家家里跑出来的，天都还没亮，天晓得做了什么见不得人的事！到现在连别人的电话都不敢接，一个男的打来好几次……"

二妹砰地就推开了隔壁房间的门，那是一间做香薰的桑拿房，橘子和桃子头挨头地正说着话，二妹进去就声嘶力竭地喊："桃子你把我的东西还起来！"

桃子和橘子被二妹的声音吓得猛地往起一站，两个人的头碰了个脆响。桃子好一会儿才明白二妹喊的是什么意思，本来也想吼两句，但见二妹的脸烧得通红，把在门口就像一只红蜘蛛，也就是电视里杀过人的那种女人，心里就有些发怯。她鼓着勇气从二妹身边溜了过去，从隔壁的小柜里拿出了那件桃红的羊毛衫，递给了二妹。

二妹接过羊毛衫二话不说，抄起替客人修指甲的小剪子就乱剪起来，嘴里一边恨道："我让你胡说八道，我让你胡说八道！"桃红的羊毛纷纷扬扬地四处飘落，铺在地上像一点点的血，谁也不敢过来劝。

五

二妹辞了职。

年轻的女老板很聪明，她虽然不常到店里来，但一来就坐在那里一言不发地看动静，什么事都心知肚明，她说："二妹，是不是有人眼红你，给你气受？要说出人来我就把她给辞了，留你在这里好不好？"二妹坚决地摇头，说："老板你想错了，谁也没眼红我，是我自己不想干了，我学过理发，我想到发廊再去试一试，没准以后我也自己开一家店，把美容和理发都做起来。"

这样一说，女老板就信了，她说："二妹你这人一看心就大，要想发财是得有自己的店。不过我劝你，美容和理发不要搞在一起，这样美容的客人会觉得脏，档次不高。"二妹点头，说："我记下了。"女老板有些不舍地说："你这人眼睛会看事，我还真缺这么个人，可是你执意要走，我也卡不住你。祝你好运，以后有什么事需要帮忙，可以来找我！"

二妹又一次拎起了她的小包。走出蒙娜妮的大门，外面的街上很热闹，可二妹心里栖栖惶惶的，像走在一个无人的地方。安安和橘子从后面赶上来，说："二妹，你也不等等我们，让我们送送你。"二妹说："客人都来了，你们快去做事吧，有什么好送的。"橘子说："二妹，我这人胆小，又不会说话，那天你和桃子吵架，我也没敢劝，你不会怪我吧？"二妹说："我没怪你。"橘子说："那我就安心了。"

二妹说："不过，以后你也不要怪我就是。"

橘子奇怪地说：“我有什么可怪你的？”

二妹说：“没什么。”

橘子说：“二妹你是不是有什么事没告诉我？”二妹说，“我只是随便说说罢了，你就往窄处想。”

安安说：“二妹，你走了我会想你的，如果你以后真的开了店，需要人的话给我说一声，我们俩搭伙好不好？”二妹笑了，说：“安安，那你得让我当大老板，你当二老板。”安安说：“行啊，你当大老板你多操心，我这个人最不爱操心了。”

三个人站在人来人往的街上，成了人流中的一个小岛。二妹说：“你们回去吧。橘子我托你给桃子带句话，她那次送给我的袜子我给她放在枕头下了，让她别忘了收起来。”

说完二妹就走了。走了一阵她回头看，橘子和安安还站在那里，二妹朝她们挥了挥手，就消失在了人流之中。

其实二妹要去的地方并不远，离蒙娜妮只有两站路，那里有一间不大的平房，黄油漆在门上写着“为民服务站”几个大字，门前有好多煤气坛子，都摆到人行道上来了，那就是侯喜会在电话里描述过的煤气站，是他下过苦力的地方。煤气站旁边有一间发廊，发廊的玻璃门上贴过一张招聘启事，急招小工两人。二妹将那一行字记在了心里。她一个人到这里来过三次，每次都是老板让她出来买东西的那会儿工夫。

她速去速回，对谁也没说。

现在她走进了那间发廊，一眼就看清里外两间，外面可以摆四张椅子，不算小。一个头发黄黄的姑娘走上来，问她：“洗头吗？”二妹说：“谁是这里的老板？”姑娘指了指正在里面算账的一个女子，叫了一声：“李姐！”

二妹走过去，说：“你是老板？”叫李姐的女子站起来，说：“你有什么事？”二妹说：“你们这里不是要招小工吗？”李姐平平淡淡地说：“是啊，你想试一试？那就把包放下，给那位先生洗头吧。”二妹转过头一看，一个蓬头垢面的男人坐在角落里看电视，身上穿了一件黄马褂，背后印着“为民”两个字。

二妹四下里找地方放她的小包，她先放在了门口那条长沙发上，但又怕背过身去被人拿走，就放在镜子下面的条案上，李姐当下叫起来，说：“那哪是你放包的地方？”二妹就把包放在了客人坐的椅子下。李姐说：“看你把个包宝贝的，里面装了金子不成？”二妹笑了笑说：“金子倒没有，进了城，这包就好比是我的一个家。”

穿黄马褂的男人头实在脏，二妹给他上了三道洗发水才揉出白颜色的泡子来，她就想，侯喜会的头是不是也会这样？给那男人冲头时，就问：“水凉不凉？”那人说：“不凉。”二妹又问：“水热不热？”那人说：“热，热。”

二妹给他多冲了一会儿，问了一句：“您是那边煤气站的吧？”那人说：“是啊。你新来的？叫么名字？”二妹说：“我叫二妹。”洗完了，那人往椅子上一坐，一摆头发，脸色焕然一新，冲着李姐笑道：“二妹洗得不错。”

李姐就把二妹留下了。

晚上就睡在店里的阁楼上，小店外表看去还整洁漂亮，只有上了阁楼才识庐山真面目，被窝行李衣服堆得像地摊，还有方便面、咸菜瓶、各式盆盆罐罐，阁楼上原来只住了一个女孩，就是首先问二妹洗不洗头的小华，一问年龄才十六，二妹就大人气地安排小华把阁楼上的瓶瓶罐罐统统拿到外面去扔掉，然后把所有的被子都抖动了一遍。小华说：“昨天才被李姐辞了一个，你就来了。正好有两套被褥。”二妹说：“你什么时候来的？”

小华说：“我上个星期才来，我姐姐在这后面的机关院里给人家做保姆，每个月还能往家里寄钱，我妈就让我也出来了。我爹有病，要钱治病。”

二妹说：“我也是从乡下来的，我们俩就好比姐妹，谁也不要和谁过不去，有事互相帮忙好不好？”小华说：“我听你的。我姐姐告诉我，外面坏人多，要注意保护自己，跟你在一起就像跟我姐姐差不多，我白天还正发愁，晚上一个人睡在这里害怕呢。”

把叠起的被子放在跟前，二妹在昏黄的灯光下打开了那本日记。小华凑过来好奇地问：“你这是在写什么？”二妹半合上本子，说：“我记账。”小华说：“噢，我也有个记账的本子。”二妹说：“我不看你的，你也不看我的，就是我不在你也不要翻我的本子，记住没有？城里人都是讲个人隐私的。”小华说：“这个我懂。”

白天从邮局经过时，她给家里寄了一百元钱，在汇款单的旁边空白里写了几行字：刘光明，你要给我好好读书，这钱就是给你交学费用的。你要是不好好读，将来比狗屎都不如。现在二妹要把这件事记在日记里，她认为这是一件很重要的事情。另外她终于来到了侯喜会出没过的地方，这让她有了一种依傍的感觉。

来洗过头的男人白天没事的时候就在发廊门前溜达，同李姐有一搭没一搭地调笑。二妹听李姐叫他老刘，她趁着到门口晾晒毛巾，就问："大哥，有个姓侯的在你们这里做过的吧？"

那老刘说："他早走了。"

二妹说："他没说他还回不回来？"

老刘说："我看十有八九他不会再来，他没把这里的事当真，扛坛子的时间还没有他打电话的时间多。你是他老乡？"

二妹点头说："他跟老乡都说他在这里做事，有事来这里找他的。"

老刘说："最没有用的打工仔才会来扛这个鬼坛子。侯喜会不会再来了。"

正说着，李姐在店里高声叫骂起来："你搞的什么名堂？要坏我店里的名声是不是？"二妹心里一惊，她想自己只不过站在门口说了两句话，就招来了大骂不成？

回身走进店去，却见小华在呜呜地哭，一个年过七十的老头子顶着一头黄发，坐在那里极其愤怒的样子。李姐拍打着手里的两瓶染发剂，向其他几个洗头的人说："你们看这丫头做的什么事？我这里在剪头，要她给这老爹爹的头发上个色，她结果把黄色当成了黑色，把人家老爹爹染成个满街上跑的小哥哥……"店里店外的人都哄地笑了起来。一个女人快乐地说："小哥哥还不好？"七十岁的老爹爹站起来说："可我这是要去参加老年合唱团演出的呀！我站的是第一排，你说观众看到我这一脑壳黄头发会怎么想？弄烦了我要到消协去投诉你们。"

李姐就又指着小华的鼻子痛骂，二妹走过去，说："李姐，我看骂也没用，还是给这爹爹把头发洗了，重新上色，误不了事的。"李姐把两管染发剂往那里一丢，二妹就过去不声不响地在老人头上做起来。从前二妹好歹在镇上学过一些时间，洗染烫的大致套路都知道，上完色以后又把在蒙娜妮学的按摩拿出来，将那老人的肩膀好好地捶了一通，老爹爹就什么话也不说了，到后来一揭帽子，果然是一头青丝，店里的客人都一片叫好。一直站在门外的老刘也说："这回行了。"

关门时，李姐问："二妹，你从前做过这一行？怎么要跳槽到我们这个小店来？"二妹说以前那家店给的钱太少。李姐说："那你打算要多少？"二妹说："我喜欢女人开的店，只要你不强迫我去做我不想做的事，给多给少随你一句话。"李姐沉吟道："我明白了。"

这样说了以后，二妹待在这里的心就踏实起来。等李姐走了以后，小华给二妹端来一盆洗脚水，把自己没舍得用的红条格毛巾泡进盆里，要给二妹洗脚。二妹说："你这是干什么？"小华说："今天要不是你救我，我要被老板骂死。"

二妹说："你别感谢我，你帮我做件事就行了。"小华睁大眼睛说："你说，是不是让我帮你洗衣服？我家里的衣服都是我洗，洗得可干净呢。"二妹说："我不要你洗衣服，你把隔壁煤气站那个老刘叫过来，我有几句话想问问他。"

小华说这还不简单？老刘他们几个扛坛子的正在打"斗地主"，手里还抓着一把牌，走到门前大声大气地说："什么事，这么晚了非要我过来？过来我就不走了，你们看哪一个陪我？"话还没说完就缩了回去。店里灯明晃晃的，二妹穿了一件洁白的大褂站在灯光下，像医生一样庄重地拿着刀子剪子正对着他，老刘有些发蒙，说："你们这是要做什么？"

二妹说："刘大哥。"

老刘说："你还是叫我老刘吧。"

二妹说："我忘了告诉你，我也姓刘。刘大哥你请坐。"

老刘把牌攥得紧紧地说："你不是要找我借钱吧？实话告诉你，我可是身无分文，昨天把钱都寄回家里去了，我家里还有两个孩子。"

二妹笑起来，说："看刘大哥你想到哪儿去了？我把你请过来是想帮你剪剪头，白天我就发现你的头发太长了。"

老刘说："我还没到剪头发的时候。"二妹问为什么？老刘说他每个月洗两次头，剪一次头，也就是初一、十五那两天，除此而外不花那个钱，如果提前了等于是多花了钱。二妹说："我不要你的钱，我刚来，你只当帮我练练手艺。"老刘说："这样说，也可以。"就把手里的牌放下了，坐在了椅子上。

二妹一剪子下去蛮狠，老刘的大分头顿时去了一只角，老刘想叫，二妹抢在他前面发了话，说："刘大哥，你要相信我的手艺，就让我给你设计个发型，等我剪完了你再作声。"老刘就被她堵住了嘴巴，过了半个钟头，二妹叫小华把地上的碎头发扫了，老刘再看镜子里的那人，一个精精神神的板寸头，黑黑地立着，衬得脸有轮有廓的，他左看右看都不像自己，看得都腼腆起来，不露齿地抿着嘴笑。二妹说："怎么样，刘大哥？"老刘不好意思再看，说："小华你说。"

小华说："年轻了十岁。"老刘说："二妹，你以后有什么事只管打个招呼，就是借钱，我老刘手头没有也朝别人给你借了来。"二妹说："刘大哥，我一见你就觉得亲，我只求你一件事，你帮我把侯喜会的去处找出来。"老刘说："这倒把我难住了，他又不是我家乡人，他走了以后再没跟我们通过信，谁知道他去了哪儿？"二妹说："刘大哥你找得到的。侯喜会他是石板坡的人，进了城在你们煤气站干了几个月才想到去深圳，肯定是听了你们周围一些朋友的劝，说不定还是哪个介绍的，你只多问几个人就清楚了。”

老刘说：“二妹你这姑娘有心计。你这样打听侯喜会，他是你的男朋友？男朋友去了哪里不告诉你？”二妹说：“那倒不是，是我欠了他一笔钱，他过去给我打过电话，说等着这笔钱做生意，可我当时拿不出来，现在有了又找不到他的人了。”老刘说：“你这人倒蛮讲信誉。”二妹说：“欠账还钱，做人的规矩。再说这钱在我手里经不住三花两花，花完了还得我去挣，不如早还给他安心。”

老刘说：“那好，我下劲地帮你找。”

六

弟弟刘光明来了一封信。信是寄到小华的姐姐那里转的，转了几道弯，到二妹的手里信皮都发了毛。刘光明说二妹每回寄给家里的钱都收到了，爹妈都很高兴，就是一条担心，叫二妹千万不要到那些歌厅发廊里去做事，石板坡虽然离城里远，但也都知道那些场所不是干净女孩子待的地方。爹说宁可当保姆也不要去，实在不行了就回石板坡。

小华凑过来看，二妹只给她看信皮，说：“我弟弟刘光明的字写得不错吧？这叫仿宋体，可以说我弟弟刘光明的字写得比我还要好，当年我在班上可是数一数二。”小华说：“你怎么非要叫他刘光明？”二妹说：“男人从小就得这么叫，长大了他才像个男人。”

小华说：“像男人的男人是什么样的男人？”

二妹一时答不上来。

从前看侯喜会，没觉得他是个像样的男人，可城也进了，邢斯文那样的男人也见过了，比来比去还没有比侯喜会更好的。就是到店里来洗头的那些男人吧，也有光鲜体面的，腰里别着手机，边洗头还边打电话，家有万贯的样子，可那样的男人是别人的，常常就有女的跟了来，俊眉靓眼地坐在一旁等着。二妹一见这些男人就把他们拿来跟侯喜会来比，设想他如果也换上了他们穿的衣服，会是怎么一副样子，越比她就越有信心，就像那天她把蓬头垢面的老刘打理成了有模有样的汉子，侯喜会现在要是在跟前，说不定半天工夫就可以将他变成一个酷哥。

那天二妹又在门外晒毛巾，老刘走过来，慢慢地说：“二妹，你说的事我四下里打听过了。”

二妹紧张地盯着他的嘴。

老刘说："是有一个人介绍侯喜会去的深圳。"

二妹丢下毛巾说："那人呢？"

老刘说："你别往那边跑。他早就不在煤气站了，他也去了深圳。"

二妹拖长了声音说："噢——"

老刘看出二妹满脸的失望，便说："我看不是你欠了侯喜会的钱，是他欠了你的钱吧？"

二妹不光脸上失望，心里都凉透了。她很清楚，时光移动一分，她与侯喜会的距离也会拉大一分，橘子同样等候在这座城市里，不喜欢二妹的侯家爹妈把守在石板坡，如果不能在最快的时间里见到侯喜会，这个人就永远不会再属于自己了。

小华在她耳边说："今天晚上我姐姐过生日，她要我邀你去外面餐馆里吃饭。"二妹的头发晕，一句也没听清，只是摇头，她现在对什么都摇头，她在想自己一个人跑到这座城市里来做什么呢？城市再好却没有一块瓷砖一朵花属于自己，自己却像飞蛾扑火一样扑了来。李姐说："二妹，洗头！"

都快关门了，侧着身子进来一个人，高高的个子，往椅子上一坐，二妹就往他脖子上套了白布，然后问；"洗什么洗发水？"那人说："海飞丝。"那声音让二妹心里一抖，她往镜子里一看，白白的脸上微笑着，是她熟悉的亲切和倨傲混杂的微笑，她一时愣住了。

邢斯文保持着那种微笑，说："我说过了，海飞丝。"

二妹机械地给他揉搓开头发，李姐走了，小华也走了，二妹说："可以冲了吗？"邢斯文顶着一头白沫，很配合地走到淋浴器前，说："水热一点。"二妹的手慢慢地抚弄着那满头黑发，一股子啤酒和香烟的味儿合着洗发水的香味随着热气直往她鼻子里钻，她的头更晕了。不知搓了多久，邢斯文说："水凉了。"

他们对着镜子说话，二妹说："你怎么找到这里来的？"邢斯文说："我想找到就能找到。"原来小华姐姐做事的那一家，男的在电视台，小华和二妹聊天的时候有些炫耀地说记者是无冕之王，要是有什么受气的事可以找她的姐姐，投给那个男主人。二妹当时就很不以为然地说自己的表哥也在电视台，亲亲的表哥，有事不用去找别人。小华再问，二妹就说了邢斯文的名字。

邢斯文说："那是我一个哥们儿，昨天我们在一起喝啤酒聊天，就说到了你，哥们儿说自从那个长得水灵的二妹进了这个发廊以后，这里的生意红火了几倍。”

二妹收住手说：“洗完了。”

邢斯文说：“你还没给我按头呢。我又不会少给一分钱。”

二妹坐下来，说：“我累了。我想喝啤酒。”

邢斯文从椅子上转过身来，有些惊讶地看了二妹一眼，扯下了脖子上的白布，说：“你真要喝？”

二妹这时已经头晕得像喝醉了酒，她只看见邢斯文的脸在灯光下半边明半边暗，她笑了起来：“不是蒸（真）的还是煮的？”邢斯文就打开门到隔壁的小卖部里买啤酒，二妹听见老刘他们吆五喝六地“斗地主”的声音。邢斯文拿着啤酒进来，回身赶紧拉上了梭门，说：“这里的蛾子真多。”一到晚上蛾子就成群结队地往亮处飞来，奋不顾身地在灯管上撞来撞去，往往天明以后满地都是。

邢斯文看二妹爬上阁楼又下来，手里攥了个咸菜瓶子，说：“你拿的是什么？”二妹说：“下酒菜呀。”邢斯文说：“其实你不应该待在这种地方。”又说，“你真想喝酒我可以带你到外面去。”

二妹这时跟邢斯文碰了杯，咕地喝了一大口，她先皱着眉头把那股子泔水味从喉咙里压了下去，然后才说：“我哪儿也不去，你不要以为我一点警惕性都没有。”

邢斯文细细地笑了：“你也学会开玩笑了，二妹？”

二妹又喝了一口，说：“三姨妈是不是还在骂我？我是偷打了十几个电话，你告诉她说我对不起。”

邢斯文神采飞扬地说：“二妹你应该充分利用你自身的优势，你难道不明白你长得美？美丽是一个女人最大的资本，可是它不是永久的，你得抓紧时间，抓住机会。”

二妹只想笑，无论如何这些关于美丽的话都是动听的，可她的身子却像掉进了水里，一个劲地往下沉，她伸出手去想再做点事，唯一可做的就是把瓶子拿过来再倒一杯。邢斯文抓住了她的手，说：“我看你不能再喝了。”二妹使劲一拉，那杯酒就全倒在邢斯文的身上了，她站起来恍惚地说：“不好意思。”

她说：“你们城里人爱说不好意思。我来给你擦擦，这里别的不多，毛巾挺多的，可以把你的裤子擦干净，还有鞋……”说着她就蹲下了身子，可没抓住邢斯文的裤脚，自己却歪倒在地上了。

一双热热的手扶起她的腰来，她舒坦地出了口长气，她有些耍赖地故意不直起身子来，让那双手停留的时间可以长一些。

在这座至今仍然让她陌生的城市里，这种被一双男人的手抱住的感觉让她想流泪。

她的脑子里时而清醒时而混沌一片，她努力地想，这屋子里为什么没有人说话，只有喘气的声音，那股子伴着啤酒和香烟的味道一点点地向她逼近，她就要化在这股味道里面了。

就在这时，耳边砰砰地响起来，二妹浑身一激灵，说："什么东西炸了？"她往后退了退，邢斯文离得太近而显得变形的脸才像是恢复了原样，那砰砰的声音又响起来，她恍然大悟："有人敲门！"

二妹走过去拉开门，凉风飕地爬上了她的额头。她看见老刘神色凝重地站在门口。

二妹说："刘大哥？"

老刘朝里面望了望："这么晚了，我以为你该关门睡觉了。"

二妹回头看了看，邢斯文正在拍他的裤子，那上面还有一块明显的湿渍，二妹游移不定地说："邢斯文，你该走了。"

邢斯文走过来把背对着老刘，神色倨傲地小声说："你想一想我给你说的话，这个发廊不是你应该待的地方，我可以帮你找事做，就凭你现在自身的条件，有很多工作适合你。"

二妹说："哪些工作呢？"

邢斯文顿了一下，然后说："这得看机遇，我们在外面跑得多，随时会碰到，我可以先替你租一处房子住下来。"

老刘说："二妹，我的打火机是不是掉在你们店里了？"

二妹说："邢斯文你走吧。"

邢斯文在二妹的眼睛里找不到答案，他就保持着那种倨傲的神色往外走了两步，手势优雅地拦住了一辆的士，一头钻了进去。这时夜风更凉了，二妹的头比白天还要清醒，她朝老刘笑了笑。老刘将目光从那辆的士的背影上收了回来，说："噢，我是来找打火机的，不过我现在又不想抽烟了，你把门关好。"

二妹说："邢斯文是我表哥。"

老刘缓缓地说："我有一个妹妹，三年前到城里来打工，我不许她来她非要来，跟我吵了一架就走了，后来再也没回过家。可她每年都往家里寄很多钱，一个字都没有。我知道她去了海南，做了那种事。她的钱我一分都没动，我的娘老子死了都没有动，我觉得那是当妹妹的血。”

二妹说：“那是我的表哥。”

老刘像是没听见二妹的话，只顾说着自己的：“凡事都有个开头，一个人也有个开头。她就是没把头开好，我这个当哥的不能守在她的身边，一举一动地教她去做。我一直后悔不该在她走的那天打她，我把一个酒瓶子朝她扔过去，玻璃碴子把她的嘴唇划了一道口，流了很多血。”

老刘说：“伤口就是好了，也会留下一道印子。可她要是听我的话，我当时不会打她，她是我最心疼的幺妹。”

风把二妹的头吹凉了。她把店门拉得大开，把啤酒瓶子拿出来扔进了垃圾箱里，这样店里就一点酒味都没有了。二妹沉沉地睡了一觉，还是小华清早回来叫醒了她，小华说：“我跟我姐姐吃了蛋糕，还照了一张相，改天我拿过来你看。”二妹说：“好。昨天我累了，今天想歇一歇，李姐来了你帮我给她说一声。”

小华说：“你没病吧？”

二妹说没有，她把那件纯白的羊毛衫穿了起来，黑色的大脚裤，松糕鞋，披肩的长发。二妹的头发早就像城里人一样柔顺了，刚开始的时候因为长年地扎着小马尾辫，披下来的头发总有一道弯曲，她用自己的手艺打理了几次，现在终于跟邢斯文的小意，还有蒙娜妮的女老板一模一样了。

她从街上走过，那些差不多都认得了她的小商小贩都用惊羡的目光看着她，就像她从前看小意她们一样。老刘套着黄马褂，样子像有话要说，二妹装作没看见就往前走了。今天一早起来她突然想清楚了两件事情，她得赶紧去做。

外面的阳光很灿烂，因此她走进拉了一层纱帘的蒙娜妮的时候，坐在里面的人便一下子没认出她来。

橘子一个人守在前厅，她一手撑着下巴，脸色淡白淡白的。直到二妹走到她跟前，她才从沉思中醒过来，说：“您好！要做美容吗？”二妹说：“橘子。”

橘子哟了一声，说：“天啦，二妹你好漂亮！我都认不出来了。”二妹说：“桃子和安安呢？”橘子说：“她们在里面做事。你要不要进去看看？”二妹说：“不慌，我是专门来找你说话的。”橘子有些疑惑地笑了笑。

二妹开门见山地说：“侯喜会给你来过信吗？”

橘子愣住了。她说：“二妹，怎么了？你要问这个？”

二妹说：“橘子，我们都是从小一起长大的好姐妹，我要你给我说实话，侯喜会跟你的事定了没有？他是不是天天还想着你，给你写信来或是打电话？

如果是这样，我就要离开这座城市，到别处去了。”

橘子小声地问：“如果不是那样呢？”

二妹说：“如果不是那样，那我就在这座城市里等他，我一步也不离开地等他。要是我走了，他会找不到我的。”

二妹将询问的目光久久地凝视着橘子，橘子的脸一层层红起来，先是浅红，而后是深红，过了一会儿就是被火烧过的红了。橘子说：“二妹你好霸道！侯喜会的爹不喜欢你，侯喜会的妈也不喜欢你，还有你的爹，侯家人也都不喜欢……”

二妹说：“可是侯喜会喜欢我。”

橘子就哑了口，两行泪水无声无息地流了下来。二妹柔声地说：“橘子我不是来伤害你的。”橘子说：“你知道我在这里等他。他也知道我在这里等他，可他就是不给我来信，我等了一天又一天，等得心里发慌。这里的一切我都过不惯，我天天夜里做梦回了石板坡，挑水割谷打猪草，宽宽敞敞的一张床，我一个人睡在上面，我真的想回去了，可他就是没信来……他给他的爹妈写信也都从来不提我。”

二妹想去拉橘子的手，但橘子摆开了，她用一张白纸巾细细地擦去眼泪，说：“二妹你不要想从我这里得到什么，我有他的电话，可我不会告诉你。”

二妹心满意足地说：“你告诉我的已经足够了。”

桃子和安安都戴着口罩在给客人做面膜，二妹轻轻地走了进去，她大度地在桃子肩上拍了拍，然后又在安安肩上拍了拍，把嘴凑上去说：“把你的口罩解下来。”

安安诧异地微笑着，歪了歪头，不明白的意思。二妹就自己把手伸到安安的耳朵边解下那根白绳，安安朝她咧嘴一笑，说：“二妹，你这是干什么？”二妹一眼看见安安嘴边小小的印迹。

二妹说：“安安，你不是说我以后要是开了店，就来找你一块儿干吗？你现在就跟我走吧。”

二妹领着安安走出蒙娜妮，桃子和橘子都没来送，二妹走了一段路又跑回去，她说：“橘子，你不要怪我，我这人就是这么个性格。我上次就给你说过的，你以后不要怪我。”说话的时候，她把目光往桃子脸上投了几回，表示对桃子的尊重，桃子和橘子都没作声，但后来二妹再走出店时，她们俩都一起往门边走了两步，按照石板坡的习惯，这就是送客的意思了。

安安嘻嘻哈哈地走在大街上说：“二妹，今天不是愚人节吧？”

二妹说：“什么叫愚人节？”

安安说：“这你都不知道？过去我在海南打工时见别人逗过乐，愚人节这一天可以开任何玩笑，比方说你现在说你要开店，没准就是愚弄我的一个玩笑，对吧？”

二妹说：“你猜得一点都没错。”安安怔住了，说：“二妹，你砸了我的饭碗！你这个玩笑开得太大了。”说着她就要往回走，二妹拉住她说：“我又给你开了玩笑。刚才我已经回去给桃子她们说明白了，说只是带你出来玩玩。”安安愣了愣大笑起来，说：“今天够刺激的。”安安一脸单纯的笑容让二妹心里痛痛的，她一路搂着安安的肩膀，听她叽叽喳喳地说话，自己什么也没再说。

老远就看见那家发廊，二妹说：“到了。”安安说：“这里有什么好玩的？我们看电影去吧？”二妹把安安让进发廊里坐着，说：“你先等一等。”李姐和小华她们在给客人洗头，都没怎么注意，这店里人来人往不是奇怪的事。

二妹几大步走到煤气站门口，叫：“刘大哥！”

老刘穿着黄马褂从里面走过来，说：“我正在找你。”他说着从黄马褂的荷包里掏出一块二指宽的报纸碎片，小心翼翼地展开来，那上面的空白处歪歪扭扭地写着一行数字。老刘说：“要是侯喜会欠了你的钱，我就把这个电话号码给你，这是介绍他的那个人在深圳的电话，说不定他可能会知道侯喜会在哪里。”

二妹同样小心翼翼地接了过来，上下看了又看。老刘说：“你托付我的事算完成了。”二妹说：“刘大哥你别慌走，我问你，你妹妹嘴边那道印子是不是在左边？”

老刘奇怪地说：“是。”

二妹紧着问：“那她的名字是不是叫安安？”

老刘说：“她不叫安安，她叫幺妹。”

二妹想想说：“那边有一个人，你过那边看看。”

老刘从二妹的神色里会意过来，惊惶失措地走了过去，二妹见刘大哥刚一走到店门前，安安就从沙发上嗖地站了起来，刘大哥天崩地裂地叫了一声：“幺妹！”

二妹赶紧回过头走自己的路，她得马上去电话亭打一个IC电话，电话不见得能打通，就是打通了也不见得能找到侯喜会，就是找到了，也说不准那只猴子又有了什么变化，凡事都有种种的可能。

但毕竟这就是生活的一部分。石板坡的二妹就在这座城市里，守望着随时可能到来的希望。

婚　事

一

玉霞的婚事相当地偶然。

都说龙船河的女子漂亮，因为那水的清澈，将女子的皮肤洗得白里透红，红里含着柔柔的粉，用读过古书的老舅公来说，是吹弹得破的那种。粉嫩粉嫩的，李玉霞当时就属于这种女子。家里养她也不娇贵，初一就下了学，爹说一个女孩子家，书读得再多有什么用？清早割草，午间弄饭，下半天往田里背粪，夜里刮洋芋或是推磨，没得一时闲的。风霜雨雪天，照样在外面干活，脸儿被凛冽的河风吹着，却从不糙裂，反倒泛着光泽，像是石缝里开着的一枝花，既冒出来，便昂扬着，仿佛风吹日晒都是不错的滋养。

十八岁光景，里外成了一把好手。家里盖房子，天大的一件事，几十个帮工的饭菜都靠李玉霞张罗，她袖子挽出白生生的胳膊，风风火火做出四盘八碗，看有看相，吃有吃头，香喷喷得引人夸赞。一时间，李家门前的小路被人踩得光溜溜的，都说来看房子，但爹妈心里清楚，一多半是来看玉霞。玉霞该找婆家了。

风声出去以后，提亲的不断线。

开始说一个当兵的，已出去了三年，说不定会转志愿兵，有一番好前程。可一打听这人家里穷得像水洗过的，前两年还在住茅草屋，刚刚修了两间瓦房，欠了一屁股账。牛年马月也还不清。

接着又说乡长的儿子，玉霞的爹一听受了惊吓，二话不讲闪在一旁，将那个说媒的人晾在了干坝子里。那乡长的儿学城里人梳一个爆炸头，有时也披开来齐了脖子，两腿跨在摩托车的踏板上，肩膀耸得高高的，风驰电掣地轰隆隆而来，龙船河人见人躲。

又说到从南方打工回来的一个人，在外面赚了些钱，房子正修着，已起来两层。但细看那人脸色黄黄的，开口就打呵欠，永远没睡醒瞌睡的样子，身架子瘦得经不住扛，看了让人担心。

于是都一一摇头。姑娘生得好，且又年轻，不愁找不着好男人。玉霞的爹妈是这样想的。

当李玉霞自己来想事的时候，用龙船河人的口气，年纪已经有点大了。同她一般大的女子大多都结了婚，怀里抱着孩子回娘家来，流着老长的鼻涕给玉霞叫大姨。当面人都笑着，说玉霞还是你好，你看你现在多轻省，哪像我们拖得都没了人样儿。可背过去却窃窃地撇嘴，说人是长得好，可惜就是说不成人家。爹妈当初的矜持勉强还挂在脸上，但内里已有些发虚，再有人来说亲时，两眼睁得比过去亮得多，人还没开口就先温和地沏了茶，有时还放些炸好的芝麻茶叶以及黄豆，香香的叫作油茶。殷勤地请人喝了，然后听是哪家的男子，还打破以往的规矩把玉霞也叫出来听。

可说来说去，还是没有说成。

冬月尾上，快过年的时候，李玉霞的命运突然有了波折。

事有凑巧，后山的表舅从城里打工回来，路过龙船河，本来都走出了镇子，可被一个伙计拖到小酒馆里喝了几盅，天就黑了，转回头找人家过夜，一走就走到李玉霞家里来了。进门喊表姐，李玉霞的妈迎出来。表舅说我给你们带了个客来。一看表舅身后跟了个面相老实的小伙，个子长得高，背微微显得驼，说叫小龚，也是后山人，跟表舅一起在城里搞装修。小龚这人也不多话，表舅和李家人寒暄时他只顾埋头喝茶，偶尔抬头笑笑，桌上桌下不断主动地给人敬烟。李玉霞的爹妈都赞小龚这人憨厚，可李玉霞来收拾桌上的碗筷时，一不小心跟小龚对了个眼，心里不禁一抖。

那眼神灼亮灼亮的，带着钩子，又像烧着一把野火，扑面而来地要把人扯进去，然后生吞活剥。玉霞没谈过恋爱，但见过男人的眼神，那火嗖一下就把她的脸炙热了。

龙船河的人冬来喜欢围着火塘摆龙门阵，有客更是一扯就到夜深，爹叫玉霞到屋后头搂些柴火来。小龚说，这河坎上又没得野狗？我去搂好了。说话脚就随李玉霞走到了屋外。

屋外头黑黢黢的，柴火是入冬前备下的，一垛垛堆在山墙旁边，还有些苞谷杆子，铺晒在那里。冬日的阳光虽然短，但也将就得一些，晒出满院庄稼的香味。玉霞一弯腰，身后就被人一把抱住了。她吓得三魂去了两魂，根本叫不出声，脸上就被张湿乎乎的嘴亲了一口。她脑子里嗡嗡直响，双手使出命来推，一推就把那人推了个仰八叉。

半天才见那人慢慢地坐起来，李玉霞突然想笑，还没想明白，就笑出了声。她连忙捂住自己的嘴，心里还在扑通扑通跳，但爽爽的。夜里的河风让人又新鲜又刺激。

那人就是小龚，说："还笑？有什么好笑的？"

玉霞挑衅地说："你再过来！再过来我又让你一扑爬。"

小龚说："哼，喜欢你才抱你，你怕你是什么金枝玉叶？"

玉霞说："哪个要你喜欢？认都不认得你。"

"我会让你认得我！"小龚边说边摸索到李玉霞跟前，瓮声瓮气地说，"我想要你。"

李玉霞又吓了一跳，车身就想往屋里跑，那边闪电般地伸过一只手来，拦腰一拉身子就到了小龚的怀里。这回更不由分说，将玉霞顶在苞谷杆儿上，全身硬邦邦地压了上去。李玉霞想推推不动，想喊却又怕人听见了，她未被遮住的半只眼睛看着黑黑的天空，只觉身子一个劲地往地下直陷，她想我的妈呀，男人就是这么回事？

二

但李玉霞并没能嫁给小龚。

第二天早起，露水还没消，表舅和小龚就起来了，说要赶早路回后山去。李玉霞眼巴巴地看着小龚，想他会有合适的话当着爹妈的面说。但小龚低眉顺眼地拎着包跟在表舅身后往外走，脸上平展展的，眼神也寡淡寡淡。

李玉霞眼睁睁地看他们走出大门，走过门前的竹林，眨眼就又过了山湾，她突然扯开腿子撵了上去，一路气咻咻地喊："小龚，小龚！"

表舅先听到，问："小龚，你是不是把东西掉在玉霞屋里了？"

小龚不吱声，浑身上下地看自己，还摸荷包，好仔细，但眼里却没有内容。

李玉霞到了跟前，一边喘气一边盯准了小龚，天大的疑问和期待都在那一波一波的目光里了。那人禁不住看，转过了脸去，看山上的猴子一蹦一蹦地伸着长臂满地上找玉米，那是山里人为了逗引游客而制作的一道风景。

等着等着，李玉霞的眼里就渗出泪来了。表舅一旁蹊跷，说："玉霞，玉霞，你怎么了？"

李玉霞两眼瞪着小龚，就等着他一句话，可到最后小龚也什么都没说。

小龚这年是专门回家娶媳妇的，定亲已有三年，总算挣足了结婚的钱。表舅过完年又到城里打工时，经过龙船河，照例到玉霞家里来喝茶，感慨地说没看出小龚这人蛮会持家，你看他那婚结的，电视机弄了一台桌面大的，比村里哪家都气派。李玉霞没等他把话说完，就喊了一声表舅。

表舅答应着："哎！"

玉霞拢拢头发，笔直走到表舅跟前，脸不红眼不眨地说："表舅，你说我这个样子看不看得过去？"

表舅愣了一下。玉霞说："漂不漂亮？"

表舅笑了："那还用说？不是漂亮，是十分漂亮。"

爹妈也都笑了，但李玉霞却没笑，她说："那表舅你帮我个忙。"

表舅说："你说。"

"你在城里打工好几年，认得的人不少，你帮我找个对象。"李玉霞说："就找小龚那么高的，但背不要驼，能打工能挣钱也能持家的。"

爹妈在一旁目瞪口呆，说："玉霞，你疯了？哪有一个姑娘家家这么说话的？"

表舅也笑个不止。但表舅后来碰到小龚，喝了酒就问他，是不是占了玉霞的便宜？小龚闷着头不吭声，逼急了才说，也没什么，只是摸了她一把，天晓得是怎么回事，都是那些天上火上的。表舅就骂小龚，你狗日的上了火，你的女人就在后山候着，你一天都挨不过？为么事非要在龙船河摸别人姑娘一把？那么好摸的？

小龚任他骂，只说了一句："你要不是她表舅你试试看，谁抗得住？谁让她那么漂亮？"

表舅一想也有些无奈。在城里打工的男子没有几个不想女人的，一年上头熬得口舌生疮，眼里冒火。出租房里住着的时候，天天夜里讲荤段子，那会儿跟前要是出现一个女人，保准人人都是强奸犯。玉霞虽然没被扯脱衣服，小龚自己就泄了，但显然还是吃了亏。人是自己领去的，表舅就有些内疚，存了心要替玉霞找个对象。四处做工时，果然就留了意，也有年龄和相貌与玉霞相当的，试着一说，人家都有些疑惑，说二十五岁都过了？人也长得漂亮，怎么到现在还没说成人家？表舅说了些缘由，人都似信非信的。

后来又有人问，你说的这玉霞，是不是像黄桂菊那号的？

表舅说：“你扯淡！”

日复一日。门前的小路上，人走得没有往日勤，边坎上冒出一小丛一小丛的野草，零零星星地绿着黄着，看去不那么顺溜。玉霞的婚事越发有些高不成低不就的状态。

玉霞去到河边洗衣服，正对着岸上一幢粉黄的小楼，地上三层，带着一个尖顶，洋里洋气的。大玻璃窗，比人的身子还要高，风从那边吹过，隐约可见卷动的乳白纱帘。楼前是光溜的青石坝子，设了小巧的石桌石凳，还种着一株艳红的石榴树，不管不顾地开着花。

偶尔就看见黄桂菊闲散的样子，在楼前进出。那女人爱穿一套淡绿的睡衣，宽袖大裤脚，露出白嫩的胳膊腿来。

黄桂菊从前驮着背篓在坡上打猪草，脚上的鞋只有半截，妈死得早，爹又穷，买不起。后来她不知不觉地消失了，过了好些年，突然有一天穿金戴银地出现在寨子里，人们才想起这个叫黄桂菊的女子。穷小妹成了富婆，神仙似的在河湾那块居高临下的地方修起了小楼，将老爹和兄弟接了进去，过起了吃香喝辣的日子。

关于黄桂菊的话题，便一直在人们嘴边兴奋着。但喜欢串门的龙船河人却不怎么去到那小楼里，人们都说桂菊的钱来得不干净，她一个女子，到南方打工时身无分文，除了干那种事，还会有别的？

黄桂菊碰到玉霞下河，就说：“洗衣服啊？”她总是主动地打招呼，脸上甜甜地笑，很和善的样子，透着亲近。

玉霞也乐意跟她说话。

黄桂菊说你这么大一背篓衣服？咋不用洗衣机？玉霞也不说自己家里没得，只说反正没事。黄桂菊就说你不如把衣服拿到我家洗衣机洗，我请你喝茶。玉霞就去了。桂菊正儿八经地给她沏了一种功夫茶，眯眯大一个小盅，刻着花纹，在手里颠来倒去，说是闻香杯，搓上几个来回凑到玉霞鼻子跟前，要她细细地闻，一股子清香便沁到了心底。喝的时候又教她撮着嘴，吸溜着分几口，味道才出得来。

玉霞喜欢那股子香味，还有桂菊凑过来的时候，头发上的清香，有点像秋天的桂花，口里说：“这么多讲究？”

黄桂菊并着双膝坐着，那样子像个城里人，说：“可不是。一个人活着要是没有讲究，就跟鸡呀狗的差不多，对吧？”

那茶喝下去，浓浓的涩，没有龙船河的绿茶清甜，但提神。几盅下去，玉霞胆子大了，问一句：“桂菊姐，你还不嫁人？”

上小学时，玉霞就看见黄桂菊胸脯高高地走在田埂上，要说眼下也是三十多的人了。黄桂菊落寞地笑了笑，说：“别人要是这样问我，我没好话回他，可玉霞你要问，我就跟你说句知心话。现如今，越是好女人，越是不好嫁。”

“那为什么？”李玉霞自然想到自己。

“丑女人笨女人怎么将就都可以，不会挑剔也不会生气，应了一句老话，叫作憨人有憨福。可稍微好看些的，聪明些的，心比天高，在这世上奔来奔去，奔到头来常常会落得孤家寡人。”黄桂菊说。

玉霞听得黯然，说：“可我看，追你的男人不少。”

“他们都是冲着我这房子，还有几个存款来的。”黄桂菊拍打着沙发说。那沙发是布面的，暗红底子用丝线勾勒出大朵大朵云彩一般的花儿，暖暖的富丽堂皇，乡间煞是少见。“那些男人我打骨子里瞧不起，他们从来都是在背后使劲说我的坏话，转过脸又蹭来蹭去地想吃豆腐。”

玉霞不解吃豆腐。

黄桂菊轻蔑地说：“占便宜呗。他们说的坏话我全知道，他们以为我这号女人早就成了贱货，想怎样就可以怎样，真是打错了算盘。”小楼前的银杏树下，拴着一条大狗，蹲着有半人高，拖着鲜红的长舌喘息着看人。有陌生人来，狗并不吱声，只是嗖地蹿上去，若是半夜，更是敏捷无比。黄桂菊说：“你若是在镇上看见拖着腿走路的，八成都是被这狗咬的。”

说完她哈哈直笑。李玉霞也跟着痛快地笑，心想那天夜里在屋外头搂柴火，可惜没有养着一条狗。笑完了黄桂菊有些怜惜地看着她说：“玉霞，你听我一句劝。”

玉霞说：“劝什么？”

“趁着年轻，赶紧找个合适的男人，别挑来拣去的，年纪越大就越不好找了。”

玉霞说："我没挑。"她又说，"我以为你不会劝我找男人。"

"你跟我不一样。"黄桂菊说。

三

油菜花开得一片鲜黄，蜜蜂在花丛中上下飞舞，嗡嗡的。

李玉霞觉得自己在这个春天里长胖了，浑身胀鼓鼓的，贴身的小褂扣子改了一次，但还是紧绷绷地勒着，让人有些透不过气。

夜里醒来两三次，睡不着，睁着眼睛数墙上挂的干辣椒，到天亮时又迷糊过去了，再不想起床。妈在窗户外头喊了一次又一次，说："玉霞，该割草去了。"爹有些发火，将刀磨得霍霍地响，使劲地咳嗽，骂道："没有哪家女子懒到这个地步！懒到这个地步！"

但李玉霞只是在春睡中蒙眬着，并没有听清。

早晚爹就板着脸，吃饭时也不说话，看也不看玉霞一眼。

李玉霞就忍不住说："反正我在屋里，也是惹你们讨嫌，我也跟着表舅他们打工去。"

爹砰的一声放了碗，大声喝道："未必你也要学黄桂菊不成？"

这话在妈听来实在是太重了，急赤白脸地喊："她爹，你说什么呢？"

被一个春天憋得难受的李玉霞也顾不了许多，跟着就说："黄桂菊就黄桂菊。黄桂菊怎么了？她又没伤哪一个，害哪一个，她眼下在镇上开酒店，自己挣钱自己花，还给龙船河小学捐了两千，她有什么不好？"

爹气吼吼地说："你只说她开酒店，不说她从前那些钱从哪里来的？你要敢学她，老子先把你的腿打断一条再说！"

像这样的争吵隔天总有回把。玉霞的妈怕出事，背着家里人在镇上给城里打了个电话，问来问去找到玉霞的表舅，问托他的事有眉目没有？

表舅这天正带着徒弟在帮人刷油漆，两手都不得空，徒弟将一个小灵通伸到他的耳朵跟前，就那样凑合着说。表舅说："那事嘛……你莫得急。"想了想又问："表姐，你说的是哪桩子事？"

李玉霞的妈一听这口气，心里就凉了，灰灰地说："你看看，玉霞正经八经托你在城里找对象的事，你都忘得一干二净了？"

表舅是个走南闯北的人，凡事都爱打包票的，轻易没服过输，没等玉霞妈话说完，就抢着说："你说得巧，侄姑娘的事我哪会忘呢？这两天我正在替她操心，有一个人……"

玉霞妈喜出望外地问是什么人？姓什么？表舅语塞了一会儿，跟前的徒弟鼻子都要凑到他脸上了，他闪了一闪说："你站远点儿。"

"什么？"玉霞妈在那边问。

表舅忙说："噢，我说的是他。我徒弟。"话说到这里，他流畅起来，说："就是我的一个徒弟，姓马，重庆人。会手艺，瓦匠木匠漆匠都做得……"

当下，李玉霞的妈喜滋滋地回了家。进门就大张旗鼓地喊口渴，咕嘟咕嘟地喝茶，玉霞和爹正在奇怪妈不像平日的动静，就听妈说："她爹，玉霞有对象了。"

玉霞就站在跟前，但妈却笑眯眯地看着爹，似乎说的那事跟玉霞本人的关系还没有跟家里人的关系重要。

两脚草泥的下山来，老远就看见黄桂菊靠在大门前，不紧不慢地问："玉霞，你找到婆家了？"

李玉霞歇下一篓青草，说："你也知道了？"不过才三天的时间，龙船河的人似乎个个都知道了，见面就有人问玉霞，小马哪时候来？口气像是老早就认得的一个人。"天晓得，我见都没见过。"玉霞说。

"可以，手艺人。"黄桂菊两手抱在胸前，很了然地说了一句。

接着再不提这事，却问玉霞喝不喝茶。玉霞摇头，说要早些回家，把草垫在牛圈里，还要给一屋人弄饭。黄桂菊替她扶起背篓，说："这下好，日后你去了重庆那边，可以帮我带些正宗的豆瓣酱回来。眼下这里卖的都是水货，炒出来的菜颜色都不对，要是正宗豆瓣酱，是鲜红鲜红的，浮一层亮晶晶的油。"

玉霞回去炒菜，特别看了罐子里的豆瓣酱，颜色真的是有些发暗，便指望今后的日子。

可是到了中秋，也没见表舅带小马来。本来在电话里说好，要把人带到龙船河来玩玩，玉霞的爹打了五斤苞谷酒放在屋里，等着客来喝。一问，表舅有些不耐烦，说到底是你们嫁姑娘事大，还是我这一帮子人吃饭的事大，帮别人干的活总不能半截子扔在这里，甩手甩脚地去玩，我倒是想玩，哪个又付我的工钱？说得玉霞的妈无话可说，说那无论如何年底前来一趟吧？表舅一口答应了，说那是当然。

李玉霞在心里将那未见面的小马画了一个像，既是重庆人，说话就是干脆利索的那种，个子恐怕不见得高，川上的人没见过几个高的，人也精瘦，蓄个分头，浅浅的，比小龚看着要精明些。会几门手艺，养家糊口没有问题。不过，重庆那边比这里的山还要大，不知具体是哪个县哪个乡，最怕的是老山里没有水，吃用都得爬坡上岭地去背去挑，哪似守着这条清悠悠的龙船河？

这样思来想去，心情忽悠一下落下去，一下又飘到半天云里。

冬月里，李玉霞不用割草了，猪圈里空了一多半，只留下三头过冬的崽猪。喂肥的两头，一头卖了，一头宰了，一块块挂在火塘的钩子上，成天用柏树枝子熏着。从早到晚，屋顶上都冒着缕缕带香的白烟，缭绕着，在李玉霞的心情里散去。

四

眼看到了腊月，小镇上人密密的，来往于县城的大巴车挤得满满当当，一车人下完得半顿饭的工夫。李玉霞站在写春联的摊子旁边，瞄着那边来的车，看了一辆又一辆，也没见到表舅的身影。

出外打工的人潮水一般回家来，表舅却断了音讯。就在过小年那天，玉霞的妈实在等不得，一个接一个电话打过去，但表舅的小灵通却关了机，再怎么打都不行。

妈着急地问这个，问那个，一家人都被她问遍了，可她就是不问玉霞，妈说："你们说说看，表舅他怎么不接电话呢？"爹说："搞不好是碰到小偷，手机被人偷了。"兄弟说："表舅是不是在外面有情况噢？"猜来猜去，妈叹着气说："这怎么办呢？"一家人都愁眉苦脸的。

李玉霞心里惭愧得慌，她嘴里说："你们着的哪门子急？不来不来算了。"

妈没好气地说："还不都是为了你？要是你自己能找个合适的人，我们又何必操这些冤枉心？"

埋怨了几句。李玉霞坐在灶前烧火，塞进去一把柴火，又塞进去一把，烧得满屋子烟，呛得人咯咯直咳。就在烟熏火燎之中，玉霞突然把火钳一放，站起来拍打拍打身上的灰说："好好好，我自己进城去。"

妈惊讶地说："你进城去干什么？"

"找他们去呀。"玉霞说，"我自己的事自己操心。"

说着话，就转身回房去清东西，拿出压在棉垫子底下的一百多块钱，那是她卖橘子存的一点私房。妈坐在堂屋里骂，说你一句你就翻腾，腊时腊月的你到哪里去找人？你是存心跟屋里人过不去呀？玉霞拎着包出来，说："我说不来不来算了，你们又焦眉愁眼的，还说是为了我。我说自己去找，你们又不让，到底是哪个跟哪个过不去？"

玉霞的爹半天没说话，这时敲了烟锅子，斩钉截铁地说："你不能去！"

李玉霞也不含糊，立刻回道："为么事？"

爹痛心疾首地说："你莫去丢那个人！从一开始你妈说这件事，我心里就不踏实，你表舅那个人一贯是张油嘴，假的说得像真的，这回肯定是看到要兑现了，才关了机子躲起来。八成就是这么回事，你何必还去找没趣？"

玉霞点点头说："爹你说得对！表舅那人是喜欢把假的说成真的，但如果真是那样，我更要当面问个清楚，他表舅也是老辈子人了，为什么要拿这种事来开我的玩笑？我李玉霞又不是麻子跛子瘫子，我上得厅堂下得厨房，我凭哪一条就不配找个男人？"

说完这席话，李玉霞大步走出了家门。谁也没拦住她。

峡江边上，一座新城。早两年玉霞来的时候，三峡还没蓄水，老城在拆着，但小街上还卖着橘子，现在那一片都沉到江底了。

满街都是新楼，难怪表舅年年在城里装修。李玉霞沿街看着，心里有数地找到一家叫凤凰台的酒店。早先表舅跟爹妈吹牛时说到他装修的酒店名字，玉霞留意在心里。但凤凰台的老板说，早装完了，早走了。玉霞问人去了哪里？老板生意忙，慌忙用手指了指南边，说那边沟底下，住着一些搞装修的人，你去那里问去。

三峡的新城都建在峡谷的半腰，老高的山顶上，原先有溪水流下，冲成了大沟，这水后来被人引开了，沟成了老山的皱褶，长着一蓬蓬歪扭的树和乱草，城里人还来不及打理它们，留给了乡下来的打工者。

沿着坑坑洼洼的路，玉霞一路问去，就在几溜简易平房旁边，终于问到了表舅的去向。人说表舅就住在那间有个白色排风扇的屋里，但很久都没见他，那屋里像是又住了另外的人。

玉霞走过去，那门前蹲着两个年轻的男人。一个低着头，头发乱糟糟的，两手拢在袖子里。另一个在修自行车，玉霞一眼看得分明，那人他蓄个分头，浅浅的，眼睛一抬，透出比小龚多的精明。她毫不犹豫地就朝他问：“你是小马？”

那小伙吃惊地站起来，个子果然比小龚不短，背也不驼。玉霞就笑了，说：“我表舅呢？”

小伙说：“你是哪个？”口音果然是川上的，干脆利索。

“我是李玉霞。”停了停玉霞又说，“你没听我表舅说起过？”那前面的一句含着骄傲，后面则带着嗔怪了。

没想到小伙却摇头。脸上一派茫然。

玉霞气冲冲地说：“你不是小马？”小伙说是。玉霞更来了气，说：“你不是叫马成功？”

小伙奇怪地说：“我是马成功啊，你找我？”李玉霞把手里沉甸甸的包往地上一丢，一屁股在门前坐下来，说：“我不找你找哪个？是哪个答应的，到龙船河去？中秋过了等冬月，冬月过了现在又到了腊月，你到底去还是不去？”

正说着，趴在一旁玩泥的一个小男伢儿爬起来，吸溜着鼻涕，好奇地看着玉霞，却去抓那小伙的手。小伙一把甩开了，喝道：“我手上有油！快去叫你妈给你把脸擦擦，糊得哪还有个人样？”屋头，白色的排风扇一直在呼呼地转动着，从那里飘来一股股冲鼻的鱼香，还有小葱和姜丝的味道。一个梳马尾辫的女子这时从门里探出头来，扬了扬手里的锅铲朝小伙叫道：“吃饭了啊！”

小伙口里应着，又匆忙的、满脸无辜地对李玉霞说：“你是说，要我去哪条河？”

玉霞觉得头开始发蒙，她看看小男伢儿，说：“这是你孩子？”又看看屋里，说，“那是你老婆？”

小伙点头，又点了点头。

玉霞愣了片刻，开始轻轻地笑起来，小伙惊讶地看着她。玉霞越笑越响，笑得直不起腰，手捂着肚子，眼泪都笑出来了，还是止不住。小伙问她怎么了？梳马尾辫的女人也从屋里走出来，问她。屋前屋后围上来不少人，指手画脚地看她，问七问八。李玉霞一句也没听清，她只是想笑，笑着笑着身子有些发软，沟那边的歪树变得正经起来，草却歪了。一个女人在惊呼：“啊！她要倒了！”

就在这时，一双手扶住了李玉霞的腰，硬硬的，硌得人好疼，但却有力，一下子让她靠住了。她就在那一瞬间清醒过来，一回眸，却见一蓬乱糟糟的头发，原来是刚才蹲在门口的那位。

五

乱毛熬了一锅鱼汤，是早起从江里打来的鳊鱼，煮出雪白的汤汁，撒了一撮青蒜苗，一碗盛了热腾腾地放在李玉霞面前，说："快喝吧。"

李玉霞两眼发呆。李玉霞要倒下去，但被这个乱毛扶了起来，又被这个乱毛扶到这间小屋里。她心里就是这样称呼这个人的。她想走，虽然腿发软站不起来，但她一分钟也不想跟这个陌生的一头乱发的男人在一起。

乱毛看她走了几步，突然说："你表舅我认得。"又说，"你的事我也晓得。"

李玉霞站住了。

鱼汤的热气飘到她脸上，很香。乱毛说："你坐下来，把这碗鱼汤喝了，我再慢慢跟你说。"玉霞想，这不是什么难事。她端起碗，一口气就把汤喝了大半，鲜嫩的滑滑的，齿缝留香。她前后琢磨了一会儿，不知怎么鼻子开始发酸。

"哎，你莫哭啊！"

乱毛慌里慌张地说："我跟你讲，你表舅在我这里打牌，谈过你的事。你表舅后悔死了，你妈当时催他，他正忙着，没工夫扯，小马当时在跟前，他就顺嘴说了一句，哪晓得你们屋里头当真呢？小马是他现认的一个徒弟，后来一问人家早就有了家室，你表舅就根本没敢往下说……"

李玉霞汹涌地哭开了。哭的动静很大，又是抽噎又是擤鼻涕，连她自己也没料到。

乱毛更慌了，手忙脚乱地扯出一条脏兮兮的毛巾，就要递到玉霞手上，想着又似乎不妥，缩回去又到处翻，终于从箱子里找到一条没用过的红条格毛巾，如释重负地："还行。"然后塞过来，李玉霞头也不抬地接了，就在脸上使劲地擦，那毛巾也许在箱子里放久了，有一股子木头味。

"我表舅呢？"她泪眼婆娑地问。

乱毛忙说："他上个月就走了，悄悄走的。他欠了小马他们的工资，没钱给，只好偷着去了汉口。外面也有差他钱的，要不回来。小马他们几个拿不到钱回不了重庆，就把你表舅的锁撬了，住在他屋里等他。"

"你呢？"玉霞问："也是找他讨钱的么？"

乱毛摇头说："他不欠我的，我是找小马讨钱的。小马一年四季吃我的鱼，赊了大半年的账，快过年了，我得把账做团圆。前天就想讨，前天没得空，昨天也想讨，昨天也没得空，今天下午才走到他门前，刚蹲下来还没开口，你就来了。”

李玉霞擦亮眼四下里看看，一张窄巴巴的小床，一个单灶，漱口杯子里只插了一把牙刷。乱毛随着她的目光看了一圈，问：“你要找什么？”李玉霞耸耸鼻子，说：“你这屋里好大一股鱼腥味。”

乱毛不好意思地笑了，那一笑显出了年龄，估摸着比玉霞大不了多少。乱毛说：“那是，我一个打鱼的，能不腥？又没人手帮洗涮。”李玉霞就问他打的鱼给谁卖？乱毛说有鱼贩子等在江岸上，一起网就都收去了，狗日的宰人，他们拿大头，打鱼的只得小头。说着说着又扯到自己老家，川江边上打鱼之家，春夏秋冬都在船上，随着鱼群顺江而下，哪里鱼肥就去往那里，可一年到头也挣不来几个钱……

李玉霞突然打断他的话，说：“我来帮你卖鱼。”

乱毛怔住了。李玉霞又说：“你没人手洗涮，我来帮你洗，你一年上头辛苦打的鱼，钱都被鱼贩子赚走了，我来帮你卖……你听懂了吗？”那时李玉霞脸色桃红桃红的，看得乱毛直是发呆。李玉霞问了几遍：“你听懂了没有？”

乱毛答非所问：“其实我像是早就认得你……”他回过神来说，“不过，冬天容易裂手。买鱼的都喜欢让人把鱼剖好，一双手天天都得泡在水里，特别是冬天，冻得长疮不说，真的还裂口子，一挨冷水疼得钻心……”

李玉霞结果是没想到地嫁给了乱毛。黄桂菊有一次进城去打货，在县城最大的那家菜市场里，听见玉霞嘹亮的嗓子，喊川江的鱼几多钱一斤。但看那脸上，居然化了淡妆，明眸皓齿地扎一根橡皮围裙，将一双红通通的小手伸到乱毛跟前，果然裂了一道小口，乱毛在一旁乐呵呵地打下手，听着玉霞的呵斥，两口子滋润得就跟那鱼和水似的。

玫瑰庄园的七个夜晚

一

夜晚，看不清小径两旁的杂花和草里蹦跶的蚂蚱了，鸟儿和虫子们都睡了，万籁俱寂。是很深的夜。

睡意像一个沉重的铁砣坠在马松的眼皮上，拉扯得脑袋往下耷拉，他脚步踉跄，从草地上走过。沾在脚面的露水很凉，软软的草泥里不时也有硌脚的树枝和石块儿，这些地方显然是不能去睡的。

猛然想到白天看见的那幢带着小尖顶的别墅，红白相间的墙，细巧玲珑的尖顶，粘着颗星星，在阳光下一闪一闪，就像一个童话小屋。正是闪得他心热的时候，旁边过来一个保安，问他干甚？他说收废品。他夹着一个破蛇皮袋，里面有几只矿泉水瓶子，是他在这空荡荡的小区里拾到的。保安推了他一把，说："出去！"

马松懒懒的，也不争辩。他走过很多小区，保安都是说："出去！"好像他们有同一个口令。但晚上马松又进来了，不过不是从灯火辉煌的大门，快过节了，那里摆放着鲜花，还加了绿生生的射灯，马松是从西边墙根草丛中的一个小洞里爬进来的。

前几天他在墙外的树林里转悠，完全是无意间，见草丛里钻出两条狗来，一白一黄，一公一母，前后相跟着无限踊跃地奔向林草茂密的深处，打马松跟前过时，心无旁骛地看也没看他一眼，仿佛是正在国际赛场上的田径健儿。马松当时无事，就好奇这狗的来历，走到墙根前扒开草一看，发现灰墙的砖被掏走了好些，下面的土也被掏成了圆坑，一股凉风飕飕地穿行，原来是个狗洞。

马松当即趴下身子试了试，过于狭窄，就又将墙上的砖掏了几块，一收肩膀，人就过去了。

所以，这小区的保安趾高气扬地说“出去”，却不知对马松是没有意义的。只是马松不去嘲笑他们罢了。

马松喜欢这个都市之外的高贵小区，在一些杨树和大槐树的簇拥之中，四处飘荡着田园的气息，庄稼呀马粪呀，还有难得一闻的柴火味儿呀，城市的喧闹被筛子似的田野一格格过滤了，让他想起三峡大山里的种种。当然这里的花草是修剪过的，每一条小道都打扫得纤尘不染，即使到半夜也灯光灼灼，明亮干净如水洗一般。却是白天夜晚都没什么人，除了偶尔几个保安形只影单地逛上一圈，那一幢幢装修华美的别墅小楼就像搭好的积木，可爱地摆设着，却基本上夜夜无人入睡。

头一回进来给人送冰箱，马松心里就痒得不行，这些房子看上去好生寂寞。如果他是主人，不赶紧热锅热灶地让它们欢腾起来？再如果，他是一个站起来比房子还要高的巨人，他就会弯下腰去逐一抚摸它们，至少用他热热的手，暖一暖那些冰凉的房顶。

可现在自己的双手很凉。虽然还没到冬天，但也是秋意正浓的时节，一到起风，就落叶翻飞，踩一脚，就响起树叶萎缩的脆裂声，让人背心发寒，他一瘦小的个子，只穿了件长袖T恤，在这深夜的秋风里，几乎就跟没穿衣服似的。

一排排别墅的门都无一例外地紧锁着，长长的金属把手，握着再用力也纹丝不动。现在的防盗门是越弄越科学，还用了些线条粗硬的图案，雕花刻草、龙啊凤的。窗户又都加了保险锁，摇一摇毫无反应，让人气馁。这人真的很困，困得有些窝火。不过，大手大脚地走在暗夜的小区里，也有一份自得，有点主人的感觉。他不害怕。因为保安都穿着大头皮鞋，脚步声老远地响着，还没等他们走近，他就闪到另一条道上了。

现在又转到这幢童话小屋跟前，房顶上的小星星在夜色里一眨一眨，让人心里痒痒的。马松上前去，不抱希望地摇摇门把，果然钢打铁铸一般，又推推窗户，预备掉头就走的，但出乎意料，半扇窗门居然无声地滑开了。白净的塑钢窗门，溜滑溜滑的，就像专门为他马松的手准备着，就那么悄无声响地向一边滑去，然后大大地敞开，由不得人心花怒放，嗖地跳了进去。

一股温温的、混合着木头皮革还有布和面包的味儿一下子钻进了鼻子，他一动不动地站了一会儿，眼睛慢慢地习惯了屋子里的黑暗，窗户透过的夜色稀薄地映射出：沙发、凹凸不平的墙、玻璃反光的柜子，还有几扇神秘的黑洞洞的门。马松有些昏沉的脑袋顿时兴奋起来，面对那些深藏内容的门，他就像一个不畏艰险的应考学生，面对老师精心准备的难题，他想他要一一找出答案。

在确信这幢小楼上下三层都无人以后，这天晚上，马松吃了两个面包，一根火腿肠，还喝了一袋牛奶，味道很新鲜，那些东西就摆放在沙发前宽大的茶几上，很奇怪，简直像是为他预备着的。

后半夜时，窗外的月光斜射到客厅的石头墙上，他看清那里挂着一台巨大的电视机，薄得像一幅画，嵌在古里古怪的石头里，而两边的墙上各一幅挂件，吸引了他的目光，那是深蓝底上的白色图案，一对包着头帕的俊秀男女面对面蹲坐着，他们离得很近，嘴唇几乎相连。那是一幅蜡染，马松看出来，那是他三峡家乡的蜡染。

二

第二天睁眼，马松是被一阵狗叫惊醒的。

差点以为是在寨子的老屋里，自家养的那条花狗在叫，可眼前却是明亮的落地玻璃窗，奶白色的窗帘，系着两根长长的枣红流苏，就垂挂在他躺着的沙发上方。马松一下子明白过来：这是别人的家。他骇得跳了起来，惊惶失措地想夺门而逃，可张望之间，却并没有什么威胁发生。

这间大客厅里只有他，孤零零的一人。

马松觉出自己的可笑。细听去，狗叫隔着两三个院子，并不是朝他而来。他又侧身走到窗前看了看，院落前的小道上满地阳光，见不着半片树叶，也见不着一个人。厨房的半扇窗户敞开着，他昨夜就是从那跳进来的，还好没留下脚印。

按说，他得赶紧从窗户跳出去，可那一扇扇洞开的房门却在做无言的挽留。他曾经一直好奇，那些别墅，那些华丽的窗帘遮挡着的，都有些什么名堂呢？人们都说，别墅里一般都不会放什么值钱的东西，通常都只被当作第二居所，隔三岔五，半年一年才来一次人，还有的装修完就搁那儿，一锁好多年都没人来。

这家一楼的家具都用布盖着，二楼的卧室和书房也都老厚的灰尘，可眼前茶几上的新鲜面包，还有牛奶，说明主人刚来过不久，说不定会很快回来。他心里马上紧张起来，虽然他很是恋恋不舍。这家的顶楼不像他三峡老屋的阁楼上晾放着包谷、烟叶和辣椒，却乱七八糟地搁着一些箱柜和旧书报，但他喜喜地爬了一回，一道极秀气的楼梯，直直的，小块小块的木阶，散发着原木的香味，很像他家乡的板梯。

狗又叫起来了，这回是哼哼唧唧的，有些含混。

马松躲到窗帘那里，只见窗外的院落前，昨日见过的白狗追逐着小黄狗奔驰而来，小黄狗带着明显的挑逗，跑跑停停，每当白狗快到跟前，它就又转个弯，撒娇似的嘟哝几声，然后又猛跑起来。白狗不生气，由着小黄狗的性子，追一追，停下来观望一阵，看准时机再跑上去，把嘴伸到小黄狗的脸上啃啮。俩狗一路扑打叫唤，从这小楼前的木栅栏缝隙里一钻而入，滚过长势凌乱的草坪，竟来到了窗前。

小黄狗突然抽着鼻子，迅疾地上下左右嗅闻，然后抬起头来，心明眼亮地盯着马松隐藏其后的窗户。马松被它盯得着急，忍不住亮出半截身子，小声“嘘”了一下，想把它赶走。小黄狗的眼神却有了愤怒，“汪汪”大叫了两声。白狗过来，也看见了马松，马松抓起一根火腿肠，在窗前扬了扬，撕下塑料包皮扔了下去。白狗一口叼住了，朝一旁跑了两步，然后送到小黄狗嘴边，小黄狗却不屑，头一摆，将火腿肠甩到了一边。

马松骂了一句，这狗日的！但他知道这狗是好狗，好狗是不随便吃人家东西的，那白狗倒有些像他马松，只要能填饱肚子，不管什么来历。人有时候，不如狗呢。

他小声说：“好好，算你狠，我怕你还不行吗？”他再丢下一根火腿肠，小黄狗还是不依不饶地昂头盯着窗户，不时地叫上几声。马松转身，准备从一旁跳窗走人。

可小道上突然传来动静。

嗡嗡的，轮胎擦过路面的声音。一眨眼，一辆白色宝马轻车熟路地开了过来，不前不后在楼前停下了。紧接着，一个三十出头的女人从驾驶座上钻了出来。马松浑身汗毛一奓，他想躲到储藏室里，一转念，又往楼上跑去。突然响起女人的一声惊叫！

马松在楼梯上吓得腿一软！

定神一想，女人的叫声是在门外，难道隔着窗子就看见了他？他大着胆子扒开二楼的窗帘，只见那女人站在院子里，一大堆五颜六色的纸袋散落在她脚下，女人叫嚷着：“谁家的狗，怎么跑到这院子里来了？”

原来是狗让她受了惊吓。

不过狗们识相，知道人家是正经主人，白狗一点不敢违抗地夹着尾巴跑开了，小黄狗也耸动着屁股，从女人的脚边绕过，多少有些不甘心，回过头又朝窗户叫了两声，换来女人一声呵斥。女人弯腰拾捡起东西，然后朝大门走来。

马松三步两步爬上顶楼，藏在了一口柜子后面，墙角刚好有一点空当，前面摞着几大堆书报挡得还算严实。便听那女人进屋之后弄出许多声响，一阵阵像下雨，是开了水龙头吧，脚步声楼上楼下时停时起。不一会儿大门口又进来一个人，一个女孩叫了一声："姐，俺来了。"

四周静静的，听不到城里的车流声，只有风吹树叶簌簌作响，偶尔传来草丛中秋虫的鸣叫，楼下人的对话清晰入耳。女人说："小巧，昨天我就给你们家打了电话，让你过来打扫打扫，怎么到现在才来？"女孩清脆地说："俺昨儿立马就要来的，可俺妈头疼得很，俺给俺妈弄药，一弄就弄晚了。心想今儿一早吧，俺给家里熬了粥，正想过来着……"

女人说："巧嘴儿，你人这么巧，还这么孝顺。"

"看姐说的。俺们女孩儿，给家里也挣不上钱，还不多做点儿？"女孩手里像是在做活，一边伶牙俐齿地说着，"姐，待会儿我给你把玻璃窗也擦擦。"

女人说："下午家里有人来，你先收拾着吧。"

这是个漫长的白天。天窗射进一缕阳光，从早到晚变换着角度，尘埃在那束阳光里不停地狂乱起舞，密密麻麻又空空荡荡，看得久了，就像一群群变幻的小人儿，忙忙碌碌的却不知为何。马松抱着膝几度睡去。蒙眬得睁开眼，阳光还在。

于是他又看那些尘埃的舞蹈。它们是否如他一样，也是有生命的呢？这么顽强，不知疲倦，甚至肆无忌惮似的，他甚至都有些羡慕它们了。他困在这里像一只被夹住的老鼠，老鼠还可以吱吱叫喊，他却是连一点声响都不敢发出。他时刻担心这家主人突发奇想地走上顶楼来，接下来会发生什么，他想也不敢想。

下午伴随着饥饿，是一些饭菜的气味飘了上来，好闻的肉香，掺杂着大料的香味儿，咕嘟咕嘟的，是这女人在炖肉吧。炖的时间不短，味道越来越浓，熏得他都快晕了，饿的感觉像一只手在掏着心，且是不停地缓慢地掏着。

随着那束阳光的消失，天窗顶上的天空暗淡下来，屋里突然又有了说话声，一个男人叫了一声："米妖！"马松是听他这么叫的，显然是叫这女人，女人欢快地应道："你来了？怎么没听见你停车？"男人的嗓门不高，说："想我时我在天边，想我时我在眼前。"女人笑了："好哇，给你炖了排骨！要不要喝酒？"

锅勺又一阵脆响。都炖肉了，还炒什么菜呢？马松想。

“啪”的一声，一股甜丝丝的酒味儿冲上楼来，马松闻见了。这酒比不上三峡的苞谷酒香味儿重，他分辨着，三峡的酒好喝，逢年过节栽秧打谷，山寨人户的红白喜事，大块吃肉大碗喝酒，还唱山歌。只是这几年那些喝酒的伙伴都不在寨子里，一个个都出外打工，即便他回到三峡也只能自斟自饮了。

眼下，他只能躲着闻人家男女喝酒。那个叫米妖的女人——这就是她的名字吗？穿一件粉红的睡袍，披着黑中带黄的长发，尖下巴，嘴唇却有些厚。他偷偷地从楼梯缝往下看，这不像一对夫妻，说话客气，又情意绵绵的，夫妻间不会有那么多客套，说你尝尝，你尝尝。那男的嘴里一定是塞满了肉，含糊地应着：“好吃，味道真好。”

米妖就娇娇地笑了。这让马松想起那幅挂着的蜡染，蹲坐着的男女，嘴唇就要连在了一起，杯盘交错的声音一会儿停了下来，椅子拉动着，一切声音变得低而含混。这时，窗外的秋蝉却一声接一声地叫，亮闪闪地叫，黄昏的阳光有一阵子似乎毫不动摇，但突然一瞬间，天就黑了。

女人软软地说：“开灯吧。”

男的说：“嗯。”

楼下有了灯光，橙黄温热的，男人女人小声说着话，一会儿脚步声上了二楼。黑暗中，马松等待了很久。随着关门声，他拿不定主意是否可以站起来，他一直趴在楼板上，像一条蜥蜴，三峡那边叫四脚蛇，他轻轻地从柜子后面爬了出来，还好没有弄出任何声响。

从楼梯口看下去，就像一口斜井，井底的餐桌上杯盘狼藉，一旁的沙发背搭着一件乳黄色夹克，二楼的卧房紧闭着。一会儿，门里响起了奇怪的叫唤，女人窒息般地呻吟，长吁短叹的……马松饥肠辘辘的感觉知趣地退去，胳肢窝下却潮热起来，身上还有一些隐秘的地方也开始冒汗，他焦躁着，咬牙切齿地骂了一句：“妈的！”

三

半夜里，马松蹑手蹑脚地从顶楼下来，他得走了。

他仍然从厨房的窗户跳了出去。外面的空气真好，清凉还带着玫瑰花的香味儿，一下了让他脑子清清爽爽的，他头也不回地往西墙那边跑去。走时，那家的厨房亮着壁灯，锅里还剩着一堆油光闪亮的大排骨，他顺手就着一塑料袋抓了几根，还有面包。此外，又捎带拿走了搭在沙发背上的乳黄色夹克，昨夜的凉让他彻骨难忘。

夜还不算太深，他骂骂咧咧又怀着几分侥幸，预备从西墙根下钻出去之后，靠在那片没人的树林里先填饱了肚子。然后去赶末班车，到西直门老牟那边的小区工地找个睡觉的地方。可是扒开乱草一看，他愣住了。

那进出的狗洞不知被什么人给封死，砌出一个半圆圈的红砖，严丝合缝，像一张纸上盖了半个红图章。这活儿看来是下午才干的，边上的水泥还带着没干透的青色。如果他豁出命来踹它一脚，这砖说不定会垮掉，但他试了试，只在脚上的二手皮鞋尖留下一片凶狠的灰印。

他徘徊在狗洞旁，突然嗖嗖的，那一白一黄两条狗没有任何前兆地从乱草中钻了出来，路灯很远，周围一片暗淡，那两条狗的眼珠却像小灯泡一般贼亮，喉咙里低沉地咆哮着，大有扑面而来的趋势。马松恼了，马松想，城里人欺负人，城里狗也来欺负人？他在山里从没怕过狗，那都是追野牲口的赶山狗，一嘴尖利的牙，身段灵敏，穿过山林就如一道道闪电，山里人靠它们看守门户、打猎捕兽。寨子里再凶的狗都喜欢马松，喜欢跟在他身后登高爬低，那三峡的狗才是真正的狗，而这狗不过是富人的玩物罢了。

想到此，马松不等两条狗咬到跟前，抢上去飞起一脚，把刚才蓄在腿上的劲全都使了上去，一脚就把冲到前面的白狗踢得贴到了墙上，软软地滑下来，喉咙里变作了哀鸣。一旁的小黄狗也嗖地跑开，好远才站下来。

白狗趴在那里，歪歪扭扭地打不开胯，马松拿出塑料袋的吃食，啃咬起来。他将啃过的骨头扔到白狗跟前，说："狗日的，吃吧。下回碰见我老实点儿，要不我干脆连你的蛋子都踢飞了它，看你还找不找女朋友？"

这狗果然低眉顺眼的，一直等马松吃完东西，又踢了它一脚，说："滚远些！"才歪着头摇晃到一边去了。

马松在草丛中拉了泡屎，用些草盖住，毕竟太阳出来是有味道的，他想。

然后沿着墙走了一圈，快到小区大门时，玫瑰花香更浓了。大门已闭紧，左侧的门房里两个保安在打瞌睡，马松没法从他们跟前走出大门。他只好原路返回。跟昨夜一样，寒气过了半夜，人就忍不住打哆嗦，好在身上多了一件夹克，他两手朝口袋揣去。

突然就觉得有个东西，硬硬的，就着灯光，他拿出来一看，却是一块明光锃亮的手表。他只在大商场逛荡时见过这种表——马松是一个好奇的人，什么都想看看。常常是凑在柜台前定睛一看，价签上的数字会立刻像针一样刺疼他的双眼，他会连忙掉头，假装对别的什么东西有了兴趣，然后讪讪地走开，虽然人家售货的小姐并没有上前照看他。

所以他从没看仔细过，走开的时候，他会不屑地咕哝一句，现在哪个还戴表啊？现在拿上手没想到会这么沉，像一坨铁，硕大的圆盘幽雅的蓝色，像海水一般深不可测，还嵌着两个小圆圈、粗细不等的指针趾高气扬地走着，非常带劲。他不得不承认这是男人气势的象征，戴这种手表的男人走路不能弯着腰，一定会挺着胸，腿微微向外撇着。马松想，一边戴上这表，手腕嫌细了些儿，表带松垮着，得拿到表店去一截。

夹克口袋里还会有什么宝贝呢？他内外上下摸了一回，空空的。摸着摸着，他突然愣住了。自己的手机呢？

这样一想，顿时慌起来。山寨版的黑壳子，贴了彩膜，蛮像那么回事，这倒还次要，关键是那里面存着的电话号码，有老牟的，租房、用工中介的，还有三峡老家那边爹妈屋里、县城的二叔、开餐馆的麻脑壳，都要紧得很。丢了一时从哪里找来？

十有八九是在那家顶楼上，他得找回来。

天色黑蒙蒙的，可就在他一转身的瞬间就发白了。浅浅的淡白色，云彩若隐若现，孕育着新一天的日出，鸟儿在林子里也有了声息，细细的不是叫，只是扑腾着翅膀，或许是刚刚醒来，伸胳膊伸腿的。虽然黎明时分的空气格外清凉，但马松的头却在发热，他一路小跑，他得赶在那家人没起床之前为好。

53 号，那家墙上贴着一块红底白字的小牌子，他熟门熟路地跳了进去。厅里的地灯仍幽幽地亮着，楼上的房间传来让人放心的鼾声。柜上摆放着好些瓶酒，红的黑的白的，马松抓起一个打开的半瓶子喝了一口，嗓子眼里顿时热乎乎的。他几步蹿上顶楼，就找他的手机。

看不清，他只有趴在地板上四处摸索，摸着摸着，楼下有了动静。那米妖在二楼亲热地叫着："嘿！嘿，你上来！"男子已经下到了一楼，说："我得走了。"米妖说："休假就休假，为什么不能多待一天？"男子说："你知道的，好多事，根本就走不开。"米妖扶着楼梯走了下去，搂住男人的腰说："那你晚上再来。"

马松趴在楼梯口的暗处，撑着胳膊肘儿看楼下的情景，就像看"人大戏"。他们乡里把城里来的剧团——活生生的人儿演的戏都叫"人大戏"。马松看这男子，觉得他年纪比女人要小，长胳膊长腿带着帅气，只是脸也有些长，像三峡那边小城里烤的烧饼，马松就在心里叫他烧饼。

烧饼叹气："如果是在城里还差不多……"他抚弄着女人的头发，说，"你非要到这里来，大老远的，开车都快两个小时。"米妖说："这儿多好啊，多安静啊，还有花香，你闻闻，玫瑰的香味儿……把我的被子都熏香了。"女人呵呵地笑起来，笑个没完。烧饼说："好了，我真得走了。那边还等着我呢。"米妖的笑声戛然而止。

"哪边？"米妖说，"是你的女朋友吧？她跟你约好了？"烧饼说："不是。我给你说过的，深圳那边今天有人过来谈生意，老板让我去。"米妖松开他往楼上走去，说："别哄我了，我又不是傻子。"烧饼一把拉住她，说："你看看，说着说着生什么气呀？"抢上去在她脸上亲了一口。米妖推开他："快走你的吧。我困了，还得睡会儿。"烧饼像是有些错误似的说："那我走了。"米妖也不搭理，径直进了房间。

马松看得眼睛发涩，昨夜一直没敢睡踏实，他怕自己打呼噜，有一两次快要做梦，但突然感到鼻子的气息只差一丝就要响出声来，吓得赶紧睁眼，不敢再睡。他也得好好睡一觉了。可突然听见那男子惊诧的叫声："哎，我的表呢？"

他一连声叫道："米妖，米妖，你看见我的表了吗？"

女人却无声响。烧饼快步走上二楼，一边叫着："哎，我的表怎么不见了？你看见了吗？"正叫着，米妖披着粉红睡袍奔将出来，怒气冲冲地："什么表不表的？你不是要走的吗？要走就赶紧走哇！"烧饼指着楼下的沙发说："米妖，我给你说正经的，我的表真的不见了。昨晚我把夹克就放在这儿，表放在了夹克口袋里，可现在夹克和表都没有了。"

这男人气急败坏的样子，让马松多少有些意外，男人都爱丢三落四，伞啊包的小物件时常会忘在餐馆、地铁或是什么柜台上，丢也就丢了。他马松也不是没丢过，到这北方城市来的不到三年里，他丢了一部手机两块表、三把伞，还有一个钱包。他都自认倒霉，不认又能咋的。

可烧饼却一个劲地说："米妖，表到哪儿去了呢？"米妖仰着脸，一副不爱听的样子。

"你把表交给我了吗？你的意思是，我拿了？"她说。

烧饼似乎没了耐心，说："我的表不见了，你一点儿也不当回事，那可是一万多块钱呢！"

马松暗中愣了，他没想到会这么贵。他在一家小批发市场里买块“西铁城”才五十块钱，当然是水货，但走得也不错，每天也就晚个一两分钟。就听米妖冷笑起来：“嗬，一万多块钱？不简单，是你那位女朋友给你买的吧？她是干什么的？你倒说给我听听，你不是说你从来不干丢脸的事吗？”

“米妖！”烧饼张大嘴叫道，“请你对我放尊重点儿！你说我丢脸，难道你就干净吗？你这别墅哪儿来的？你买得起吗？你倒说说你拿什么换来的？”

“啪”的一声。一个耳光抽在了男人的脸上，像放了一个炮仗。屋里顿时安静下来，很远的地方，传来火车轰哧轰哧的喘息，十分微弱，平素一定是听不见的，但这会儿有了，让人猜想会去往哪个不可知的地方，就有些揪心，有些伤感。

还有这手表的咔嚓声，在马松的手腕上是如此响亮，他只好将它捂着胸口，然后趴平了身子，压在他与地板之间。他这时很想用一根看不见的绳将这表放下去，就放在这对人面前，他们突然惊喜起来的表情，会是什么样？

“你走吧。”米妖低低地说，“我不想再见到你。”

烧饼变了声气，说：“你居然敢打我？从来没有一个女人打我，连我妈都没打过我。你凭什么？”他气呼呼地往大门走去，“我会去报案的，我的手表在这屋里丢失了，要么是进来了小偷，要么是你给我藏了起来……”

米妖她沉默着，靠在沙发旁一动也不动，好像有人给她点了穴位。烧饼摔门而去，杨树下的风便长驱直入地吹进来，吹动着女人的长发，遮住了她的脸。好久好久，才有了关门的声音，米妖掠开黑发，笨拙地用手掌擦着眼睛。这女人哭了。

一整天，女人都没出过房间，想是一直躺在床上。天色看着看着黑了，仍然没有一点动静，马松大起胆子下到一楼，到卫生间撒了泡尿。他快憋坏了，其实也没喝什么水，喉咙里干得起了壳，撒出的尿带着一股子火腥味儿。迎面墙上的镜子有铺盖那么大，马松看上去，只有模糊的一张脸。他小心地拧开龙头，让水只有线那么细一股，无声无息地，用手捧了往脸上抹了几把。脑子里还是木木的，也不知道接下来怎么办。

手机还没找到，如果走，那不是白回来了？

四

那个叫小巧的女孩儿一直在跟米妖说话，从她“啪嗒”一声打开灯，把米妖从房里叫出来，她就没有住口。她说："姐，你就这么睡了一天？咋都不知道饿呢？俺妈白天烙了饼，就想给你送些来，又怕你瞧不上，俺就说让姐好歹尝尝呗。"

米妖的粉红睡袍撒开在白色的沙发上，她坐在那儿，低头吃着东西，说："挺好吃的。"小巧情绪高昂地说："那以后只要俺妈烙了饼，就给姐拿些过来。俺们家不会做别的，就会烙饼蒸包子，俺妈蒸的包子可好吃，俺给俺妈说，咱还不如蒸包子卖着挣钱呢。可又想，这边都是别墅，有几个人来买俺的？"

小巧就滔滔不绝地说她家里的一些事，米妖听着听着，突然说："小巧，你见到这儿的一块表了吗？"

"表？啥表？"

小巧四下张望着："姐，俺妈可说了，在人家里做事不能打开人家抽屉，俺爹还说了，要是动了人家东西，一耳光就给打回老家去……"米妖忙说："我只是随口一问。"又说，"哦，那会儿你还没来呢。"

"那是块啥表？"小巧说，"俺帮姐找找。"

米妖说："不说那个了。还是说你家里的事吧，你们家活得热闹。"

小巧接下话来说："热闹有啥用？俺爹妈为俺两个弟弟上学的事可都愁死了，昨天不是喊头疼吗？就是城里报不上名，急的。"还要给米妖碗里盛汤，米妖摆手说："不要了。你把碗筷收起来吧。"小巧说："姐，还是你活得好，跟神仙似的，俺要是能住上这样的房，死了都闭眼。"

米妖笑起来："这还不容易，等我走了，你帮我看家不就住了？可千万别说死，等你将来有了钱也买上一套。"小巧说："俺可不敢做那个梦。俺要是以后挣上钱，在这城里能买上个二手房，就算前辈子积下的大福分了。"说着，手脚麻利地将碗收进厨房，哗啦啦一边洗，一边大声说："姐，你夜里还喝银耳羹吗？我这就给你熬着。"米妖说："不用了。今晚我得进城去。"

小巧探出头来，惊讶地说："这么晚了，姐还要走？"米妖解着睡袍的带子，往楼上走，说："我有事。"

一会儿，米妖换好衣服走下楼来，小巧侍候在门口，笑笑说："姐，你的客人走得急是不是？连厕所都没冲。"米妖拎着包，手正梳弄着头发，一听停住了，说："什么？"

小巧指了指卫生间，说："刚才我进里边去，臭烘烘的。"她笑着捂了捂鼻子。米妖变脸作色地摔下手里的包，要往那边去，小巧忙说："姐，我都洗干净了。我是给你说笑呢，家里人，也都常有的事。”

米妖停住脚，皱着眉头说：“小巧，这儿除了我，可没别的什么家里人，你别把一般朋友弄混了。”小巧愣了一下：“哦，我说错了。姐你别生气，我再不说家里人了就是。”

临走米妖再没说别的。不一会儿，那辆白色宝马打开灯，雪亮雪亮的，将草坪四周照得如同白昼一般。马松伏在顶楼的柜子旁，生怕那灯从窗户直射到他脸上，虽然那不太可能。小巧是随米妖一道出门的，只听她殷勤地招呼着米妖，说：“姐，门前这灯不亮，你小心脚下，有两步台阶呢。”马松想象着这女孩儿的表情，觉得自己很多地方不如她，在这城市里谋生活，她比他强。

这晚，马松觉得很幸福。

小时候最有趣的事是偷洋芋吃。放学之后和几个伙伴，也不管哪家种的，顺路就刨，洋芋梗子还青吼吼的，掏出来的洋芋大的才鸡蛋大，小的像颗扣子，吃不上嘴，就扔了。拣着大的烧，架一堆干树枝子，差不多半个时辰就有了香气，也顾不得烫嘴，半生半熟地啃，真叫香。可心里时刻怕有大人来，逮着就是一顿打；又怕回去晚了，进门就挨嚼。三峡那边的地方话，嚼是骂的意思，马松的妈时常会提前警告说：“招呼给你一顿嚼。”马松一听，就知道何事做得做不得。

但这晚，米妖剩下的那钵肉汤让他一口气喝得底朝天，又吃了三张烙饼，这就是小巧妈烙的。虽然他一个南方人并不爱吃面食，但他喜欢街上小篷车现摊现卖的煎饼。那人系一根白围腰，手上捏一个裹着稀面的小轮子，在架着小火的无沿平锅上就那么一转，就像书法家写字似的，手腕子很轻柔地一下两下，一张圆满的薄饼就成形了，然而“啪”打上一个新鲜鸡蛋，再一推一拉，撒上绿白相杂的葱花，片刻间，那饼的颜色由白变黄，变黄就更好看了，逗着人的食欲，让他感觉这北方的味道。

小巧她妈烙的这饼，比在街上买的多一股硬劲，每一口都得认真地嚼，哪怕一开始他有些狼吞虎咽，但那饼却容不得他敷衍，只有使出劲儿来嚼，那饼的香甜才一丝一毫地渗入他的牙缝里。

吃完之后，马松又泡了一个澡。

这在他来说，几乎是不曾有过的梦想，之前和老牟他们最舒服的洗澡也就是工棚淋浴，一个喷头下站好几个精壮男人，搓搓洗洗，总有人在旁边催，快快，让我冲一下。洗着洗着，就被人挤一边去了。这还算好的，更经常的是就着工地上的水龙头，扭着身子冲，夏天还行，秋风起来的日子，一碰水就满身鸡皮疙瘩。而米妖这浴缸大的，能将那喷头下站的三四个家伙都泡进来，还能按摩，一不小心碰着了按钮，轰轰地就转动起来，激起一圈圈水花，让人喜出望外。马松靠在浴缸边打了三遍洗浴液，有茉莉花香、薄荷的，还有一种含了牛奶，他都试了试，一遍又一遍，泡得水都凉了。身上一辈子的垢，也都全泡下来了。

这一整夜，他难以入睡。

他披一块长长的浴巾，楼上楼下地走，胜似闲庭信步。虽然那些房间里大多空空荡荡，不像他一开始想象得那么神秘，但他仍然兴味十足。只有米妖睡觉的那间房，他迟疑了好半天才轻手轻脚走进去，屋里还弥漫着女人的香水味儿，米妖脱下的那件粉红睡袍就那么随意地扔在床上，让他进门时吓了一跳，以为那就是她斜斜地躺在那里，他看也没敢朝那里多看。

后来他发现，墙上挂着的几幅照片，一个穿红色体操服的女子双手按着鞍马一跃而过；还有一幅是几位女子挺胸站立在国旗下，脸微微仰视着，他一眼认出，中间站着的不是别人，正是米妖。

他心里好一阵惊喜。了不得，这女子难怪让他觉得面善，说不定是在电视上见过的，米妖是名人呢。这就好像让他马松也有了某种荣耀似的。

五

接下来的两天，马松忙忙碌碌的。他都忘了自己是谁，也忘了在什么地方。

似乎原本就有什么人派他来这里，要做什么事。他用很多时间在上网，在米妖空阔的书房里有一台电脑，一开机就跃出了网页，小贴士连闪直闪：你的电脑开机速度打败了全国 2/3 的用户。这让马松心里很爽，在网吧没有这么便当。

打开 QQ 之后他才发现，这几天“西山大侠”一直在找他，给他留了好几次言，说：“巴土草根”你到哪儿去了？为什么手机一直关机？你再不回话我就给你爹妈打电话了。你快回来，我们又要搬家了……

“西山大侠”就是老牟，是老牟将他和几个年轻人从家乡带了出来，临走时，马松的爹妈给老牟家送去一只腊肘子，用棕绳子提着走了十几里山路，沉甸甸的，感谢老牟给马松在这边找了事做。村子里的年轻人都先后出去打工，但马松家在城里没什么亲戚，也没什么门路，只有靠老牟他们帮忙。老牟给马松的爹妈说得很豪爽，说只要有他老牟一碗饭吃，就不会亏待了兄弟们。

但他马松跟着老牟干了几年却没挣上什么钱，老牟其实只是个小工头，将他们带到一个个工地，做各种小工，有一次在三十多层的高楼，老牟让马松去拉一根防护网绳，那天的风刮得飞沙走石，一扭身就把马松卷下去了，如果不是七层那里的安全网接住，马松就成了肉饼。可事后老牟却一句安慰的话都没说，反倒埋怨马松给他惹了麻烦，马松就拎着行李从他那儿出来了。

但偌大城市他一个人都不认识，他干过搬家，送过电器，还送过水，都是力气活儿，钱挣得还少。后来有一次过年，老乡们在一起聚会，他就又跟老牟碰上了，两人见面一笑，老牟叫了他一声兄弟，说我吃了你爹妈送给我的腊肘子，不能不管你的事。你不跟着我干可以，但日后无论走到哪儿，总归要给我说一声，让我给你爹妈有个交代。

于是他在QQ里给西山大侠回了话，说：我很好，你不用担心。

一会儿，西山大侠的头像就闪动起来，说：谢天谢地，我还怕你从天桥上蹦下去了呢。前两天在崇文门那儿就有一个人跳了桥。

马松懒得理他，他想，再怎么样他又没疯，他干吗要跳桥？他日子才开始，对这世界他看也还看不够呢。

后来，他居然点开了米妖的博客。是他想，他都有博客，冠军怎么会没有博客呢？他发现那些照片上的文字写着米耀，米耀才是米妖的名字，可他还是从心里叫她米妖。一点就点开了，米妖的博客里故事很多，早几年退役，开公司，卖服装、工艺品，这屋里挂的那些蜡染，都在她的博客里晒过。但那是前两年的事了，米妖的公司不久前倒闭了。

一个小女孩正在练功，下巴紧贴着地，两条腿劈开成一字，右腿这边还加了一摞砖。小女孩的眼睛努力正视着前方，甚至还想挤出一丝笑容，但皱着的眉头却对抗着，显出像哭又像笑的样子。

这是米妖贴在她博客上的照片，下面写着：“小时候练功”。还有一张，腰弯下去像张弓，头从腿弯里钻出来，侧面看去，人成了一个球。米妖写了一行字：“我成了一个圆。但我的梦想却始终没有圆。”

还有她受伤的图片，腿打了石膏，厚厚的像个雪人，米妖写着：“前面的路该怎么走？”

米妖吃过的苦，马松觉得比自己还要苦。他给米妖贴了一张纸条：“你很了不起！”又贴了一个图，一红小人儿打着滚翻腾，拉着一面旗帜，上面大大地写着一个“顶”！

马松看米妖写到了玫瑰庄园，她说每回开车从城里出来，心情都是在烦躁之中，其实烦躁并不只是在行进的路上，而是在每天的奔波周旋里，她是每到受不了的时候，就往玫瑰山庄一走。出城有一阵子特别慢，但只要上了高速，二十来分钟就能看见一片绿树林、白色大棚、拉麦秸的农用车，还有紫红脸庞的农妇，她们守候着脚边小堆的南瓜、豆角，人到了那儿，心就会像一扇门哗地打开了。

米妖说她自从朋友介绍用所有的积蓄买下这幢别墅之后，就有了一份牵挂，就像是生了一个孩子。其实到如今她还没生过孩子，体操受的伤病让她动了一次手术，她再也不会生育。要是有时间，她很想隔一段到别墅来一趟，剪草坪，浇水，给房间透风，这些打理就好比女人按时的美容，她要让院里的草坪青翠欲滴。她又说，前年栽下的枣树都结了枣，今年她摘下了一大碗，没舍得吃，一直放在窗前，最后成了枣干。

马松特意到楼下寻了一圈，果真在厨房的台儿上看见那碗枣，小小的个儿，很低调地缩在一起，默默地发着暗红的光。他抓起一颗塞到嘴里，还没干透，微甜里带着一丝湿润的酸涩。他将枣放在了窗台上，那里早起能晒着太阳。

西山大侠又在QQ里给他来了一句：你现在哪里？不要胡搞啊！

如果当面，老牟就会用家乡话训他：你莫张施枉常啊！

“张施枉常”是三峡一带的方言，说某人有一搭没一搭、好高骛远、没个正经、干不出名堂，就是这个意思。这言辞只是在老百姓的话语里流传，文字却写不出来，马松上初二时讨教过老师，老师白了他一眼，说：我看你就是个张施枉常。

老牟也这样说他，马松我看你这人脑壳长着也不笨，怎么就学不会挣钱？成天心思缥缈张施枉常，尽想那么没用的。这会儿，西山大侠要是知道他待在人家的别墅里，又没弄个什么值钱的东西，却是一连几天无所事事地上网聊天，肯定会用比这更狠的话来骂他。西山大侠就恶狠狠地给他留了言，说：我把话说在前头，你狗日有了麻烦莫来找我！

可让马松想不到的惊喜是，米妖居然在博客里给“巴土草根”回复了，这女人说：“谢谢你。”只写了这么一句，三个字。马松从头看到尾又从头看到尾，他舍不得一眼扫过，必须得一个字一个字地看，确实在他巴土草根的名字下，米妖这么写着：谢谢你。

这个住别墅的女人，这个让他觉着万分神秘又有说不清的同情的女人，用她的手打出的字：谢谢你。马松从她的微博里知道了她这两天的行踪和心情，她说她去解决一件情感上的事，他可以和她分手，但不能侮辱她。“男人没本事就别说女人太现实，女人没实力就别说男人太花心。男孩穷着养，不然不懂得奋斗；女孩富着养，不然人家一块蛋糕就可能打发走了。”米妖从别处摘录下一些话，贴在博客的窗口里，还有：“我如一粒尘埃，轻轻地来，将轻轻地去。”不懂女人的马松也能从这些文字里看出米妖的寥落，她活得不快活。城里的女人心思这么复杂，乡下的女人呢？他想。

连着两天，白日几乎和夜晚一样万籁俱寂，连狗叫都听不见，那黄的白的两条狗已离马松远去。时光飞快，不比他在工地上，从早望不到黑，这里似乎还没怎么着，天就黑了，一会儿又亮了，如果不是电脑上的显示，他完全算不出日子来。

这天早上他吃了一惊，他发现，这屋里已经没有任何可吃的东西，餐桌上、冰箱里，甚至贴墙的小柜里，所有的火腿肠牛奶，还有小袋装的榨菜、饼干，除了还有小半瓶酱油，只要能吃的，都已经被他吃得一干二净。掐指一算，他在这屋里已经住了五个夜晚。

他不可能永远这么待下去。他得挣钱吃饭。

那天返回来是为了手机，现在手机早已从顶楼的柜子脚下找到，不知何时早没了电，他打开一下迅速地晃了一眼，有一个中奖的短信，还有一个卖房的中介短信。他想删了它，但还没来得及就彻底黑了屏。

还有什么可待的呢？人家米妖又没委托他忠实地守着阵地，哪怕没吹集结号，他也得走了。一抬头，看见墙上的那些蜡染，除了那对蹲坐的男女，相对应的，旁边还另有一幅，也是深蓝深蓝的底色，一个长发飘动的白衣少女侧着身子，两条柔软的胳膊伸向头顶，左肩顶着一只细腰圆头的花瓶，她手指尖尖的扶着瓶沿，腰间环绕着两只青鹤，翠玉一般的翅翼羽毛在颤动，少女的眼睛低垂着，凝视着身旁的珙桐花。

马松突然觉得，这画上的少女像极了米妖，和她一样，都有柔韧的腰和肩膀，那是一个他不太懂但确实迷人的女人。

站在静静的客厅里，他突然听到咔嚓咔嚓的声音，很轻很轻，微弱得像蚂蚁在行走，但渐渐地似乎越来越大，到后来，震得他都有些站不住，咔咔咔，

咔咔咔，简直就像火车开过来一样。

他明白声音来自手腕上的表。他一咬牙，将表撸了下来。

六

踩在院子里的草坪上时，竟然觉得腿有些发软，马松心想自己真不是个能享福的人，才在人家别墅里住了几天，浑身的劲儿都泄了。

这天起了雾，一大早的，沉闷浓重的灰色雾团就遮蔽了四周的绿树，咳嗽一声都被雾给吸了进去，短促得连鼻子里的回声都没有。人们都说，北方眼下这些雾都是空气污染造成的，环保局不承认这一点，但老百姓异口同声。马松不懂这些，但显然眼前的雾跟三峡家乡那边不一样，三峡的雾是白的，雪白雪白，轻飘飘的，在人的身边绸带一般飘动。

可这雾像铅块一样，挡住了他的脚步。

“站住！”

他听到这一声，真的以为是雾在说话，但很快从雾里钻出三个人来。前面是两个保安，穿着蓝色制服，系着腰带，乍一看像警察，虎着脸；他们身后站着一个女孩儿，他一眼认出来，就是那个小巧。他的眼睛和小巧的眼睛猛然相对，那女孩儿不由自主地往后一退，好像他眼里也带着刺。

隔近了看，这女孩儿十八九的样子，个子不高，细眉细眼的，但衣衫合体，透着一股精明，嘴唇抿得紧紧的，眼神锋利地看他一眼，又看他一眼。两个保安打量着他的全身，样子很凶地说：“你跑到人家里干什么？”

“我什么时候跑人家里去了？”

马松心里是有些紧张，但他只要出了这幢小楼的门，不是在屋里让这帮人发现的，谁又能把他怎么样。他说：“这门不是锁着的吗？我跟你们一样，也刚刚到这门口。”他两手空空地往前摊了摊，让他们看个明白。他马松是一个守法的公民，什么也没干，就吃了米妖的几根火腿肠，算不上什么事，那两条小狗，比他吃得还多呢。

“那么巧，你从哪儿进来的？到这儿干什么？”

马松说：“我是绿化公司的。”他还拿出一张名片，上面印着：四季春绿化公司，业务员李志。这是他从米妖的桌上发现的，在米妖的博客日记里，说想在这别墅里种花养草，还要种菜，并且从网上查了一串做绿化的，想约他们来着。他顺手将名片装进了裤兜，是想问问这家公司还要不要人。

虽然已是秋天，但别墅院里的绊根草、百喜草还茂盛，就像女人没有梳过的头发，纠结着一坨一块的。夏天到玫瑰庄园送冰箱时，马松见好多家的草坪一片新绿，阳光下蜂飞蝶舞，夜晚经过却有成群的蚊子。碰到过一位种草人，那人是给这儿的业主们种了草以后来收钱的，俩人聊起天来，说有一种草可以防蚊蝇，叫作弯月画眉草，又叫星星草、蚊子草的。那人说：房前屋后种上一圈，蚊子闻到味儿就远远地飞走了。还让马松给帮忙联系客户，说你们送冰箱顺带问问主人家，如果要种，可以随时打电话给我，到时候给你提成。马松当时说好，但后来也就忘了。

现在他把这一套话搬了出来，说秋冬的时候把地整好，就好比和好面让它醒一醒，第二年再来种草，那地就泡酥泡酥的，种什么都能长好。说得两个保安疑疑惑惑的，但还是追着又问了一句："你打哪儿进来的？刚才在大门口怎么没见你？"

马松说："咳，这地方我常来，就这么走进来的呀。谁知道你们怎么没注意。"

正说着，雾蒙蒙里，那一黄一白两条狗跑过来了，老远就狺狺地叫，到跟前直盯着马松，白狗忙不迭地摇着尾巴，讨好得不行，小黄狗也老实地夹着尾巴，很是低调地垂着头。马松指着它们说："看，这院里的狗都认得我了。你们都新来的吧？"

一保安说："怎么说话呢？"

马松笑了，说："哥们儿，咱们年纪差不多，都是打工混饭吃的，何必大家过不去？"俩保安拿眼睛看小巧，小巧只不吱声。马松说，"你们还有事吗？要没事我就走了。"说着，就要打他们身旁经过。

"哎，你别走啊！"那女孩儿突然说道，"你大老远的来了，怎么也不问问人家种不种，就走啊？"

马松讪讪地看着她，说："你不是这家的主人吧？"

女孩儿昂着头，不含糊地说："我是不是这家主人，可我替她管着钥匙。我这会儿就给她打电话，如果是她说的请你来，那你就教教俺们，这大冬天就要来了，草如何种法？如果她没请你来，那你就给这二位大哥说明白吧。"

马松无动于衷地说："行啊。你想怎么着吧？"

小巧朝保安借了个手机，小巧看来没有这玩意儿，但她会用，一字一字地按着，然后眯缝着两只细眼，将手机紧贴在耳上，生怕别人听见。又背过身去朝一旁走了几步，过了一会儿才转回来，脸色不甘地说："她还没开机……待会儿再打。"

俩保安交换了一下眼色，小声对小巧说："要不让这家伙走算了，他身上也没拿什么东西。"又说，"我们那边还得守大门，换岗的就要来了，你要有事就给经理说去吧。"就朝马松说："出去出去！别没事在这儿瞎晃悠，这种地方不是随便人进的。"

嚷了一阵，俩保安就前面走了。马松站着不动，直盯着小巧说："你这妹子，真够意思啊！"

那女孩儿眼珠不眨地冷笑道："你骗不了我，你不是绿化公司的。"

马松说："那我就把这块地整给你看看。"

本来也就是那么一说。女孩儿的眼神让他不舒服，显然她骨子里已经把他当作了贼，她似乎拿住了他什么，只是无法让他就范，她很生气，也有些无奈，满眼透着轻蔑和不屑。这让马松也很生气，他想你这小丫头，狗仗人势的，难道他马松真比她还轻贱不成？她如果再说一句不中听的，他就干脆破口大骂起来，哪怕是对一个女的。谁让她那么欺负人呢？

没想到小巧却说："好啊，你就把这块地翻给俺们看看。"

马松愣了愣，说："我没带工具。"小巧说："这个好办，我去旁边村里拿。"马松还没说行否，小巧扭头就走，走几步又回过头来说："你要不是骗子，你就坐在门口等我。"

马松往前走了两步，又自己淡淡一笑，索性在屋前的台阶前坐了下来。真是扯淡，他倒想看看，这个跟自己同样从农村来的女孩儿，究竟能将自己如何？

雾一直很浓，这不太像北方的天气。他无事摁着自己两手的关节，咯嘣咯嘣的，指甲缝里很干净，粉红色的指头肚，颜色有些像米妖的睡袍。这两个夜晚他泡够了澡，洗得浑身通透，而且没睡在顶楼的地板上，那里太硬。当然也没去睡米妖那张松软的大床，甚至连跨进那间房的门都小心翼翼，仿佛那个带着香味儿的女人一直就躺在那张床上。他干净得像一个真正的白领，一个现代的文明人。

他感觉自己神清气爽，在带着潮气的雾霾里，精神百倍，而且也没有真正的气恼，有什么大不了的呢？这几夜在楼下的沙发上睡得不错，虽然只是胡乱找到的一床毯子，盖在身上老闻着有一点霉味儿。那是他在一间储藏室的壁柜里发现的，那里有一堆过时的衣被，他还从里面扒出一身内衣和一双旧袜子，将自己身上的换了。

不到半个小时，叫小巧的女孩儿果真回来了，推着一辆破旧的自行车，车后座上夹着铁锨锄头，还有一把镰刀。马松一看就笑了，说：“你倒拿得齐全，是想跟我一块儿干吗？”

小巧嘴一撇，指着那堆工具说：“你少废话，你不是做绿化的吧？你就做呀。”

马松就走过去，不紧不慢地拿过铁锨，不太趁手，又掂了掂锄头，然后说：“你叫什么名字？”女孩儿说：“和你不相干。”马松脱口叫了她一声：“小巧！”

小巧的细眼一下子瞪大了。

七

院里的草在星星点点的黄，像是长了锈，看起来不打眼，像是轻轻一扯就起来了，其实地底下盘根错节，固若金汤，刨出一兜来都得费好大劲。马松用不惯北方人爱用的铁锨，挖地还是用锄头好，只是这锄头是别人的，半天也用不顺手，不一刻，虎口那里就火辣辣的，但马松的心情很好。

很久没干农活。他想起三峡那边的山地，种的大多是苞谷红薯和洋芋，土层很薄，青石坡上难得找到一块平地，人称“鸡窝田”，小的一块地只能点几窝苞谷。他上完中学就吵着要出门打工，爹却要带他上坡做“活路”，三峡那边把在地里做庄稼活都叫作“活路”，他干不到半天手上就打起一串燎浆泡，爹叹息道，看如今这些娃娃连苞谷都不会种了，将来哪门活？

爹是一把好手。爹种苞谷要先把地整干净，他一锄锄深挖，力用得均匀，会把那些荒草连根刨起，提到手里磕掉泥巴，然后一把把放到田坎边，等他整完一块地，那些草就像地的花边，一排斜躺着，而地里的泥土就像被筛子筛过一样绵细，松软平实得像过年蒸的米糕。马松喜欢看爹种田，看得过瘾。他这会儿不由自主地，在这北方的玫瑰庄园里，想象着爹干活的架势，一锄锄高高举起，再深深地挖下去，他是爹的儿，怎么能不学会“活路”呢？

况且，他可以光明正大地待在这幢小楼旁边，还可以进去喝口水，坐上片刻。

那女孩儿满脸狐疑的神色很是有趣，她想不出他是如何知道自己的名字。马松当然不会告诉她，那天晚上他趴在顶楼，听她吐枇杷籽一样说话，她就住在这附近的村子里，一家五口租的平房，每个月二百块钱租金，便宜但不带水电；住平房冬天脚上爱长冻疮，因为平房只能烧煤炉，暖和倒还暖和，可脚踩在地上总是冰凉的。

他知道小巧是米妖的钟点工，甚至还知道她有一个男朋友就在这庄园当保安，她让米妖帮自己拿拿主意，米妖说，人好就好。米妖还说钱多不是福，当官也不是福，一家人守在一块儿才是福。马松觉得这话像七八十岁的老婆婆说的，米妖说早了点儿。

小巧在屋里做清洁，马松进去喝水时，她手里拿着块抹布，看样子正打算擦窗台，但看见那盆枣干，就有些疑惑，捧在手里左看右看，自言自语地说："谁把它放这儿了？"回头见马松进来，立刻一脸警惕："你别随便乱动啊。"

马松说："那枣干酸，我是不会吃的。"小巧就奇怪地看着他，说："你什么都吃过了？"马松说："我什么什么都吃过了？我吃什么了？"

小巧说："你自己吃的你还不知道吗？"她的目光让马松心里有些发虚，他说："我是来喝水的。"小巧也不搭话，却让过身子，看马松低头从餐桌下找出一个纸杯，然后接着纯净水，那桶水装在一个靠墙的水机上，这几天已经被马松喝得要见底了，流速有些慢，细细的好一会儿才半杯。小巧看着他伸在水机下的手，一言不发。

马松说："你这么看着我干什么？"

小巧说："你又没做什么亏心事，怕人看？"

马松将那杯水一口喝干，很想啪地放下杯子，但纸杯轻飘飘的，一放就歪了，弄得他没了脾气，便说："你年纪小小的，怎么说话这么难听？我这儿连工钱都没跟你谈，就干了这半天活，你还阴阳怪气的。"

小巧说："你别跟我说这些。人正不怕影子歪，你干你的活，等这家主人回来再给你算钱。"马松说："那她要不回来呢。"小巧说："她今天不回明天回，你整完了地，工钱还可以回头拿。"马松说："中午都过了，该管饭了吧？"小巧说："哪有什么饭不饭的？你把该吃的都吃干净了，还要吃什么？"

这女孩儿把话说得如此直白，马松便不敢再顺着她往下回话，心里想，这女孩儿难道猜出自己偷住这别墅了吗？又一激灵，是啦，冰箱里那些东西没了，其中还有她妈烙的饼，那天米妖和她一块儿走时还剩了好多，即使傻子也能看得出来，老鼠偷吃也吃不到冰箱里去。

可又一想，她凭什么就敢认定是谁呢？捉贼拿赃不是吗？便抢白道："你这丫头在城里待了几年，把城里人的算计都学会了，幸亏这别墅不是你的，要你成了有钱人，不知怎么搓磨那些做工的。"

说着，自己退出门去。肚子真的饿了，他朝大门那边的小卖部买来两盒方便面，酸菜牛肉，汪涵做的广告，吱溜一下味道蛮足的样子，然后回来不管不顾的，找出一个小盆状的大碗泡了，吱溜吱溜地吃了下去，那小巧一边擦玻璃，一边瞪着眼。其实他是想给这女孩儿也买上一盒的，但他裤兜里只有几张零票，他总还得留一点坐车的钱。

吃完面，午后的阳光有气无力地晃动着，像是跟早上的雾打斗得疲乏，这阳光一点火气都没有，眨眼间，天就朝着黄昏变化而去。马松又挖了一阵，院子里已经有了看像，右边的草地被他梳弄得像男人刚理完发，眉目清爽透亮，跟这一比，没有打理的那边就像疯疯癫癫的，顶一头乱七八糟的毛发。小巧拎一个垃圾桶出来，一眼瞧见，忍不住也有些惊讶，但只是一瞬间，掉过脸来却看着马松，似笑非笑的。

那眼神看得马松不自在。他说："你别这样看我啊，我这人脸皮薄。"

小巧将垃圾桶往马松跟前伸了伸，说："这里面有几件衣裳，俺看你穿着最合适。"

马松的脸一下子热了。那里面皱巴巴的揉搓成一团，正是他夜里扔掉的那套发臭的内衣和袜子，他那时怎么会想到被这女孩儿翻捡出来？他干咳了一声，说："你什么意思？"

小巧又笑笑："你说啥意思？这衣裳洗洗不也可以穿？扔了多可惜，你说是不？"

马松说："你把我当什么人了？"

小巧说："你以为你是什么人？"

马松顿了顿锄头，说："我至少不是个坏人。"

小巧说："俺看也不像好人。"

马松说："那就不好不坏吧。世上像我这样的人多了。"又半真半假地说，"小姑娘别那么多心眼，当心以后找不到婆家。"又说，"说也怪，如今在乡下，就是长得再丑的姑娘也嫁得出去，乡里光棍多。可只要进了城，女孩儿就不值钱了，剩女满街都是。"

小巧呸了一口，跺着脚说："你再胡说八道，我去叫保安来。"马松恼了，说："我又没怎么样你，你叫什么叫？"小巧厉声道："流氓!"她一转身锁上了别墅的大门，走了。马松追着她身后喊道："你们家主人啥时回？"小巧也不答话。

这天晚上，马松自作主张地睡在了米妖的车库里，米妖没锁紧车库门，或许是走得着急，也或许是不在意。车库里有两把破沙发，对在一起能躺下个人，刚凑合睡下，小巧带着一个面皮黧黑的保安过来了。马松看那家伙说半句就朝小巧脸上瞟一眼的样子，肯定他就是小巧的男朋友，人长得不怎么样，脑壳有点小，帽子戴着就往一边垮，问马松：“谁让你睡这儿了？”

马松蜷着也不动，说：“怎么了？”又说，“我住密云，来回一百多里，我回得去吗？你们连工钱都没给，还有半拉子草坪要整，我不住这儿住哪儿？住屋里去吗？你倒是把门打开呀。”

又说了几句，小巧一边脸都涨红了，想跟他急。但她的男朋友将她拉走了，说：“让他团在那儿吧。明儿一早赶他走。”

八

半夜里马松还在想，他被撇在院子里的那会儿犹豫不决，真想一步从窗台又跳进屋里去，那原本十分简单。但四周发暗的小树林里，还有院墙的某一侧，万一潜伏着小巧和她那些熟悉的保安们，正目不转睛地等着他往屋里钻，直等他那一跳，他们就一拥而上，他也就黄泥巴掉到裤裆里，怎么也说不清了。

他马松不是来做贼的。但那又有谁会信？

他已经把那块表放到了米妖粉红睡袍的口袋里，他不想让这个心情不好的女人再添堵。可米妖不知道啥时能回来，万一那个小巧将表从睡袍里掏走了呢？

这样一想，他就睡不着了。这破沙发不能让他的全身摊平，只能一直缩着头，脖子后面就酸疼酸疼。他起身到院子里撒了好几泡尿，秋夜的风吹动着他脚下的落叶，他突然想回家了，这个念头就像草丛中突然钻出了一条蛇，嗖地就出现了。几年来他一次都没回去过，有时连电话也懒得打，几句老话，有什么好说的？村里都把出外打工的当荷包里有钱的人，即使不回家，也会带信来，说村里要修路了，或是要改电线了，让他们集几个资。可马松没钱。

有一次在工棚看电视，剧里一个男人捂着脸说：“我很失败。”马松一屁股就从床上坐了起来，他也很想说：“我也很失败。”

村里跟他同龄的小伙儿都成了家，马松也不是不想说亲事，可他看上的人家嫌他没钱，愿意上他家去的，他马松又看不上。老牟说他是好高骛远、心比天高，也就是命比纸薄。马松悲哀地想到小巧那个面皮发黑的男友，自己连他都不如。当然更比不上给米妖摔门的烧饼，他多牛啊，有那么好的女人，体操运动员，美得跟画儿一样，他还舍得摔门而去。他马松谁都比不了。他很害怕自己朝这儿多想，每逢这样想的时候，这城市、这世界就像一口让人透不过气来的焖锅，他恨不得搬起石头砸出个口子。

那么，他何必傻乎乎地把表放回去呢？

米妖本来就没有在意过那块表，烧饼也已经离她而去。如果米妖这时找到它，只会给烧饼增加口实。而对他马松来说，那块表没准就能换回一万块钱，可以做很多事，至少到哪家公司应聘时先添一身好行头，然后可以如数交上房租，如今这城市的房租比割肉还狠啊，刀刀不见血。

再或者回一趟家，赶在国庆节前。城里人放长假，三峡那边也该收苞谷了，家里的坡地可以掰回几十背篓苞谷，爹妈无钱请人，都是勾着腰自己一趟趟朝家里背。他回家去把钱往桌上一放，请他七八个壮小伙，几回合都搞定了。再还可以给村里掏上一千块或者再多一些的钱，让他们修路去。修路好哇！上坡的路要是能走拖拉机，爹妈的背就不会驼得那么早了。

可是。

既然米妖也活得不容易，既然自己想把表给她，又何必反悔？只是如果能亲手交给她，这事就比较圆满了。为什么当时没想到亲手交给她呢？是啊，万一小巧去收拾米妖的房间，发现了这表，又起了贪心呢？真该亲手交给米妖。在她的博客里留言，然后再去找她。

这让马松很兴奋。长夜漫漫，他脑子里像过电影一样，翻来覆去，浮想联翩。可问题是，那块表已经放进了米妖睡袍的口袋，有什么办法再拿到手呢？

只有白天想办法了。可到了这个白天，小巧不再出现，也没个保安上前来问他一二，他好像是这家被放逐的一条狗，被关在门外，进也进不去，走也不想走开，他只有实实在在地将那半拉子荒草坪整了出来。中间有几次，隔着几幢楼的楼缝间，他看见闪过一些人影，明明就有小巧，他以为她会走到跟前来，可是没有。

又快到傍晚时，小巧的保安男友来了，说："你还真干啊！谁给你钱啊？"

马松说："跑得了和尚跑不了庙，守着这幢楼，她还能不给我钱吗？"

小巧男友说："嘻，人家一连多少天都来不了一趟，你在这儿扎帐篷等啊？快走你的吧，昨儿是我给你开的绿灯，今天不能再待了，赶紧走吧。有事以后再说。"

庄园大门那儿摆满了鲜花，即使天已昏暗也十分鲜艳夺目，马松在几个保安的特别注视下，大摇大摆地走了出去。恍然记得，今日已是他进到这个庄园的第七个夜晚。

他想他的事情还没有做完。他离开大门，走得远远的，然后踱到西边墙根下，草已不像前些日子那样茂密，没费多大劲，他就找到了那个洞口。那是从里面封住的，这边露出的只是红砖，这就比在墙那边要省力得多。他找到一根木棒，使劲捣了一阵，又找块石头砸了一阵，终于松动了。

他仍然从那个狗洞里钻了进去。一探头，意外的是，那一黄一白两条狗正蹲坐在洞旁，似乎在候着他，见了他一点也不诧异。他站起身来才发现，草堆里已经被它们扒出一个草窝，经营得很温馨，三条黄白花纹相间的小狗正依偎在一起，憨态可掬地睡着。他马松大概是它们家第一位比较正式的来访者，它们对他尊敬有加。

马松没在那里多加停留。快过节了，人们都往鲜花锦簇的大门那儿凑热闹，这会儿小区中心还有跳舞的，练太极拳的，谁也不会在意他的行走。他快步向53号走去，黄狗和白狗很仗义地颠颠跟在他身后，欢快却不张扬地喘息着，不一刻，就看见那家的栅栏了。

他摆摆手，示意狗停下。现在它们都很听他的话，就跟三峡家乡的狗一样，他一挥手它们就往前冲，一摆手它们就蹲下了。马松说："我得进去一下，你们等着，我一会儿就出来。"

跟初来的那天夜晚一样，一排排别墅的门都无一例外地紧锁着，金属把手的防盗门、粗硬的图案，无论远近都没有听见保安的大头皮鞋，现在他又走到这幢小屋的窗前了，轻轻一推，半扇窗门就又一次无声地滑开，就像专门为他马松的手准备着，那么悄无声响地向一边滑去，然后大大地敞开，他再一次心花怒放，嗖地跳了进去。

黑暗中，一股热热的，好多男人的体味儿，还有廉价香烟的味儿惊心动魄地冲鼻而来，马松什么都还没来得及想，灯就猛然一下子全亮了。客厅那盏巨大的吊灯，即使米妖和烧饼在的那晚也没开过的水晶灯，包括墙上所有的壁灯，有船形的，灯笼形的，有玻璃的，木头的，还有餐厅的吊灯，绿的黄的白的，直射的闪动的，全都亮了。真是五光十色啊，一刹那间，如三千尺的瀑布飞流直下，水花四下迸溅，冲得人头晕目眩。

灯光下，七八个男人围坐在餐桌旁，他们像正在开一个盛大的欢迎会，脸上布满了狡黠得意的笑容。小巧坐在他们旁边，却是受了惊骇的样子，一下子蹦起来，语无伦次地说：“是不是……？那天我就看见了，他在这屋里走来走去，窗帘上有他的影子，我在外面都看见了……你们不信……”

马松被按倒在地。他说：“我不是贼。”但他的话只是混杂于被压倒在地的粗重喘息中。不一会儿，外面呜呜地来了警车，蓝光红光闪动着，一伙人将他押了出去。栅栏内外，黑麻麻的人，从来没有这么多的人同时将目光都投到他马松身上，也不知这安静的庄园从哪儿突然冒出来这么多看客。

就在这时，马松看见那辆白色的宝马开过来了，米妖，那个他从心里认识的女人面色惶惑地走下车，她在人群中直盯着他，仿佛他脸上有一幅要解读的字。他被押着从米妖身旁经过，他说：“烧饼的那块表我放在了你睡袍里。”

他看见米妖睁大眼睛，更加不解似的，“烧饼？”她说。

她走进大门，消失了。马松被人推了一把，他不得不朝那辆警车的屁股走去，可脚却被什么绊住。黄狗和白狗不知什么时候钻进人的缝隙，在他的脚前纠缠，马松心里热了一下，他能听懂狗喉咙里呼呼的叫嚷，它们叫他不要上车。可这由不得他。

房顶上的小星星一闪一闪，马松扭着身子想看得清楚些，到底是一颗、三颗，还是许多颗？

玻 璃 汤

一

晚上刚散步回来，还没进门就听见了电话铃声，固执地响个不停，林伊掏出钥匙打开门，又换上拖鞋，它才不甘心地停下。她从来电显示中一看，何雅丽又来过电话了。

这一两年来，她几乎每周要打来好几次电话，诉说她与她的丈夫，林伊已经耳熟能详，再也不知道该如何安慰她，有时情愿不要接到她的电话。但过一会儿，铃声又响了。电视里正在播着一部绵长的意思不大但又让人欲罢不能的韩剧，不用动脑筋，是这类电视剧的好处，林伊正懒散地看着，一天难得的放松，但那电话尖厉地响。

一接果然是何雅丽，一如既往急急地说：林伊，我又给你打电话了，真不好意思。每次一开始她都这么说。她说我知道林伊你很忙，但我没人说话，我只有找你。

虽然几秒钟前还不想接听，但一听到她焦灼的声音，林伊马上就进入了她的情绪，准备听她重复的絮叨，可这次何雅丽说，我今天打她了！打她了！

林伊吓了一跳。

她说：我用一根铁水管照她头上一棒，她一下就倒在了地上！

林伊更是吃惊：她人怎么样了？

何雅丽说，我不知道，只看到满地都是血，从她头上流出来的。旁边围上来好多人，问是怎么回事，警察也来了。我说是第三者，我打的那个女人就是破坏我们家庭的第三者。别人都说打得好，第三者就该打！

她语无伦次，林伊不得不打断她的话，问那个女人究竟怎样了？她说送到了医院，是建平送去的。建平把那个女人抱上救护车的时候，狠狠地瞪了她一眼，说：你等着！

建平就是何雅丽的丈夫，一个颇有才华但性格内向的电视人，他长相英俊但总是眼含忧郁，话很少但一句句透着分量，是那种心里有狠劲儿的人，林伊知道，他自尊心特别强。何雅丽在大街上打了他的情人，这还了得？

不得不替何雅丽担心。林伊给何雅丽说，如果建平回到家里对她采取什么暴力的话，一定要想方设法打电话过来，不管怎么样，自己得去帮她。但那一夜，粉白色的电话静悄悄。这让人越发提心吊胆。

不禁想起了十几年前的何雅丽，小小的脸儿，一笑眼睛直眨，那样的单纯活泼，一场婚姻让她几乎变成了一个歇斯底里的女人。究竟是哪儿出了错？

二

这些年，人群的流动真大，乡下人往小县城跑，县城的人又想方设法往大城市跑，如同一股股洪水。跑的队伍中会出现各种各样的故事，何雅丽和她的丈夫也是跑出情况的。

在原先那个小县城里，虽然也有故事，但像何雅丽这样的女子，如果没有格外非分的想法，嫁上一个可靠踏实的男人，大抵能安稳闲适地过上一辈子。何雅丽其实长得一般，眼睛细细的，但身材高挑苗条，最逗人喜欢的是她的天真烂漫。她爱笑，是那种健康而又明亮的笑，露出一口洁白的牙齿，让人看着心里畅快。

她常常无缘无故就笑起来了，要是人问她笑什么，她会急急地东拉西扯说上一大堆，人最终也不会听明白，但会情不自禁地随着她无端地笑起来。她从财校毕业后，在县城一家公司找了个工作，当上了出纳。她人缘很好，逢年过节公司分些米啊油的，就能到处都听见她快乐的声音，她叫着这个那个的名字，热心快肠的，恨不得把东西送到每个人的家里。

她就属于那种简简单单没什么心眼儿的女孩子，对谁也不设防，大家都爱和她说话。到了该谈恋爱的年龄，公司里好几个人都给她介绍对象，她没心没肺地笑着，然后向别人询问合不合适。

大家又都热心快肠地替她参谋，然后说，这最终还要看你自己觉得合不合适，主意得你自己拿。何雅丽一个也拿不定。

何雅丽的家境并不怎么好，父亲很早去世，家里只有一个多病的妈妈和弟弟，她妈跟县城里大多数人一样，最大的提醒，就是说要找一个可靠的男人。乡下有个亲戚给她介绍了一个文书，乡镇文书，说起来也是大学毕业，只因家里穷没法在城市里找工作才回到家乡。拿过照片来，在校园里照的，枫树下，个子高高的，跟何雅丽的身材很相称。何雅丽的妈妈也说，那个小伙子看上去像是个过日子的人，模样厚道，身体也棒，嫁给他不会错。

但让人想不到的是，何雅丽有一天把小伙子的照片拿去还给了介绍人，说谢谢你。介绍人有些吃惊，说何雅丽，你不想跟他谈？何雅丽急急地说，是这样的，他人是个好人，肯定的。但我们还是不谈算了。介绍人说你们俩其实很般配的，何雅丽你要想好。何雅丽点头，这回没有笑，一脸正经的样子。

后来人们才知道，她被一个外来的小伙子迷住了。

这小伙就是建平。建平是个省城人，在县城一家保险公司做职员。要知道，如今的小县城也是东南西北的人都有，在流动的人群中，除了一拨拨往大城市跑，也有四面八方相互跑的。省城来的建平说一口标准的普通话，音色纯正还带着一点磁性，光凭这就让小城许多女孩子倾倒。但建平这人不怎么好交际，他一脸忧郁地独来独往，来几年了也没有女朋友。一位同事的爱人认得何雅丽，有一天突然想起来，开玩笑说给你介绍个女朋友吧，就在隔壁，要不过去看看。

建平那天很随和，说行啊。

其实离得很近，几步路就走到了何雅丽的宿舍门前。只见个垂着一头黑发的大女孩正蹲在地上逗两个小孩儿玩，她跟他们一起拼着魔方，却怎么也拼不好，嘴里笑个不停。建平那位同事的爱人叫了声，何雅丽，来客人了！黑发女孩正是何雅丽，一抬头，从地上蹦起来，清脆地回了声：哎！

人一介绍，说建平是省城人。建平说：你好！何雅丽忙点头说：你好你好！

同事的爱人找话说：咳，你们早该认识了，离得这么近。小地方，也有好处，认人方便。

何雅丽瞅着建平的眼神露出兴奋，连忙端茶倒水，又把她平时爱吃的瓜子核桃什么的统统拿了出来，手忙脚乱地忙乎个不停。同事的爱人笑着对建平说，你看，何雅丽就是这么个热心人。建平不动声色地只是喝茶。

从那天以后，建平开始常常光顾何雅丽的小屋，但他从来不提谈恋爱的话，别人问他，建平，你是在跟何雅丽谈朋友吧？他高深莫测地笑笑，不置可否。

何雅丽也弄不明白算不算是在和建平谈恋爱，但她喜欢建平上她这里来，只要听他一开口说话，她心里就甜滋滋的。她乐意为他做事，说：把你的衣服拿过来洗吧。建平说：为什么？那边有洗衣机的。何雅丽说：洗衣机好些地方是洗不干净的，比方衬衣领子，用手搓比较好。

又有一次，何雅丽为他烧了一碗红烧肉，何雅丽不怎么会做饭，唯一拿手的菜就是把大块的肉与土豆烧在一起，多放些辣椒葱蒜，还有些花椒，吃得建平是呵呵地直吹气。建平吃着吃着，问她有酒没有？白酒。

何雅丽说你要喝酒？四下里看看，碗柜里桌上，显然都没有。她笑起来，说：我去买。话没说完就跑下了楼，不一会儿飞快地提回一瓶高粱酒，也没有酒杯，就抱歉地用碗倒了，建平接过去一口口喝起来。酒瓶下去一半之后，建平的话开始多了，说何雅丽，你这人真好。何雅丽脸红红地笑了，说我有什么好？建平说，你让我尝到了家的滋味。

何雅丽说是吗？你看我这宿舍里太简单了，除了床和桌子，什么也没有。要不是这个小电炉，连饭也做不了，哪儿像个家？

建平说你不懂，家的感觉并不是多么复杂的东西，关键是人。你知道我为什么要离开省城跑到你们这个小县城来吗？我父母那个家，让我腻透了。你说你这房子小，你知道我们全家四口人有多大面积吗？算上搭的小阁楼也不过三十多平方米，我和弟弟从小是在阁楼上长大的。父母都早下岗内退，没事就吵架，摔完东西还要砸门，家里的大门请人修过好多次，连锁都换了几把。

何雅丽直勾勾地看着建平那张神色忧郁的脸，心里充满了怜惜。

建平说，我上完高中就想出走，那个家我一天也待不下去了……去县城去乡下，去西藏新疆，哪儿都行，只要离开那个家……

何雅丽说，你别喝了，你得好好爱惜自己的身体。

建平的眼圈红了。也不知是不是喝酒喝的。

再后来又喝了两次，建平就眼圈红红地抱住了何雅丽。何雅丽后来跟林伊说，建平一抱她，她脑子就开始发晕，那双手臂铁箍一样，气都快透不过来了。建平喷着满嘴的酒气，说你就是我的家！

那天半夜，建平才离开何雅丽的宿舍，脚步轻轻地，头也没回。她以为他会回头看一看，但他没有。

何雅丽从床上爬起来，慢慢地收拾满屋的狼藉，散乱的碗筷，被建平一脚踹开的酒瓶，还有一点点酒没喝完，从歪倒的瓶口里流得满地都是。还有那些被撕破的衣衫和沾了血迹的床单，她把它们都拆了下来泡在盆子里，洗到天明。身上的痛楚始终存在，但何雅丽很快从羞涩和害怕中走过，她把自己交给了省城来的马建平，她认为是最浪漫的选择。

三

小城的姑娘们渐渐知道了何雅丽的恋爱，一开始有点说不出的醋意，但马上就开始起哄叫好，催着他们办婚礼，还张罗着要组织婚车队，扎大花门，只有何雅丽的妈始终不肯表态。何雅丽在抽屉里找户口本，说，妈，我们要去登记。

她妈叹了口气，说：现在的事，叫我说什么好？总有一天，你会后悔的。

何雅丽烦恼地说：别人家的姑娘要结婚，当爹妈的都是欢天喜地，我的妈倒是给我下咒语。

她妈说：不是我要咒你，你现在感觉不出来，你跟这马建平不是一棵树上的果子，就长不到一棵树上去，迟早会落下来的。

何雅丽怔了一下，她妈从前当过小学老师，她姥爷是个爱读书的人，家里的书有《资治通鉴》，虽然说是“文革”中烧掉了，但她妈常念叨这事。小县城的老人都记得何雅丽的姥爷，连她妈走在街上，人们都还是客气地点头打招呼。

她妈说的话分量有些重。但何雅丽还是跟马建平约着，去三层楼的街道办事处登了记，拿回两个红本。接下来举行了简单但很热闹的婚礼。两家公司的同事加在一起，也都西装革履，加上红花绿色的，男男女女的很喜庆。小县城的人爱闹房，同事们策划了好些点子，啃苹果、吃香蕉啊、猪八戒背媳妇啊，等等，传统时尚的都有，但建平不怎么配合，他浅浅地微笑着，端正地站在那里，就跟他平时做业务一样，无论人们怎么哄闹，他都保持着一份矜持。于是婚礼没像大家希望的那样，基本上没闹出什么名堂。

客人们走了以后，两人上了床，何雅丽这时已经没有了初次的羞涩和恐惧，她怀着一腔激动，主动地脱下衣服钻到了被子里。但建平却没有那天喝醉酒后的疯狂，他什么话也没说，不慌不忙地做着，脸上安安静静的。何雅丽很希望他像那天一样，但建平很快就做完了一切，然后转过身去说睡吧。何雅丽也不好意思再开口。

婚假的一天，何雅丽闲下来嗑了会瓜子。她一边嗑一边欣赏着自己的家，这小屋虽然小，但经过装修，几样家具一摆，也有模有样的。她正看得陶醉，建平走了过来，一脸严肃地说：捡起来！

何雅丽啊了一声，不知道他在说什么。建平指着地上的瓜子壳，再次简短地说：捡起来！何雅丽这才明白，她笑起来，说等会扫扫不就行了？捡什么捡？

建平却仍然指着地上，又重复了一遍：捡起来！

这次语气里加重了分量。何雅丽说，建平你怎么了？这么点瓜子壳，你干嘛非要我捡起来，我待会儿扫还不行吗？

马建平不再言语，脸色变得十分难看，举起一个杯子狠狠地摔在了地上，随着啪的一声响，玻璃碎了一地。

何雅丽惊呆了。她手脚发僵地坐在那里，不知道该怎么办。建平压低了喉咙，但几乎是咬牙切齿：捡——起——来！何雅丽不由自主地蹲下身子，一颗颗地捡着那些瓜子壳，还有砸碎的玻璃碎片，泪水一滴滴落了下来。

当晚，何雅丽趁建平不在家的空儿，悄悄地回了娘家。她想让他四处找找，让他着一回急。何雅丽的妈见面就问：出什么事了？何雅丽说，哪出什么事？就是回来看看你。她妈说：你别哄我了，你自己照照镜子，看看你那双眼睛。

何雅丽不用照镜子，也知道自己眼肿着，她很少哭，细长的眼睛一哭就肿得只剩一条缝，睁不开似的。但她不想跟妈说得太多，她想等建平来了再数落他。但当天夜里毫无动静，第二天白天也没见个人影，到了第三早上，何雅丽沉不住气了，转身找自己的小包。

她妈本来想去给她买油条，一见就生气地说，你看看你，要么就不要随便出来，出来了就不要随便回去。必须要他来接你认错才是。

何雅丽想想说，要是他生病了怎么办？

她妈说，生病他不会上医院？

何雅丽说，他这人固执，上次他发高烧两天了，都不去医院，后来还是他们公司的人生拉着他去的。现在他又是在度婚假，万一病在家里，谁也不会知道。

她妈说：你看你在这屋里转来转去急的，好像真的看见建平气息奄奄一般。

何雅丽说，那我还是回去吧。

她妈摇摇头，啥也不想再说。何雅丽心急火燎地赶回家，门紧闭着，里面却传来吉他嘣嘣的声音，她连声喊建平，建平！却没人应，只好自己用钥匙打开了门。

马建平坐在床前，手里正拨弄着吉他，见她进来，头也没抬。何雅丽说建平，你没病吧？建平奇怪地看了她一眼，说你什么意思？何雅丽笑了笑说，我以为你病了呢！建平从鼻子里哼了一声，说你才病了呢！

接下来再不说一句话。到了晚上，两人睡在一张床上，他连碰也不碰她一下。何雅丽忍不住哭了，说建平，你还要我怎样呢？不就是几颗瓜子壳吗？你犯得着生这么大的气？

建平这才开了口，说这不是几颗瓜子壳的问题，这是对生活的态度问题。你以后如果再动不动就跑回娘家，使用那种小市民的做法，我们得重新考虑我们的婚姻。

何雅丽震住了，她恍惚觉得是自己错了，虽然一时还不知错在哪里，但肯定是错了。于是她一再向建平保证，以后就是再发生任何事，也不轻易回娘家诉说。

四

在何雅丽看来，马建平有时像一个陌生人，有时又特别温和。当得知她怀孕之后，建平在她额上亲了一口，说，我们得分居一段时间了。何雅丽不太相信。她的女同事们都知道怀孕之后的前三个月最好是不要同房，那样很容易造成对婴儿的伤害，但新婚不久的男人非常难以做到。女人们都背地里抱怨着自己的男人，做出无奈的表情。

但省城来的马建平就是做到了。他把自己放在外间的沙发上，哪怕夜里长吁短叹翻来覆去，也决不越雷池一步，三个月下来，对何雅丽秋毫无犯。而且每日里和颜悦色，不允许何雅丽上街提篮买菜，说是怕伤了胎气。

何雅丽逢人就说：建平这也不让我做，那也不让我做，快把我养成大肥婆了。

她生了个漂亮的女儿，长得像建平似的大眼睛，高高的额头，建平可没有半点重男轻女，他喜欢得不得了，有空就抱在手上。晚饭之后，他俩经常推着婴儿车在小街上散步，粉红的小车里挂满了各式玩具，小铃铛清脆地响着，小公主似的女孩儿伸着藕节般的双手跃跃欲试地抓拿，不时咯咯直笑。县城人说到美满婚姻，经常拿他俩做个例子，尤其那些想入非非的女孩子，简直把建平当成了偶像。

可有一天，建平吃着饭，突然深思熟虑地说：我要回武汉去。

何雅丽说：派你出差？几时走？去几天？

建平说：不是出差。我要去武汉工作。

何雅丽吃惊地问：去武汉工作？

马建平夹了一根青菜，放在嘴里无声地嚼着，他爱吃红烧肉，但每顿都要求有一个青菜，小白菜、莜麦菜、娃娃菜都行，要有菜叶儿。他说，这半年他一直在联络，已经跟父母所在的街道办事处说妥，那里的文化站缺一个能干的年轻人，办事处主任是看着他长大的阿姨，说这小伙子出外闯荡了一回，能办事，愿意接纳他。

何雅丽拿着汤勺，呆呆地听着，半天才反应过来。她急急地说：你都联系好了？怎么一句都没提起过？

马建平不满意地瞟了她一眼，说：哎，你这半年不是在生孩子吗？我不给你添心事难道还是在害你不成？

何雅丽一看他不高兴，就放慢了语速，她说话一着急就快。她说：我不是说你害我，但这么大的事，夫妻间总要说说才好啊。

建平说：真是莫明其妙，我这不是在跟你说吗？

何雅丽说，那我呢？

建平说，街道阿姨说看在他的分上，可以将她安排在居委会做财会。

说话的工夫，浓浓的排骨汤也凉了，泛出一层白沫，让人再也没有胃口。何雅丽坐在饭桌旁，不知是该哭还是笑，她脑子里乱极了。

那天晚上，她给她的同学林伊打了个电话，她这位当记者的女同学是她们县城这帮女人的主心骨，她说林伊，我该怎么办？在这里过得好好的，我真的哪儿也不想去。

林伊说：那你对建平说说你的想法呀。

何雅丽说：我开得了口吗？我只提了一句，说要不要跟我妈商量一下，建平就发脾气，说多少人想进武汉连门都摸不着，给你弄得好好的，你还不当回事！要这样，我一个人走！

林伊劝解了一番。实际上，何雅丽也只是一个劲地向她诉说，听上去就脑子晕晕的乱蓬蓬的，别人的话都如同隔靴搔痒，一时根本进不了她心里去。

何雅丽说：建平还说，当初跟他一起进保险公司的那批人都不满足于这个小县城，这几年有的去了沿海，有的去了北京上海，最次的也弄了个小公司，自己当了老板。建平每天从 QQ 里跟他们聊天，聊得夜里睡不着觉，开门到阳台上去抽烟。

林伊说：到阳台上？

何雅丽说：他怕熏了女儿。一抽半天也不上床，我睡我的，懒得管他。林伊你说，我是跟他走还是先留一留？

林伊说：嫁鸡随鸡，建平这人跟你沟通虽然少点，但还是个细心的男人，你看他抽烟还怕熏了女儿，你得多琢磨琢磨他的心，好好跟着他走吧。

实际上，用不着林伊劝，何雅丽早在心里随了建平。建平不由分说地开始办理手续，保险公司经理一听也是吃惊，说你当初学历资历都不完备，我们看你是个人才，破格将你录用，还给你升了好几级，给你补贴买了房子，你怎么说走就走？

本来也是挽留的话，只是说得不太中听。建平当即就变了脸色，说我给你们卖了快十年的命，你们给的一切都是我应得的，要不我就一把火把那房子烧了！把补贴还给你！经理那天正在看报纸，上面有篇报道说一位企业家在办公室里被他的下属砍了几十刀，捂着肚子跑出来喊救命，后来被送到医院抢救无效身亡！经理所以一听建平口气不对，拉开抽屉就给他的表格上签字盖章，说你走吧，祝你一帆风顺！

何雅丽的妈知道女儿一家要远走高飞，什么话也没说。给他们做了一顿饭，叫他们过来吃，有小县城人爱吃的腊肉香肠，还有玉米饭。过去这山里人都吃玉米饭，近二十年改吃了更软的大米，最近几年又有些卷土重来，都说玉米饭香。但建平吃不惯，他倒是爱喝玉米酒，说劲大。那天就喝醉了，顺着墙往下溜，说回去，我要回去！

五

武汉分三镇，汉口、汉阳、武昌。最繁华的是汉口，商铺多；武昌则学校机关多；汉阳过去多是工厂，近几十年里，这些工厂渐渐消失，穿过大街，可以看到有些破街小巷子，那是过去工厂的住宅区，建平的父母家就住在这样一条背街里。

何雅丽在县城的房子比这要大得多，有明亮的窗户，宽敞的阳台，抬脚上街就能买到乡下老农挑进城的新鲜蔬菜，但婆婆全家对何雅丽的表情都面带优越。去的时候正逢着过年，婆婆家里来了客人，何雅丽主动帮忙招呼，用她一贯的快节奏倒茶端水，一位没接稳，弄得衣襟上沾了水，何雅丽忙不迭地拿纸巾给人家擦，又转身去拿毛巾。

听得那位客人在笑着说：你这媳妇做事风风火火的。

婆婆放低了声音说：乡下人，就是这样的。

建平的弟媳在一旁发笑，说妈吔，你没看雅丽身上那条裙子，这如今哪有穿那长的？恨不得把脚都蒙到，怕是要回到清朝噢。

何雅丽听得脸红心跳，晚上回去给建平说，我城里生城里长的，怎么就成乡下人了？

建平听了也不作声。

何雅丽说：我妈好歹还是个老师，怎么就成乡下人了？

建平就有些不耐烦，说你有完没完？县城不就是大乡镇吗？不是乡下是什么？

何雅丽气得想哭，说：连你都这样看我，他们还能把我当人吗？我进到你家里，你妈从来没正眼看过我，还有你那个弟媳，到现在没叫过我一声嫂子，她就当是来了个钟点工，指手画脚让擦窗户、洗床单，饭后刷碗收拾都是我一个人，她们一个个坐在那里看电视，一动也不动……

建平不耐烦地打断她的话说，我看你越来越婆婆妈妈的了，你少用这些事来烦我好不好？要是以往建平不耐烦，何雅丽就赶快住了口，但那天她多说了一句，她说我怎么烦你了？你说回武汉我就扔下一切跟了来，到了这里什么都听你们家的，心里有委屈也没个地方说，你难道一点感觉都没有，可你什么时候问过我一句？

何雅丽一口气说完了，建平神色异样地看着她，一言不发。何雅丽说，你这么看着我干什么？建平什么也没说，把门一摔走了。

那一整夜建平都没回家。开始忍着不给他打电话，可等到半夜也毫无动静，连着给他打了好几个手机，只听彩铃唱着成龙的歌，一直却没人接听。何雅丽急得一个劲喝水，又不停地跑厕所，叭叭地摁电话，终于接了，刚喂了一声，建平声音严厉地说，你要干什么？深更半夜的？何雅丽说：你为什么还不回家？建平说：几个朋友谈事。

何雅丽问：什么事？

建平说：说给你也不懂。睡你的觉去！

受了建平的呵斥，何雅丽反而踏实下来。她想自己或许是不该当着他唠叨婆婆的事，他本来就很忙，而且一贯不喜欢听那些家长里短，以后再也不拿这种事惹他心烦了。第二天一早，她满怀内疚地去街上买了好多菜，做了建平爱吃的红烧肉。

建平到下班的时候回来了，她讨好地接过他手里的包，给他把拖鞋拿到跟前，说，快吃饭吧，有红烧肉。建平现出一脸厌恶，说你就会什么红烧肉，你难道就不会做点儿别的。何雅丽说你想吃什么？你说了我再做。建平说算了，今天正好有几个高中的同学聚会。他说着去换了套衣服，看也没看何雅丽精心做的那桌菜一眼就走了。

这晚又一直等到半夜，终于听到门响，何雅丽从沙发上噌地站起，赶着替建平打开了门。迎面一股酒气。建平直接去了洗手间，哗啦啦半天也没出来，何雅丽跟过去，见建平正伏在马桶上呕吐，吐得她也直恶心。何雅丽扶着他的头，等他吐干净了，又替他洗涮干净扶回床上，说建平，你在哪儿喝了这么多酒？这样喝会伤身子的。

建平神情亢奋，异乎寻常地滔滔不绝，他说真没想到，一个个都变得认不得了，猴子小时候那样瘦，现在像头肥猪。还有毛毛，胡子拉碴的，走在街上就是面对面也不会想到是他……她听出来，建平说的是他那些同学，他像是在对她说话，也像是在自言自语。说着说着，一头倒下来就呼呼地睡着了。

何雅丽守着他，用毛巾轻轻地给他擦着脸，她不想失去这个男人。接下来，她躺在建平身边，情不自禁紧紧地抱住了他，她抚摸着他的耳朵头发，一寸寸地亲吻着，她从来没有这么强烈地感到离不开他。

睡梦中的建平在她的抚慰下，身体渐渐有了反应，他闭着眼睛回吻着她的嘴唇，湿润而有力，雅丽迫切地想要他。近几年来，他们之间的抚慰越来越少，每月一两次草草了事，像是完成一件单调的工作，嘴上不说，都感到这件事越来越乏味。但这晚雅丽的感觉特别好。

六

第二天早起睁开眼睛，建平正在穿衣起床。何雅丽忙爬起来说，建平你再多睡会儿吧，我去给你买早点。建平又回到了平时那种淡淡的口气，说不用了，我还得上班去，到单位再吃吧。何雅丽说你睡得怎么样？休息过来了吗？

建平有些诧异地看了看她说，怎么了？

何雅丽抿着嘴笑了，说你昨天喝了好多酒，是我把你扶上床的，天快亮时，我俩还那样了，难道你不累？

建平神色疑惑，说是吗？我一点都不知道呢。何雅丽说我们俩那样，难道你不知道？建平说，也许吧，我可能真的喝多了，糊里糊涂的。

晚上建平那种热情的反应，原来却是在不知情的状态下，这让她真有些难堪。她半天说不出话来。可建平却突然说，对了，我得告诉你一件事，我把文化站的工作辞了，我要到省电视台打工去。何雅丽吃惊地说，你又把工作辞了？

建平说是的，在街道上干不出什么名堂。何雅丽想说，你怎么也没事先给我说一声？但一想从县城过来时的经过，就把话吞了回去。建平说街道上对他辞职的事有些生气，说他这山望着那山高，还说当初是看在建平的分上，才给何雅丽也安排了工作，既然是辞职，那何雅丽的工作也得辞去，自己另找地方。

何雅丽大吃一惊，说他们的意思是不要我了？那我可怎么办？你没跟他们再说说？

建平皱着眉头说，人家把话说到了这个分上，我还求他们不成？我已经给你联系了一家纺织厂，他们答应接收你。

何雅丽坐在床上，呆呆地一动不动。建平回头看看她说，哎，你怎么了？再一看，何雅丽脸上正淌着泪水，无声无息地。建平说：你看看你，不过是换个工作，值得这么伤心？何雅丽慢慢地起床，收拾被褥，突然转过身来说：建平，你知道我从学校出来，有了工作，上班第一天是怎么过的吗？

我穿了最好的衣服。她说，那是我妈用半个月的退休金给我买的，我半夜就起床打扮，生怕迟到，其实从城里的大街上走过去不到一刻钟。走到公司太早，大门还锁着，我叫门房大叔开了门，把所有办公室的桌子都擦了一遍。心里充满了神圣感，那种感觉让自己都感动。

建平听着，半天无语。他弯腰拿起鞋刷，用心给脚上的黑皮鞋上油，然后一下一下地刷，刷得很有条理，眼看着那些油越来越细致地化在了鞋面上，建平的脚下一片光亮。他嘘了一口气，拍拍手说：我讨厌一个女人无穷无尽地唠叨。

你为什么不替一个男人想想呢？他说，你不懂我的追求。我这辈子不说干多大的事业，总得多挣几个钱才行，可在街道文化站每天给巷子里的老百姓放两盘碟子，写几句黑板报，能有什么发展？一个大男人，窝在这里，你想想吧。

那我呢？何雅丽说。

建平说，我不是给你说了到纺织厂吗？

话说到这里，建平的脸上已经有十分的不耐烦，似乎不愿意再多说一句。何雅丽心急火燎到处去打听那家厂子，其实就是一家濒临倒闭的企业，好几百工人有大半年都没有上班了，她的所谓调动只是把工作关系转到人家厂里搁着。回来跟建平一说，他说我知道，人家困难只是暂时的，说不定哪天就跟港台企业合并变成了合资企业，想进还进不去呢。再说就是没了工作，我还养不活你和女儿？何雅丽内心是一万个不情愿，可建平的不由分说，让她无可奈何。

她只好又一次听从了建平的安排，从街道办事处的办公室里清走了她的东西，除了一叠笔记本和纸张，还有她从家里带去的一小盆仙人掌，那仙人掌小巧别致地长着一颗橘红的小球，圆圆的，放在办公桌上，她每天给它洒上几颗水，早晨从窗外射进的阳光正好有一缕照着小红球，映得水珠亮晶晶的。现在也只能跟她一起回家了。

七

这女人，就是这样一步步情愿不情愿地做了选择，越往下走，就越没有了多少选择的余地。

她突然脸色憔悴地出现在我面前时，我不能不暗暗吃惊。留在我脑子里的是那个神态鲜活、动不动就笑、出洁白和明亮的何雅丽，还有齐耳的黑发，随着急急的脚步而飘动，让人想到青春和健康的何雅丽，怎么就变成了这副模样？身上一件过时的长大衣，满街的女人都脱下了冬装，她还焐着一条厚厚的灰色围巾，显得十分臃肿。头上的黑发居然稀疏了，一看就是平时没怎么打理过，看不出发型，胡乱地垂直着，脑后翘起一撮来，分外刺眼。

她一坐下来就哭了，瘦削的肩膀不停地抽动着，泪水像决了堤的河水，她用攥着的绒线手套狼狈不停地擦着，我忙给她递过一盒纸巾。我说雅丽别哭，有什么话慢慢说行吗？

她说林伊，他怎么会这样？我怎么也想不到，我们的女儿都已经十岁了，可他却做出这种事情，你说我该怎么办？

就是今年元旦，雅丽说，我本来打算一家三口好好聚几天，可建平说他们电视台特别忙，他还得出差到外地拍片子，我一点也没起疑心，本来也是，越是节假日这种单位越忙。元旦前夕的那个下午，建平把一箱苹果搬回家里，说是电视台发的，然后清理了几件换洗衣服，背上包就走了。元旦第二天，我带着女儿买了些水果点心往婆婆住的巷子去，本来我对婆婆她们有意见，但想到建平不在家，过节还是看看老人。

奇怪的是，婆婆家的门却紧闭着，不像有人的样子。我想难道他们都去了建平的弟弟家？正想走开，女儿突然说，爸爸在里面说话。我说胡说，你爸爸出差了，哪会在奶奶家？女儿说你听。我把耳朵凑到门上一听，里面果然隐约传来建平和一个女人说话的声音。我心里奇怪极了，抬手就敲了敲门。里面传来建平的问话，说谁呀？我没吱声，又重重地敲。敲了又敲，门终于开了，门口站着的正是建平。

他一看是我，脸上顿时变了颜色，下意识地往门前一拦。

我说，你不是出差了吗？怎么在这里？他支吾着，我心里一下子明白了什么，一把推开建平冲进屋里，一个女人正慌张地从床上坐起。我像是被一个炸雷击中，脑子里一片空白……

眼睁睁地看那女人下床，就要往门外走，我冲上去扭住她的双肩，叫着你是谁？你为什么要偷我的男人？建平掰开我的手，那个女人不慌不忙地理着头发和衣服，说别说得那么难听好不好？我跟建平是同学，他喜欢我，我喜欢他，睡个觉算什么呢？

我一听气炸了肺，还想扑过去，但建平拦住我，对那女人说，你走吧！快走！那女人看了我一眼，大摇大摆地走了，我一屁股坐在地上，伤心伤意地哭起来。建平他没有半句解释，烦躁地说，你在这里哭什么？回家去好不好？我不走，他什么也不再说，扬长而去。

后来整整一个星期，他没回家，连电话也没有。我那几天粒米未沾，除了不得已给女儿做点饭，剩余的时间都像死了一样躺在床上，我把我的婚姻全部过程滴水不漏地想了一遍又一遍，就是想不通，建平为什么要变心？那个女人看上去并不比我年轻，长得也不好看，她究竟是什么人？

还是女儿被我的样子吓坏了，给建平打电话，他才回来。我想大声说话都没有力气，但我不得不问，我说她是谁？

建平说，女儿你到你的房间做功课去。他后来低低地说，对不起，她不是已经告诉你了吗？我跟她是同学。实话跟你说，我跟她很早以前就谈恋爱，但因为家里反对，我们俩没走到一起。去年同学聚会时才又重新碰面。

我伤心地说，看来你们俩不是一天两天，你们这样来往到底有多久了？

建平突然火起来，说我又不是犯人，你盘根问底干什么？

我说你做了错事，还这么凶？家家户户都在过节，你却骗我说出差，把你家里人都支开了，和那个婊子偷情。我是你妻子，难道问都不能问吗？建平两眼冒着怒火，说不许你骂她！我说我就骂了，婊子婊子！

建平扬起手，啪的给了我一个耳光。

他这下，把我的心都打碎了。我没有力气与他厮打，只有声嘶力竭地痛骂，把能想到的最肮脏最龌龊的字眼都用了，建平一脚把我从沙发上踢到了门外。

何雅丽说着，眼泪巴巴地把裤腿拉起来，让我看小腿上那块青紫的伤痕，拳头大小一片。快三个月了还没消，何雅丽说，还有这里。她把裤带往下褪了褪，就在腰下，有着两三块大小不等的青瘀，她说一到变天腰腿就疼。

那一片片伤痕看得我心酸，这男人他太狠了。可我不想这样对雅丽说，怕越发刺激了她。我说你到医院看过了吗？

她摇头，说林伊，你说我到底该怎么办呀？他现在根本连家也很少回了，每次回来只是拿几件换洗衣服。他说他在这家里待不下去，我问他去哪里？他说这是他的自由，我管不着。我知道他肯定是跟那个女人在一起，但我跟踪了好几回，都被他甩掉了。到现在也不知那个女人姓名干什么的。我想过跟他离婚，可我连工作都没有了，在这座城市里举目无亲，我带着女儿怎么活？我还跑到电视台去找了他们领导，可人家根本不想管。林伊，我找你，就是想问问你，我该怎么办？

我抚着她瘦削的肩膀，扭过头去假装咳嗽了两声，实际上是拼命把涌到喉咙的不忍吞了下去。我说雅丽，你别着急，这个世界上没有过不去的沟沟坎坎，像你和建平这种状况，最坏的打算也不过就是离婚，你要想透了这一点，心里或许就没那么痛苦了。

再说这离婚，是因为他背叛了你，已经不值得你爱，那你只是离开了一个你不爱的人，让他从你的生活中消失掉，不值得留恋。你还不到四十岁，路还很长。但这婚到底离不离，不要就下结论，这事发生以后，你跟建平都还没有冷静下来。如果你对他还有感情的话，应该再好好谈谈，究竟有哪些缺憾，使他有了外心？你们之间还有没有共同把日子过下去的愿望？把这些话都谈清楚了再决定该怎么办，你说行不行？

何雅丽静静地听着，不时轻轻地点头。她把女儿也带来了，那是一个有着一双黑黑的大眼睛的小姑娘，她的长相吸取了父母最美好的特征，有着雅丽洁白的牙齿和高高的身材，有着建平的眼睛和挺直的鼻梁，但那双黑眼睛里却有着同龄人没有的深深的忧郁，还藏着一丝恐惧。她不大喜欢在人前说话，爱独自一旁喃喃自语，来到我家这半天，她一直手脚不停地玩着一只小布熊，小声小气对它说着什么。当她妈妈讲述着哭泣着的时候，她不时惊慌地把目光闪过来，又连忙闪回去，头越埋越深。我对雅丽说，还有最重要的一条，你得问问建平，他该怎么对待女儿？他不应该忽略，夫妻不和，受伤害最大的是孩子。

何雅丽说我知道了，我明天就去找他谈。我说你不要跟他一开口就吵架。何雅丽说行，我不跟他吵，我给他做好吃的菜，打电话请他回来吃饭，然后再慢慢跟他谈。

八

我劝何雅丽好好与建平谈，以求互相谅解，但其实我并没有多大信心，从以往所知道的建平的性格来看，他是一个颇为固执的人，一旦做出什么事，轻易不会改变。

果然，雅丽在一个周末准备了不少好菜，然后一遍遍给建平打电话，却始终关机。这让她想到许多不祥，她锁上门直奔电视台，保安不让进，她说我来找我的丈夫，他在这里上班。保安说那也不能进，你要么先给他打个电话？她说关机。保安说那我也没办法。她不肯走，不停地求保安，引得进出的人都朝她看。为了婚姻，何雅丽后来说，我好多次在一些场合就像个不知羞耻的疯子一样。

正在保安问她的时候，没想到建平出来了，背着一个长带子的黑包，这几年，男人都兴背这种包。何雅丽连忙叫他，建平一见是她，立刻怒气冲冲地皱紧了眉头，掉过头没看见似的径直朝一边走去。何雅丽追过去，说建平，我是来叫你回去吃饭的，给你打手机也不通，我怕你出了什么事。

建平吼道谁叫你来的？何雅丽说我就是担心你，你关了机。

建平说你别的没学会，倒学会当特务了，告诉你，你越这样做我越不回去！说着，他骑上一辆摩托嘟地开走了。

何雅丽也来不及难过，招手叫了一辆的士，给那司机说跟上前面那辆摩托。开着开着，从车窗看出去，差不多跟建平的摩托并肩，建平与她就隔着一层玻璃，但像隔着一个世界，那么生疏遥远。他那副冷漠的表情完全是一个陌生人。

她忍不住坐在车上哭了，司机在前面说，女士，你别吓唬我，你怎么了？

她不想说，但却说了，我的丈夫，……就在那辆摩托上，他不回家了……

司机叹了一声，说现在这种事多了，你犯不着为他哭。

就在这时，前面红灯一闪，而建平的摩托就在黄灯闪烁的最后一下冲了过去。司机说，咳，这家伙！这路口的红灯闪着六十秒，一闪一闪的，眼见着摩托了无踪影。司机说，我看不要再追了，追也白搭，你还是回家好好歇着吧。听我一句劝，你不是还有孩子的吗？这会儿也该放学了，说不定正饿着肚子等你回家做饭呢！

家里其实早备有饭菜，懂事的女儿独自坐在饭桌前，孩子早就饿了，坐立不安地看着满桌菜肴，一见何雅丽就说，妈妈我正等你们呢，我没动筷子，不信你看。何雅丽赶紧搂着女儿说，妈妈没说不让你动，饿了就该自己吃。女儿说这么多菜，我知道你是为爸爸做的，爸爸不回来我不会动。

何雅丽搂紧女儿泪水横流。那天晚上，她又去建平的家里找婆婆，在这座城市里她能诉说这件事的人应该还有婆婆一家。可婆婆家人都沉默着，他们家正支了一桌麻将，自家人在打。何雅丽的诉说勉强开始，独白，没人应合，哪怕是中间插着问一句。她说着说着，眼泪慢慢干了，不想再说下去。最后她说，我回了。也没人挽留她。

快走出巷子，背后有人叫了一声雅丽。她转过头来，是婆婆跟在身后，脸上多了几分怜惜，她说雅丽你听我一句，别去管他那些事，男人都是那样的。

你不该嫁给他。你在你的小县城，本来可以过得很好。

雅丽低下头说：现在说这些，都晚了。

婆婆说，武汉是个码头，码头上的男人都爱发骚。过去，建平的爹就在外面跟一个女人好，我跟他闹死闹活，老鼠药都吃过两回，没用！闹得他在家里待不下去，就干脆在外面另租了房子。建平他们兄弟说是有个爹，到老得走不动了才回到这家里来。

婆婆说，现在男人的名堂更多了，八十二岁都可以找二十八岁的，他建平跟他的女同学好一好，又算得了什么呢？婚姻就是一碗玻璃汤。

玻璃汤？雅丽迷惘地问。

你没喝过？婆婆说，一锅水加点盐和酱油就行了，好的再撒点葱花。看着不难看，味道也有了，就这么回事。你还指望它怎样呢？

那边屋里传来叫声：婆婆，等你发牌呀！

婆婆应了一声，两手搓了搓说：要自己找快活。你听我的话，只要他不跟你提离婚，你就这么带着女儿过，哄他养着你。说句难听的，你要守不住，你也可以学他在外面找个人。

雅丽还没来得及把惊讶吐出来，婆婆转身走了。

你在这里无亲无戚的，就算我多了句嘴。走了几步，婆婆掉过头来说，我们都是女人。

九

日子就这样一天天又过了下来。

在这座没有亲友的城市里，何雅丽与建平在一个屋檐下，熟悉而又陌生地过活。

建平再也没沾过她。他们还睡在一张床上，但各是一床被子，每次都是等她睡下之后，建平才慢吞吞进到房间里来，先是关了灯，然后才上床，背对着她睡去。

何雅丽多么希望他能转过身来，哪怕什么忏悔的话都不说，只要用手抱住她，像从前一样吻吻她的脸，她就会无怨无悔，重新全身心跟他在一起。可建平没有，一点意思也没有。

长长的夜里，何雅丽听着身旁这个与自己肌肤相亲生下了一个女儿，而如今变得如此陌生的男人的呼吸，心碎欲裂。

有时候，建平还会整夜不回家，说是在台里加班。或是白天上班下午回到家里，什么话也不说就钻到卫生间洗澡换衣服，然后看看表就往外走，再半夜三更才回来。问他，他会说出各式各样的理由，再往下问，便会毫不客气地说，你管得着吗？

这天建平收拾一净又要往外走，何雅丽在门口拦住了他。建平说，你要干什么？

何雅丽说，我要跟你谈谈。

建平说，有什么好谈的，你不是到处都告了我的状吗？你还想怎样？

刚放学的女儿连忙进了自己的房间，静悄悄地躲在里面做作业。有一次何雅丽跟建平吵到半夜，女儿也就做了半夜的作业，后来何雅丽想起来，奇怪她的作业怎么会那么多？一看作业本才知道，女儿把每道题都做了好几遍，女儿为了逃避恐惧和压抑，只有采用这种方法。

何雅丽含泪说，我不想跟你吵架，可建平你难道没长眼睛，你没看我们的女儿都变成什么样子了？跟她一般大的孩子都有说有笑的，可她走到哪儿都沉默寡言、担惊受怕的。这都是我们造成的呀！

建平说，是的，是我错了。错就错在我们不该结婚。

何雅丽叫道：为什么？

建平说你既然非要问个明白，那我就告诉你，我从来就不喜欢你这类女人！

何雅丽说，我是哪类女人？

建平说，你不懂。说了你也不懂！

何雅丽说：我今天就要你给我说明白。

建平苦笑道，我都承认我错了，你还不依不饶。你看你穿的衣服，料子也不比别人差，有的人穿了可能好看，可穿在你身上就什么味道也没有。还有这家里，两室一厅的房子，你把它布置成什么样了？像个集体宿舍，这床单这桌布还有这窗帘，都是汉正街的货。

那不是因为便宜吗？何雅丽说。

是啊。建平说，汉正街就是下面县城来人打货的地方，正合你的意。还有你做的饭菜，都什么年代了，一天到晚的红烧肉，你看我什么时候往家里请过客？我不好意思。我们女儿长得比谁都不差，可你把她打扮得像个乡下小姑娘，红绿搭配在一起，她的同学都笑话她，你知道不知道？……我们之间那些事就别说了，够了！说真的，我跟你在一起真的受够了！

何雅丽听得目瞪口呆，她无力地说，原来你这么讨厌我？那为什么当初……

建平说：我说过了，是我的错，不该去找你，更不该同你结婚。我们不是一路人。

离婚吧。何雅丽说：我们离婚吧。

建平吃惊地说，这可是你说的？

何雅丽说是的，是我说的。

可建平说，我不离。

何雅丽没想到，说为什么？你明明看不起我，跟别的女人混在了一起，为什么不离婚？

建平说，那纯属我个人的事，我本来并没有打算伤害你，是你自己撞见了，又到处宣扬，才弄得沸沸扬扬，把这个家弄成了僵局。你不要以为我没良心，因为我，把你弄到这座城市来，又因为我，把你的工作弄没了，我怎么能跟你离婚？

何雅丽冷笑道，你居然还讲良心？不离婚可以，可你跟那个女人能一刀两断吗？

建平说，我跟她之间的事与你没关系。我和她同学的时候还不知道你在哪儿呢？人的命运并不是都掌握在自己手里，我们只是想生活得好一些，不想欺骗自己的感情。已经都二十一世纪了，如果你能体谅的话，其实这算不了什么。

何雅丽说，我不能接受。要么你同她分手，要么我们俩离婚，你给我赔偿。

建平一口回绝了，说我没什么可赔偿的。

事情陷入了僵局。

十

就在那个灯火闪烁的夜晚，何雅丽又同平时一样，陪着女儿吃完了饭，然后安顿好女儿做作业，就到大街上逛来了。她漫无目的地寻找着丈夫同他情人的住处，明知在这样一个几百万人口的大城市里如同大海捞针，但她还是坚持不懈。

世上的事果真是无巧不成书，正当她转得筋疲力尽准备回家的时候，前面人群里突然闪出两个熟悉的身影，建平和那个女人亲密无间地互相用手勾着腰，头挨着头不紧不慢地走着。一刹那间，何雅丽又像在房间门口堵住那次一样，脑子里一片空白。

好不容易定下神来，她一眼瞥见道旁一家小五金店，闯进去抄起一根铁铸的自来水管就往外跑。老板说哎，你还没给钱呢，五块！

她丢下钱，往前追了两三百米，追上了建平他们。清晰地听见他们亲密的说笑，何雅丽朝那正笑着的女人举起了硬邦邦的水管，重重地打了下去……

在焦急的担心中，我等候了一夜，也没等到何雅丽的音讯，直到第二天临近中午，何雅丽才来了电话，她仿佛变了一个人，声音低沉缓慢；他们把我告了！她说。

我忙问那女人的情况。何雅丽说还在医院里。

我松口气。只要人没死，没大的后遗症，问题就好办多了。

她说，我从来没上过法院，没想到这辈子还会被人告状。林伊你说，我会坐牢吗？

虽然我不想在这时给她增加压力，但还是忍不住说，这事你做得太冲动了，无论如何也不该打人呀，而且是拿着铁棒，你就没想想后果？

何雅丽哭起来，说我也不知道是怎么回事，当时脑子里就是恨，恨得心里发痒。我什么都随着他的意志，不管心里愿不愿意，结果自己什么都没有了。要不是女儿，我真的不想再活下去。

半个月以后，法院开庭对何雅丽的故意伤害进行了审理。那个女人头还包扎着，但气色很好，在她的亲友一帮人的簇拥下来到法院，其中包括建平。而何雅丽只是独自一人，她连律师都没请。法庭听了双方的陈述之后做了调解，认为何雅丽出手伤人固然不对，但事出有因，加上伤害没有形成严重后果，提出由被告负担原告医疗费，撤销诉讼。

双方都表示同意。但何雅丽接着向法院提出了离婚诉讼。

这一点在场的人都没想到，何雅丽说：我不想再喝这碗玻璃汤了。

一个月以后，何雅丽离了婚，她得到了女儿和房子，还有建平打下三万块钱的借条。何雅丽说，这钱我没指望他能给我，但我必须得到这个说法。建平和她一道走出法院大门时说了一句话，让何雅丽感慨不已，他说最终不是我甩了你，倒是你甩了我。

何雅丽说你以为我应该忍耐你所做的任何事，像木头人一样生活在你给我指定的范围里吗？她说不，我不想这样，也不想让女儿看到我这样。我得好好地活着，哪怕就是吃再多的苦，但我不必再为你生气发愁，我的心完全属于了我自己。

建平说，你变得这么会说。

一旦拿到那张墨绿色的离婚证书，她的心反而平静下来，看着建平远去的背影，她如释重负地出了口长气，终于可以从那些痴痴等候着的不眠长夜里走出来了。

林伊为她在一家外资超市里找了份事，有次建平去那买东西，不巧从何雅丽收银的档子里过，人在身前身后密密地排着队，他们也顾不了尴尬。建平从货物筐里捡出火腿肠，康师傅香辣牛肉面，还有榨菜。何雅丽说一共五十块八毛。找钱的当儿，建平说：你还好吗？何雅丽点点头，说，你买这么多方便面？这东西还是少吃为好。

建平说，咳，我也就是偶尔夜里饿了吃吃。

过去建平一直都有吃夜宵的习惯，何雅丽总给他熬些粥放着，里面加几颗红枣或是枸杞薏米，她想问，怎么不叫人给熬点粥呢？

但她到底没说。她怕说了，建平会想，小县城的女人，除了红烧肉就是粥。他还批评过她的衣着，但那天她很自信，因为穿的是洋超市的统一制服，浅蓝色的，胸前挂着牌，又不是她一个人，他能说她不会打扮吗？

拎着包要离开的时候，建平突然说，哎，我想问问你。

何雅丽说：问什么？

建平说，什么叫玻璃汤？

何雅丽扑哧笑了。后面排队中有人叫：哎，快点儿哟！

她说：你问你妈去。

歌　棒

一

那晚没有任何预兆，就出现了意想不到的情况。所有的人都傻了。

一簇簇山茶花正在怒放，灯火辉映的舞台上，娇艳的花瓣次第绽开，然后化作花雨满天飘洒，可沙鲁却不知去向。女主持芳罗在台上千呼万唤：有请来自三峡龙船河的农民歌手沙鲁。可就是不见这人出来，芳罗不知该如何往下进行，一脸尴尬的假笑。

后台都找遍了，舞台监督小丁拿着对讲机像着了火的老鼠一通乱窜，逮谁就问："见到沙鲁了吗？就是那个包头帕的？"刚才还见他坐在墙角念念有词，显然在做上台的准备，怎么一会儿工夫就蒸发了？小丁叫喊："卫生间、卫生间，快去快去，他拉肚子，肯定在里边。"可是跑回来的人却说没有，化妆间也没有，换服装的地方也没有。

这人真的不见了。

后来才听门卫说，十分钟以前，那个穿花边衣服的男人，一边扯着头上的帕子一边大步往外走，他还以为是演出完了的某一位。小丁心急火燎地给金星旅馆打电话，请来的还不是腕儿的演员大多住那里，响了三遍没人接，小丁这里等不及了，"操他妈！"他气狠狠地摔了手机，"莫名其妙！"

要命的是，这天晚上是电视台直播，幸亏芳罗是见过场面的人，在小丁满世界疯找的当儿，她愣了五秒钟之后说："看来我们的观众需要更大的耐心期待沙鲁的原生态民歌，让沙鲁再做一些时间的准备，我们有请下一位。"就这么敷衍过去了。晚会结束时也没再提这个话题，事情不了了之。

当晚找到金星旅馆，服务员说沙鲁已拎着他的包离开了，电视台给他做的那套彩色花边的服装跌得有棱有角地放在枕头边，还压了一张纸条，歪歪扭扭地写着："我的歌棒丢了，我得回去了。"大家都看不明白，"什么该死的歌棒？"小丁说。沙鲁没手机，据说老婆也没了，找他还真不好找。小丁随后给龙船河打电话，那边的村委会主任说：啊？他不是跟你们上北京了吗？吓得小丁再不敢往下多说，怕那边跟他要人。

龙船河在长江三峡那边，年初，电视台的民歌栏目到那一带去采访"非遗"——就是非物质文化遗产，当地人介绍说我们这儿有个叫沙鲁的，每天早晚对着峡谷吼山歌，一村人的耳朵都快被他给震聋了。小丁找到那儿，趴在村头听了一回，真是喜出望外，当即就请沙鲁来北京参加"爱我民歌"晚会。芳罗是这台晚会的主持人，第一次在演播室走台，就被沙鲁的歌声打动了。电视台的人什么没见过，但也都挺震撼，说好家伙，哪怕就是陕北的那位唱红了全国，也不及这位。

要说，沙鲁的高音并不显挺拔，却是自然得很，青枝绿叶的，无论高低舒缓都是一马平川，实际上高的高入了云霄，低则低入了河谷，只因这人的声带空间辽阔，像是能包容万物，自由自在。更打动人的是，沙鲁的歌声里含了山川河流的清新，原汁原味的让人回味不已；又像滔滔江水安放的闸口恰到好处，该放则放，该收则收，合着一股蜂蜜的甘甜钻进人的心里。

什么叫原生态，这才叫原生态呢。听过的人都津津有味地说。

下了舞台，芳罗就想找沙鲁说话，因为走台时，她问他："你的歌是怎么学会的？你从什么时候唱歌？"这些很一般的问话，可沙鲁表情憨憨的，一句完整话都答不上来。这人不唱歌时嘴唇抿得紧紧的，仿佛嘴里含了一坨金子，一不小心就会掉出来。也看不出他的年纪，浑身土气，乍一看额头上皱纹刀刻一般，说小五十也差不多，可只要张口唱歌，眉眼就舒展开了，容光焕发的，也就三十来岁的样子。芳罗问："沙鲁，我应该怎么称呼你呢？是叫大哥还是叫兄弟？"

沙鲁搓着手说："叫啥子都行。"

芳罗说："在台上我问你的话，你得好好回答呀。"沙鲁皱着眉头想想说："哦，我真是说不清白，你还是别问吧。唱歌就是。"

他说的"清白"是清楚的意思。别人在台上巴不得主持人多问几句话，好给观众留下更多印象，芳罗见惯了贫嘴的人，沙鲁是个例外。

彩排时就出了个岔子。沙鲁是清唱，他扎着帕子走上台，一声高腔出来，顿时响遏行云，但唱得正好处却突然停住了，只见他面色困惑，眼睛朝两旁一个劲地搜寻着。小丁在台下急得直喊怎么了怎么了？沙鲁说："咋个还有别的调子嘛？"

原来幕侧的乐队随着他的歌声跟了一点伴奏，还加了几锤架子鼓，沙鲁的歌声就被搅乱了。芳罗忙上去安抚，说是乐队给他增加气氛的，沙鲁一听连连摇头，说："这我就搞不好嗒。"小丁和芳罗就示意乐队不要再跟，可沙鲁站在那儿，好半天找不回来神。聚光灯白花花地照在他脸上，他两眼眯缝着抬起手来想遮挡住光，看彩排的人不少，黑压压地哈哈直乐，沙鲁的神色更慌乱了，身子情不自禁地往后退，差一点就要摔倒在台上。

芳罗赶上去扶住他，小声问："沙鲁你没事吧？"

沙鲁说："我想不起来词了。"

芳罗说："你别紧张，你唱的第一句不是'太阳出来照白岩'吗？"沙鲁恍然大悟地噢了一声，这才唱下去："太阳出来照白岩，情妹出来晒花鞋，情妹花鞋我不爱，只爱情妹好人才，赛过当年祝英台。"

后来，沙鲁见了芳罗就有了笑意。他不太跟人说话，吃饭扒拉两口就放下了，芳罗问他是不是饭菜不好吃。沙鲁摇头，说没得辣椒。芳罗就去电视台一旁的小超市给他买了瓶老干妈，沙鲁拌在饭里，红鲜鲜的，一个盒饭吃得一干二净。芳罗很高兴。

沙鲁会唱几百首歌，但站在京城的舞台上却连连忘词，他嘴里咕哝着，一个劲地搓手，好像要把那些词一个个搓出来。要是没有别的声音干扰，他困难地想上一阵后，会慢慢想起来，并渐入佳境，芳罗见他肩膀那里松弛下来，手也不搓了，自己一首接一首地唱，也不等人报歌名。"高山顶上一丘田"，"白布帕子四只角"，"蝴蝶带信给蜜蜂"，"有心恋郎不怕穷"……，要是芳罗不走到他身边大声提示，他会一直唱下去。

下台之前，他的神情总有些恍惚，也不记得给观众鞠个躬，不知道该往哪一侧走，得芳罗领着。芳罗会落落大方地拉住他的手，牵着他从灯光明亮的台前走到昏暗的台后，沙鲁的手汗津津的。她心里对这男人有一份怜惜，听小丁说，沙鲁是一个丧妻的鳏夫，三峡修大坝搬迁移民，沙鲁一家三口被迁到了江汉平原沙阳一家农场，沙鲁的妻子去了那边不习惯，洗澡时中了煤气，发现时人已浑身青紫，没救回来。沙鲁伤了心，带着一个上十岁的娃儿前两年回到了龙船河，正是在那里天天唱歌，让村里的人传了开去。

就是这个农夫的歌声震住了所有的人，几番排练过后，好评如潮。小丁兴奋地说："亮点亮点，绝对是这台晚会的亮点。"但没想到沙鲁会在关键时刻不辞而别，让人大失所望。小丁只要一喝酒就提这事，骂骂咧咧的："你说这人是不是有病？好好的，只要上了这台晚会，几分钟的事，我敢说他沙鲁马上就成腕儿，想不红都不行，可人就是不识抬举！"确实，如果沙鲁好好表现，这台节目获个奖，给栏目增加些收视率是不在话下的，可沙鲁把他自己弄砸了，也把这台晚会的设想弄砸了。

这回，小丁带人又到三峡来拍片子，芳罗说也想参加，小丁有些意外，芳罗说不是大家都在下基层吗？我怎么就不能去了？小丁说你不是想去看沙鲁吧？芳罗说就算是吧。

二

坐了飞机又乘车乘船，在陡峭的峡谷之间游走，一江浑黄的大水托着，人到了三峡。

落脚在一座新修的小县城里，沿山而建的十里长街，也是一座座高楼，竖着似曾相识的帆式路灯，花花绿绿的招牌跟全国各地的城市大同小异。三峡大坝建成蓄水之后，过去的险滩雄峰大有变化，倒也增添了不少新的拍摄点。县里领导和媒体一班人热情陪同，拍了不少风景和文物。吃饭的席间，芳罗问："你们这里好像有个叫沙鲁的民歌手吧？"几个人马上热烈地回答："是啊，是啊。"有个人说："他还上了一趟北京，中央电视台都看上了他。"

芳罗问他现在哪里？有的说是回了龙船河，有的说是还在北京，说不定跟那个山东的"大衣哥"一样，很快就要成名人呢。他们吃着当地的腊肉火锅，油汤煮得沸沸扬扬的，厅堂里突然响起："高山顶上一丘田……"的民歌，高亢的开腔在蒸气弥漫的厅堂里穿行，像一阵清风，芳罗停往筷子，鼻子那里一酸。

那是沙鲁的歌。"高山顶上一丘田，郎半边来姐半边，郎的半边种甘草，姐的半边种黄连，苦的苦来甜的甜……"如同阔别多日的熟朋友，从峡江边迎面走来，芳罗听得痴迷了，"这是沙鲁唱的？"她问。陪同的人炫耀地点头，说是县文化馆的歌师傅给沙鲁录的，餐馆啊红白喜事啊都放呢。南方人将"歌"念成"郭"，歌师傅不姓郭，是一个长年搜集民歌的人。

小城的宾馆一点也不亚于大都市的，细节上看得出峡江人的洁净和利索，浆洗过的雪白床单散发出一股好闻的江水和阳光的气息。芳罗对于被单的气味很敏感，如果别人用过的，或者有些潮闷，一拿上手就能闻出来，得请人换掉才睡得着，但在这小城里她很快就入睡了。

半夜里她被惊醒，手机铃在响，还有刺拉拉的火花，尖锐的吱吱声，她吃惊地以为是闪电，甚至失火，醒过神来才知道那其实是对面的建筑工地在施工。这座因为三峡大坝而搬迁新建的小城，时隔十多年了，仍然有一些在建的工程，沙和水泥钢筋都堆到了街面上，来往的车辆为了避让，像蛇一样扭来扭去，又都毫不示弱地飞奔。芳罗坐在车上时，常为司机的横冲直撞而心惊胆战，小城也有好些不可爱。

手机是前夫杨金戈打来的，一开口就说："机德不太好啊！响这么半天才接？"芳罗没好气地说："你少教训人，我可不是你那些女弟子。"杨金戈说："咳，开个玩笑都不行吗？你每次来电话我是怎么接的？"倒也是，杨金戈接电话总是跟救火一样，铃声最多响两下就会听到他："喂，你好！"用他的话来说是都市节奏。

"深更半夜的，打什么电话？"芳罗说。

杨金戈说："睡不着，找你商量个事。"

窗户对面的工地上，一些戴头盔的工人正在俯身作业，一串串焊接的火花升腾在漆黑的夜空里，绚丽多姿，恰似焰火。那年在郊外，北风飕飕的大年夜，雨夹雪吹打在脸上，可人不觉得冷，噼啪声中看那些五颜六色的焰火欢快升起，天空都映红了。杨金戈偷偷在她脚下放了一个"满地钻"，火花紧紧围着她的脚脖子旋转，她尖叫着，又是笑来又是跳。他们那时是夫妻，而后来不是了。

芳罗打了个呵欠："什么事那么着急？等我回去再说吧，我这在外地呢。""外地啊？"杨金戈立刻很关切的，"南方还是北方？你衣服带够了没有？"芳罗打断他的话："你别假殷勤好不好？我又不是小姑娘。这里是长江三峡，山清水秀，空气怡人。"

杨金戈笑了一下，说："那我就放心了。"

"你没什么心要放的。"芳罗这样说，但也跟着笑了一下。

虽然离了婚，但他俩仍然比一般的朋友要好很多，毕竟当初相亲相爱才走到一块儿，又共同生活了两年，离婚也不是因为什么深仇大恨。所以从街道办事处领了绿皮证出来之后，俩人还到砂锅居吃了顿饭，暖融融的小餐桌上，小砂锅里白菜粉丝五花肉，热气腾腾吃得他们把心里的隔膜都化开了，俩人一起频频碰杯，说不做夫妻做朋友，哈哈！杨金戈一直很够意思，遇事随叫随到，有一次芳罗痛经下不了床，电话打过去他立马就赶过来了，买药煨汤，一会儿换一个热水袋，给她敷在小肚子上。芳罗当时差点说复婚吧，可刚要张嘴，又听见女孩子给杨金戈打电话，芳罗从那以后三缄其口。

她心不在焉地说："快说吧，是不是又交了女朋友，让我给你拿主意？"

杨金戈笑起来："芳罗呀芳罗，让我怎么说你好呢？你这人如果只当个美女主持多逗人爱啊，可就是太聪明，让男人怕。"

芳罗说："又让我猜着了？"

杨金戈果然又交了一个女朋友，外企的女主管，父母都在国外，她也可以随时出去，人长得挺漂亮。"不过，赶不上你的气质。"杨金戈补充说。

"请你不要跟我扯在一起好不好？"芳罗说，"人漂亮有文化又收入高，还有在国外的父母，你还想要什么？我看挺好。"虽然这样说，心里却不舒服，她听出杨金戈这次的语气是认真的。平心而论，杨金戈是个不错的男人，大学老师却不迂腐，大方热情，生活的本领很强，唯一的毛病就是喜欢怜香惜玉，招蜂惹蝶，欣赏他和他欣赏的女弟子一大排。他赌咒发誓说跟任何女孩子都没动过真格的，可在芳罗听来，他接电话或是当面跟那些女孩子说话，总是温柔过度，不像她希望的那样一本正经。偶尔他甚至还和某个女孩子喝杯咖啡什么的，芳罗跟他天翻地覆地大吵了几次，心力交瘁，最后说："分手吧。给你自由，也给我自由。"

杨金戈却不愿意离婚，说："芳罗你别钻牛角尖好不好，都什么时代了？男人女人接触异性都是非常正常的事，你干吗非要跟自己过不去？"

要说他一个大学老师，人长得不赖，如今的女孩子就爱这种成熟的男人，上赶着追他，就是再有自制力的男人也难以无动于衷。可芳罗当时说："不是我跟你过不去，是我觉着累，跟你这样生活，太累了。"这段已结束的婚姻却总在藕断丝连之中。甚至晚上寂寞时，杨金戈的电话也会不期而遇，坏坏地笑着："怎么样，想我了吧？要不要我过去？"

他们真的在一起又度过了好些个夜晚，俩人相拥在一起，熟悉的身体，熟悉的动作，没有格外的激情，也没什么不安，只是跟离婚前相比多了一点客气，有点相敬如宾的味道，杨金戈笑称是知识分子的方式。只是芳罗一次高潮都没有达到过，虽然杨金戈使出了浑身解数，她也极力配合，都无济于事。每当杨金戈气喘吁吁地翻身下马，问她如何？她都说很好，很好，还假装也气喘吁吁，其实内心平静如水。

这些感觉她从未对杨金戈吐露过，不管是不是夫妻，她不能破坏一个男人的自尊。设想多少对夫妻，就是左手跟右手的关系，又怎样呢？还不是照样过，更何况她跟杨金戈之间顶多也就是情人而已，好就多聚不好则散，没什么太多的挂牵。

可现在前夫真的要另起炉灶了，她心里突然升起一种失落感，嘴里却说："你赶紧吧，要不然仙女就要飞了。"杨金戈显然不太满意她的回答，还想再说什么，芳罗把电话挂了。

半夜她醒来好几次，第二天早晨有人砰砰地敲门，叫："芳记者，有人给你送的东西。"她披衣起床打开门一看，却是一小筐新鲜的樱桃。

竹编的小筐，紫红的果儿，透亮透亮的，忍不住就吮了一颗，清甜微酸，不同于北方樱桃的熟甜，却是沁人心脾。问是谁送来的，想必是县里接待的主人，不料前台的女孩儿却说不认得，是个男的，放下就走了。芳罗吃着那些樱桃，不知怎么想起了沙鲁，沙鲁曾在北京对她说过，芳老师你什么时候到我们龙船河来，我们那儿的樱桃特别甜。

芳罗说："你们家种的吗？"沙鲁点头，说："我爹种的。"

三

拍摄组要往上游的巫山去，芳罗就提出要留下来，她给小丁说，我帮你把沙鲁找回来。小丁高兴又有些迟疑地说："他还在江那边的山里头呢，你一个人……？"芳罗说："咳，你还当三峡是从前的原始森林啊，到处都有人啊，你放心好了。"她人长得漂亮，做事常常自有主意，小丁便犹豫着点了头。

这小城接待客人显然十分具有套路，高低各有打发，像芳罗这样京城电视台来的记者，如果带着不同寻常的话题，特别是来揭短的，县里一般会有分管的副手作陪，有时甚至一把手都会出面，好吃好喝地款待，一般记者来了，也会有一位县局的局长陪着吃饭，然后派人一直陪同。

芳罗不想让人陪着，但她不知该如何往龙船河去，便想起给沙鲁录歌的歌师傅，就给文化馆打电话，接电话的人说着语速很快的峡江方言："歌师傅在江边上……"芳罗听不明白，便直接去文化馆问。

不想这一趟累得她够呛，这依山而建的小城除了那条独一无二的大街，再去任何地方都得上坎下坡，文化馆建在半山腰上，沿着弯弯拐拐的天梯巷子爬了几百级石阶。走进去一问，一些红男绿女正在院落里跳“撒忧尔嗬”，这是三峡一带的跳丧舞，被当地人改编成了广场舞，到晚间县城里那座唯一的广场上人山人海地跳。歌师傅原来已退休，在江边上开了个茶楼。

芳罗就去了沿江的石桥边。一座座高架桥连起一道道山弯，才形成了小城的十里长街，从桥上俯身看长江，先没看大江的壮阔，倒觉出自己的小来，码头那里上下船的人儿也如蚂蚁一般。石桥边就有一茶楼，走进去立刻让人感觉到小县城的闲适，两三张木头桌椅，斜靠着一些喝茶的人，正听一个靠窗的汉子拉胡琴《赛马》，拉得飞沙走石，马蹄声碎。

一个上了年纪的瘸子提着把大茶壶过来，小声请她坐下，问要不要来碗明前茶？芳罗点头，只听胡琴拉完，叫了一声好，欠身问道：“您是歌师傅？”拉胡琴的汉子却仰脸一笑说：“那一位。”他指的正是那瘸子。

瘸腿的老头儿不紧不慢地给芳罗沏茶，说：“你是来找沙鲁的？”芳罗有些意外：“您怎么知道？”老头儿说：“小城就这么大。”

茶楼里的人都认得沙鲁似的，七嘴八舌应和：“沙鲁啊，早就回他的龙船河去了。”或许是长江过往留下的习惯，小城的人热情健谈，高声大嗓，你一言我一语，有外来人坐在旁边，更是起劲。他们都从电视上见到过芳罗，也知道他们一班人来拍节目，说沙鲁就是这个歌师傅从山里挖出来的，歌师傅这个人啊，跟民歌打了一辈子交道，年轻时就走乡串户，搞了几十本《三民集成》，没顾上挣票子买房子，只得了一个‘歌师傅’的名儿……“民歌民谣民间故事，把我们歌师傅的腿都搞瘸了噢。”拉胡琴的说：“那年他到龙船河一户人家采山歌，从悬崖上摔下来，差点把命都送了，亏得人家瓜子妹儿救了他，才死里逃生。”又说，“瓜子妹儿就是歌师傅的媳妇儿。”

“那是后来的事。”老头儿只管给人们倒茶，一边说，“你们只少说些，让北京来的客人笑话。”芳罗微笑听着，平日一些乱七八糟的事儿不禁远远退去。面前热气缭绕的明前茶，是清明前摘下的芽尖儿，乍一进口，味儿有些淡，但干净细腻，清清的甜。

她见歌师傅提着壶从一间灶屋里拐进拐出，便踱了进去，只见里面窄小狭长，砌着一口大灶，烧着煤炭火，火上坐着一把大铜壶，一个半老的妇人系着围裙正在灶上抹拭着，铜壶擦得跟镜子一般晃着亮光。见芳罗进来，妇人抬头浅浅一笑，瓜子脸，神色安静，一双被细密的皱纹包裹的大眼，年轻时一定是眉清目秀的。

歌师傅回头一见芳罗进来，忙说：“咳，这里面烟熏火燎的没个站处，快出去坐着吧。”一边侧身将她朝外让，芳罗正想退出时，却听那妇人说道：“沙鲁在龙船河的麻坪村。”

芳罗回过头来，妇人却仍然擦着铜壶，却说：“要把沙鲁的歌棒找回来哟。”

老头儿说：“咳，你跟人家说这些干什么？”他将芳罗拉到外面靠江的窗边坐了下来，然后叹了口气，说，“我老伴儿的话你莫当真。”芳罗说：“她就是瓜子妹儿吧？”

老头儿说：“年轻时那么叫。她跟沙鲁家沾着亲，所以一直挂着沙鲁。”芳罗说：“沙鲁在我们那儿录节目，大家都蛮看好他的，可临到上场时，他却不辞而别，说是把什么歌棒弄丢了。歌棒是什么东西？很贵重吗？”

“说贵重，不过也就是一根木棍，说不贵重，有人看它比性命还要紧啊！”老头儿给芳罗加了茶，又端来一盘米粑，他不像小城的其他人那么爱说话，问一句就答一句。

窗外，峡谷那边巍峨的高山，被一江浩荡的水推拥着，一片神秘的沉默，那些山的深处究竟藏着什么呢？一代又一代的人走过，又消失了，他们带来了什么，又带走了什么？谁能说得清？芳罗喃喃地说：“龙船河，离得远吗？”

老头儿看了她一眼，说：“你想去？他们未必欢迎你。”又出人意料地说，“从前我差不多是把沙鲁当儿子待，可六年前他和我翻了脸。”

芳罗吃惊地说：“啊？可那些歌……不都是您给他录的吗？”

“那些歌不是他唱的，是从前我给他爹录的，好多年了。沙鲁爹才是真正地道的歌师傅呢。”老头儿说，语气中充满了落寞，“唉，沙鲁这人跟他爹一样，有些怪脾气，你看他有时候好好的，可不晓得哪根筋绊住了，就死活转不过来。好些年我们没有来往。他的事我都是听别人说的。”

芳罗恍然大悟，难怪这几天听到沙鲁的歌跟在北京时不太一样，有些沙哑，也更为圆润，她还以为是录音设备的缘故。她说：“歌师傅，谢谢您给我说了这么多沙鲁的事。我还得求您一件事。”

老头儿警惕地看着她。芳罗说：“我听人说您也有歌棒，能让我看看吗？”

老头儿满脸不愿意地说：“我是有，可早就将它们封起来了，我说过，不到我要死的那天再也不打开。”说着，他瘸着腿站起来，拎着大壶走开了。芳罗坐在那里喝了一道又一道茶，她神色安定地等待着，一副不到长城非好汉的架势。老头儿走过的时候，她就顺便叫他一声歌师傅，又问当地政府有没有将他的三民集成重视起来，要不要电视台给他做做宣传？

老头儿最后一声叹息，领她上了茶楼的一间小屋。

他打开那间小房，里面摆着一排大柜，老头儿从里面拿出一个散发着檀香味儿的木盒，盒子上着锁，他又用一把贴身带着的小钥匙轻轻打开。芳罗定睛一看，盒子里躺着两支一尺多长的木棒，颜色褐黄，通体雕刻着一道道深浅不一的花纹。

芳罗说："这就是歌棒？"

老头儿屏住呼吸，像怕惊扰了这两根木头："嗯。"他轻轻举起来，说："这支是清代雍正年间容美土司王宫里用过的，那支花梨木的是一个苗族头人留下来的。"芳罗说："我能摸摸吗？"

老头儿递给她，她小心地握住了。那些凹凸不平的纹路在她的手指下坚硬而又曲折，只听老头儿说，三峡一带古来即为歌舞之乡，无论是巴人后裔还是苗家人都崇尚载歌载舞，尤其节日或婚丧嫁娶，可几天几夜不停歇，歌儿真好比春江水，唱也唱不完，领唱的人通常都有一根歌棒，将歌词刻在上面。这深一道浅一道的纹路都是记的歌词，唱歌人会用一辈子精心刻画，任何时候只要一摸，就会想起那些美妙的词来。

芳罗抚摸着那些纹路，看不懂它们怎么会跟千变万化的歌词相连？歌师傅说，这是唱歌人用心的创造，跟造字一样，是一个个特殊的符号，有的记的是某个故事，有的是时间，只有他自己才懂得。所以每个歌师傅都有自己的歌棒，别人拿去都没法用的。

"难怪沙鲁总是忘词。"芳罗说。

沙鲁老爱搓手，就是手里差了个东西啊，就像丢了魂似的。可他的歌棒丢哪儿呢？她问："丢了之后再刻一个不就行了吗？"老头儿沉默了好一会儿说："不那么简单。"正说着，楼梯上传来脚步声，扎着围裙的瓜子妹儿走了进来，眼巴巴地看着老头儿手中的盒子，在她走进的当儿，老头儿早将两支歌棒收进了盒里又上了锁，对瓜子妹儿说："你忙你的去，也上来做甚？"瓜子妹儿看着他不言语，俩人僵持了好一阵，芳罗尴尬地站在一旁，只听瓜子妹儿恨恨地说："我看你藏到哪一天？"

老头儿高声说："没你什么事。"

芳罗一看不便久留，只好说了声告辞。老头儿和瓜子妹儿无语地用目光送着她。

四

起初，是因为龙船河的碧绿。在那条像女人的细腰一般婀娜多姿的小木船上，芳罗惊讶地感觉到那水的深厚的碧绿，柔软地顺着船舷滑过，绸缎一般悄无声息，她要是有一把剪刀，似乎便可裁剪了去。山也是碧绿的，一沓一沓地浸透了看不见的远处，仿佛只要用手一拧，那山便可淌出浓浓的绿色浆汁来。

坐在船上的芳罗心情一阵阵好起来，昨夜她从茶楼回来，杨金戈又打来电话，絮絮叨叨地告诉她，说他的新女朋友太爱奢侈品，一早拉着到燕莎买LV，还有裙子靴子，花去了他一个月的工资加外快……芳罗听得不耐烦，说："从前你最多给我买盒巧克力，还说那比什么都甜蜜。这下有人给你糟钱啦，真好！"又说，"你给我说这些，是想让我幸灾乐祸呢，还是羡慕嫉妒恨？"

杨金戈说："芳罗，你知道我没把你当外人。咱们其实是一家人，相亲相爱的一家人……"芳罗连忙叫他打住，又说："我这儿正收拾东西，明天一早得出发了。"杨金戈以为她要回北京，问是哪个航班？来接她。芳罗说："什么呀，我要去龙船河。"杨金戈就盯着问龙船河是什么地方，又问去那干什么？芳罗说："你管得着吗？"却又说，"去看一位农民歌手。"

杨金戈说："农民歌手？多大年纪？"

芳罗说："你问人家年纪干吗？"她又忍不住说，"杨金戈你要知道，真正的好歌手就好比一片矿山的玉石，要发现开掘出来真是不容易，他的声音太特别了，好难得，你要听过他唱歌就知道我说得一点没错……"

她一气说下来，那边却没了回应，她以为电话断了，喂了两声，却听杨金戈说："你有些激动啊！"

芳罗说："你少阴阳怪气。"

杨金戈说：反常反常。你为一位歌手这么上心，你是制片人吗？是领导吗？你当你的主持，歌手跟你有什么关系？"他连珠炮似的，芳罗叫道："杨金戈，你疯了？"杨金戈说："芳罗，你心里究竟想的什么，给我说说行不行？别在外面瞎转悠了！"

他的话让芳罗生气了大半夜，她本想再把电话拨过去，他杨金戈用不着再跟她指手画脚，干涉她的事情。现在这青山绿水之间，那些琐碎的让人生厌的话被她抛到了九霄云外，一路从人们的介绍中得知，河两边的岩石上有好多悬棺，还有古栈道、橘子树。西晋有一位诗人张载曾写道："大谷石榴，木滋之最，肤如凝脂，汁如清濑。江南都蔗，张掖丰柿，三巴黄甘，瓜州素柰。凡此数品，殊美绝快。"

所说的三巴黄甘，指的就是这一带的柑橘了。她来的季节，还未到果子成熟的时候，只有满山遍野青油油的果树，但芳罗想这也值得了。

快到龙船河镇上时，岸边的林间小路上出现一个男人，他跟着船行朝前走着。芳罗开始没注意，到后来心里猛然一动，那宽宽的肩膀，穿一件深蓝的布衣，还不时地朝她这边打量，是沙鲁吗？

再细看，果然是，这一下惊喜了得。她霍地从船上站起来，摇着手朝岸上高喊："沙鲁——！"

一船人都朝她看，这沿河都是旅游的热点，游客来自四面八方，大呼小叫倒也司空见惯，有凑热闹的也跟着她喊起来："沙鲁——！"岸上的男人显然听见了，摆着手。好事的游客们唱起来："妹妹你坐船头，哥哥在岸上走……"闹得满河水响。

船靠近岸边，果然是沙鲁站在那里，手足无措的样子，隔着人叫了声："芳老师！"芳罗也隔着人叫道："沙鲁，你好哇！"她抬脚下船，船儿有些摇晃，沙鲁弯下腰，用手拉住船帮，又朝她伸出另一只手，芳罗握住往下一跳，刹那间她的身体全都压在了他的手上，那手硬硬的，很刚强，很用劲。

芳罗说："沙鲁，你怎么知道我要来？"

沙鲁接过芳罗手里的东西，腼腆一笑，这男人看去很老成，一笑却像个孩子，眼睛嘴角都弯弯的，却说："他们告诉我的。"

他说话一字一字地往外吐，很金贵似的，芳罗问："他们是谁呀？"

沙鲁说："镇上。"

芳罗明白，肯定是县里给龙船河打了招呼，却没想到他们连沙鲁也告诉了，还让他来接她，她心里好欢喜，笑着说："沙鲁，我是来找你算账的。你招呼都不打就跑了，把我晾在台上好几分钟，好多观众来信批评，小丁他们都差点给气疯了……"

沙鲁脸红红的，说："对不起。"

芳罗说："说对不起就完了？你到底为什么呀？"

沙鲁说："忘了词。"他又补充道，"一句都想不起来了。"他看着芳罗的眼睛，说，"真的。"

两人一边说着，沙鲁带她爬上了河岸，来到龙船河镇的小街上。芳罗说："你要带我去哪儿？"沙鲁停住脚步说："他们让我把你接到镇上去。"芳罗说："这不就是镇上吗？你的任务已经完成了，现在该听我的了。"她说："我这次就是专门来看你和你父亲的，其他地方哪儿也不去。"

这天好阳光，峡谷之间的天空显得格外明亮，透彻清爽，芳罗看着沙鲁憨憨的样子，心里直想笑，早起她将头发梳成了一个高高的马尾，穿一件咖啡色皮夹克，胸前戴了一根从西藏八角街寻得的铜质的挂件，刻着藏传佛教的经文，银链子，站在这被依山傍水的小镇上，显得时尚又俏皮。

她说："我还没吃中饭呢。"

沙鲁着急起来："啊？"他想了想，忙说，"镇上有家羊肉面，要不要得？"芳罗学着他的方言，说："要得。"

沙鲁的眉眼展开来，雄赳赳地领着她走进一条窄巷子，老远就有一股又辣又冲的羊肉味浓浓地飘过来。一间小小的店门前，一些人进进出出，吃得红光满面的人打着饱嗝从他们身旁走过。店堂里摆着很家常的小方桌、矮木椅，弥漫着一股呛鼻的硫黄味儿，芳罗一进去就呛得咳起来。沙鲁忙从里面拖出两把椅子，往门前一支，让芳罗坐下，带着歉意地说："我们这边的煤炭硫黄多，呛着你了吧？"

芳罗说："不要紧。"沙鲁去买了面，说："芳老师，这家的羊肉面蛮有名呢，家传几代人了。"芳罗说："是吗？"

她看沙鲁的神色比先前自然了许多，说话也顺溜起来。不一会儿，有人喊："面好啦！"沙鲁起身去端了过来，芳罗一看那碗大得像个小面盆，整个脸都可以埋进去，热气缭绕的汤面上漂着一层厚厚的红油、碧绿的葱花蒜苗、嫩黄的姜丝，大块鲜红的羊肉，切得薄薄的，裹在油汤里。芳罗端在手上沉甸甸的，说："沙鲁，这碗太大了，我吃不了这么多。"沙鲁说："你先尝尝，吃不完再说。"

芳罗挑起几根，顿时一股鲜辣染了舌尖，又迅速渗到心里，她忍不住呵呵吸气，说："我说过不要辣椒。"沙鲁说："我说了不给你放辣椒，就是羊肉臊子一点点。"芳罗看他那碗里果真才是堆着红红的油辣椒，面条都染红了。

芳罗说："沙鲁，你真能吃辣椒。"

沙鲁感激地一笑，说："芳老师，在北京你没少给我买老干妈。"芳罗说：

“我们都怕你吃坏了嗓子，可你说不吃反而喉咙痒，一唱歌就想咳嗽。“她边说边想起沙鲁在排练场上笨头笨脑地勾着腰咳嗽的样子，不禁笑起来。沙鲁也跟着笑起来，说：“芳老师，你对人好。”

芳罗有点受宠若惊。

她嘴里起初辣得受不了，三两口下去以后，舌尖变得麻木，渐渐不觉得辣，鲜味逗引着唾液涌泉似的，嘴里滑溜着，不知不觉将小盆似的一碗面全吃了下去，只剩下些汤水。人也似乎一时间更率性泼辣起来，她豪气十足地说：“走！”

沙鲁抢着去付了钱，将一卷零票小心地揣进兜里，然后问去哪儿？芳罗眉毛一抬说：“去麻坪你们家呀。”沙鲁脸上又现出难色，芳罗说：“有什么不方便吗？”

沙鲁说：“芳老师，那边太简陋了。”他说：“要说那是我弟弟跟我爹的家，弟弟弟媳去深圳那边打工去了，把娃娃放在家里……”

芳罗说：“你说的这些我早知道了，走吧。”

五

麻坪村说是一个村，但跟北方一排排院落的村庄不同，三峡两岸的人户大都散居，三三两两选择在山窝里，有利于避风遮雨，但看不出成片的村子。沙鲁拎着芳罗的行李包，走到一个三岔路口站住了，犹豫着说：“村主任的家就在那边。”他指着山洼里一座白墙红瓦的小楼，“芳老师你要不住到那儿去，他家条件好，有城里人用的卫生间……”

芳罗一言不发地从他手里将自己的包使劲揪了过来，然后往背上一摔，快步往前走去，沙鲁紧追了几步，叫道：“芳老师你往哪去？”芳罗只顾走着，沙鲁一把扯住她的背包，说：“那边是进山的路，天都快黑了，你？”芳罗仍不答话，其实心里有些好笑，自己像个高中生似的赌着气，脚下不禁放慢了，由着沙鲁将包拽了过去，说：“你不是让我去村主任家里住吗？还拉着我干什么？”沙鲁说：“村主任的家也不是朝这边走啊！”

芳罗正色道：“沙鲁，咱们不是已经说好了吗？我这次来是奉了小丁之命，专门来看你的，除了你家，我哪儿也不去。”

沙鲁无奈地说：“那好吧。”

又走过一片橘林，沙鲁指着前面一幢小木房说：“到了。”

即使在这偏僻的麻坪村，这房屋也显得破旧了，土墙木板楼，窗户看得很小。

一位老人坐在门前，跟沙鲁一样，这老人也看不出岁数，像是六十多岁，可脸上的皱纹层层叠叠，说七八十也差不多，一双眼睛低垂着，但显然远近的事都搜在眼里，老远见沙鲁带着芳罗走来，嘴唇就动弹开了。沙鲁说：“这是我爹。”

芳罗还未来得及开口，沙鲁爹抬起锥子一般的双眼，说：“无事不登三宝殿。”芳罗一惊，笑起来：“您是在说我吗？”

沙鲁小声说：“我爹他脑子有些不清楚，自说自话呢。”

沙鲁爹嘟哝着：“大河涨水小河满，锅里有了碗里才有……”芳罗说：“沙爹爹，听说您会唱好多歌？”

沙鲁爹看着远处说：“远水解不了近渴。腰里别了个癞蛤蟆，假充打猎人。”芳罗问沙鲁：“他说的啥意思？”沙鲁说：“芳老师，我爹他就是这样一个人从早说到晚的。你莫问了，进屋休息一会儿吧。”

他把芳罗引进一间偏房，一张老式的架子床靠墙放着，像一间小小的屋子，有踏板，还有蚊帐，芳罗好奇地打量着。沙鲁从箱子里翻出一套床单枕套，大红的碎花被面，透着一股樟脑味儿。芳罗一看是新床单，沙鲁说：“唉，搬迁时乡里送的。”一手扯了下灯绳，窗外已是暮色，发暗的屋子里一下子明亮温暖起来。

芳罗歪着头看沙鲁笨手笨脚又一丝不苟地铺好床单，她没有去给他帮忙，却在想他平时是怎么料理生活的。沙鲁被她盯得不自在，忐忑地说：“芳老师，你……你在看啥子嘛？”芳罗说：“我看你呀。”沙鲁的脸红了，鼻尖冒着汗，芳罗笑起来。

晚饭吃得有些晚，沙鲁切了一块腊肉，炒了屋后菜园的青菜，芳罗吃得挺香，突然想到沙鲁说他和弟弟的两个孩子，便问去了哪里？沙鲁说这些天有些活路要忙，他把他们放在了河那边的妹妹家。

沙鲁爹坐在上首喝着一杯苞谷酒，突然说：“三担麦子架牛拖，我的名下有几多？”芳罗说：“沙爹爹，您老人家出口成章。”

“嘴里喊哥哥，手里摸家伙。”沙鲁爹脸色严肃地说，又呷了一口酒。芳罗背过脸小声问沙鲁：“你爹他一直这样吗？”沙鲁说：“有些年了。”停了停又说：“那年人家把他的歌棒骗走之后，他就这样了。”

芳罗心里不禁一沉，她想到了沙鲁丢失在北京的歌棒。吃完饭，沙鲁几下子就把碗筷扒在一个筲箕里，拿到灶屋里洗刷。芳罗看那里的灯光暗暗的，但沙鲁手脚麻利，看样子什么都能干，洗完了锅碗瓢盆，又去喂猪和牛。芳罗跟着他在场坝里走来走去，再走远些，沙鲁就连忙叫她，说村子里的人家都喂了狗，天黑见了陌生人就咬。

芳罗无所事事地一回头，见堂屋的墙角摆着台电视机，就过去打开，轰的一声像什么东西炸了似的，吓了她一大跳。回过神来才搞明白是电视机的噪音，拧来拧去，只见屏幕上一下雪花，一下又没了图像，不一会儿眼睛耳朵都乱糟糟的，便赶紧关了。

坐在一旁的沙鲁爹说："哪壶不开提哪壶。"芳罗说："你听听，沙鲁，你爹的话都说在了点子上。"

"世上没几个清白人。"沙鲁爹端一张小凳坐到门前，抱着膝偏着头，眼睛盯着大门之外，脸色很不屑。夜色发黑，树叶被风吹得沙沙直响，小河那边，一轮弯弯的月儿升了起来，山里村庄真安静。

时光在这里放慢了。芳罗以为天色已经很晚，一看手机，却刚刚才过八点。在北京这会儿，夜生活才刚刚开始，她和杨金戈常去朋友聚会，有时候到后海吃涮肉、划船，随后又到酒吧喝红酒、唱歌，不知不觉间就通宵未眠。第二天早晨接着就赶去上班，真的是起早睡晚，车堵成一片，人筋疲力尽，她的小眼袋和黑眼圈就是那段时间落下的。现在，那些喧嚣的人和事都在千里之外了。

手机振动了好多次，来电显示出好些个未接电话，她是有意将来电铃声设置成了振动，这样只当听不见。她给小丁发了个短信，说已见到沙鲁。小丁很快就回了短信，说你告诉沙鲁，我们请他去北京，专门为他策划一个节目，报酬可以从优。

她回到偏房，希望沙鲁也过来坐下，可他一直在忙。昏暗的灯光，发黑的屋顶，沙鲁在来回地走动，木板房不隔音，他还在灶屋里洗着衣裳，哗哗的，他一个男人，有些让人心疼呢。又过了一会儿，他给她端来热水，搪瓷脸盆，盆底是鲜红石榴的图案，一块新毛巾搭在盆沿上，手里还夹着块香皂。她看见他的眼睛闪动着，脸上泛着红光，抑制不住内心的某种喜悦，她明白他其实为她的到来而欣喜呢。

想到这里，她心里热起来，一下子将手伸到水里，烫得她哎呀一声，沙鲁赶忙冲过来："怎么了？"

芳罗甩着手说："太烫了。"沙鲁一把抓住她的手："我看看。"又懊恼地说，"都怪我，我怕水不热，这山里的夜晚湿气大，芳老师你禁不住寒气呢。"

芳罗的手被他握着，他的手好湿热，不知是汗还是水，将一股异样的热流传遍了她的全身，她说："没事的，只是轻轻烫了一下。"沙鲁说："我给你抹点儿药。”转身拿了个小玻璃瓶进来，说是穿山甲的壳熬成的，特别对烫伤有用。一边握住芳罗的手，给几个烫红的手指抹得一层乳白，清凉清凉的。芳罗说：“够了够了，快别抹了。”嘴里这样说，手却不撤回来，任沙鲁抹了一遍又一遍。

“沙鲁，我来给你添了好些事儿，你不觉得特麻烦吧？”她说。沙鲁低头只看着她的手，说：“……你，盼也盼不来的贵客啊。”他说，“有时候，我打开电视想看看……”芳罗说：“看什么呀？”沙鲁有些窘迫地：“看看你们台……但信号不好。”

芳罗故作大方地说：“你没想到看看我主持的节目吗？”沙鲁点头不语，笑纹却从两腮漫了上来，芳罗说：“沙鲁你也会说客气话啊？”沙鲁抬起头来，说：“不是啊。真的蛮喜欢看芳老师的。”

芳罗说：“你别叫我芳老师好不好？我看你爹才是老师呢，开口不是诗就是词的。”沙鲁说：“我爹那都是年轻时唱歌唱的，如今眼前的事一件都记不住，可那些歌词儿一句句往外冒。”

俩人说着话，好一阵都没觉得手拉着手，直到芳罗始终保持的一种姿势坐在那儿腿伸得发麻起来，她一动弹，沙鲁像受了惊似的唰地松开了她的手，一时间俩人都不知再说什么好。四周安静极了，能听见彼此的呼吸声，越来越重，在这静谧的夜里像拉着风箱。

突然，隔着几间房，传来沙鲁爹剧烈的咳嗽声，还夹杂着含混不清的言语。沙鲁束手无策地站在芳罗的面前说：“芳老师，你早些休息吧。”也不等她回话，便逃也似的出了房门。

六

说不清的失望涌上芳罗的心头。

但很快，她又为自己的失望大吃一惊。她羞惭地发现，心里潜藏着的某种欲望，像一头无名的小兽毛头毛脑地爬了出来，蠢蠢欲动。

难道她喜欢上了这个男人？就像是哥伦布发现了新大陆。在她内心的海洋里，一艘由她的灵魂驾驶的小船儿在黑暗的风浪中搏斗，已然经历了相当艰苦的过程，她却浑然不觉。现在这艘船终于抵达了坚硬的陆地，那船与礁石咔嚓一声的碰撞，猛然惊醒了她。她其实早就喜欢上了这个山野中的农夫。

现在，她躺在他的床上，怀着些许惊慌和恐惧，还有让她感到羞耻的期待。

可沙鲁却消失了，屋里没有了他的走动和气息。她无法入睡。过了很久，她憋不住拿起了手机，给杨金戈拨了过去。

半夜来电没让杨金戈惊讶，相反他很急切地说："你总算是打过来了。我给你打了好多次电话都没人接，还怕你出了什么事儿呢。要是明天早晨再没收到你的信息，我就要报警了。"芳罗听得有些感动，对她的在意还是让人受用的，便说："我在为一部音乐专题片《巴人》选景，山里信号不好，想给你回电话但打不通。"

杨金戈放慢了口气，说："哦，原来是这样。"他打了个呵欠，说："这么晚你还没睡啊？"芳罗说："我都睡一觉了，突然想起给你打个电话。"杨金戈坏坏地笑了，小声说："你不会是想我吧？"

芳罗说："杨金戈，小心别让你的女朋友听见了，至少让你三天不快活。"杨金戈大大咧咧地说："你放心，我女朋友可是比你气量大，她从不过问我的隐私。再说了，她就是生气也不会超过半天，不像你似的，总让我哄个没完。"芳罗说："所以说就凭这一点，咱俩也长久不了，要不怎么会分手呢？你昨天发的照片我看见了，这一位长得倒挺摩登的，金发女郎啊。"杨金戈笑着小声说："那是染的。"芳罗听他放低了声音，便说："哎，她现在是不是在你那儿啊？"那边沉默了一会儿，芳罗心里顿时升起不快。

只听杨金戈说："不瞒你说，她早就搬进来了，但我跟她各居一室，处于半分居状态。"芳罗说："你用不着给我说这么细。我可告诉你，不许别人动我原先睡过的枕头。看来等我这次回去，得把我用过的东西从你那儿全都清过来啦。"离婚时芳罗没要房子，因为是用杨金戈的名义买的，分期付款还得八年，芳罗只拿走了自己的一些衣物，好些物品还都放在那里。

杨金戈说："你这是何必呢？夫妻不成还可以是朋友，是情人，对不对？"芳罗说："谁跟你是情人？杨金戈，以后不要有事无事地给我打电话，都已经分手了，别假装还藕断丝连，你不是陆游，我也不是唐琬。"

如果杨金戈在跟前，鼻尖那块肯定又会发红了，他只要一生气鼻尖就会发红，果然杨金戈变了声音，说："芳罗，你也不要以为我还是你丈夫，可以由着你骂骂咧咧的。现在我只是关心你，你不要狗咬吕洞宾，不识好人心。"又说，"当初咱俩举行婚礼的时候，你爸把你交到我手中，叫我一辈子对你负责，这话我忘不了。"

芳罗沉默了。杨金戈叫着："喂，芳罗你说话呀！"芳罗叹了口气，说："半夜三更的，你要我说什么呀？”杨金戈说：“你那天说你要去找一个农民歌手，找着了吗？”芳罗说：“找着了。”她恶狠狠地又补了一句：“我现在就住在他家里。”

手机里啪嗒一下，像是噪音又像是什么东西摔在了地上，只听杨金戈有些气急败坏的：“他，现在哪儿？”芳罗压低嗓音说：“废话，他在睡觉啊。”

“一个众人瞩目的漂亮女人躺在他家里，你能说这个男人在安然睡觉？”杨金戈厉声说：“除非他有病！芳罗，你犯了一个大错误！”芳罗也有些气急败坏了：“你别胡说八道好不好？我这是工作你知道吗？”

杨金戈说：“上帝与魔鬼正在打斗，战场就在我们的心灵中。”

芳罗说：“你还能说出这么深刻的话？”杨金戈说：“芳罗你应该对文学多一些了解，这话是俄国作家陀思妥耶夫斯基说的。”芳罗说：“你别给我玩深沉，把你这一套用在你那些女弟子身上吧。”

杨金戈说：“别看我成天跟女孩子在一块儿混，其实骨子里你才是一个不安分的人，你别不承认。要说不安分没什么不好，咱们现在不就是要开拓创新吗？中国没有创新，就没有今天。可芳罗，你的方向一定要看准了，咱们都不是刚出校门的年轻人，有些事情我还伤得起，但恕我直言，你可伤不起。”

芳罗一把掐了电话。她隐隐听到这屋子里有了动静，窸窸窣窣的，一定是沙鲁起来了，她的电话吵醒了他。她盯着房门，黑暗中她的眼睛已经习惯了四周，可以看见窗外投进的淡淡月色，沙鲁会来敲门吗？

七

朦胧之中，天亮了。

她在这山野的农舍里安然入睡，半夜没睡着，一早却沉沉睡去，隐约听得外面鸡鸣狗叫，清新的空气从敞开的窗户一阵阵地吹进来，好舒服。她再一次听见沙鲁的歌声，就如同那天在电视台头一次听见的那样，她起了一身的鸡皮疙瘩，甚至微微的战栗。这个外表粗糙的男人，在梦里，也在用他性感的歌声打动着她。

她在床上不想起来。她有赖床的习惯，跟杨金戈生活的那几年，有时候杨金戈到学校上完课回家，她还在床上半睡半醒。杨金戈会大呼小叫，然后找个借口就跑了，什么活动啊会议啊。芳罗便懒洋洋地爬起来梳洗，然后去楼下的吉野家吃一份牛肉饭，热红茶，或者更简单的肯德基。有时候真的是很无聊。

“芳老师，该起来吃饭了。”房门外，传来沙鲁的叫声。门是虚掩着的，这农舍的门用的是木头门闩，插上去又滑了下来。她希望沙鲁推开门，让她瞧见他的脸。但沙鲁只是站在门外，又轻轻地叫了一声：“芳老师！”她答应着：“哎，我马上起来。”

答得很干脆，但她却一动也未动。沙鲁说：“芳老师，洗脸水给你打好了，放在门前。”她想说：“你帮我端进来吧。”

灶屋里的火在噼啪作响，烧的是柴火，沙鲁从山上砍的。昨晚吃饭时就听沙鲁说过，冬季之前，他每天到地里干活，都会从山上带一捆柴回来，靠着东边的山墙已经码上了顶，一个冬天也烧不完。偶尔，他还会去背一回煤炭，过去只要几块钱，现在涨到几十块了。麻坪村的人都托别人用拖拉机带煤炭回来，但沙鲁手头没那么多活钱，他不缺力气，就自己去背，翻过山就是，来回十几里路，比到龙船镇稍远一些。芳罗听他说着那些离自己相距遥远的事情时，有些心不在焉，她只是看着他的眼睛，因为他眼神里的认真而认真。

这会儿，她隔着房门听见沙鲁在灶屋里煮饭，一股荷叶的清香飘进来，还有柴禾味儿，她一下子精神抖擞，叫着：“沙鲁，我一早就听见你的歌声了，是你在河边唱歌了吗？”

沙鲁在那边答应着：“哦。”

芳罗说：“我听见了，还以为是在做梦呢。”

沙鲁说：“哦。”

芳罗说：“你是不是把村子里的人都唱醒了？”

沙鲁没吱声。

芳罗又饶有兴致地问：“你在做什么好吃的呢？”

沙鲁说：“河边采的荷叶，蒸的苞谷粑。”

正说着话，却听场坝里有人走来，一个女人叫了声沙鲁，沙鲁应了一声就走了出去。芳罗听他们在窗下叽叽嘈杂地说着什么，声音渐渐越来越大。“看看有什么呢？”女人说。

“有什么好看的？”沙鲁不耐烦又有些紧张的口气，“你还不赶忙回去喂你的猪，弄你的饭。”女人提高嗓门说：“你有事就来找我，问你一句话你就不耐烦。”

沙鲁说：“我怎么不耐烦了？”又小声说，“地也让你种了，又没收你一分钱，还不行吗？”女人说：“寨子里的人都看见你领回一个城里女人，从昨夜到今天早起，好多人到家里来，问你是不是在北京找了一个媳妇？”沙鲁气恼地压低声音说：“你也听他们乱七八糟地说。”

芳罗从里屋走出来，场坝里一下子安静了。只见一个脸庞红红的女子站在沙鲁跟前，也就二十多岁的样子，头发梳成一个马尾，发梢黄黄的，额头显出跟她的年龄不相称的细细皱纹。她见芳罗出来，立刻睁大了眼睛，却不说话，眼神里带着好奇和疑问。芳罗说：“沙鲁，你家来客了？”

沙鲁急急地说：“这是我妹。”又掉过头来对女人说，“你快回去吧。那两个娃儿还等着你呢。”

女子却不走，等待着什么。沙鲁背过身去在荷包里搜索，脖子那里涨红起来，片刻掏出几张零票，一把塞到女人手里，往场坝的小路上推着：“你快回去吧。我得空就过来接娃儿。”女人攥着零票说：“娃儿要吃肉，割一斤就是十几块……”沙鲁说：“那么多腊肉不吃？”女人说：“腊肉哪还有？种洋芋那几天早就整完了。”

芳罗走到那女子跟前，递过几张百元的钞票，女人下意识地伸手来接。她手指触在芳罗的手上，毛毛糙糙的，像带着刺，指甲缝里裹着黑垢。芳罗心里一下子怜惜起来，正想跟她说话，沙鲁却一把将那几张钱从女人手里夺了过来，脸色也变了，眉心抖索着，朝芳罗高声说道：“你这是干什么？干什么？”他一连声说着，那女人也不禁畏惧地将手缩到身后，说：“是她揣到我手里的。”说完便赶紧转身走了，走几步又回头看一眼。

芳罗没想到沙鲁会这样不领人情，并且如此激烈，她有些生气又有些说不清的感觉，这会儿的沙鲁，看上去更像个男人，脸上的肌肉绷得紧紧的，显出一种毫不退让的表情。她从鼻子里哼了一声，甩手进到屋里，毫不客气地吃着桌上的苞谷粑，然后说：“沙鲁，你要是不欢迎我，我可以走，你干吗发这么大的火？”

沙鲁不言语，只是将钱塞回她的手里。沙鲁爹干咳着走过来，说：“早晨来是东路来，望到西路百花开。左手摘朵头上戴，右手摘朵怀中揣。”又咳着，“今天粑粑有点甜。”

芳罗不再跟沙鲁说话，她觉得自己就像个厚脸皮的女人，非要赖在人家里，其实沙鲁这人的一切跟她真的毫不相干，她不明白自己为什么还要待下去，还贵客一样坐在人家的桌子旁。

这桌子显然是沙鲁家最值钱的东西，在北京她见过一些讲究的家具，沙鲁家的这套八仙桌和配套的椅子看上去式样老旧，但质地坚硬，用的是湘鄂西一带有名的金丝楠木。沙鲁说是当年土改时，他爹分得的财主家产。芳罗开玩笑说如果拿到市场上去，可以在县城换回一套漂亮的新房子，沙鲁说八抬轿子来抬，他爹也不会去县城住。

芳罗抠着光滑的桌面，心想是不是该说再见了。可沙鲁却叫了她一声："芳老师，我要下河去了，你跟我去吗？"

他像是忘了刚才的发火，脸色平静地看着她，芳罗把刚才到嘴边的话吞了回去，点点头说："好吧。"

八

沙鲁去龙船河里取鱼，他在河里放了一道网，常常会有鱼儿游进去却游不出来，他抽空时会去看一看，将网下的鱼儿取出来。下雨之后，鱼儿会比较多，沙鲁和爹都不怎么吃鱼，他说怕刺扎喉咙，顶多给他爹熬点鱼汤，大多都在寨子前的小街卖了。

沙鲁有些得意地说："这个地方别人没来过，是我找到的。"那是龙船河的一个弯口，离得麻坪村二三里地了，确实见不着人。

芳罗见沙鲁挽着裤腿下到河里，水深了些，他又上岸将上衣和长裤脱了，慢慢走进了河水。从背后看去，他被太阳晒黑的肩膀，皮肤比背上要黑得多，黑白相衬出一幅倒三角的图案。水看上去还是有些深，他一边走一边往上卷着短裤的边儿，他穿的是那种宽大的布短裤，跟杨金戈穿的那种窄而小的不同，一定要舒服得多。

只见沙鲁提搂起一把网来，水顺着他的胳膊肘儿往下直淌，他站在河水中的样子很好看，或者说他脱去了他那些松垮垮的衣服之后，露出的结实肌肤很有型，芳罗坐在河边沙滩上，将脚伸进河水里摇晃着，朝他喊："有鱼吗？"沙鲁高高地举起网来，就像一根树上伸出的枝丫，几条大小不等的鱼儿挂在网上摇摆着，鱼尾高高地翘起。

沙鲁朝岸上扔过来，一条活泼泼的鱼儿落在了芳罗脚下，它挣扎着，半截身子伏在水里，急忙忙往深处跳去。芳罗尖叫着一把抓住它，鱼儿有一尺多长，在她手里滑溜滑溜的，剧烈地张合着腮，一只鱼眼无辜地朝着天空。芳罗想想放下了它，在稍深些的河水里，鱼儿惊魂未定地左右环顾，然后倏地潜入了深水，只见它黑白相间的背脊晃然而去。

沙鲁拎着一串小鱼儿上岸来，打量着："鱼呢？"芳罗说："噢，我把它放了。"

沙鲁吃惊地看了她一眼，芳罗等待他的埋怨，可沙鲁却什么也没说。她觉得腿上发沉，低头一看，河水已经浸湿了她的裤子，卷着的那一段全都湿透了，站起来往下滴着水，重重的。"啊，全湿了。"她在河滩上走了几步，有些拖不开腿，突然心血来潮，索性脱了长裤，甩开披在身上的外套，然后往前跑着，一头扎进了河里。只听沙鲁在她身后叫起来："芳老师！"

她钻进水里潜泳了片刻，突然被什么东西抓住，拽着她上升到河面。她马上感觉到那是沙鲁的手，硬硬的，钳子一样从身后环过来捏住了她的胳膊。

她靠在沙鲁的身上，他宽大硬实的肩膀顶着她的背，她想摆脱他，但扭了两下便放弃了。她懒懒的，河流变得很长，也不知游了多久，又仿佛只在一瞬间。她感觉她的脸蹭着沙鲁的脖子，他们的脸几乎贴在了一起。

不觉间，脚下触到了沙石，他们的身体纠缠在一起，沙鲁喘息着试图扶她站起来，芳罗抱着他的脖子，他们面对面，看不清彼此的模样和表情，只感觉到热热的气息，一种吸引着彼此的气息，也不知是谁先将嘴唇凑到了跟前，带着河水土腥气的嘴唇，将相互的欲望连接在了一起。

黄昏的沙滩带着阳光的余热，吸吮着他们赤身的每一颗水滴，一切障碍迎刃而解。就像刚才那条鱼儿一样，他们找到了水，找到了适合欢游的每一次起伏，义无反顾地往前游走，芳罗迎合着，天空沙滩什么都不存在了，只有这起伏的波浪。她欢叫着："沙鲁啊！"

好久好久，河水安静下来，他们倒在沙滩的灌木丛旁，芳罗觉得睡过了一大觉才醒过来。她睁开眼睛，才发现自己居然赤身裸体，沙鲁却早已穿上了他那宽大的短裤，守着她坐着。见她醒来，沙鲁犹豫着："芳老师，要不，你……"她询问地看着他："嗯？"沙鲁说："要不，你先穿上我的裤子？"

芳罗笑起来："好啊！你拿过来。"她的衣裤都湿了，河滩上的寒气开始升上来。沙鲁拣出他那条蓝色的牛仔裤递过来，芳罗说："你背过去。"沙鲁默默地走到树丛边，脸朝着那些在暮色中沉静的灌木，像是一座雕像。芳罗穿上他的长裤，等待他说话，她想他们这样之后他会有很多事情告诉她，她对他的了解真的是太少。

沙鲁却是又回到先前的模样，脸上憨憨的。芳罗说："你坐下来。"沙鲁说："天不早了。"芳罗说："再坐一会儿。"沙鲁听话地在她身旁坐了下来，他从衣袋里掏出一根木棒，用一把小刀刻画着。芳罗说："这是你的歌棒？你是在刻新词吗？"沙鲁说："我没什么新词，只是把从前的一些歌记下来。"他用力地拉下一刀，然后拍打着木屑，又用嘴吹着。芳罗说："让我摸摸。"那是一道很深的刻印，盘旋着像一条龙似的，她问："这是什么故事呢？"

沙鲁说："长工歌。"芳罗要他背给她听，沙鲁想着，一句句念出来："有心恋郎不怕穷，除了扣子又无铜。一双筷子一个碗，看你为的哪一宗？"芳罗笑道："还有呢？"

"穷也只有我郎穷，路边叉个茅棚棚。煮饭是口破锅子，挑水用的竹筒筒。"沙鲁念几句，想不起来，又在喉咙里哼着，芳罗说："你不如唱给我听听。"沙鲁说："我只在早上唱，那时候人家都在起床，这会儿人家里的鸡呀狗的都回了窝，再唱都把它们给惊了呢。"

芳罗说："那你小声唱。"

沙鲁说："好吧，还有一段。大河行船不怕风，有心恋郎不怕穷。结情只为情义好，无油炒菜味也浓。"芳罗叹道："最后这句好。"沙鲁说："还有好几段，要是歌棒在，我就都想起来了。"芳罗说："你在北京把歌棒丢了，为什么不留在那里找？"沙鲁沉默着，摇头："那不是我的地方，我一天也待不下去了。"

"我们弄不过城里人。"他说，"我爹当初就是让县城的人给骗去了歌棒，还骗走了情人，才变成那样的。"

芳罗心里惊愕不已："瓜子妹儿是你爹的情人吗？"

沙鲁说："老辈子的事情，我不想说了。我也是后来才知道的，你千万别在我爹面前说起歌师傅就是。"

河滩上升起白雾，寒气袭来，芳罗缩紧身体抱着膝。沙鲁一把抱住了她，芳罗喃喃地说："你不是不喜欢城里人吗？"沙鲁说："你跟他们不一样。"

九

毕竟还是初夏，一到太阳落山之后，河雾便飘浮到麻坪村的树林和房舍之间，芳罗跟在沙鲁身后走回来，并没看见大门那里已经站着两个小人儿。她只看见绿色的小路旁长满了青草，有青荚叶，蛇葡萄，还有生机盎然的小花，她问沙鲁那是什么花？但沙鲁却不理会她，大步流星地往前走，接着响起一个女孩儿清脆的声音："爹——！"

沙鲁大声答应着，回道：“娃儿们，你们过来了？”

芳罗这才看清有两个孩子守候在门前，一个十来岁的女孩牵着个五六岁的男孩儿，沙鲁蹲下去将他们搂在了怀里。芳罗在他身后说：“沙鲁，这就是你家的孩子？”沙鲁回头应道：“嗯，这是我女儿，这个是我弟弟的儿子。”女孩儿一双黑眼睛戒备地看着芳罗，男孩儿手里拿一枝樱桃，一颗颗往嘴里塞，芳罗想去拉他的手，他一扭脸就跑开了。女孩儿说：“爹，二姨让我们回来住，说不要再往她那里去了。”

沙鲁有些负气地说：“回来就回来。走，进屋去，看见爷爷了吗？”

两个孩子相跟着沙鲁进到屋里去了，只留下芳罗独自站在门外。刚才在河里的兴奋还在身上涌动，突然间像有人关了闸，咣当一下，弄得她回不过来神。

孩子说的二姨是否就是见过的那个女人呢？沙鲁说是他妹妹，孩子应该叫姑姑才是，怎么叫二姨呢？她想起那女人见了沙鲁就直呼其名，还有走时满面怨艾地回头一瞥，突然猜想到她跟沙鲁的关系一定非同寻常。

她回到那间偏房，听见沙鲁和孩子们在不停地说笑，心里乱糟糟的，便打开手机给小丁发短信：“你们何时回京？”小丁马上打来了电话，叫道：“大小姐，你走火入魔了吗？怎么一天一夜都不开机，我还怕你被山里的妖精吸了去呢。”

芳罗说：“你们怎么说话都一个腔调？”小丁说：“你们？除了我还有谁呀？是不是杨金戈，他又开始进攻了？”芳罗说：“你少说废话吧。”小丁说：“好，说正经的。我们在巫山已经准备撤了。你和沙鲁说得怎么样？他愿意跟我们一块儿走吗？”

芳罗沉吟着：“……怕是不太可能。”

小丁说：“为什么？还因为他的歌棒吗？”

芳罗说：“他说他家里老的小的，还有田里的活儿走不开。”小丁说：“什么田里的活儿？你没给他算算账，他在山里种一辈子田也挣不回来我们一次给他的钱。”芳罗说：“你别老拿钱来吓唬人，沙鲁不是个爱钱的人。”小丁说：“快算了吧，这个世界没有不爱钱的。要不你在那儿等着我，我来龙船河找他说说。”

芳罗说：“别别，说不定我明天就离开这儿了。”

小丁停顿了一下，说：“……芳罗，我怎么听你的声音有些不对呀？你是不是生病了？”

芳罗说：“你别咒我好不好。别说了，我饿了，还没吃饭呢。”

放下电话，忽然听见窗外叽叽咕咕的，像是不止一两个人在说话，心下正在奇怪，沙鲁走了进来。他期期艾艾的：“那个……刚才村主任家来人，请你去他们家去吃饭。”

芳罗摇头，起身去推窗户，那是一个老式的木窗，窗门用一根木头棍支着，她取下木棍，啪嗒木头门就掉下来了，差点砸在她手上。沙鲁说声让我来，过来帮她打开，只见窗外的场坝里居然站了好些人，男女老少，三五成群的，像集会一样。芳罗惊讶地说：“他们这是在干吗？”

沙鲁抱歉地说：“我们这里就这样的，谁家来了人，村里人都来看稀奇。他们都说芳老师是电视上的人，非要过来看看……”芳罗哭笑不得，她说：“你能不能让他们都散了？你还不做饭吗？我早就饿了。”沙鲁手忙脚乱地说：“好好。”

晚餐的饭菜本来很诱人，腊肉和青蒜炒在一起，然后烧煮成火锅，在一个小炉子上咕嘟咕嘟地冒着香气，还炒了鸡蛋，鲜黄的颜色，这是超市里买的鸡蛋炒不出来的色泽。青菜是芳罗一来就尝过的，甜滋滋的新鲜爽口。沙鲁炒菜那会儿，芳罗帮他烧灶里的火，他忙活锅里，在她的注视下，沙鲁一脸通红惶惑不安，差点打翻了盐罐。他只放很少一点油，刚刚打湿一小块锅底，可柴火灶炒什么都香，也不放什么调料，只加一勺盐，大锅铲翻炒着，让芳罗忍不住口水直冒。

可当沙鲁招呼上桌吃饭时，芳罗发现八仙桌四方只摆了四副碗筷，女孩儿和小男孩儿早早地各坐了一方，招呼着：“爷爷，爹，你们快坐下。”女孩儿故意没有摆芳罗的位置，然后用一副挑衅的眼神瞟着芳罗。芳罗一点食欲都没有了，但她假装若无其事似的，挨着沙鲁坐了下来。女孩儿脸色更不高兴了。

沙鲁爹却笑眯了眼，说，“野鸡打得满天飞，家鸡打得团团转。”他把腊肉一块块往两个孩子碗里夹，一点不像脑子不清楚的人。沙鲁大概看出一二，便也不停地给芳罗夹菜，她开始说：“别客气，我自己来。”可沙鲁仍一会儿给她夹上一块肉，眼睛的余光瞟着她，有些讨好又有些无奈，强颜欢笑的样子。

芳罗看着心疼，突然就生气地放下了筷子，说：“我说了自己来自己来，干吗非要……？我吃饱了。”她站起身离开桌子，看见那女孩儿一脸的幸灾乐祸。

晚上她在偏房里等待了很久，听沙鲁干完家务，又听那两个孩子睡下了，可沙鲁也没走到她跟前来。她觉得不可理喻，他明明看出她的心情不好，他不可能这样没心没肺的。

她气呼呼地去找他，沙鲁家和麻坪村的人一样，夜里都不大开灯，要是不做活，明晃晃的灯泡会让他们觉得是一种奢侈。这屋子里除了芳罗的房间亮着灯，其他都是一片昏暗，她在黑暗中摸索，心想要是杨金戈知道她现在的举动，会如何嘲笑她呢？堂屋里没有沙鲁，她沿着窄窄的板梯爬到楼上，那里挂着一些干透的苞谷托、干辣椒，她知道沙鲁昨晚就睡在这里。

果然，一个黑影儿朝她站起来，这楼不高，站起来得半勾着腰，他朝她低声说道："你怎么上来了？"说着他伸手来扶她，芳罗气恨恨地打开他的手，说："我只来问你一句话。"她没顾得弯腰，沙鲁说："小心碰着头。"话还没说完，芳罗就觉得头顶撞上了什么物件，灰尘呛得她一时喘不过气来。

黑暗中，沙鲁一把扶住了她，他似乎并没打算抱她，但芳罗一直用手推着他，反倒让他多用了力气，就那样将芳罗扯到了怀里。她闻到他身上的旱烟味儿，那是当地的白肋烟，很辛辣，但此刻让她觉出一股十足的男人味儿，她在他怀里不再挣扎。

十

临别的早晨，躺在床上的芳罗又听见了沙鲁的歌，他在她走过的山坡上对着河谷唱，她对他的咬字已经熟悉，能听懂他唱的每一句词："姐似鲤鱼紫红腮，下河游到上河来。我郎没得吃鱼命，手拿丝网张不开。不是水獭你莫来……"

她和他所经历的一切来得太快，也结束得太快，这不是谁的错，他们本来就是两个山头上的树，永远无法将根连在一起。芳罗在无法入眠的夜里，想到了这一切。她平静地穿好衣服，整理好随身的东西，等着沙鲁回来。本来她想独自一走了之，要说告别已是多余，但她终究还是难舍。

两个孩子随沙鲁一块儿出去了，沙鲁爹在场坝里扫地，嘴里念念有词："牵匹枣红马，金鞍银镫脚下踏，青竹马鞭手中拿……"他挥舞着扫帚，就像舞弄马鞭似的。芳罗说："沙爹爹，我要走了。"沙鲁爹看看她，很认真地大声说："看到的屋，走得哭。"这话她听过，是说山路弯曲，看着很近，实际上走起来老远。

他们父子对城里人都已失去了信任。芳罗想，当初城里的歌师傅拿走了沙鲁爹的歌棒，沙鲁又在都市丢失了他的歌棒，现在她跋山涉水而来，是沙鲁需要她，还是她需要沙鲁呢？

从山上回来的沙鲁踩了两脚露水，裤脚都打湿了，他默默地上楼，换了衣服下来。他穿了一件新的蓝衬衫，系紧了袖扣，显得拘谨，小心翼翼的。他默默地拎着她的行李，他们一前一后地走出了麻坪村，从那些洞开的大门和窗户里，芳罗看见一些好奇的眼睛，一直目送着他们。

一路无话地来到龙船河码头，芳罗要去接过行李，沙鲁说："我送你。"那船又小又浅，摇晃得厉害，沙鲁做了一回体贴的男人，上船时他一直牵着芳罗的手，又掏出一张报纸铺在了船板上，才扶着她坐下。两个艄公一头一尾站着，叫一声："走起来哦！"那小船儿就晃悠晃悠地滑开了。

艄公认得沙鲁，喊道："沙鲁，把你的歌子唱起来嘛！"另一个说："哎，来了稀客连歌都不敢唱啦？"一船人都跟着起哄。芳罗说："沙鲁，你唱呀！"沙鲁帮艄公摇着橹，抬眼看天，看着看着就唱了起来："郎是悬崖一根藤，姐是悬崖树一根。二人都在悬崖上，去去来来要小心……"

他一开口，就只在他的歌声里，手上的橹成了他的节奏，悠悠地，穿透了小河幽深的河道，跟着这船儿飘荡，无所拘束的；又仿佛这歌声就是河水，河水也成了歌儿，融得很深，把芳罗的心都泡化了。哗哗的流水声也像是隐去，四周无比安静，只有沙鲁的歌声在天地间回响。

好半天，人们都沉寂着，像是不忍打破沙鲁的歌声远去的余音，芳罗半捂着脸，眼泪像瀑布一般流下来。

沙鲁把芳罗送过了龙船河，又过了大江，直到县城的码头边。这码头正是芳罗在石桥上见到的，她曾猜想沙鲁是否会走过这里。面前是高高的石阶，上去就是城里了，沙鲁将行李递给芳罗，说："你走吧。"芳罗说："你不进城了？"沙鲁摇头。芳罗便扭过身子沿着石阶一级级爬去，她没回头。

在宜昌机场，芳罗和小丁他们会合，办完登机过安检的时候，安检让小丁把他双肩包里的东西都掏出来看看，这包是登山用的，口袋多，尤其附在外面长的方的，有放水杯的，装手机的，还有插手电的，小丁一边掏一边发脾气，说就小机场事多。掏着掏着，小丁身后的芳罗叫了一声，人们不知道出了什么事。

就在一堆杂物中，躺着一根黑褐色的木棍，通体刻着细密的花纹。芳罗冲过去紧紧地攥在手里，她说："沙鲁的歌棒！"小丁也愣住了，他说："靠，沙鲁的歌棒？怎么会在这里？"随后他想起来，沙鲁在北京有一次排练时，他让他把手里的木棒放下，沙鲁就交给了他，他随手就插在了这插手电的袋里，他将这事忘得一干二净。

芳罗就那么紧攥着，她想，沙鲁有了这歌棒，会不会再一次走进都市呢？

广　场　舞

最初，三哥见街头有一处地方人多，还以为有人打架或是出了车祸，但走过来一看，“嗬，跳舞呢？”三哥惊奇地说，想走近又有些不好意思，仿佛走近了人们就会误会他也是去跳舞的。累了一天，跳那干什么呢？三哥想，但人却没有走开，饶有兴味地看那些男人搂着女人，转动着，就像开锅的饺子，一个个起伏不定。

到底不像看戏，戏台上的角色总拿眼神逗你，惹得人哭笑，这里人家跳自己的，跟你不相干。三哥看得正要扭头的时候，突然有一道艳丽的桃红闪过，将他的目光抓了一下。那会儿还是冬天，下过一场残雪，满街流淌着雪化的黑水，楼群灰暗，而居然，一个女人穿了条桃红的裙子，翻飞着，左右旋转，像峡口开春的桃花。

一些日子看过来，桃红裙子仿佛成了个活物。有时它慢悠悠的，沉得住气，只是前后一点点挪动，裙摆不动声色，高贵地保持着镇定；有时它情绪活跃，碎花似的绽开了，流水一般向前滑动，大块的裙摆像搅拌好的水泥，柔软地倾泻，三哥担心会拖出一地颜色呢。还有的时候，如一阵狂风吹来，打面前眼花缭乱地飞旋而过，风吹得花瓣满天。

从长江三峡老家那边出来打工，已经两年多了，只回去过了一次端午节。三峡人爱说“年小端午大”，把这个古老的节庆看得很重要。春暖花开之后，从山上摘来鲜香的棕叶，用江水洗净，包出一个个小巧的米粽，然后划龙舟，将粽子送到最远的江滩，祭奠先人屈原。

三哥的家乡就是那位了不起的诗人屈原的家乡，大家划着龙舟一起大喊：“三闾大夫啊，魂兮归来啊！”

过完端午节再回到这远方的城市里，三哥白天仍然在工地上干活，但每晚不再跟毛娃子他们一起玩牌了。他用钢精碗吃完饭——通常是炖大白菜或茄子，夹杂几块五花肉片，然后抹把脸，就漫步到街头，看城里人跳广场舞。

先是站着，一只脚踩在花坛边，胳膊肘撑着膝盖，等有人空出石礅，就赶紧过去坐下来，那一排圆滚滚的石礅，上面刻着车、马、炮，是一盘硕大的象棋子，城市的这种巧妙不少。三哥坐在那儿，脸上一副老看客的表情，淡淡地微笑，有些不屑似的，但他却是最忠实的看客，不像好些人大呼小叫地凑过来，瞄一眼就走开了。

桃红裙子一次次转到他跟前，暗淡的灯光下，数不清的皱褶，波涛似的大摆，又像一把宽大美丽的阳伞。女人的长腿时隐时现，陀螺似的旋转着，裙角有时从三哥的脚边扫荡而过，带起的小风透着凉气，柔柔的，像一只手，轻轻地抚摸了他的脚。

一直以来，三哥只低头看那裙子，却从未看清那跳舞的女人。这回舞曲停下来的时候，女人恰好就站在他跟前，虽然是侧着身子，他还是看出她长着一个高高的鼻梁，额头亮亮的，眼睛很黑——也许是画的，舞场周围只有些小喇叭花灯，含混地照着，他也就只能看清这些。女人手舞足蹈地在跟人说话，她不知在说些什么，一直不停热烈、生动地做着手势，红裙子随着她身体的晃动摆来摆去。说着说着，她像是热了，扯下围在脖子上的白丝巾，朝脸上扇着风。

乐曲一会儿又响了起来，女人以很快的动作与男舞伴搂在了一起，白丝巾晃晃悠悠地飘在了地上。

那飘落的姿态有点像开得正好的鸽子花，那花多半开在三哥的家乡三峡一带，学名叫作珙桐，白茸茸的，翘着嘴，就像惹人怜爱的小白鸽。

但这会儿，这条雪白的丝巾，像鸽子花一样飘落在地，眨眼间，一双双舞者的脚从它旁边踩过。又眼看随着一阵阵小风，它在地上翻滚，很快就要飘进人们扔下的矿泉水瓶子、烧烤的小棍一堆垃圾里了。

三哥站起来，缩手缩脚地走过去。三哥的样子看上去很滑稽，他在城里常怀着羞涩，好像一个刚转校的小学生，总担心自己做错了什么事。

他弯下腰，正要伸手去捡那条白丝巾，突然旁边闪出两只穿着黑布鞋的大脚，直直地立在他面前。三哥吓了一跳。

一个花白头发的老头，用一双锐利的目光从上至下地逼视着他。那是三哥看惯了的城里人的目光，漠然而又犀利。三哥忙避开他的眼神，这老头每晚都在附近捡东西，时常旁若无人地骂街，听不清他骂的什么，但声若洪钟，哪怕舞曲响彻云霄，也压不住他的声音。

三哥连忙收手，讪讪地走开。背光的花坛那边，有一排比人高的小树锦带花，那树长得好看，冬天里叶子也是绿的。但树丛浓密的地方一股冲鼻的尿臊味儿，他也躲到那边撒了泡尿，这怨不得他，跳舞的城里男人也都到这里撒尿，新修的公厕做了小卖部。

撒完尿回来，他眼前一亮，却见那条白丝巾竟然还躺在地上，原来老头只是捡走了能卖钱的矿泉水瓶和一些广告纸。三哥大步流星走过去，一把将丝巾抓了起来。

三哥和工友们盖的新楼，外面包裹了一层绿色毡布，后来渐渐变得灰黄，白天里面会传出零星的敲击声，晚上就像睡去的怪兽；不像周边那些楼房，一到夜晚就贵夫人似的，浑身珠光宝气。而其实，这楼每天都经他们的手而变化着，好比一个人，先是有了骨架，然后又有了血肉，想来用不了多久，那楼就会跟它周围的楼群一样漂漂亮亮，玉树临风了。

可这些，终究跟三哥不相干。灯红酒绿、核心商务、贵族专线、动物医院、钻石房产……这些跟三哥都没什么关系。

超市里走出的女人抱怨青菜又涨价了，因为天老刮风不下雨，——北方可是比三峡那边干燥多了，一把小油菜居然也要五块钱。但在三哥看来，这还是冬天呢，就开始叫卖香椿和草莓，青青的蔬菜一堆一堆的，想吃什么都有卖的，城里人的日子跟神仙差不多，还有什么可抱怨的呢？

这城市一直走不进他心里。好多事他都看不懂，好多人他也弄不懂。

但现在，他手里攥着那条白丝巾，一紧一松，丝巾光滑柔软地贴着他的手指，仿佛要它怎样，它就会怎样似的。这丝巾是那个会跳舞的城里妇人的，她穿着桃红裙子，把全场都盖了，这让三哥有一点得意。

散场时，他本来想将丝巾还给那女人的，可她和身边的人有说有笑地走了，他没好意思上前。一个女人的物件，对他三哥来说没啥用途，可他总不能又把它扔掉。这么漂亮的丝巾，如果前女友瓜儿还跟他相好，他就洗一洗给她，而瓜儿已经不是他的了。用毛娃子的话来说："你三哥真没有魄力！守着一个生瓜儿变成熟瓜儿，却让别人抱走了。"

开始帮那女孩子瓜儿挑水时，瓜儿还没有水桶高，眼看挑着挑着瓜儿就长大了，长成一个散发着香味儿的大姑娘。他们俩一起说好进城打工，瓜儿没出过远门，一直牵着他的衣角，生怕在火车站走散了。他买碗方便面都是小跑着去的，在人家店里讨了开水泡好面，端在手上就一路往回跑，滚烫的水溅在手上，钻心地疼，可他怕瓜儿在那里等得害怕着急，脚步一点都不敢放慢。

后来瓜儿长变了，眉毛细细的，在老家没看出瓜儿有那么逗人爱的一双柳叶眉，俗话说眉清才目秀，果然眉毛一长开，人就更好看了。在城里待了一年多之后，瓜儿再也不牵着三哥的衣角，跟三哥见面的时间也越来越少了。逢年过节的前夕，三哥好几次约她一起回老家，瓜儿都摇头，说我得挣钱，后来干脆说："人家要误会的。"

三哥说："误会什么？"

瓜儿说："我要跟你一块儿走，人家会以为你是我的男朋友。"

进了城的瓜儿说话也变得跟城里人一样，会绕弯子了，她不说跟三哥分手，却说跟三哥从来就只是一般老乡，而且后来，连老乡也不是了。瓜儿跟父母一家迁到了江汉平原，因为三峡水库大坝的修建，长江水涨得老高，涨过了瓜儿家的房屋，在国家规定的水位线下的村民，都得搬迁到外地去。

就这样，熟透的瓜儿跑了。远远地，再也没有音讯。

老乡毛娃子问三哥"破"了瓜儿没有？三哥脸都憋紫了，说："哪敢？"毛娃子又问他亲过瓜儿没有？三哥说，亲是亲过的，亲了脸和耳朵。毛娃问他亲过嘴没有？三哥却摇头。毛娃子一听，气得直拍床沿，说："你狗日的！把我们三峡男人的脸都丢光了，一点男人气都没有！"

这话说得让人气恼，三哥一出手，就把跟前的电视机给砸了，一拳头正砸在咿呀唱京戏的电视屏幕上，顿时一个黑窟窿，碎了一地。

一时间，工棚里几十条汉子都傻了，打牌的、喝酒、洗脚的，还有一个刚脱光了屁股站在床前，这人每晚都光身子睡觉，说省衣服，这时都泥塑似的定住了，静悄悄地看着三哥。要知道，三哥平日是一个性格羞涩的人，但这会儿一只手血糊糊的，心惊肉跳的还在淌着血，水泥地上沁了一大块。毛娃子脸都白了，走过去撕开自己的衣服，拉住三哥的手，死命地包起来。

打那以后，大家再也不敢跟三哥随便说笑了。

三哥是个较真的人。

捡过丝巾的第二天晚上，三哥早早地去到街头，想把丝巾还给桃红裙子，但那晚跳广场舞的人来了又跳过之后走了，却奇怪没见到那女人。三哥在石礅子上坐了很久，直到广场四周空空荡荡的，淡淡的槐花香在宁静的夜里飘浮着，三哥突然想抽一支烟。他平时是不抽烟的。

前面的公厕亮着灯，城市里常有出其不意的变化，这公厕似乎就是突然冒出来的，漂亮的三角屋顶，像一个童话小屋，半边做了小卖部。从一侧开着的窗户看进去，里面摆放着饮料香烟，一个女人低头坐在窗前，脑后竖起一簇鸡尾似的黄发梢，手里不知在忙活什么。

三哥走到窗下，说："买烟。"

女人浑身一哆嗦，她朝三哥看了一眼，两手飞快地朝怀里捂了一下。

三哥正要再说买烟，那女人站起来，唰地就把窗门关上了。那扇梭动的小玻璃门上贴着红字：烟酒饮料，便民廉价。生意就是从这小窗口里进出的，但却咔嚓一声将他三哥拒之门外了。三哥的脸在清凉的夜风中热了起来，隔着玻璃，他又喊了一声："买烟！"

女人背过身去，她穿的是一套宽松的碎花睡衣，体态丰满，将一叠红绿纸币塞进一个小铁盒，然后套上一把黄锁，拧紧了，脸上悻悻的。她似乎一点也没理会窗外有个人候着，但眼角余光却分明扫着这边，突然她以极快的动作往窗外连连摆手，像赶狗一样。

如果她不是这样摆手，背着脸，根本也不看他，三哥本想一走了之的，但这下子，他的脸再一次热了，非常恼火地高叫了一声："买烟！"

女人吃惊地转过脸，她张大了嘴，眼里闪过一丝惊恐，朝窗门伸过手，却并不是打开，而是将一幅窗帘哗地拉上了。

一片桃红。

那颜色像极了三哥每晚凝视的桃红，甚至那些褶皱，都是他已经熟悉的纹理，怎么会呢？三哥呆住了。他举手在玻璃上连敲了几下，但里面丝毫没有反应。过了一阵，女人像是在说话，嘀咕着，隔着玻璃却什么也听不清。又过了一会儿，街头那边突然出现了一辆警车，闪着蓝灯开过来，不偏不倚地停在了三哥的身边。

窗门打开了，女人的银盆大脸探了出来，箭一般伸出手臂，指着三哥说："就是他！"

"是你打的110吗？"一个年轻的警察在淡蓝封皮的活页夹上记着，女人急急地点头，说："是。我正在数钱，这家伙突然冲到我跟前，凶巴巴地盯着我，然后……"

“姓名？”

“是问我吗？”女人说了一个名字，声音很小。警察又问：“干什么的？”女人嘲讽地一笑：“这不都摆在这儿吗？男人跑到国外去了，我做点小生意。还是说这个人吧，你们为什么光问我，不问他？”

警察说，会问的。果然接下来就问三哥：“姓名？”

“夏晓华。”三哥说。

女人情绪激昂地说：“我们这里光丢自行车！”

警察示意她安静，然后有条不紊地问三哥，身份证号、出生年月、民族、婚否、居住地……，如同摊开了一张履历表。女人不时插嘴，一惊一乍的：“黑咕隆咚的，他在外面一个劲地敲、敲、敲，把我的玻璃都快敲碎了……”

“你跳舞了吗？”三哥突然转过脸朝她问道。

“什么？”

女人，还有年轻的警察都愣了一下，反问地看着他。三哥却又问女人：“你是每天都穿红裙子跳舞的吗？”女人愤怒地叫起来：“你什么意思？”

年轻的警官一脸严肃地说：“夏晓华，你敲她窗户干什么？”

“前不久……”女人语速很快地抢着说：“就在后面那个灰色塔楼的小区，一个女的下班回家，在她们家楼道前掏钥匙的时候，一个男人抢过她的包就跑……”

三哥喃喃地说：“我买烟。”

“那女的追上去，抓住不松手，男的给了她一刀，又一刀，十几刀啊……”女人一脸强烈惊惧的表情，眉毛眼睛都在使劲地说着，“在医院抢救了三天三夜，还是死了。才三十多岁……”

女人絮叨着，站到了门外，一束灯光照在她的头上，高鼻梁，额头亮亮的。三哥眼神一闪，又瞧了瞧那桃红的窗帘，不觉笑了起来。女人听见了他的笑声，惊诧地看着他，这个男人黑瘦的脸，头发短而尖锐地支棱着，身子也很单薄，那双黑白分明的眼睛，透着一种伤感。

女人突然什么话都不想说了。

警察觉出是个误会，说：“夏晓华，以后出来买东西别太晚了，敲人家女士的窗户当然也得轻一点，文明礼貌嘛。”然后让他们在活页夹上签了字，就把警车开走了。

漫长的城市之夜，不像三峡，星星点点的灯火点缀在宁静的峡谷之间，藏匿于茂密树林和野草中的麂子、野猪、鸟儿、小虫子都早早睡了，它们各自有窝，纵横的树枝、干枯的小草，还有深掘的土洞，是它们安睡的家。三哥想到这些很亲切，他熟悉那些日子，他的三峡。而这城市怎么说呢？是让人摸不透的谜。

三哥从街头往工棚走去，心里像卸掉了什么，轻飘飘的。夜已深了，华丽的车灯仍然如长河一般，一辆接一辆的，哪里是尽头呢？

女人一夜都没睡好，提心吊胆的，害怕有人会来砸窗户，但太阳安静地升了起来，没有听见其他动静。女人打开大门时，一眼看见门缝里塞着一条白丝巾，她捡起来，觉得应该是自己的，可是奇怪，怎么会在这儿呢？

晚上她又跳舞去了，广场舞，她天天都要去的，这是人过中年的她最大的乐趣。过去她总穿一条桃红裙子，但天气暖和之后，从昨天开始就换了一条黑色短裙，桃红长裙的款式已经有些过时，她为了省钱，改做了小卖部的窗帘。

她跳舞总是激情洋溢的，但那天晚上却感觉少了点什么。后来的一些日子，也是这样感觉。

有一天跳着跳着，她忽然明白了，原来就在那排圆石礅上，曾经老是坐着一个年轻人，穿着过时的衬衣，领子和袖口都扣得紧紧的，总是特别专注地看着她跳舞，那神情让她得意、陶醉，飘飘欲仙呢。可是这个年轻人现在不见了。

从前她并没有在意，是他的消失反倒让她想了起来。

她忍不住问前来买烟的民工，“你们那儿有个叫夏晓华的吗？”问了好多人才碰到毛娃子，毛娃子说有。女人连忙问：“他是不是黑瘦黑瘦的？”

女人说：“你把他叫来我看看。”

毛娃子说他走了，他夏天没过完就回三峡去了。

女人将那条白丝巾系在了脖子上，她呆坐在窗下，自己也不明白，为什么很想流泪。

小马、苹果和打杂的

天色已很晚，从玻璃门外，可以看见店里排列整齐的皮鞋，在浅黄的灯下泛着光。小马一步跨进去，面容姣好的女孩苹果马上就过来殷勤地招呼。旁边又走过店里打杂的男人，穿一件洁净的灰色夹克，恭敬地问："给您来杯茶？"

小马很累，靠在沙发上点点头，片刻面前来了一青花瓷杯，几片婀娜的叶儿在浅绿的水里漂浮着，沁人心脾的香气随之而来，小马喝了一口，道："好茶。"

苹果走过来帮他擦鞋，看看那打杂的男人，两人都朝小马一笑。

小马也很受用地笑了。一年前他偶然经过这里，驻足端详，不想店里闪出一位俏丽的女子，笑脸如花地问他："先生，要擦鞋吗？"

他本没有这打算，却心血来潮地点头，并跟随人家走进了店里。他被奉为贵宾，脱鞋、换上松软的袜套，听音乐、品茶、吃小点心，最后，脱下的那双沾满泥垢的鞋再拿到他面前时，就像是一个满身疲惫和油泥臭汗的流浪汉变成了一位神气活现的绅士，让他几乎不敢相认。

那些天，他正在这座让他疲于奔命的城市里四处寻找工作，心情糟糕透了。可那会儿，当他将脚伸进焕然一新的皮鞋之后，心情突然有些好起来，站起来感觉腰也直了，在这座喧闹的城市里，第一次感到自己也是个体面的人。

奇怪的是，这家店不收他的钱。

他以为听错了。苹果一笑："我们老板吩咐过，您不用付钱。"

他想这一定是人家揽客的招数，而他是不会上当的。可现在的问题是，他已经成了常客，而人家一次也没收过他的钱。

小马虽然纳闷，但这店已经让小马觉得熟悉亲切了，他不再问为什么，苹果擦鞋时，小马迷迷糊糊地快睡着了。

墙上的挂钟指向了十点，打杂的男人过来往杯里续水，轻手轻脚的。这会儿，苹果在麻利地给他的鞋抛光，用纯正的棉布，看上去又厚又软，抚摸一般娴熟地从鞋尖滑过，留下一抹光泽。

打杂的男人走过来，盯着小马的鞋蹲下身子说："你这鞋跟已经歪了，我给你钉钉。"

他扶了扶眼镜，从身后的柜橱里拿过一个工具箱，里面家什齐全，先将小马的鞋跟锉平了些，又找出两块半圆的橡皮，比画着用刀裁去，然后细密地掌了一圈小铁钉，一眨眼的工夫，说："你试试。"

小马穿上鞋，脚在里面很舒服，说："没想到你还会修鞋。"

男人谦恭地笑了笑，说："这一两年修得不多。"小马问多少钱，男人摇头。这似在小马的意料之中，他沉吟着："如果我没猜错的话，你，就是老板。"

男人挑了一下眉毛，没有否认，却突然说："要是你不嫌弃，我想请你做这家店的经理，利润三七开，你得七。"

天真的已经很晚了，小马戒备地看了看店里，男人说："你肯定怀疑我的动机，我先给你说一件事。"

"三年前，就在西客站，一个刚下火车的年轻人丢失了从家里带来的三千元学费，满脸绝望地在站台上大喊大叫，要找人拼命，又要跳到铁轨上去，后来是一群警察拉开了他……"男人声音变得细了，"你，就是那个年轻人。……而我，就是拿走钱包的小偷。"

一片沉默。

苹果低着头，小马刚要开口，男人抢先说道："你等等，让我把话说完。那时候我很穷，你的三千块钱成了我的第一桶金，我用这钱交了房租，买了一套修鞋的工具，我才有了今天。三年来，我一直想着这件事和那位年轻人，你那天突然出现在门口，我认为这是老天爷的安排。"

小马按捺不住心里的吃惊，他说："可是……"

男人再次打断他的话："我只想求得你的原谅。请答应我的请求，让我了一个心愿。"

第二天，店里的伙计们来上班时，看见了身穿灰夹克的小马，苹果指着他对大家说："这是新来的马经理。"

小马不能不满意眼下这份比较体面的工作，但他过了些时，还是忍不住将苹果拉到了一边，“我坦白地告诉你”，他说，“我从来没丢过钱。老板他可能弄错了，我并不是他要找的那个年轻人。”

苹果说：“是吗？”她脸色如常地看了看门前，老板正站在那里，仍然像打杂的一样为进出的人拉门，或者十分专注地凝望着门外。苹果说：“我想，恐怕他也并不确定，他一直都在寻找。当初，我在别人家里当保姆，女主人说她丢了东西，把我赶了出来，我也是从这门前经过……”

银锭桥

一个年轻的女孩趴在银锭桥的栏杆上，一动不动地看着远方，已经很长时间了。

这是个周末的上午，马松拉着一对老外逛了一圈什刹海，再回到银锭桥跟前，发现这女孩还在那里趴着，桥上喧闹的人群过往不停，她却像是长在了那石桥上。要说她趴的位置确是古来就有的一景，叫作“银锭观山”，天气好时，从这已有五百年的桥上朝西看去，能看到远处早青晚黛的玉泉山，但这天从早晨开始就雾蒙蒙的，一直都未散，她能看到个什么呢？真是让人奇怪。

马松把车停在桥南沿的胡同口，忍不住走上桥在那女孩身边吆喝了一声：“咳，坐三轮吧？”

女孩头也未回，倒是旁边经过的人停下来问：“多少钱？”马松却不太理会，问话的路人一看他无心招揽的样子，“嘁”一声走开了。那女孩神色恍惚地扭过头来，马松抓住她的眼神，上赶着又问：“小姐，坐不坐三轮？”

女孩瞟了他一下，摇头，脚步软软地走开，她看上去相貌平常，单眼皮，薄嘴唇，脸色发黄，但一头柔顺的黑发从她耳旁垂下，脸上有了一点说不出的秀气。她背一个小双肩包，一个小熊的挂饰在包下方晃荡着。

走到桥头的路口，女孩仍是一脸恍惚的神情，人流从她身旁经过，有的大步流星，有的成群结队，唯有她孤零零地站在那里，好几次都差点被人撞了。马松想，她在找什么呢？正想着，那女孩隔着一堆人朝他招了招手。

马松把车推了过去。他这车不寒碜，酱红色车篷，黑漆油亮的车身，金丝绒坐垫，外搭一块软绵绵的小花毯，半年前到什刹海进了这行，有个叫福哥的老师傅告诉他说，人靠衣裳马靠鞍，咱这是见世面的营生。人要穿得精神，车也要打扮得齐整，才是咱北京形象。他说福哥你说得对。

那女孩一步踏上车去，却险些歪倒了，他上前扶了一把，正触着那女孩的手，凉得跟冰块一样，深秋的天在桥上站了那么久，怎么会不凉？他扯过花毯递到她手里，说："你把这盖在腿上，暖和点儿。"

女孩说："谢谢。"

"你是要逛大圈呢，还是小圈？"待她坐定，马松拿出一张什刹海的地图，指着上面的蓝色海面，说，"这一圈是大圈，小圈呢，就是后海这一块儿。收费都写在上面，你看看吧。"

女孩疲累地靠在后座上："行。"像是一句都不想多说。

马松腿上一使劲，三轮呼呼地走起来。福哥说，在什刹海拉三轮不光靠腿，还得靠嘴，游客都爱听故事，三皇五帝远了点，但从建元大都那会儿说起是必须的。什刹海分前海、后海、西海，是元大都的中心，从明朝到清朝，银锭桥畔是个漕运码头，各地给皇宫进贡的物品先是到了通州，然后再换成小船运到什刹海，过银锭桥进入紫禁城。船若是大了，这桥下就过不去，只能掉头回通州。"说它矮，还真矮，小船低头过，大船把头摆。说它高，它也高，莲花泡子荷叶飘，望海观山把景瞧。老北京人都说，不到银锭桥就等于白来一趟什刹海。"上午拉那对老外，马松也是这么学着福哥说了一套，老外正在学中文，听得兴致勃勃，临走还给了他五美元小费。

但这女孩却没有半句回音，马松说得口干舌燥，不由放慢了车速，说："前面有个恭王府，你要不要去看一看？"

仍是没有回话，他侧过身子一看，那女孩竟闭着眼像是睡着了。

马松便不再吱声，将车拉到了离恭王府不远的一条胡同里，那里闹中取静，有一座老宅子叫将军府，深灰色的高墙，紧闭的暗红大门角结着蛛网。什刹海寸土寸金，这门前有一块难得的空地，安了地锁，小车停不进，三轮倒正好，还有一棵粗壮的大槐树，像一把撑开的绿伞，马松有时就把车蹬到这儿来，独自发呆。

他这会儿把车停在树下，从车座下掏出早晨灌的水杯，炮弹似的一大个，朝喉咙里倒了一气，才把嗓子里要冒的烟给灭了，不想一抬眼看见那女孩的脸，不禁吃了一惊。

那女孩靠在那儿闭着眼但泪水长流，胸前已湿了一片。他连忙叫道："哎小姐，你怎么回事？"他摇着她的肩膀，"你身体不舒服吗？"女孩摇头。"那你是什么事想不开？"

胡同口那边坐着一个老头，身旁搁着一个鸟笼，听见这边动静，把脸掉了过来。马松说：“哎，小姐你快别哭了，要让这边的大爷大妈看见，还以为我欺负了你似的。”真是乌鸦嘴，话刚落音，那边门里果然闪出一个宽衣阔袖的大妈，菊花似的烫发蓬松在头上，似笑非笑地走过来，说：“怎么了这是？闺女你没事吧？”

女孩脸上的鼻涕眼泪一片狼藉，她抓过双肩包翻出一包小纸巾，胡乱地擦着。大妈问马松，“你说说，这是咋回事？”马松说：“我不知道。”大妈往他跟前逼了一步：“你拉她逛什刹海，干吗拉到这儿来了？你是看这儿清静吧，存的什么心眼儿啊？”

马松冷笑道：“大妈，你话可别这么说，我能存什么心眼儿？”

“你哪个公司的？我可认识你们经理。”大妈说，“你这小子不是咱北京人吧？我告诉你，好好拉车，别在这儿捣乱，别给北京添堵。明白了吗？”

要是倒回去十年，马松听了这话，定会恼火，但这会儿他举起那个炮弹水杯朝喉咙里一浇，就把一点不快给浇灭了。他说：“你放心大妈，北京是咱们的北京，谁也不能给北京添堵。”

大妈问：“你叫什么名字？”

“我叫马松，您看——”他晃了晃挂在胸前的小牌，“这上面有我的帅哥形象，还有车号。”他调侃道，“您问我名字干吗？是要给我介绍媳妇吗？我可在北京没房没车，过两天我就走了，回我的三峡去。”说着，他把车顺过来，绕着槐树掉了个头，那大妈说：“我看你这架势不像个拉车的。”马松跨上车一脚蹬去，说：“咋不像？跟福哥学的。”大妈听罢叫了一声，双手一拍：“咳你早说啊，福哥咱们熟啊。”

她还在说着什么，但马松飞驰而去，胡同口恰是有点小斜坡，他一手掌车龙头，一手朝身后边挥了挥，三轮朝着海边飞奔直下。风鼓起他浅赭色的上衣，本来有些单薄的身子粗壮起来，他一口气蹬过恭王府、野鸭岛，到后海北沿的一条胡同口停了下来。他跳下车，擦了一把汗，对车上的女孩说：“下车吧。”

女孩无言地看着他，身子没有动。

“下车吧，我看你也无心逛，你就下车吧。钱也不用给了。要打车可以穿过这胡同去钟楼那边。”他说完，用毛巾撣了撣身上，眼睛也不看那女孩，靠海边挑了个敞亮地方，蹲下来看他的手机。他心里有点气，那女孩刚才一言不发，想让他背黑锅啊？

看了一阵微信，有个段子说，开学了，路上掉沟里了，老师问他有没有受伤？学生说：人没事，就是暑假作业全掉沟里了。老师笑了，你的套路比沟深啊。老师又问：有钱、任性的下联是？学生答：没钱、认命。

马松自己说，傻瓜才认命。一回头，那三轮车上已经空空的，女孩不见了。

他站起身走过去，却发现小花毯上放着一张百元大钞，心里不禁嘀咕，想不到那女孩还挺仁义。再一揭毯子，竟抖出一个粉壳子手机来。

秋天的风已有了凉意，后海的柳树枝和槐树叶都黄了，一起风就落叶纷飞，车轱辘从铺洒着片片黄叶的道上轧过，就像轧过了一天天的时光。马松注意看那些迎面走来的年轻女孩，单眼皮薄嘴唇，都不是；又超过一个个女孩的背影，没有那个双肩包下晃荡的小熊。

他骑得呼呼生风，那些跟他一样穿着赭色大褂的车夫都奇怪地看着他，有人认得他，叫着他的名字，说："马松，你小子疯跑什么？"

"前面有活儿等着呢。"他喊道。

很快骑回银锭桥，那有个年轻女孩趴在桥栏杆上，但细看却不是她，是一女孩摆了姿势，让男朋友给她照相，她侧过身子来，笑出一脸娇媚。

他又骑到前海，秋日渐短，一会儿就过了晌午，几个光着膀子的男人在海边游完泳，爬上岸意犹未尽，比画着说个没完。马松挺佩服他们，这日子的水已经凉得扎骨，但那些人每天都要来游一回，还有几个老太太，头发都花了一多半，哧溜一下就钻到水里去了。

这几个月来，他一早一晚看这什刹海的风景，听福哥他们带着那种炫耀的口气说道，好像这银锭桥、恭王府、摄政王府就是他们自己家似的，听着听着他也有了这种感觉，现在他还真有些舍不得。

马松往前骑着，碰到每天开着水车喷洗栏杆的一对夫妻，男的开车，女的举着高压水枪朝一根根汉白玉栏杆"吱吱"地喷，一片片污渍由黑变淡，马松问他们看到一个背双肩包的女孩没有？男的说哪里看得过来？他又问坐在小店跟前卖酸奶、大碗茶的女掌柜，人家说你这不是考我吗？这么多的人。

绕着什刹海蹬了一圈，气喘吁吁的，也没见着那女孩。他甚至放下车，到烟袋斜街和烤肉季那边走了一个来回，也还是没找到。他苦笑了一下，想找的人总找不着。

他不想再找了。

其实他并没有真想赶她下车，只是她坐在车上一言不发，让他心里憋得慌，谁想她静悄悄地就走了，而且还落下了东西。

恰在这时，兜里的手机突然“呜呜”地振动起来，是那女孩的粉壳手机，他忙掏出来一看，手机屏幕上一个男人头像在闪动，显示出姓名“张子全”。他摁了应答的绿键，可还没来得及张口，就听那男的在耳朵边闷声吼道：“刘月，你究竟想干什么？”

是那种气急败坏的口气：“我给你打电话，你为什么不接？发微信你也不回，你就逼着我到银锭桥来！可我在微信里给你说了，我不会来的，分手的时候我都给你说明白了，咱俩不要再见面了，你干吗还要这样？”

马松一听，猜出是那女孩的前男友打来的，大概女孩想约那男的来银锭桥，可人家不愿意，根本没打算来，她就痴痴地等。这是何苦呢？

“……该说的我们都已说过了。刘月你想想，咱们就那样住在破地下室里，连个洗澡的地儿都没有，天天吃泡面，能过一辈子吗？……那她就喜欢上了我，又不是我去勾引的她！她家是北京的，有房子有钱，家里父母也都非要我跟她好，你说我该做什么选择？这是我的错吗？这只能怪咱们太穷了，生存与爱情哪个重要？刘月你换了是我，你该怎么做？”

这男的甩了人家，居然还这么振振有词，咄咄逼人？马松心里真替那个叫刘月的女孩不平。

“你不要不吭声，你这叫冷暴力！刘月，你不要这样好不好？算是我求你了，好吗？”男的又换了腔调，软软地说，“咱们在一起度过了那么多美好时光，难道就不能把最美好的记忆留给彼此吗？……我承认你为我做了很多，最过意不去的是，让你把孩子做掉了……不过，我早就想好了，等我安顿好，我会给你补偿，你拿着钱回老家去。你不是一直说要回贵州的吗？我把我现在所有的积蓄都给你，三万行不行？嗯？”

“……那五万？这回可以了吧？我在网上帮你买车票……”

“你是个混蛋！”马松终于忍不住骂道。电话那边声音戛然而止，稍后紧张地问：“你谁呀？”

“你别管我是谁？我就是个男人！”马松大声吼道。

“等等，等等，你是不是她现在的男朋友？”

马松咬牙切齿地说：“张子全，我看真的让刘月早些忘了你！”

“你到底是谁？把话说清楚……”

“我跟你有什么好说的？你倒是赶快来银锭桥吧！”马松吼叫着，“刘月她等你大半天等不来，一气之下从桥上跳下去了！你看着办吧！”他啪的一下把手机摁了。

他鼻子呼呼来气，大步走上银锭桥，像一只红了眼的雄鸡来回踱步。他是有些好激动。老家三峡人说话声音都大，隔山隔水的小声听不见，还爱“出鼓头”，就是打抱不平的意思。那有一次也是在银锭桥上，他看见一对男女吵架，男的扬手一巴掌将女的打得一屁股坐在了石板上，他一怒之下上前就揪住了那男的脖子，却没承想那女的噌地跳起来抱住他的腰，硬是让那男的就手给了他一拳，当下他成了个乌眼鸡。福哥在一旁看得清楚，后来站出来让那对男女给马松道了歉，说，“做人不能这么做，这老北京的理儿摆在那儿，咱不服不行。”

事后又拍着他的肩膀说：“你小子行！这路见不平拔刀相助，古来就是如此，不过以后遇到这种事，你得先弄明白了，值不值当？”马松爱跟福哥聊天，福哥是老北京人，长在胡同里，后来搬迁去了平谷那边，又回到城里拉了十多年三轮，古今中外，天上地下都能聊出道道。福哥说：“马松你跟我说句实话，你究竟到北京干什么来了？”

马松说：“我这不是跟着福哥你们拉三轮吗？”在什刹海拉三轮也不是随便就能拉的，得考试培训，马松最初就说：“混饭吃呗。”可福哥摇头，说：“你不缺这口饭。”马松就笑笑。

人说这银锭桥不是那西湖断桥，白娘子和许仙的儿女情长，却是历代文人称作的“北京第一佳山水”，夏日里，可见远山近水荷花，是北京城内任何一块平地上都看不到的风景。乾隆皇帝吟诗道：“银屏重叠湛虚明，朗朗峰头对帝京。万壑精光迎晓日，千林琼屑映朝晴。”那万千气象又怎是一个“美”字了得？马松摁了那张子全的电话，就一直守在桥上，想看远处的风景，也存念看那叫刘月的女孩还会不会出现。

眼看日落西山，暮色渐渐从什刹海的水面升腾起来。京城的天气难得万里无云，但在深秋时也会有天高云淡，这天上午虽然雾气浓重，但经过几阵大风吹过，这会儿反倒显出远山的轮廓，如一幅古老的画。只是这汉白玉摸上去冰凉的，趴在上面一会儿就浑身凉透了，他叹了口气，往桥下走去。突然，有人在他身旁追着喊：“小伙子，小伙子！马松，怎么叫你不答应啊？”

马松定睛一看，将军府旁的那位大妈冲到他面前，手里提一把红绸扇，腰间系了条绿腰带，脸上笑成了一朵花，说：“马松，我告你呀，今儿我跟你福哥通电话了，他真的是回平谷抱孙子去了，他说你这小伙子为人不错，大妈这下就放心了。”

马松说：“您就是跟我说这个呀？”

大妈唠叨着，“那福哥可是个好人，他救过我们家老头子的命。那一年你大爷在这桥上摔了一跤，人家福哥二话不说，抱起他就放到车上，一口气拉到医院，要不然你大爷就把老命给送了，你大爷有心脏病你知道吗？……”那大妈说了一阵，“哎，小伙子，我说话你听见了吗？”

马松说：“我听着呢。”

大妈神秘兮兮地扯住他的袖子，说：“我看你失魂落魄的，不是跟人家闹掰了吧？你跟大妈说实话，是不是跟那个姑娘在搞对象？我见到她了，也是失魂落魄的……”大妈手指着小石碑胡同：“就先那会儿，我们几个老姐妹聊天，完了要去跳舞，就看那个姑娘过来了，朝那边，进了那家小饭馆……”

马松这时看那大妈的菊花头，简直漂亮极了，他连声说谢谢，然后拔腿就朝小石碑胡同奔去。

饭馆名字叫旮旯，在小胡同最僻静的拐角处，店里只有三张小桌，马松一步跨进去，就看见灯光下那个女孩独自坐在靠窗的桌前，一碟素什锦，凉拌黄瓜丁胡萝卜丁煮黄豆花生米，一碟麻豆腐，炸焦的干辣椒翘着尖角，她捏着一个小瓶的红星二锅头，脸色酡红，头半垂着，一只手撑着下巴。

那一刻他心里真有些百感交集，不知怎么就像见了久别的亲人似的，“刘月，刘月！”他叫道。

女孩醉眼惺忪地抬头，“干吗？你是谁？”

马松掏出粉壳手机，放到她面前，女孩愕然地看了一眼，一会儿似乎才明白过来：“我的？”

“哦，我想起来了，你是那个马松。”她看了看马松的赭色上衣，“那个挂吊牌的帅哥？”她轻声地笑起来，柔顺的长发遮住了她半边脸，看不清她的眼神，但她的笑让马松心里有些难过，这个实际上很孤单的女孩。

“你是个好人。”她扬起头看着他，仍然微笑着，“你要不要坐下来喝一口？二锅头，北京人爱喝的小二，我今天也尝尝。”

她说着，将酒瓶凑到嘴边，仰起脖子就喝，可猛地呛了起来，一个劲地咳嗽。“没有了，再来一瓶。”然后她朝前台那边叫着，过来一个姑娘，眼神看着马松。小瓶二锅头，才二两装，可她的样子一看就不会喝酒，马松说：“不要了，她已经喝醉了。”

女孩辩白道：“我没有喝醉！我知道你叫马松。马松，你怎么找我来了？哦，你给我送手机来了。谢谢你！真得谢谢你！可是……”她喃喃地说着，“这手机我不想要了，我不会再给任何人打电话，是的，不会再打……”她边说边推开面前的手机，突然眼泪汪汪，就像一个无助的孩子，眼神茫然地四下搜寻着。

马松顺着桌边坐下，说：“刘月，你看着我。”他说，“那个，有一个叫张子全的给你来过电话。”

她像是没听见，又朝前台大声叫着：“喂，我要的酒呢？快给我拿过来。”前台的姑娘送来一瓶小二，马松摁住酒瓶，说：“刘月，你不能再喝了。”

女孩破涕为笑：“刘月？原来你认识我？那好，你陪我喝一杯，我从来没喝过二锅头，今天得喝……”她抢过酒瓶，给马松倒了一小盅，然后高高地举起酒瓶，又仰起脖子，但嘴含着瓶口却迟迟未往下吞咽，然后一低头，噗的一口吐在了地上。

“太苦了。”她泪花闪闪地说，“一杯苦酒，太难喝了。”

马松从她手里拿过酒瓶，说：“难喝就别喝了。”

她目光朝向窗外，马松也顺着她的目光看去。

夜色在什刹海是另一番景象，从这里可以看到水面的一角，闪烁的灯光倒映在波光摇动的水面上，黄的红的交织在一起，如梦如幻。女孩的脸也被窗外的彩灯映照着，眼里的泪花竟然也晶莹闪光。或许是酒精的缘故，忧伤并没有使她憔悴，反倒脸色红润，显得比白天好看得多。她像是在对马松说话，又像是在自言自语：“春天时，我们来过这里，满天的柳絮飞扬，我们租了一辆双人骑的自行车，在柳絮中穿行……夏天时，我们也来过这里，划船，还唱了歌，让我们荡起双桨，什刹海拍的电影，好听的歌……但这个秋天，他不再来了……”

她眼神空洞地看着马松，又像是穿过他，穿过他背后的墙，看着更远的什么地方：“他回来得一天比一天晚，话也越来越少，脸上的笑容像惊飞的鸟儿，再也不见踪影……后来，人也飞了。”

马松不觉笑起来，说，“你像是在作诗。”

她惊讶地扬起眉毛："你怎么知道？我告诉你一个秘密——"她假装神秘地放低声音说："他就是读了我的诗，才追着给我送鲜花的。"她得意地一笑，"他说我是才女，他的毕业论文都是我替他写的。可我不光是才女，还是他的厨女、侍女，我每天替他做饭煲汤、洗臭袜子，还替他生孩子……"

她上半截身子伏倒在桌上，头枕着胳臂，不知是哭了还是睡去，声音哽咽着越来越小，久久没有动静。

马松看了看窗外，惊讶地发现月亮不知什么时候升了起来，奇妙地跳过了什刹海繁密的灯光，无比皎洁地悬在半空，像一面明亮的镜子，一览无余地俯照着人间万千世相。他将刘月先倒给他的那杯酒一饮而尽，然后说："我给你讲个故事好不好？"

也不管她是否在听，他说："八年前，我有一个兄弟跟一个姑娘相好了，他们算是青梅竹马，他开始帮她挑水时，姑娘还没有水桶高，后来他们一起进城打工，姑娘没出过远门，一步不落地跟在他身后。他心疼她，从不让她干重活，除了给爹妈寄些钱，他挣的钱全都给她了，帮她的爹治病，还修了房。可就在我那兄弟盘算结婚办喜事的那个冬天，姑娘却一声不响地跟人去了东莞，再也不接他的电话。过了很久之后，她托人带信来，说她已经嫁了人，嫁给了一个有钱的老板。"

她突然抬起头，嘴里含糊地说："这样的事情太多了，不好听。"

"我还没讲完呢。"马松说，"我那兄弟很伤心，觉得活着真没什么意思。"

"我同意。"她说，"是没什么意思。"

"你别打断我。"马松说，"他想四处走走，然后一死了之。一张火车票坐到了北京，他逛遍北京城，有一天到了什刹海，看见一个没有双臂的人坐在地上写字。大冷的天，那人用右脚趾头夹着毛笔，左脚摁着纸，写出一笔漂亮的书法，写好一张旁边一个女人就帮他收起来，路过的人如果想要，就往一个小纸盒里放下些钱拿了去。那天刮风，吹得纸乱卷，我那兄弟站在那里看着，就蹲下来帮他摁住纸，很奇怪，摁了一会儿就不觉得风大了，身上也暖和起来。"

"那后来呢？"她问，"你那兄弟怎么样了？"

马松说："那个无臂人说，谢谢兄弟，这里有我老婆就行了，你忙你自己的事去吧，你还有好多的事要做。听他这一说，我那兄弟突然觉得是有好些事情等着他。他买了当天的火车票，他回到老家的深山里挖了三口鱼塘，养了名贵的观赏鱼。锦鲤、大正三色、金松叶、银松叶、丹顶锦鲤，好多种。那些鱼儿对水的质量要求非常高，只有生态好的山水才能活，他的家乡就有好山水，他吃了很多苦，但一年之后他的鱼儿卖到了深圳、香港，还有东莞、中山一带，他成立了一家养殖公司，鱼塘从三口变成十口、二十口，几年下来他挣了很多的钱，成了家乡有名的富翁。”

她听得有些入神，说：“你应该去找你这个兄弟，跟他一起干，何必在这里拉三轮？”

马松叹了口气：“可他现在也到了北京。”

他把那小瓶二锅头拿到自己面前，在掌心里搓弄着：“他想在这里找一个人。半年前他听说，那个他看着长大的姑娘嫁的并不是有钱人，而是一个人贩子，他把她卖到了北方，她得了很重的病。”马松说着，将那瓶小二举起来一下倒进了喉咙，比起炮弹似的大水杯，这点酒只是润了口舌，但他却也像她刚才呛了似的剧烈咳嗽起来。

她扯过一张纸巾递到他手里，说：“你怎么哭了？”

“怎么会？”马松说。他面前的这个女孩像是一时忘了自己的忧伤，问：“那，你那兄弟找到她了吗？”

“没有。”马松摇头，“一晃半年过去了，幸亏他成立了公司，他把鱼塘交给了公司的副总，他来到北京，一直在人最多的地方转悠。那姑娘曾说过，人生最大的梦想就是来北京看一看故宫长城，还有什刹海。他想，说不定哪一天就会碰见她，如果能找到她，哪怕她只有一口气，他也要把她带回家乡去，给她治病，教她养鱼，养那些好看的鱼……”

女孩站起来，走到他身边，说：“这回你真的哭了。”她笨拙地用纸巾帮他擦着眼角，这个好心的女孩。马松轻轻拉住她的手，然后放下，说：“其实，他没过多久就知道了。”

“知道什么？”女孩急切地问。

马松幽幽地说：“她早就不在了。”女孩怔了一下：“啊？这样啊？”

“她在南方就已经不在了。”他说，“她根本没来过北京，更没有来过什刹海。……可她明明说过，她这辈子一定要来的。所以，他仍然在这里待了好几个月，每天绕着什刹海转呀转呀，他帮她看遍了风景。”

“我明白了。”女孩若有所思地说。

“你明白什么？”

“那个兄弟就是你。你说的是你自己的故事。”

马松不置可否。他说：“有一天，有位叫福哥的老北京人给他讲了一个段子，有位老人对他的孩子说：攥紧你的拳头，告诉我什么感觉？孩子攥紧拳头，说有些累。老人说，试着再用些力。孩子说更累了，憋气。老人说，那你放开它。孩子长出一气，轻松多了。老人说，你攥得越紧当然就会越累，放了它，就释然了。”

女孩静静地听马松说完。

他们沉默了好一阵，女孩说：“哎，我们是不是该走了？”

马松说：“走吧。”

他向前台招手，然后掏出一张百元钞票：“我估计你这点儿菜，够了吧？”女孩说：“我自己埋单。”马松抖了抖票子：“这就是你的钱。”女孩想想，笑起来。

俩人走出小店，凉风迎面扑来，女孩打了个喷嚏，说：“你的三轮呢？你那床小花毯真暖和。”

马松说：“已经交车库了。什刹海的三轮到五点就得交车。”

走出小石碑胡同，就上了银锭桥，女孩似乎还带着些许醉意，一会儿抬头看月亮，一会儿又扑到桥栏杆上探头看水，马松说：“刘月，你别磕着了。”女孩回身站定，久久地看着他。月光真亮，就连脸上的汗毛似乎都能看得清，“没有人这么跟我说话。”她有些感伤地说。

“昨天夜里我还在想银锭桥那个传说，要是手拉手一起过桥的情人，一辈子就不会分离。可我跟他来过那么多次，却一次都没有牵过手，所以我给他发短信，让他无论如何今天来一趟银锭桥。可是我真傻，明明知道他是不会来的。”

“不过，我再也不会那么傻了。”女孩说。夜已经有些深了，桥上行人渐渐稀少，但沿海的酒吧仍然灯火辉煌，一个歌手沙哑的声音唱着：

……

穿越人海　在你耳边轻轻说爱别走远

一阵阵秋风吹着脸，天有些凉了

……

“现在好了，让我像鸟儿一样飞过银锭桥吧。”女孩张开双臂，做出飞翔的姿态，咚咚几步险些歪倒，马松一步上前扶住，他攥住她瘦瘦的小手，上午那会儿冰凉的，这会儿却像一块小火炭。

她在他的怀抱里抬起头，披落的黑发掠到耳边，清亮的月光下，女孩的脸干净得像刚落下的白雪。马松说：“你的家是贵州吗？离我的家乡不远。”

“你好像认识我很久了。”女孩说。

马松说：“好像是。”

女孩汹涌地哭起来。他更紧地握住她的手，说：“刘月，你看那边。”

远远的，月亮下的西山倩影雄健而又曼妙，无限沉着地长卧于天地之间，什刹海的波光似乎正在涌向那突起的山峦，细碎的涟漪诉说着人间无数的话语。他们站在桥上，就那样一直看着远方。

图书在版编目（C I P）数据

玫瑰庄园的七个夜晚 / 叶梅著. -- 北京 : 中国文史出版社，2021.8

（锐势力·名家小说集）

ISBN 978-7-5205-3091-0

Ⅰ. ①玫… Ⅱ. ①叶… Ⅲ. ①中篇小说－小说集－中国－当代②短篇小说－小说集－中国－当代 Ⅳ. ①I247.7

中国版本图书馆CIP数据核字(2021)第144528号

责任编辑：全秋生

出版发行：中国文史出版社

地　　址：北京市海淀区西八里庄路69号　　邮编：100142

电　　话：010－81136602　81136603　81136606（发行部）

传　　真：010－81136655

印　　装：北京温林源印刷有限公司

经　　销：全国新华书店

开　　本：787×1092　1/16

印　　张：15.5　　字数：240千字

版　　次：2022年1月北京第1版

印　　次：2022年1月第1次印刷

定　　价：49.80元
